后浪

古神话选释

袁珂 著

北京联合出版公司

图版一　成都扬子山二号墓出土"西王母画像砖"（见"羿与嫦娥"章第五节"解说"）

图版二　山东省嘉祥县武斑祠石刻画象"伏羲女娲交尾图"（见"女娲伏羲"章第一节"解说"）

图版三　明刊本《图像山海经》"夸父逐日图"（见"夸父"章）

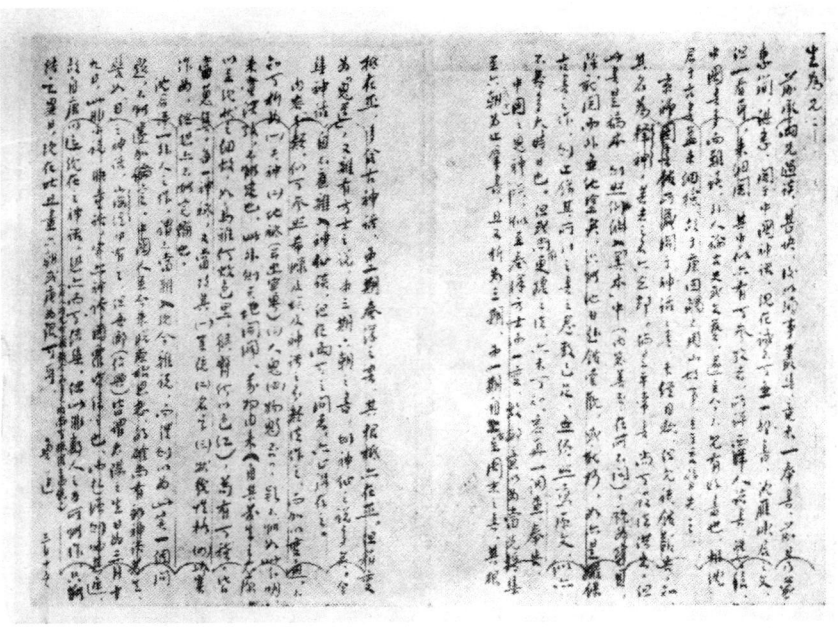

图版四　鲁迅与人论搜集神话书手迹（见"女娲"章第四节"解说"）

编辑说明

后浪出版公司本次出版的袁珂先生的《古神话选释》，是以人民文学出版社1979年版为底本，进行编辑、校对的简体横排本。关于本书的编排体例，略作说明如下。

一、关于字音

原书中，有些字的读音使用了旧读，如：壑，旧读 huò，今读 hè。现根据《汉语大字典》、《现代汉语词典》（第7版）改为通行的读音，如：阋，原作 ní，改作 xì；蹶，原作 juě，改作 jué；劓，原作 yí，改作 yì。

二、关于字形

（一）由于袁先生原著是依据古籍的原始文献材料进行选文，在注释、解说等部分也有对原始文献中一些字词句的讨论、校释——其中有些字，今天视为繁体字、异体字等，已有对应的标准汉字，如"礴"（今为"碑"），故而在本书中保留了一些原字，而编者在书中以"【】注"的形式，标注出相应的古（原）字或者今字等：

如"癏【懛】""復【复】""竝【并】"，【】中为今字；

又如"胜【勝】""启【啓】"，【】中为原字。

以便于读者更好地理解原意，看出文字的形、义的演变、迁移。又如，"皷【鼓】"，原字形为"皷"，书中括注出其异体字形"鼓"，但二字今天均不收入《现代汉语词典》。

除了引用文献中出现的异形字以外，作者行文中也使用了一些今天已经不收入《现代汉语词典》的字形，如"仡【屹】""樸【模】"，"仡""樸"二字今已不收入词典，书中括注出其今天的对应字形"屹""模"。

正文中，除"【】注"以外的括注，皆为作者原注。

（二）本书中作者所校释出的异体字或通假字，有些今天已经规范作一个字，如：原文作"嚮：同向"，繁体字"嚮"今已简化为"向"；原文作"游通遊""谿：

同溪"，"遊""谿"今分别为"游""溪"的异体字。本书照录原作。

三、关于用语

袁先生的行文中，有些今天已经不再使用的字词，如"沈"（chén，旧同"沉"）、"〔人〕底"（今作"〔人〕的"）、"那〔能〕"（今作"哪〔能〕"）、"烂缦"（今作"烂漫"）、"搬指"（今作"扳指"）、"豫料"（今作"预料"）、"以至"（今作"以致"），但是为作者当时比较常见的用法，本次出版也予以一定保留。出于相同的考虑，还有一些译名如"希腊的希洛道忒司"，亦仍其旧。

四、关于地名

书中有些地名为作者时代的建制，今已变迁，但一仍其旧，不再逐一出注。如"山东濮县"，濮县原是山东省的一个县，1956年被撤销，并入范县，1964年随范县划归河南省。

如有漏误，敬请读者不吝指正，以期再版时及时更正。

服务热线：133-6631-2326 188-1142-1266

读者服务：reader@hinabook.com

后浪出版公司
2017年3月

目 录

前 言 ………………………………………………………… 1

盘 古 ………………………………………………………… 1
女 娲 ………………………………………………………… 10
女娲伏羲 …………………………………………………… 26
伏 羲 ………………………………………………………… 31
廪 君 ………………………………………………………… 40

创造发明者 ………………………………………………… 44

炎 帝 ………………………………………………………… 48
炎帝诸女 …………………………………………………… 54
黄 帝 ………………………………………………………… 61
黄帝与蚩尤之战 …………………………………………… 77

刑 天 ………………………………………………………… 87
夸 父 ………………………………………………………… 89
愚 公 ………………………………………………………… 92
蚕 马 ………………………………………………………… 95

牛郎织女 98

少昊 104
颛顼 110

彭祖·老子 117

帝俊 121
帝喾 125
后稷 128
契 132

盘瓠 134

尧 138
丹朱 143
舜 147
羿与嫦娥 159

鲧禹治水 176
伯益 195
殊方景物 199
启 220
孔甲 223
王亥 227
夏桀 233
伊尹 237

成 汤	241
傅 说	246
纣	248
周文王	252
姜太公	255
武王伐纣	259
伯夷叔齐	267
周穆王	270
徐偃王	277
褒姒	280
干将·莫邪·眉间尺	284
韩 凭	291
杜宇·开明·李冰	294
引用书目	309

图版目次

一、成都扬子山二号墓出土"西王母画像砖"

二、山东省嘉祥县武斑祠石刻画像"伏羲女娲交尾图"

三、明刊本《图像山海经》"夸父逐日图"

四、鲁迅与人论搜集神话书手迹

前 言

一

在我国巨大而辉煌的文学遗产中，神话是很重要也很令人感兴趣的一部分。从现有若干被记录或被改装而引用在各种古书里的神话片段看，更从许多已经转化做历史（当然往往还有化而未尽的迹象可寻）而实际上是神话的历史记述看，可以得出这么一个结论：中国古代神话原本是很丰富的。中国是一个多民族的国家，文化历史又是这么悠久，早在几千年前，我们勤劳勇敢的祖先就用他们劳动的双手和由劳动的双手而发达起来的聪明智慧的头脑，替我们创造出了灿烂的古代文明，要说是没有丰富的神话作为它的嚆矢、先河，或者是折射、反影，就实在是难于教人想象了。

然而我国古代神话确有较大的散亡，要是不散亡，其内容的丰富恐怕还不止于现在所能搜集到的。正因为有散亡，剩下零星片段，又东一处西一处地散见在若干古书里，给人以不丰富的错觉，过去才未充分受到人们的重视，新中国成立前出版的中国文学史，大都没有"神话"一章，就是显明的例证。

但是，鲁迅先生在他早年所著的《中国小说史略》里，却有"神话与传说"专章，论述神话的起源、神话与传说的区别、中国神话散亡的主要原因以及《山海经》为古之巫书等，见解都很精辟，给我们奠定了科学地研究神话的基础；后来有青年写信向他请教关于搜集和整理中国神话的问题，他马上回信给以热情的指导（见《鲁迅书信集》页六六和本书图版四）：这些都足见他对我国神话的重视。他自己并且还以神话传说为题材写了小说《故事新编》以及散文《朝花夕拾》中的一些篇章，更足以说明这一点。茅盾先生早年也有《神话杂论》和《中国神话研究ABC》，后者是第一部系统地论述中国神话的专著（当时作者署名玄珠。现收入《茅盾评论文集》，改题为《中国神话研究初探》）。闻一多先生则有《神话与诗》《古典新义》等，从民俗学和考古学方面给中国神话研究做出了贡献：我们都应该珍视他们这一切宝贵的成果。

现在在毛主席文艺思想光辉的照耀下，研究和整理文学遗产的工作正在从各方面有效地进行着，因而关于神话的研究也受到好些人的注意了，神话在文学史上也占有了一个相当重要的地位了，但是还必须继续引起大家的注意。本书的选释，主要的目的就是为了供一般读者阅读欣赏，引起研究者研究的兴趣，使人们获得有关我国古代神话的一些知识，从而在推动科学、文化事业的发展上起到一定的作用。

二

至于说到神话散亡的原因，则有各种不同的说法。有说我国文字繁难，记录不便，许多原先流传在人民口头的神话传说，未被记录保存下来。有说我国没有像希腊荷马那样的"神代诗人"，未能将先民传述的零片神话，熔铸而为鸿篇钜制，使它们得到保存。也有说孔子出世后，讲究的是修身、齐家、治国、平天下一套的教训，上古荒唐的神话传说，孔子和他的学生们都绝口不谈，因此后来在以儒家思想为正统的中国，神话不但未曾光大，反而又有散亡。等等。

这些说法虽然都自有其道理，但不过是说到原因的局部，并未说到根本；或者只说了一些次要的，未曾说到主要的。主要的原因是什么？半世纪前，茅盾于其所著《中国神话研究 ABC》中曾举出神话历史化为导致神话散亡的原因这么一种。其言云：

> 最后来了历史家。这些原始的历史家（例如希腊的希洛道忒司）把神话里的神们都算作古代帝皇，把那些神话当作历史抄了下来。所以他们也保存神话。他们抄录的时候说不定也要随手改动几处，然而想来大概不至于很失原样。可是原始的历史家以后来了开明的历史家，他们都捧着这些由神话转变来的史料皱眉头了。他们便放手删削修改，结果成了他们看了尚可示人的历史，但实际上既非真历史，也并且失去了真神话。所以他们只是修改神话，只是消灭神话。中国神话之大部恐是这样的被"秉笔"的"太史公"消灭了去了。

——第二章：《保存与修改》

论神话历史化、被历史家们一再修改、终以沦亡的过程，大体上是符合客观事实的。根据我近年研究、整理神话的感受，觉得这确实是一个主要的原因。现在便就这一问题，略述个人粗浅的看法如次，以为补充。

神话历史化，在中国的具体情况，举其显明的例子，则有《尸子》所记叙的"黄帝四面",即传说黄帝长有四张脸。作为中央上帝的黄帝,他长着四张脸以察看宇宙四方,那是可以理解的。但当子贡以此请问孔子的时候,却被孔子巧妙地解释做黄帝派遣四个人去分治四方,就成了历史教科书而和神话的原意大相径庭了。再如《韩非子》所记叙的"夔一足",夔在神话里本来是一只独足怪兽,其形或为牛(《山海经》),或为猴(《国语》韦昭注),但到《书·舜典》里,便已历史化而做了舜的乐官。故当鲁哀公于此还有点弄不明白,向孔子(又是孔子!)请教的时候,孔子马上回答他道:"所谓'夔一足',并不是说夔只有一只脚,意思是说,像夔这样的人,一个也就足够了。"孔子的解释虽然不一定实有其事,但从这里也就可见儒家之徒把神话来历史化的巧妙。

以上所举神话转化做历史的例子,是封建社会初期的情形了,想来在奴隶社会时期,即已有了这种转化。又拿夔的例子来做为说明。夔在神话里本是一足怪兽,历史上却转化为舜的乐官——"一个也就足够了"的贤臣夔,那已是第二次的转化。第一次则还要更早一点。他本是殷民族在原始社会时期所奉祀的图腾神,甲骨文作 (夒),从字形看,是一个兽头、鸟喙、猴身、一足的怪物。韦昭注《国语》,就径释之为:"夔,越人谓之山缲(獠),人面,猴身,能言。"山獠即山魈,就是猴形的山神,幼年时期的殷民族,奉之为他们的图腾神。到了奴隶社会,此图腾神乃被奴隶主尊为"高祖"而奉祀之,列之于先公先王之首,这就是由神话到历史的第一次转化。但是这种转化,变动的地方还不太大。山魈虽然化为"高祖",不过是从图腾神转化为祖先神罢了,故仍著其鸟喙猴身的特殊形貌。至于河、岳、风、云……之神,在殷墟卜辞里,则还都是原来的神,虽有时或冠以"帝"号,那只不过是表示对诸神的尊崇,还没有将他们作大的变动。此或即茅盾所谓的"原始的历史家"在"抄录的时候说不定也要随手改动几处,然而想来大概不至于很失原样"之意罢?

可是"以后来了开明的历史家",情形就有些两样了。在中国,所谓"开明的历史家",应该就是从战国开始的初期封建社会的儒家之徒或者是被司马迁称为"搢绅先生"的一帮人。这帮人为了统治阶级的利益,必须要从意识形态上来影响和支配人民,于是首先碰到曾经初步历史化的古代神话问题。这些初步历史化的古代神话,基本上还是神话,神话中神或英雄的行迹,他们对自然的斗争以及对种种文物的创制发明,一直鼓舞着世世代代人民的生活意志。人民崇拜他们。这是可以利用来对人民发生影响的。然而里面有很多"搢绅先生难言之"的"不雅驯"的东西,"黄帝四面""夔一足"就是"不雅驯"的具体的例子。"开明的历史家"们既然要把神话中的英雄都认做是统治阶级的祖宗,自然会把他们转化做前代的圣主贤臣,而这些"不雅驯"的东西是有伤体面的,故尔当他们秉笔修史的时候,定要予以删削或者是改头换面。这么一来,神话就只好逐渐散亡了。

在神话转化做历史的过程中,除了被奉为统治者列祖列宗的"正神"的面貌有所改变而外,改变得最大的,尤其是那般"凶神""恶神",即高尔基所谓反抗神的神的面貌,如羿、鲧、共工、蚩尤等等。羿为民除害,射杀天帝九个太阳儿子,又射死封豨、修蛇、凿齿、大风(即大鹏)……种种恶禽猛兽,历史上却成了"不修民事,淫于原兽"(《左传》襄公四年);鲧偷取天帝的息壤去平治洪水,历史上却被贬为"方命圮族"(《书·尧典》),翻成现代话就是任性乖张,不服从上面的命令,也和众人的关系搞不好;共工与颛顼争为帝,怒触不周山,折天柱,绝地维,打破了旧世界的格局,历史上却是"虞于湛乐、淫失其身"(《国语·周语》),是"任智刑以强"(司马贞《补史记三皇本纪》);蚩尤神话的记录为时虽不算晚(始见于《山海经·大荒经》),但因他较少善行可考,故当他出现在历史舞台上的时候,更是罪恶多端,乃至据说"后代圣人"其实也就是居于统治地位的贵族老爷们都"著其像以为贪戒"(《路史·后纪四·蚩尤传》)。有大功于人民的神话英雄如羿、鲧者在历史上之所以变成反面人物,并不因为别的,只是因为他们都触忤了神国的最高统治者——天帝。要褒扬这些反抗神的神,对于人国的统治者说来,无异是要教他们奖励叛逆,当然是万万办不到。于是就有修史的儒家之徒或者是"搢绅先生"们出来,奋笔予这些"叛逆者"以无情的诛伐。于是本来是光辉灿烂的神话英雄,在历史上就成为遍体脓疮的坏蛋了。神话为什么会转化做历史?从这些地方看来,可知原来是符合统治阶级的利益的。如果不符合,事情就决不会这么顺利地进行下去。

然而一经转化,人们就只相信历史而不再相信神话,神话就只好逐渐散亡了。大诗人屈原是最关心也最熟悉古代神话传说的,在他的诗篇中引述了不少古代神话传说故事。但是从他的伟大诗篇《天问》中,也就可以看到古神话的散亡大约在他那个时代或者还更早一点就已经开始了。因为诗篇中提了一百七十多个问题,有些问题竟是没头没脑的,如"撰体协胁,鹿何膺之?""女歧无合,夫焉取九子?""中央共牧后何怒?蜂蛾微命力何固?""焉有石林?何兽能言?"等等,不但现在的人难于索解,恐怕即使在屈原当时,也未必能够全部圆满地予以解答。此足以说明神话的散亡，已始于屈原时代或屈原时代之前。故《天问》一诗，虽是抒愤之作，也是因为实有所疑而问，并非早已尽知故发为问的。又诗中每每神话与历史杂糅，或前段是历史，后段是神话，如鲧事。"不任汨鸿，师何以尚之？佥曰'何忧，何不课而行之？'"是历史；紧接着后面"永遏在羽山，夫何三年不施？伯鲧腹禹，夫何以变化？"又是神话了。或前段是神话，后段是历史，如羿事。"帝降夷羿，革孽夏民，胡射乎河伯而妻彼雒嫔？"是神话；"浞娶纯狐，眩妻爰谋，何羿之射革而交吞揆之？"又是历史了。可见在屈原时代，神话还正继续在向历史转化，故每和历史扞格不合，因而引起屈原的疑问，这其间它的逐渐散亡，自然不足为异了。

神话转化做历史，从消极的方面看，自然是神话的一种损失；但从积极方面看，这种转化，未始不可也算是神话的一种保存。我们现在从《书经》《周书》《左传》《国语》等先秦史籍中，还能清理出不少有用的神话材料，有些一时弄不明白的，还可继续清理。这也得归功于古代历史家有意无意地替我们作了这种转化工作，否则就连这些历史化的神化材料，也许由于其他原因又散亡去了也未可知的。

于是附带谈谈关于神话的保存。不幸而幸，神话一方面在散亡，另方面却还是在保存。在中国古代，保存神话的人，大约有以下三种。一种是诗人，鲁迅《中国小说史略》里已经提到，不过同时也指出："神话虽托诗歌以光大，以存留，然亦因之而改易，而销歇也。"在中国，如前所述大诗人屈原的作品里，就保留了许多可贵的神话材料。自然，由于诗歌的修辞命意，保存中不免已有一些改变，有的改变太甚，"失其本来"（鲁迅语），也足导致神话的"销歇"。还有一种是哲学家，在先秦和汉初"诸子"的著述如《墨子》《庄子》《韩非子》《吕氏春秋》《淮南子》等中，也可见到不少神话的零片。由于要借神话传说阐述哲学思想，其保存情况也和诗人相像，不免根据哲学家们的需要而有所改变。改变得较大的，像《庄子》里的一些神话，几乎是都改造作了寓言，如《逍遥游》所述鲲化为鹏、《天地篇》所述黄帝失玄珠等就是其例。保存神话比较忠实的，还有一种过去未经着重提到的人，就是巫师，相形之下，似乎比前面所说的两种人贡献更大。鲁迅在同书中论《山海经》说："所载祠神之物多用糈（精米），与巫术合，盖古之巫书也。"这个论断是很精确的。《山海经》确可说是一部"古之巫书"，大概是古代楚国或楚地的巫师们传留下来的一部书。"巫以记神事"（鲁迅《汉文学史纲要》第二编语），其中保存的许多神话材料，看得出来，是接近原始状态，没有经过多大改动。这是因为原始神话从原始宗教的母胎里诞生出来，开始时还有相对的一致性，宗教也还没有成为纯粹迷信的缘故。

三

　　研究中国古代神话，有一个复杂、有趣、值得探讨的问题，就是神下地和人上天的问题。中国神话的一个最突出的特征，就是神话这条线和历史这条线互相平行，而又往往纠缠在一起，搅混不清。神话可以转化做历史，即天上诸神都历史化而为人间的圣主贤臣，如皇帝（皇天上帝）转化做黄帝，火神祝融转化做高辛氏的"火正"，刑神伯夷转化做尧的法官皋陶，帝俊的生十个太阳的妻子羲和转化做尧的掌天地四时之官的羲氏、和氏，长鼻大耳的象转化做舜的弟弟象，等等。但这只是问题的一方面。问题的另一方面，历史是否也可能因人民世代的口耳相传而转化做神话，即人间的圣主贤臣，是否也可能神话化而为天上的诸神呢？

　　现在就来探讨一下这个问题。高尔基说："古代'著名的'人物，乃是制造神的原料。"（《文学论文选》页三二二——《苏联的文学》）这是不错的，历史人物转化为神话人物，完全是有可能的。显著的例子，如像伊尹、成汤、傅说、姜太公等，他们既是历史上实有的人物，而后世人们传说，又在他们身上附会了不少神话的因素。这样的人物在历史上不算很少。推而广之，就是尧、舜、禹等，也完全有可能本是原始氏族社会时期的著名领袖，确实替人民干了不少的好事，受到人民的尊崇敬爱，因而在传说中将他们神话化了，终于让他们上天去成了神。

　　不过像尧、舜、禹等，问题就比较复杂些。如果没有地下出土文物的证实，还不能贸然肯定他们为历史人物。而他们身上的神性，却是表现得很充分的。就以保存神话材料较少的尧而论，《山海经·中次十二经》也还有"洞庭之山，帝（尧）之二女居之，……出入必以飘风暴雨"这样的记载，说明着尧的作为天帝的神性。因而这些人物最初是神话人物还是历史人物，是神下地还是人上天的问题，只好姑且存疑。

　　这样说来，神话不仅是因为神话历史化的缘故而有所散亡，且也因为历史神话化的缘故而有所增添了。是的，实际的情况就是如此。如果只看到散亡的一面，而没有看到增添的一面，那也是不符合客观事实的。我们之所以较多地谈到散亡并对之感到惋惜者，因为散亡的往往是最古老、最原始的神话，是产生于人类社会的童年时期而对于我们显示着不朽魅力的神话，而增添的则是较后起的神话，其中有些已多少含有封建性的糟粕。但虽说是这样，从增添的神话中，也还是能看出古代劳动人民的爱憎取舍，我们也应当一并予以考察和研究才是。

　　如上所说，古代神话和古代历史既然是两条互相平行的线，而它们又时常纠缠在一起，搅混不清，那么，在由于神话历史化和其他种种原因而导致神话散亡、只剩下零星片段的今天，如何根据现存的零星片段的神话资料去整理古代神话呢？这是一个值得研究的问题。在我是认为：遵循着历史的这条线索去整理古代神话，不失为有效的办法，并且似乎舍此而外也没有更好的途径可循。茅盾在《中国神话研究ABC》中，早主张"将一部分古代史还原为神话"，同时还具体地论述到进行这项工作的困难和应该怎样进行这项工作。他的话我认为是相当正确的。以前我所做的神话整理工作，大体上就是朝着这条路子，采取这种办法做去的。

　　曾经也有同志不以为然，给我提出意见。认为不应该先盘古而后女娲，因为女娲之名早见于《楚辞·天问》，而盘古则是三国时吴人徐整著《三五历纪》才出现的。又认为不应该先神农而后后羿（即羿），因为后羿是"原始渔猎社会之神"而神农则是"原始农业社会之神"，照理农业社会是不应该居于渔猎社会之先的。我一面感谢同志们的好心指教，一面却也不能不说说工作本身的困难。自然，如果依循着各种神话故事见于现存记载的先后、或依循着各种神话所反映的社会形态在社会发展史上的先后去整理神话，那也未始不可，但整理出来的将是另一种状态——是一种我不愿意见到的各不相属的状态。但如果遵循着历史的这条线索（即神话故事之间情节上关联的先后）去整理神话，我想，实在没有办法先写女娲造人然后再写盘古开天辟地，或者干脆把盘古扔开，略而不论，一开始就写女娲补天或女娲造人。如果真要这样，整个神话的顺序都会打乱了，可以说简直无从着手。一切还是得从盘古叙起，不管此说的出现或先或后。而且根据至今还流传在很多少数民族人民口头的有关开天辟地的神话传说，我们相信盘古之说见于文字纪录虽然较晚，且已含有浓厚的哲学色彩，但它却是有着古神话传说的凭依的。正如女娲兄妹结婚的故事虽始见于唐李冗《独异志》，但它却与流传在今天许多少数民族人民口头的伏羲女娲兄妹结婚故事吻合之有古神话传说凭衣是一样。因此实在没有法子先女娲而后盘古。神农和羿的情况也是如此：只能是先有"尝百草"的神农然后才能有尧时候射太阳的羿。羿既然已经被安排在特定的历史地位了，他就没有办法"反其道而行之"，跑到神农皇帝前面去。否则整个故事就无从叙写起。何况他还有"请不死之药于西王母，嫦娥窃以奔月"的神话，虽是后起，且带点仙话意味，但既然已经被公认为是羿的主要神话之一了，我们也不能舍之而不顾。既要采取，那就不能把已达到高度医药水平的"请不死之药"的羿的神话放到还须"尝百草"发明医药的神农神话之前。如果真要这么做，就未免太令人好笑了。所以如今编选的这个神话选本，为要将极零碎的神话片段缀集起来，从中清理出个故事的条贯，还是只得老老实实地，先盘古而后女娲，先神农而后羿，循着历史这条线索，尽可能地去恢复古代神话的原始面貌。当然，这种工作充其量也只能做到"近真"，若说是要做到"全真"，恐怕永远也不容易办到了。

四

中国神话和其他国家的神话比较起来，有许多共通处，但是也有几点显明可见的特色。

首先我们感觉到，在我国神话当中，响彻了劳动的回音。马克思主义的艺术观，认为一切文学艺术都起源于劳动，神话既然是古代人民的口头文学，不用说也是起源于劳动的。这是客观的真理，有大量的材料可以证明这个真理。从我国古代神话传说中，我们可以具体、鲜明地看到如下的事实：神话中所歌颂的具有威望的神，或者是神性的英雄，几乎无一不与劳动有关。像开天辟地的盘古，炼石补天的女娲，发现药草的神农，教民稼穑的后稷，驯养动物的王亥，射日除害的羿，治理洪水的鲧和禹，亲自在历山种田、在雷泽捕鱼、在河滨制陶器的舜，等等都是。例子如果再要举下去，还可以举出若干，但这已经足够了。

高尔基说："在原始人的观念中，神并非一种抽象的概念，一种幻想的东西，而是一种用某种劳动工具武装着的十分现实的人物。神是某种手艺的能手，人们底教师和同事。"（《文学论文选》页三二二——《苏联的文学》）从以上介绍的中国神话的主要内容看，这种论断可说是确切不移的。

至于说到这些神话里的"劳动英雄"所从事的劳动工作，也是很有意思、值得探讨的。当然，既曰"神话"，那么他们所从事的劳动，就不是平常的劳动，而是生上了"幻想翅膀"的劳动。有的或者是凭藉了神力，如女娲炼石补天；

有的或者是使用了法宝，如鲧治洪水，用了从天帝那里窃取来的能够生长不已的息壤；有的神力、法宝和技艺兼而用之，如射日除害的羿，既有天帝赐予的神弓神箭为之助，又倚仗着本身的神力和技艺；有的则干脆变作异物，从事某种特殊的劳动，以达到他所预期的目的，如传说禹治理洪水，曾变做熊去凿山开路，等等。神话中英雄们所表现的劳动方式虽殊，其目的却无非想要达到如高尔基所说的"减轻自己的劳动，提高它的效果"（《苏联的文学》）这样的愿望罢了。这在生产力低下、长时期被生存的困难和与自然灾害作斗争的困难所压迫着的原始社会的人们，通过幻想创造出这些神舌英雄来鼓舞他们劳动的热情和征服自然的信心，原是容易被我们理解的。

此外从神话里我们还可以见到诸神和诸神的著名子孙的许许多多创造发明。如传说女娲制作了笙簧，伏羲看见蜘蛛结网发明了网罟，黄帝创制了衣裳，伯益发明了捕兽的陷阱，舜作了箫，少昊的儿子般发明了弓和箭，帝俊的玄孙吉光拿木头来制作了车子，帝俊的八个不知名的儿子创作了歌舞，帝俊的孙子义均替下方人民制造出种种工艺上的灵巧物事，因他又名叫倕，人们就叫他做巧倕，等等。古代人民正是用这些神话性质的传说来集中赞美了勤劳智慧的祖先们的劳动创造的业绩。

其次，中国神话的一个最主要的特色，就是从神话里英雄们的斗争中，我们常常可以见到那种为了达到某种理想，敢于战斗，勇于牺牲，自强不息，舍己为人的博大坚忍的精神。这种精神表现在古神话传说里，的确是富于传统的民族风格的。

最典型的例子就是大神鲧盗窃天帝息壤用以平治洪水的神话。这个神话的部分内容和希腊神话取火者普洛米修斯的神话非常相似。不过普洛米修斯神话到神话中英雄被锁上奥林帕斯山，让宙斯派遣的崖鹰来日夜啄食他的心肝为止，也就临近尾声，于以见到他为人民有宁死不屈的奋斗牺牲的精神；而和他相似的鲧的神话，到此却还没有休止。鲧被天帝压杀在羽山，死了三年尸身都不腐烂，又从肚子里化生出他的儿子禹来继续去完成他治水的功业。——"鲧腹生禹"，自然是神话，但是这神话却包含着多么丰厚而动人心魄的思想内容啊！《庄子》说："指穷于为薪，火传也，不知其尽也。"稍微有点和鲧、禹神话的意境相近。为人民谋幸福的宏大理想，使鲧竟坚忍到能抗击死亡，将自己全部心血和精魂化生出新的一代去夺取斗争的胜利，那非凡的英雄气概自然又超胜于普洛米修斯了。神话中鲧的形象实际上就是世世代代和反动统治者作斗争、"野火烧不尽、春风吹又生"的英雄人民的形象,此其所以为动人心魄,为万古长新。

不仅是鲧,就是鲧的儿子禹,为了秉承鲧的遗志,继续去平治洪水,神话里说他逐共工,杀相柳,诛防风氏,擒无支祁,化熊开山……坚持战斗,百折不回地以求达到目的;传说里更说他"沐甚雨,栉疾风"(《庄子》),"手不爪,胫不毛"(《尸子》),"颜色黎黑,窍藏不通"(《吕氏春秋》),"身执耒臿,以为民先"(《韩非子》),"居外十三年,过家门不敢入"(《史记》),等等:那种舍己为群、忘我劳动、大公无私的精神,又何尝多让于他的父亲!

不仅是禹,就是那射日除害的英雄羿,他也能够无惧于触忤天帝,居然一气射落殃害人民的天帝的九个太阳儿子,又杀猰貐,诛凿齿,射大鹏,斩巨蟒,屠戮九头水火怪,生擒活捉大野猪,后来更和"化为白龙""溺杀人"的河伯战斗,射瞎了河伯的左眼:他那种不顾利害,不计安危,只要是为人民的义之所在,就一往直前的战斗精神,也是深深令人感动的。

不仅是鲧、禹、羿,更往上推,就是那荒古神话传说中的追日的巨人夸父,填海的小鸟精卫,以及被斩断了头颅,而犹"以乳为目,以脐为口",左手执盾,右手持斧在那里挥舞不息的无名天神刑天,他们的那种被某种坚强的信念所萦系着,虽然在他人看来事情已经"不可为",可是他们却还奋斗不懈,为之不息的勇迈精神,也是多么鼓舞和激动人心,教人神往!

不仅是上述的那些神人,就是后来《列子》所记叙的、略带神话意味的寓言中的移山的愚公,他为了要搬去阻挡在他家门前的太行、王屋两座大山,说干就干,马上和他的儿子、孙子动起手来,河曲智叟笑他愚拙,去劝阻他,他反驳河曲智叟的那番话:"虽我之死,有子存焉,子又生孙,孙又生子,子又生子,子又有孙,子子孙孙,无穷匮也,而山不加增,何苦而不平?"也是使人于平易中悟出非凡的真理。愚公的精神实在和神话里许多神人的精神是一贯的。

总而言之,不管是鲧、禹、羿也罢,不管是精卫、夸父、刑天、愚公也罢,不管是后来传说的拔蛇的五丁、斗蛟的李冰等等都罢,他们的形象实在就是我国世世代代勤劳勇敢的英雄人民的最生动的概括。

在阶级社会的阶级斗争中,反抗暴君的专制,也是中国神话的一个显著的特色。鲧和羿的反抗天帝,姑无论了。即如在关于桀纣的神话传说中,代表人民的成汤和武王的反抗桀纣,同举义师,吊民伐罪,诸神也是站在成汤、武王这一边的。仙人师门为孔甲驯龙,不能投合孔甲的心意,孔甲就把师门杀了,但是葬身荒野的师门，却以伯术焚烧王城附近的山林，使孔甲受惊而死；周宣王冤杀杜伯，死去的杜伯仍然出现，用箭射死正在田猎佚乐的周宣王，报了他的冤恨。如果还往下推，那么还有干将的儿子眉间尺对楚王所作的斗争，被煮在汤镬中的他的头，竟至于"七日七夜不烂"，后来终于凭藉了"道逢客"的宝剑报了父仇；还有韩凭的妻子对宋康王所作的斗争，当"阴腐其衣"的她从青陵台上跳下毅然就死时候，被牵挽的她的衣服都化作了片片蛱蝶。凡此种种，莫不表明人民和残暴的统治者是站在不可调和的对立地位的。"时日曷丧，予及汝皆亡！"《书·汤誓》里的这两句有名的誓词就代表了处在阶级矛盾斗争尖锐时期的广大人民群众对于残暴统治者的切齿愤恨，因而许多神话传说也就通过幻想的形式鲜明地反映出了群众的这一斗争的正义性。

又还有，在长时期遭受着严酷的封建统治的中国社会，随时也在产生着新的神话。这些神话的主题，往往就是描写青年男女对于爱情幸福和婚姻自由的追求，从而向封建势力展开了不屈的斗争。牛郎织女的神话首先唱出激情的歌子来，其次是七仙姑和董永的神话，接着又是华岳三娘和她的儿子沉香的神话，然后又来了白娘子和许仙的神话……这些神话几乎都无例外地通过了人神（只有白娘子是正统派眼光里的所谓"妖"，然而我们还当她是神）恋爱的关系向封建社会吃人的"礼""法"掷出了投枪。梁山伯祝英台的故事是一个美丽而悲凄的民间传说，然而"化蝶"的结尾，也带着充分的神话意味，并且把这一对以死来反对封建压迫的青年男女的斗志高扬了。凡是这类主题的故事，不论是神话也罢，是传说也罢，从中都可以见到神话中包含的那种鼓舞人心的积极的浪漫主义精神。因而，如果说在阶级社会主要是封建社会中产生的一些神话传说还不可避免地有它封建性的糟粕的话，那么它的民主性的精华也就正从如上所说的特色中闪射出熠耀的光芒来。

五

神话，是人类社会童年时期的产物，它反映了古代人们对于世界的一种幼稚的认识。神话虽是出于幻想，但和现实却有密切关系。毛主席说："……神话中所说的矛盾的互相变化，乃是无数复杂的现实矛盾的互相变化对于人们所引起的一种幼稚的、想像的、主观幻想的变化，并不是具体的矛盾所表现出来的具体的变化。"（《矛盾论》——《毛泽东选集》第一卷，人民出版社一九五二年版，第三一九页）从这段著名的言论中，我们知道神话也是一种现实的反映，但是神话所反映出来的现实，乃是经过古代人们头脑中"幼稚的、想像的、主观幻想的"三棱镜所折射改造过的现实，因而神话具有着浓厚的浪漫主义色彩。

马克思在论到希腊神话和希腊艺术的时候，曾经这么说过："一个成人不能再变成儿童，否则就变得稚气了。但是，儿童的天真不使他感到愉快吗？他自己不该努力在一个更高的阶梯上把自己的真实再现出来吗？在每一个时代，它的固有的性格不是在儿童的天性中纯真地复活着吗？为什么历史上的人类童年时代，在它发展得最完美的地方，不该作为永不复返的阶段而显示出永久的魅力呢？"（《〈政治经济学批判〉导言》，《马克思恩格斯选集》第二卷第一一四页）是的，这就是神话在特定的历史时期产生而存在于本身的"永久的魅力"。

这也是我们为什么要重视神话和研究神话的理由之一。的确，从神话里，我们可以看到古代劳动人民的思想观念是怎样的：他们怎样设想世界的构成，怎样歌颂人民的英雄，怎样想望生活过得更美好，怎样赞美劳动和斗争，等等。尤其是从神话中表现出来的那种移山填海的英雄气概，和"头可断、志不可屈"、前仆后继的斗争精神，充分地说明了存在于我国古代劳动人民身上的品质的高贵。这种高贵品质，劳动人民世代相承，直到今天，和当前的革命运动相结合，又更加无比地发扬光大了。

神话因为有了积极的浪漫主义因素，影响到后来的文学艺术，就使后来的文学艺术更加丰富多彩。单说文学，首先是大诗人屈原的几篇诗作：《离骚》《天问》《九歌》《招魂》《远游》等，都因为有了神话做题材，而焕发出异常的光彩。陶渊明的《读山海经》几首诗，也就很有点"金刚怒目、愤愤不平的样子"（鲁迅：《且介亭杂文二集·"题未定"草》），固然是他作为诗人本质的一面，而神话本身包含的积极因素也是不容忽视的。李白的诗篇里，多有以神话题材入诗的，如《梦游天姥吟留别》《蜀道难》《梁甫吟》，等等，构成了他的诗作的浪漫主义精神的基调，也表达了他对于当时现实生活的愤慨。唐代诗人中，像卢仝、李贺、李商隐等，也都喜欢运用神话入诗，形成他们各自特有的富于浪漫情调的风格。卢仝的《月蚀》和《与马异结交》二诗，全篇几乎都以神话素材组成，尤为突出。

古代神话，流传到了后世，更有播为杂技、歌舞、戏曲或演为小说的。汉代的"角抵戏"，"头戴牛角而相抵"，是杂技，据说就是根据蚩尤在战场上和敌人作战的神话。汉末张衡《西京赋》写的"总会仙倡，戏豹舞熊……女娥坐而长歌……洪涯立而指麾……"种种景象，是杂技而兼歌舞，大约也是根据娥皇、女英和洪涯先生之类神话仙话的。至于戏曲，有不少神话戏，现在还流传，还常见于舞台，几乎各个剧种都有，要难悉举。

说到小说，魏晋文人的笔记小说中，很多就是古代神话的较原始的材料。唐代的传奇文当中，也有不乏神话因素的，如王度的《古镜记》、李朝威的《柳毅》、李公佐的《李汤》、牛僧儒的《玄怪录》，等等。至于正式演为小说的，则有明代吴承恩的《西游记》，主角孙悟空的形象是取材于古神话中的夔，和唐人小说中的无支祁；许仲琳的《封神演义》，取材于《太公金匮》《六韬》等书；清代李汝珍的《镜花缘》，取材于《山海经》等书；明末周游的《开辟衍绎》，更是杂取古代神话与史传混合点染而成：尤可见古神话影响的深远。

鲁迅的《故事新编》，其中《补天》《理水》《奔月》《铸剑》等，都是取材于古代神话，不但结合现实斗争，并且把古神话中英雄的精神充分地发扬了；郭沫若的《女神》部分也是取材于神话，其中《女神之再生》《湘累》《凤凰涅槃》等诗剧里，也写了共工与颛顼、娥皇与女英、火中的凤凰等，而给予了所写神话题材以新的意义。

把神话材料运用在文学作品里而高度地发挥了神话中积极的浪漫主义精神的，仅见于毛主席所写的若干诗词：如《七律二首——送瘟神》里所写的牛郎，《蝶恋花——答李淑一》里所写的嫦娥和吴刚，《水调歌头——游泳》里所写的"神女"（瑶姬），《七律——答友人》里所写的"帝子"（娥皇和女英），《七律——和郭沫若同志》里所写的孙大圣（孙悟空），《渔家傲——反第一次大"围剿"》里所写的"与颛顼争为帝、怒而触不周之山"的共工，都是。这些神话材料的被运用，都赋予了它们以全新的革命意义。原来存在于神话中的积极的浪漫主义，经毛主席一发挥，遂一变而为与革命的现实主义紧密相结合的革命的浪漫主义，从而焕发出与旧不同的瑰奇灿烂的光彩。从这一点说来，不但是神话丰美了文学艺术，卓越的文学艺术反转过来又给古代神话以新的生命力。

这又是一个理由，说明我们为什么要重视神话和研究神话：神话和文学艺术的关系实在是太紧密了。

六

中国古代神话，其最早部分的产生时期，虽可信为是在原始社会，但其见于文字记录却比较的晚。《易》《诗》《书》可能都是春秋以前的作品,然而那时已经是奴隶社会的末期了,其中都有着一些古神话传说的片段。如《易·大壮》:"丧羊于易,无悔。"《旅》:"鸟焚其巢,旅人先笑后号咷,丧牛于易,凶。"经王国维考证,据说就是王亥的故事。又如《书·舜典》有"击石拊石、百兽率舞"的夔的神话,有先"让于朱、虎、熊、罴"、终于作了"上下草木鸟兽"总管官的益的神话,……虽然这些神话都给蒙罩上了一层历史的面纱。《诗》里也有一些神话的片段,其中记述禹的神迹的地方特多。如《信南山》说:"信彼南山,维禹甸之。"《韩奕》说:"奕奕梁山,维禹甸之。"《文王有声》说:"丰水东注,维禹之绩。"《长发》说:"洪水芒芒,禹敷下土方。"……都是。此外如像《玄鸟》的"天命玄鸟,降而生商",涉及到了简狄吞燕卵生契的神话;《生民》的全篇,就是后稷诞生神话的最早而又最完整的记录。除此而外,从上述三书中还能找到一些极微细的神话点滴,但已经不足道了。三书已偏于人事方面的叙写,故神话的因素不多。

先秦古籍保存神话资料最丰富的,的确要数《山海经》。《山海经》里记述的许多神话的片段,看来的确还是古神话的原貌,未经多少改动,极可珍贵。像"夸父逐日""精卫填海"之类,固然是一眼就能看出,不用说了。即以鲧、禹的神话而论,如《海内经》所记叙的鲧窃息壤、鲧腹生禹,《海外北经》和《大荒北经》所记叙的禹杀相柳(相繇),《海外东经》所记叙的禹命竖亥丈量大地,等等,也使我们单凭直观就能感到,它的确是古代神话,有古代神话的那份朴野厚重的气氛,而不是改装的历史。可惜《山海经》的《海经》部分——神话资料保存最多的部分——是据图以为文,记叙都很简短,中间经过传写讹挩,有些已难于索解。如《大荒南经》有条云:"有云雨之山,有木名曰栾。禹攻云雨,有赤石焉生栾,黄本、赤枝、青叶,群帝焉取药。"郭璞于各句下注云:"攻谓槎伐其林木。言山有精灵复变生此木于赤石之上。言树花实皆为神药。"但究竟是怎么一回事,虽经注解,我们还是有些茫然。如此之类的神话片段在《山海经》里还多,不能不令人感到遗憾。

其次是《楚辞》。《楚辞》的主要部分是屈原所作的辞赋,经近人考证,大约有《离骚》《天问》《九歌》《九章》《招魂》《远游》等篇,均各保存了不少古代神话的资料。其中尤以《天问》一篇,问了一百七十多个问题,上天下地,神话、历史、传说……无所不包,最为瑰丽宏博。女娲、羿、鲧、禹、河伯、尧、舜、启、稷、羲和、王亥等的名字和事迹均已见于该篇,足以和《山海经》所记叙的互相印证。

除上所说而外，先秦及汉初诸子中，保存神话资料也不少。最多的是《吕氏春秋》和《淮南子》两部书。《吕氏春秋》记述了帝喾、简狄、涂山女、孔甲等神话的片段，看得出来是比较朴质的。《淮南子》虽然文饰多些，但是它的最大贡献，则在于它首先较详细地记述了女娲补天、羿射日除害、嫦娥奔月等神话。《庄子》各篇中亦多有披上了哲理外衣的神话点滴，不可完全看作是寓言，如鲲鹏之变、黄帝失玄珠、藐姑射仙人等。《列子》书中也保存了若干古代神话和传说的片段：如归墟五神山、华胥氏之国、偃师献艺、甘蝇教射等，都很可贵。虽然有人说这书是晋人伪造，但即使如此，这些故事的引用亦必有所自来，决不会都是凭空杜撰的。此外，《墨子》一书保存的神话资料也有一些，如成汤伐夏、三神助周攻殷等，但已经染上了若干宗教迷信的宿命论色彩，不可不予以分析剔除。先秦诸子中的确只有"不语怪力乱神"的儒家的几部经典著作如《论语》《孟子》《荀子》……保存神话资料较少，然而也还是有一些古代传说的片段，如《孟子》记叙的逢蒙杀羿，《荀子》记叙的禹逐共工等，可以弥补散亡了的古神话的残缺，自然亦可珍贵。《荀子》的《非相篇》里，叙写了若干古圣先贤（实际上大都是神话英雄）的特异状貌，更给我们提供了可贵的研究资料。《韩非子》书中也记述了一些古代神话传说，最著名的是《十过篇》里记叙的黄帝在西泰山大合天下鬼神的神话，足以证实本来是上帝身份的黄帝的神格。

神话散亡的重要原因既然是由于神话历史化，史籍当中保存历史化神话的资料自然不会少。先秦史籍，首推《左传》《国语》。《国语·楚语》所记的颛顼命重黎"绝地天通"，《左传·昭公二十一年》所记的少昊当国、以鸟名官等，即其显例。《周书》和《战国策》里也有一些，但已多属传说。《穆天子传》昔人视为历史，其实不过是具有神话因素的历史小说，其记周穆王西巡狩见西王母故事，为西王母传说的第一步演化。西王母在此书中，已由豹尾虎齿的怪神一变而为雍穆的人王。汉代及汉代以后的史籍，自当首推司马迁的《史记》，由于据说是"史公好奇"，因而多采神话传说以入书，于是遂有如简狄吞燕卵生契、姜原履大人迹生后稷、黄帝教熊罴貔貅䝙虎以战炎帝（蚩尤）……这样一些神话记叙。其他如像《汉书》《后汉书》《三国志》《晋书》等中，也偶然有些古神话传说的点滴，但已不多。倒是在某些地方史乘，如东汉袁康的《越绝书》、赵晔的《吴越春秋》，以及晋常璩的《华阳国志》等中，这方面的记叙偏多。

如《华阳国志》就记叙了关于杜宇、开明、李冰的神话；《越绝书》和《吴越春秋》也记叙了关于禹的神话，足以补前代记叙之阙。以上所说史籍中的神话，自然都是历史化的神话。

《水经注》是一部地理书，可是很有特色：这书于河川所经历的名胜古迹，每以神话传说实之，而其所征引的古籍，后代多已佚亡，内容非常丰富，足供研究参考。其他属于这类性质的书，尚有唐李吉甫的《元和郡县志》，宋乐史的《太平寰宇记》等，也征引有一些后代已经佚亡了的古籍中的神话片段；尤以《太平寰宇记》所征引为特多。

宋人罗泌著的《路史》，是一部典型神话历史化的书，把许多神话、仙话、传说都采撷了来，化而为历史。连羿所射的封豕、长蛇，明明是凶猛的野生动物，可是在罗泌的《路史》里，都变成人了（见《路史·后纪十》罗氏按语），自然是妄诞好笑。但因其采撷丰博，虽经转化做历史，仍有神话的迹象可寻。尤其是罗泌的儿子罗苹的注中，往往就径把这些转化做历史的神话的所自来注了出来，其所征引，每多现今已佚亡了的古书，亦足供参考。

此外就是魏晋六朝的神鬼志怪之书，也就是我们称之为"小说"的，更比较直接而大量地记录了许多古代神话传说的片段。像《十洲记》《神异经》《博物志》《述异记》《搜神记》《拾遗记》《异苑》《续齐谐记》等，都有不少可供研究的神话资料。然而有的书，如《拾遗记》，由其渲染太甚，已经是真赝杂糅，糟粕与精华混淆，研究时要下一番较大的识别去取工夫才行。

六朝小说中还有许多是后来佚亡了而见于类书或古书注释中征引的，如像曹丕（？）的《列异传》、郭璞的《玄中记》、殷芸的《小说》、刘义庆的《幽明录》、王俭的《汉武故事》、无名氏的《录异传》等，也有若干古代神话传说资料。鲁迅先生《古小说钩沉》替我们辑录出了魏晋六朝佚亡的小说计三十五种（《青史子》一种系周人著，除外），颇嘉惠于后来学者。

佚书中有属于历史范围的，如扬雄的《蜀王本纪》、习凿齿的《襄阳耆旧传》、谯周的《古史考》、皇甫谧的《帝王世纪》等；属于地理范围的，如辛氏的《三秦记》、李泰的《括地志》等；属于"子书"范围内的，如《随巢子》《尸子》《太公六韬》《太公金匮》《风俗通义》《古今乐录》等；属于"经书"范围内的，如《归藏》《尚书大传》等，都有若干神话资料，须于类书或书注的征引中求之。

又有的古书，其书现今虽存，但中经后人改窜，已非复旧观；而其见于古类书或古书注所引者，往往或为今本所无，或与今本多异。如禹化熊通轘辕山事，

《汉书·武帝纪》颜师古注引《淮南子》，即为今本所无；尧二女教舜服鸟工龙裳以救井廪之难事，《楚辞·天问》洪兴祖注引《列女传》，即与今本多异。此等处所，也须仔细求之，姑能得其真象。

佚亡的书籍中，还有一部分是汉代的谶纬书，如《春秋纬元命苞》《龙鱼河图》《诗含神雾》《遁甲开山图》等，以及先秦的占梦卜筮书，如《琐语》《周志》等，虽涉迷信诞妄，但其中如《龙鱼河图》记黄帝与蚩尤战争事，《周志》记文王梦姜太公事，《诗含神雾》记华胥履巨迹诞生伏羲事，等等，盖均是以古神话传说做底子而又加以夸饰的，未可因其涉及迷信而全排斥之。

神话资料，还散见在殷周鼎彝及汉代石刻画像及砖画中。殷周鼎彝所著的夔纹、饕餮纹、蝉纹等，都和古神话人物有关；汉代石刻画像及砖画中所常见的人首蛇身的伏羲、女娲交尾像，西王母像，月中蟾蜍、日中踆乌像等，都可以和古神话传说互相印证。

仙话是中国神话的变种、末流，但其起源亦不算晚。约当战国初年，已有仙话起于燕齐滨海的民间。大约是受了海市蜃楼变幻不测的影响，故人们设想海岛有仙人，仙人均快乐逍遥不死。此等仙话，传播到贵族统治者的耳朵里，因而齐国有威王、宣王，燕国有昭王，都深好祠仙不死之说。《楚辞·远游》已举出赤松、王乔、韩众等古仙人的名字，可见屈原时代，仙话已由海滨而及于内地了。以后中国神话的一小部分，就开始染上了些仙话的色彩。如彭祖长寿，《天问》称其善烹雉羹，斟以奉献于天帝，因而"受寿永多"；《山海经·海外南经》有不死民，《大荒南经》有不死国，《海内西经》记昆仑山有不死树，并有诸巫操不死之药以疗被贰负神杀害的窫窳之尸：均可见到仙话渗入神话的迹象。汉初刘安《淮南子》所记的"嫦娥奔月"神话，更是仙话渗入神话的显明标志。其后《列仙传》更载炎帝少女追赤松子而仙去，被冤杀的仙人师门以仙术作火焚烧山林，使暴君孔甲震惊而死等等，更可见神话和仙话的杂糅。我以为比较健康的仙话，仍可归入神话的范围内予以考察，不必将界限划得太严，使本来是领域广大的中国古代神话，能够一如其旧地气象开阔。因而如像《列仙传》《神仙传》乃至于更后的《墉城集仙录》《仙传拾遗》之类，在一定程度上都可以作为神话传说研究的对象，而给予应有的注意。

七

最后谈谈我是怎样选释本书的。

本书每个章节，大体上分为如下三个部分：即选文、注释和解说。

先说选文。由于自来没有一个古神话的选本，要从浩繁的典籍中选出一个神话选本来，是比较困难的。这可算是一个尝试。好在以前写作《中国古代神话》，在这方面也略微打下了一些基础。但那时是编写故事，用的是夹叙夹议体，本来不相连贯的神话片段在议论中也可以使之连贯，现在却要让资料直接说话，于是在资料的排比联缀上，就很费了一些工夫。要使这些片段的材料连贯起来，大致勾稽出一个故事的轮廓，是有相当困难的。自然也这么做了，可是还远不能使人满意。由于古神话的散亡，在片段与片段之间，也还有找不到材料可以弥补的空白，例如"羿与嫦娥"章的某些小节就是。遇到这些地方，就只好听其阙如，而于"解说"中以推理弥缝之。

关于资料的引用，首先一个原则，就是尽可能引用其最初出现者。由于某些情况不能引用最初材料时，始引用较后一点的。如姜原神话采《史记》而不采《诗·生民》者，为《史记》是散文记叙，更晓畅明白；褒姒神话采《列女传》而不采《国语·郑语》者，为其首尾更有条贯，虽然无疑它的封建性糟粕也更多些。其次一个原则，就是尽可能引用原文，不加删节。但是这个原则，也每每为实际工作所打破。因为在好些情况下，例如哲学家发挥的哲学议论，史学家所作的过分涂饰，神仙家附加的故弄玄虚的瞎说，以及其他封建性糟粕表现得较显明者，均不能不予以删节。故亦只好斟酌情况，略予删节。中惟"彭祖·老子"章第一节引葛洪《神仙传》文删节较多，大约已什去八九。但是只有删节，并无改动。因为是选本，要照顾到阅读的方便和醒目，于删节处所，亦不加删节符号，以免满纸都是"……"（极个别的地方是例外）。好在各条均注明出处，原文俱在，可以覆按，无碍于作进一步的研究。

又所引古书，其文字有误、衍、脱、倒、注入正文或正文入注的，均在可能范围内，或据学者们的研究心得，或据善本，进行校勘，予以改正。《山海经》《楚辞》《墨子》《吕氏春秋》《淮南子》等书，问题最多，引用亦较繁，均作了较仔细的校改。这其间前代学者如王念孙、孙星衍、卢文弨、郝懿行、俞樾、孙诒让，当代学者如闻一多、郭沫若、刘文典、梁启雄、许维遹诸人，他们所作的研究，对我都有很大帮助。尤以闻一多校《楚辞》，使许多沉湮晦昧的古文古义，焕若发蒙，我所进行的校改工作，因遂多采其说。自己偶有心得，亦或于三数处据已见予以改正。因为是选本，所改文字，就径入正文，并不附在注中，仅于注中说明，原作某字某句及为何改更的理由而已。为便省识，又于所改字句旁*加墨点"·"为记。大体上如系误文、倒文，则于改正文字旁加"·"，如句中有脱文、衍文，或正文入注，或据古书引用古本文字改今本，则于整句旁加"·"。至于还有疑而未明的，则均暂存其原貌，仅于注中说明之，不更妄改。又《山海经》我所据的是郝懿行《笺疏》本，校改中称"原作"者，就是指的这个本子。

其次说到注释。注释的工作也有相当困难。因为选文是采自浩繁的一大堆书籍，有些书还有旧注可循，有些书并旧注也找不到，其中包括向来不为人重视的许多小说笔记，及早已佚亡、仅见于古类书或古书注文中征引的杂史传记之类。有旧注可循的，就尽量利用旧注。旧注错了，则或据学者们研究的成果，或据自己的心得而作新的诠释。至于还有相当大一部分本无注释的，遇有疑难，就只好凭藉于字典、辞书，或乃参以己见，以求解释。如"炎帝诸女"章第三节"炎帝少女追之"的"追"字，我以为就应该释为追其（赤松子）行道之迹而不应是追其本人之身。诸如此类。但遇到实在不能索解的，也就只好阙疑，不勉强解释了。

注释一般是以注词汇为主，特殊情况，有整个句子须加诠释者，亦联贯起来串讲之。正文所引书籍，亦于注释中加以简单说明，以供研究者参考。

说到解说部分，其内容大致可以分为以下几项——

一、解释一章一节的涵义。如"廪君"章、"夸父"章、"炎帝诸女"章第一节等。

二、补充材料。如"盘古"章第一节补充了开辟诸神以及少数民族中传唱的"盘王"事迹；"鲧禹治水"章末尾补充了有关鲧禹的其他神话传说；"牛郎织女"章和"杜宇、开明、李冰"章补充了牛郎织女和杜宇、李冰父子的近代民间传说等。

三、比较异同。如"舜"章引今本《列女传》以与古本比较而证今本之失；"羿与嫦娥"章第二节从《论衡》引《淮南子》云"尧射十日"以见和一般所传说的羿射十日有异等。

四、研究问题。如"羿与嫦娥"章第五节研究嫦娥奔月，化为蟾蜍问题；"武王伐纣"章第二节研究关于纣死的种种传说问题等。

---

* 由于本次出版为简体横排，故本书中，墨点均加于句下或字下。——编者注

五、补充注释。注释中有自己的研究心得，须适当发挥，不能细释的，则每于"解说"中补充之。如"伏羲"章第二节释"过"字，"女娲"章第一节释"化"字，"颛顼"章第一节释"献、邛"字等。

除此而外，还有因神话资料本来不太丰富，古籍篇简复有残阙，文字亦多讹夺，单从正文及注释均难理会的，则就著者的粗浅理解，将整段故事融会贯通叙写出来，以略见其梗概，如"王亥"章。又还有资料虽多，但是过于零碎，兼存则病其繁芜，剔除又伤于单调，于是采取最早记叙的一种做骨干，以为选文，而以后来的种种于解说中剪裁融会说明之，以为补充，如"殊方景物"章。

大概说来，"解说"的内容虽有以上所说几项，但每节的"解说"却不专主一项，往往是因其所宜，兼而有之。

十多年来，在本书的选文、"注释"和"解说"方面，虽然确也花费了一些心力，但对自己说来，究竟算是一种学习、提高，对爱好神话的读者说来，或者也有一些助益——那就是：凭藉着这根陋劣的拄杖，说不定有可能去到瑰奇的神话园苑，作更深入的探索，而有全新的收获。假使如此，就敬盼读者们快快动身前去罢。

袁珂

盘 古

一

　　天地浑沌〔一〕如鸡子，盘古生其中。万八千岁，天地开辟，阳清为天，阴浊为地〔二〕。盘古在其中，一日九变〔三〕，神于天，圣于地〔四〕。天日高一丈，地日厚一丈，盘古日长一丈〔五〕。如此万八千岁，天数极高，地数极深，盘古极长〔六〕。后乃有三皇〔七〕。

　　数起于一，立于三，成于五，盛于七，处于九，故天去地九万里〔八〕。

　　（《艺文类聚》〔九〕卷一引《三五历纪》〔一〇〕）

注释

　　〔一〕**浑沌**：清浊不分的光景。

　　〔二〕**阳清为天，阴浊为地**：依照古人的理解，阴阳两类元素，是构成宇宙万物最基本的东西。天地初分时，属于"阳"的这类元素，是清而轻的，就上升成为天空；属于"阴"的这类元素，是浊而重的，就下降成为大地。

　　〔三〕**一日九变**：九，表示多的意思，是虚数，不是实指。

　　〔四〕**神于天，圣于地**：于，超过。这里的"神"，似者智慧；"圣"，似指能力。

　　〔五〕**盘古日长一丈**：长，音 zhǎng，增长。

　　〔六〕**天数、地数**：数，数目，数字；指天的高度、地的深度。

　　〔七〕**三皇**：其说不一，普通指天皇、地皇、人皇，也有说是指燧人、伏羲、神农的。

　　〔八〕**起**：开始。**立**：建立。**成**：成就。**盛**：壮盛。**处**：终止。**去**：距离。是说数字从一开始，以后逐步发展，终止于九，因此天距离地就有九万里那么遥远。由此可以推想：盘古的身躯也就有九万里那么长。这种整齐的数字推衍，疑当是从后世阴阳术数之说那里得来，已经不是古代神话的本来面貌。

　　〔九〕**《艺文类聚》**：唐代欧阳询等奉敕编撰的一部类书，共一百卷。所采书达一千四百多种，古籍佚文，赖以考见。

〔一〇〕**《三五历纪》**：书名，三国时吴人徐整著，已佚。

解说

盘古是我国神话传说见之于记载较后的人物。在徐整的《三五历纪》之前，在现存的古籍记载中，还没有出现过盘古。但是人们却早就盼望知道这么一个开辟、创造世界的英雄人物了；屈原在他的伟大诗篇《天问》里这么写道：

> 遂古之初，谁传道之？
> 上下未形，何由考之？
> 冥昭瞢暗，谁能极之？
> 冯翼惟像，何以识之？
> 明明暗暗，惟时何为？
> 阴阳三合，何本何化？
> 圜则九重，孰营度之？
> 惟兹何功，孰初作之？
> ……

译文——
> 请问：关于远古的开头，谁个能够传授？
> 那时天地未分，能根据什么来考究？
> 那时混混沌沌，谁个能够弄清？
> 有什么在回旋浮动，如何可以分明？
> 无底的黑暗生出光明，这样为的何故？
> 阴阳二气，渗合而生，它们的来历又从何处？
> 穹窿的天盖共有九层，是谁动手经营？
> 这样一个工程，何等伟大，谁个是最初的工人？
> ……

——郭沫若译

就是人们这种心情的最生动不过的表现。

诚然，在古书的记载里，类似屈原《天问》所问的"造物主"式的英雄人物，也是有过非止一个的，我们可以举出一些例子。

例如《山海经·海外北经》说："钟山之神，名曰烛阴，视为昼，瞑为夜，吹为冬，呼为夏，不饮，不食，不息，息为风。身长千里。其为物，人面，蛇身，赤色，居钟山下。"《大荒北经》说他能"烛九阴"，所以又叫他做"烛龙"。郭璞注引《诗含神雾》说："天不足西北，无有阴阳消息，故有龙衔〔火〕精以往照天门中。"《楚辞·天问》说："日安不到？烛龙何照？"足见烛阴即烛龙的神话是很早的了。

又如《庄子·应帝王》说："南海之帝为儵，北海之帝为忽，中央之帝为混沌。儵与忽时相与遇于混沌之地，混沌待之甚善。儵与忽谋报混沌之德，曰：'人皆有七窍，以视听食息，此独无有，尝试凿之。'日凿一窍，七日而混沌死。"是寓言，但也可信有古神话作为这个寓言的底子。

再如《淮南子·精神篇》说："古未有天地之时，唯象无形，窈窈冥冥，有二神混生，经天营地，于是乃别为阴阳，离为八极。"高诱注说："二神，阴阳之神也。"

又如已经佚亡了的谶纬书《遁甲开山图》说："巨灵与元气齐生，为九元真母。"（《路史·前纪三》注引）又说："有巨灵胡者，偏得坤元之道，能造山川，出江河。"（《文选·西京赋》李善注引）《水经注·河水》更记载了他一件"造山川，出江河"的具体事例。说"华岳本一山当河，河水过而曲行，河神巨灵，手荡足踏，开而为两，今掌足之迹仍存"。

这类具有做"造物主"资格的人物，还可以举出一些，可惜他们都不能算是真正的"造物主"。单从以上所举，我们已可看见：他们或者只是一山的山神，又尚未脱离动物的形体，如烛龙；或者寓言和哲学的气味过于浓厚，如混沌和阴阳二神；巨灵胡本来可以当选，无奈他也只不过是河神的夸饰和雕琢，所以终究找不出适当的人物来填补鸿蒙时代这一段神话的空白。

但人物并不是完全没有。书籍的记载虽然阙略，口头的传说却未泯灭。我国西南少数民族如苗、瑶、侗、黎……中，就还流传着关于盘古或盘瓠的传说。苗、瑶等民族，他们原本居住在中原，由于长期的部族战争，渐渐被迫迁徙到了南方，随而带去并保存了远古丰富的神话传说。这些神话传说，往往可以和汉民族历史化和哲学化了的神话传说互相印证。

盘瓠，据传说最初可能是苗、瑶等民族的祖先。而瑶族人民过去非常崇拜盘古，称之为盘王。每逢天旱，一定要向盘王祈祷，并且抬了盘王的像游行田间，巡视禾稼（见刘锡蕃《岭表纪蛮》）。苗族也有"盘王书"，传唱于苗族人民当中，说盘王是种种文物器用的制作者（见常任侠《沙坪坝出土之石棺画像研究》）——

> 记起盘王先记起，盘王记起造犁耙；
> 造得犁耙也未使，屋背大塘谷晒芽。
> 记起盘王先记起，盘王记起种苎麻；
> 种得苎麻儿孙绩，儿孙世代绩罗花。
> 记起盘王先记起，盘王记起造高机；
> 造得高机织细布，布面有条杨柳丝。
> ……

侗族也有"开天辟地"歌，云：

> 又是盘古开天地，开天辟地生乾坤。
> 生得乾坤生万物，生得万物人最灵。
> 四大名山为境界，天上日月分阴阳。
> ……

徐整作《三五历纪》，吸收了南方少数民族盘瓠或盘古的传说，综合了古神话里开辟诸神的面影，再加上经典中哲理的成分和自己的推想，才塑造了一个开天辟地的伟大的盘古，成为我们中华民族共同的老祖宗。

关于盘古，有人说他就是盘瓠的演化（夏曾佑）；也有说盘古是盘古，盘瓠是盘瓠，二者绝不容许混淆（吕思勉）。个人的看法却是偏于前说。盘瓠之演变为盘古，不仅音同而已，在作为人类始祖或世界开创者的意义上说来，也是相同的。

盘古的传说，不但颇有和盘瓠相通之处，就是和古神话里的烛龙、伏羲，也息息相通。徐整《五运历年记》说："盘古之君，龙头蛇身，嘘为风雨，吹为雷电，……"这同是一人所记的关于盘古的另一传说，其形貌和神力，几乎就是烛龙的摹本。而《山海经·西次三经》说："钟山（按即指钟山之神烛龙），其子曰鼓，其状人面而龙身。"鼓和盘古的"古"，其音相同；传说演变的痕迹，更是斑斑可见。常任侠《沙坪坝出土之石棺画像研究》，更谓"伏羲与槃瓠为双声，伏羲、包牺、盘古、槃瓠声训可通，殆属一词"。更证以布依族所传的洪水遗民神话，有的径称"伏羲兄妹"，有的却说是"盘"和"古"男女二人，尤可见盘古就是伏羲。由此看来，盘古传说的见于记载虽是稍后，追溯其形成的过程，实际上也是源远流长、由来已古的了。

这传说到后代又继续有所发展。最显著的，就是人们给这开天辟地的英雄人物手里添加上了具有着强大气势和威力的劳动工具。明末周游编撰的一部叫做"开辟衍绎"的历史小说里，就这么写着：

> （盘古）将身一伸，天即渐高，地便坠下。而天地更有相连者，左手执凿，右手持斧，或用斧劈，或以凿开，自是神力。久而天地乃分，二气升降，清者上为天，浊者下为地，自此而混茫开矣。
> ——第一回：盘古氏开天辟地

盘古神话在徐整的《三五历纪》里，还可以看出它并没有完全摆脱哲学化的影响，或者倒是作者有意识地要把它弄得更哲学化些。而在这里，开天辟地的盘古，并不是抽象地、神秘地"变化"着，而是"左手执凿，右手持斧，或用斧劈，或以凿开"，威风凛凛地从事着巨大的劳动。这无疑是作者根据当时民间传说的叙写，是劳动人民对于盘古神话的既现实主义、又浪漫主义的构想，是值得我们重视的。"劳动创造世界"这一马克思主义的宏伟思想，在盘古的斧凿挥舞中，已经被人民群众鲜明有力地表现出来了。

二

首生盘古，垂〔一〕死化身。气成风云，声为雷霆〔二〕，左眼为日，右眼为月，四肢五体〔三〕为四极〔四〕五岳〔五〕，血液为江河，筋脉〔六〕为地里〔七〕，肌肉为田土，发髭〔八〕为星辰，皮毛为草木，齿骨为金石，精髓〔九〕为珠玉，汗流为雨泽，身之诸虫，因风所感，化为黎甿〔一〇〕。（《绎史》〔一一〕卷一引《五运历年记》〔一二〕）

注释

〔一〕**垂**：临。

〔二〕**霆**：疾雷，就是霹雳。

〔三〕**四肢五体**：两手两脚称为四肢，加上躯干，叫做五体。

〔四〕**四极**：极，边际；大地四方的边际。

〔五〕**五岳**：岳，高山叫岳，五岳，指东、西、南、北、中五方的高山。《尔雅·释山》："泰山为东岳，华山为西岳，霍山为南岳，恒山为北岳，嵩高为中岳。"

〔六〕**筋脉**：筋络和血脉。

〔七〕**地里**：里通理，大地的文理；指河川道路等。

〔八〕**发髭**：头发和髭须。髭是髭须的一部分：生在口以上的叫做髭，生在下巴上的叫做须。又还有生在脸颊两旁的，叫做髯。这里举出髭来代表以上的种种。

〔九〕**精髓**：精液和骨髓。

〔一〇〕**黎甿【氓】***：黎民；甿，音 méng，与民同义。

〔一一〕**《绎史》**：书名，共一百六十卷，清马骕撰，从古书里纂录开辟到秦末的史事，颇为详尽；其中也收录了一部分古代神话传说资料。

〔一二〕**《五运历年记》**：书名，《三五历纪》的作者徐整著，已佚。

解说

盘古开天辟地，终于被描绘为劳动创造世界，已如上说。这里写他"垂死化身"，又说他把身躯的一切都交付给了大自然，变成了世间的万事万物，使新诞生的世界丰富、美丽：这设想更是多么崇高，气魄又是多么宏伟！神话的记录虽然已经是封建社会中期，却并不是这个时期汲汲于功名利禄、代表统治阶级利益的庸夫俗子所能有的构思，肯定还是初民的设想，是经过历代劳动人民口耳相传而被记录下来的。这种巨人尸体化生万物的神话，在世界上很多古老民族的开辟神话中，也是所在多有。例如印度神话说：自在以头为天，足为地，目为日月，腹为虚空，发为草木，流泪为河，聚骨为山，大小便利为海。北欧神话也说：奥定杀霜巨人伊麦，以其肉造成土地，血造成海，骨骼造成山，牙齿造成崖石，头发造成树木花草与一切菜蔬，髑髅造成天，脑子造成云。等等。其设想世界的构成，虽然托之于"神"，于"巨人"的"化生"，而其中心思想，无非讴歌人创造世界的伟大。而盘古的垂死化身，则更是突出地将这一思想形象地显现出来。

---

*本书中"【 】"注的内容，皆为编者所加，以标注出相应的简化字，或古（原）字等。下同。

三

昔盘古氏〔一〕之死也，头为四岳〔二〕，目为日月，脂膏〔三〕为江海，毛发为草木。

秦汉间俗说〔四〕：盘古氏头为东岳，腹为中岳，左臂为南岳，右臂为北岳，足为西岳。

先儒〔五〕说：盘古泣为江河，气为风，声为雷，目瞳为电。

古说：盘古氏喜为晴，怒为阴。

吴楚间说：盘古氏夫妻，阴阳之始也〔六〕。

今南海有盘古氏墓，亘三百余里，俗云后人追葬盘古之魂也〔七〕。桂林〔八〕有盘古氏庙，今人祝祀〔九〕。南海中盘古国，今人〔一○〕皆以盘古为姓。

昉案〔一一〕：盘古氏，天地万物之祖也，然则生物始于盘古〔一二〕。

（《述异记》〔一三〕上）

注释

〔一〕**盘古氏**：即盘古。氏是姓的支系，所以别子孙之所出；这里盘古称氏，犹称盘古为祖，表示对盘古的尊崇。

〔二〕**四岳**：岳同嶽；四岳，四方的高山。或说，从五岳中除去中岳嵩高，剩下东岳泰山，西岳华山，南岳霍山，北岳恒山，就叫四岳。

〔三〕**脂膏**：动物身体内的肥肉和油脂，叫脂膏。《礼·内则》："脂膏以膏之。"疏："凝者为脂，释者为膏。"

〔四〕**秦汉间俗说**：秦代和汉代之间的民间传说。

〔五〕**先儒**：从前的学者。

〔六〕**吴楚间**：吴和楚一带地方。大概江苏省和浙江省的一部分古为吴地，湖南省和湖北省古为楚地。**阴阳**：指男女婚姻关系。吴楚一带，关于盘古，又认为天生盘古夫妻，是男女婚姻关系的开始，人类就是由他俩滋生繁衍下来的。

〔七〕**南海**：秦代设置的一个郡的名称，有现在广东全省除西南部以外的地区，汉代仍之，三国吴以后到隋唐时代废置不常，元代废。**亘**：横亘，绵亘。**追葬**：人死已久，为了纪念其人举行的一种徒有仪式的葬礼。开天辟地的盘古，无从埋葬，故传说南海有绵亘三百里的大墓，亦仅追葬其魂而已。

〔八〕**桂林**：秦置郡名。约有现在广西壮族自治区的全部地方。其后三国时吴也设置桂林郡，治所在现在广西壮族自治区象州。其后南齐所置桂林郡，治所也在这里。此处所说的桂林，即指广西壮族自治区象州。

〔九〕**祝祀**：祈祷和祭祀。

〔一〇〕**今人**：指《述异记》成书时代传说中盘古国的人。

〔一一〕**昉案**：昉，任昉；六朝时梁人，据说就是《述异记》的作者。案，案语，作者于记述了有关盘古的种种传说之后，加上案语，发表自己的意见。

〔一二〕**然则生物始于盘古**：生物，人类及其他有生之物；这样看来，那么人类和所有生物都是从盘古开始的。

〔一三〕**《述异记》**：书名，凡二卷，旧本题梁任昉撰，内容相当杂乱，当是后人杂集诸家小说又益以昉书佚文而成。别有晋祖冲之《述异记》，已佚，鲁迅《古小说钩沉》有辑录。

解说

关于盘古的传说，徐整以后数百年中，继响无闻，仅见于如上所录题名为梁任昉《述异记》的记述，然而可说是集盘古传说的大成。除前四条同于《绎史》卷一引《五运历年记》及《广博物志》卷九引同书："盘古之君，龙头蛇身，嘘为风雨，吹为雷电，开目为昼，闭目为夜。"当即烛龙神话的演变，是旧闻以外，其余都有新的内容。

如像所记"吴楚间说，盘古氏夫妻"云云，就和下面的几个故事有关：一是《山海经》所叙的黄帝的裔孙弄明生了一对白犬，白犬有牝有牡，自相配合，它们的后代便成为犬戎国；一是《搜神记》（《汉魏丛书本》）所述的槃瓠杀房王立功，得公主为妻，子孙也成为犬戎国；一是唐李冗《独异志》所记的"女娲兄妹"于昆仑山结草障面，配为夫妻，由是便滋生繁衍了人类。我们知道：盘古故事是盘瓠故事的演变，即"盘古氏夫妻"之说，亦有由盘瓠故事演变的迹象可寻。盘瓠故事，源出于《山海经·大荒北经》"黄帝生……弄明，弄明生白犬，白犬有牝牡，是为犬戎"。其后传说演变，就成为男犬而女人，如盘瓠故事所述的了。古籍记叙盘瓠故事，关于盘瓠的来历，每多阙略，惟李贤（章怀太子）注《后汉书》引《魏略》（三国魏鱼豢撰，已佚）云："高辛氏有老妇，居王室，得耳疾，挑之乃得物，大如茧，妇人盛瓠中，覆之以槃，俄顷化为犬，其文五色，因名槃瓠。"最为明白，为《搜神记》及《三才图会》等记叙所本。

后世流传于西南少数民族中的盘瓠传说，于此亦无多大出入。只是《魏略》所谓的"高辛氏有老妇"，民间口头传说则是"高辛王元后""皇后"，我们以为后者或更能得古传说的真相。那么由"皇后"耳内挑出的金虫所变化的盘瓠，他和"公主"的婚姻关系也就近于同胞了。故说"盘古氏夫妻"的传说，实际上应当是白犬传说以及盘瓠婚"公主"传说的演变。至于"女娲兄妹"婚配的传说，虽始见于唐李冗《独异志》的记述，然其流传于人民口头的，应远较此为早；从至今还传述于西南地区少数民族中若干大同小异的伏羲兄妹（即"女娲兄妹"）结为夫妻的传说可以推知：这也是对"盘古氏夫妻"的传说有影响的。况伏羲、盘古，一音之转，"盘古氏夫妻"当即伏羲氏夫妻无疑问了。总之，无论盘古、白犬、盘瓠、伏羲……的婚姻传说，无非反映了原始时代氏族社会曾经有过一度的血亲婚配。神话每每是历史的影子，这里又得到一个证明。

至于所记述的盘古墓、盘古庙、盘古国等，可见中国古代南方民间对盘古信仰的隆崇。《路史·前纪一》注云："今赣之会昌有盘古山，湘乡有盘古保，零都有盘古祠，荆湖南北以十月十六日为盘古生日。《元丰九域志》：广陵有盘古冢、庙。"盘古的遗迹在中国南方确实是很多的。如今广西壮族自治区，介在岑溪县和容县之间，还有一个小城镇，就叫"盘古"。唐末道士杜光庭的《录异记》，更说广都（在今四川省双流县境）有盘古三郎庙，"颇有灵应"，能为人祸福。它的妄诞姑且不论，从盘古三郎的名目，可知"盘古氏夫妻"的传说确实是有根据的：因为人们已经妥善地替他们安排好了后嗣。

女 娲

一

娲，古之神圣女，化〔一〕万物者也。（《说文》〔二〕十二）

传言女娲人头蛇身，一日七十化〔三〕。（《楚辞〔四〕·天问〔五〕》王逸〔六〕注）

黄帝生阴阳，上骈生耳目，桑林生臂手，此女娲所以七十化也〔七〕。（《淮南子〔八〕·说林篇》）

注释

〔一〕化：化育、化生。

〔二〕**《说文》**：书名，《说文解字》的简称，凡三十卷，汉许慎撰，是我国最早的一部字典。

〔三〕**一日七十化**：一天当中，化育、化生多次。这里的七十，是虚数，只是表示多的意思。

〔四〕**《楚辞》**：书名，汉刘向辑屈原、宋玉、景差等人的辞赋而成，共十六篇。后来王逸注《楚辞》，又把自己的《九思》和班固的两篇序加进去，勒成章句共十七卷。

〔五〕**《天问》**：《楚辞》中的一篇，屈原作。根据古代神话传说，发为问题一百七十多个，上天下地，无所不包，是研究神话传说必须参考的作品。

〔六〕**王逸**：东汉人，字叔师，《楚辞》的第一个注释者。

〔七〕**黄帝**：古代神话说：天上有五方上帝，黄帝是位居于中央的上帝。**黄帝生阴阳**：高诱注："黄帝，古天神也，始造人之时，化生阴阳。"比照下文"上骈生耳目，桑林生臂手"看，这里所说的"阴阳"，当指阴性和阳性的性器官。**上骈、桑林**：高诱注："上骈、桑林皆神名。"其行迹已不可考。骈，音 pián。这一段所记叙的，大约是诸神怎么创造人类：有生阴阳性性器官、分别男女的，有生耳目五官的,有生手足四肢的,由于记叙简略,详细情形已不得而知。女娲在和诸神共同创造人类的工作中,承担了主要的工作,故结末云:"此女娲所以七十化也。""化",是"化生""孕育"的意思,详后"解说"。

〔八〕《淮南子》:书名,共二十一卷,汉淮南王刘安与其门客同撰;思想大体接近老庄,而纵横曼衍,多所旁涉,古代神话资料,赖以保存不少。

解说

女娲是我国古代神话中最伟大的一位女神,她的名字始见于《楚辞·天问》:"女娲有体,孰制匠之?"问了个没头没脑的问题。揣度意思,大约是说:女娲作成了别人的身体,她的身体,又是谁作成的呢?这问题确实问得出奇,教人无从解答。然而正因为如此,女娲的神性也就可以想见。因此注《楚辞》的王逸,就引了汉代的民间传说而说"传言女娲人头蛇身,一日七十化",把女娲的形躯和神通来描写了一番。

女娲的"人头蛇身"的形躯,那是千真万确,没有疑问的。证以王延寿(王逸的儿子)的《鲁灵光殿赋》(见《文选》),亦云"伏羲鳞身,女娲蛇躯",那是汉初艺术家根据当时民间传说画在鲁国灵光殿的壁上而为后来王延寿游鲁时所目击的,足见无讹。不仅此也,再证以近世出土的许多汉代石刻画像和砖画,伏羲女娲确都是腰身以上作人形,穿袍子,戴冠帽,腰身以下为蛇躯,紧紧缠绕相交,亦足见王逸之说非虚。

成问题的只是"一日七十化",这"化"字究竟该怎么解释。一般的解释,是"变化";晋时郭璞注《山海经·大荒西经》"有神十人,名曰女娲之肠("肠"或作"腹"),化为神,处栗广之野,横道而处"云:"女娲,古神女而帝者,人面蛇身,一日中七十变,其腹化为此神。"就是将"化"解释作"变化"的"化"。但问题并不这么简单。

诚然,"化"有"变"的意思,所以"变化"连文。"杜宇化鸟""牛哀化虎",都是这个"化",可以释之为"变"。那是以彼易此,以后更前,"化"了之后,本身就不存在,部分"化"了以后,部分也不存在:这就叫"变"。女娲的肠或腹"化"为神十人",就是这种性质。郭璞以"变"解释女娲此处的"化",是对的,但把女娲的"一日七十化"解为"一日中七十变",那就不对了。

要确切地解释"七十化"这个"化"字,就应当把《说文》所说女娲是"化万物者也"的"化"和《淮南子》所说在诸神创造人类的工作中"此女娲所以七十化也"的"化"联系起来考察。"化万物者也"的"化",很显然,是"化育""化生"的意思。更确切一点地说,应该解释做"孕育"。《吕氏春秋·过理篇》说:"(纣)剖孕妇而观其化。"就是这个"化"。不过后者用作名词,义为"胎孕",前者用作动词,义为"孕育"罢了。作为创造人类、修补天地残破、使世界获得重生的大神女娲,古传说中说她孕育了天地万物,似乎也很自然,于理并无不通。如这个"化"当作"孕育"解,则"一日七十化"的"化",自然也该作"孕育"解,才说得过去。因为联系起《淮南子》所记叙的在诸神创造人类的工作中"女娲所以七十化"的"化"看,正应该解释做"孕育"而不该解释做"变化":如果说女娲本身一天中"变化"多次,那么,于诸神创造人类的工作又有什么相干或补益呢?但如果说女娲一天当中"孕育"多次,则这一条神话的内容含义就较易理解了。原来在女娲与诸神合作创造人类、一天孕育多次的过程中,有来助其生阴阳性性器官的,有来助其生耳目手足的……这样解释,就顺适无碍了。这段神话记叙虽然简略,但从中还是可以看出,它是反映了原始母系氏族社会以女性为中心的婚姻关系和生育情况的。故"一日七十化"的"化",只能作"化生""孕育"解,不能作"变化"解。如作"变化"解,何女娲之不惮烦,要如郭璞所说的"一日中七十变"呢?

二

俗说天地开辟,未有人民,女娲抟黄土作人,剧务力不暇供,乃引绳于泥中,举以为人〔一〕。(《太平御览》〔二〕卷七八引《风俗通》〔三〕)

女娲祷祠神,祈而为女媒,因置昏姻〔四〕。(《路史〔五〕·后纪二》注引《风俗通》)以其载媒,是以后世有国,是祀为皋禖之神〔六〕。(《路史·后纪二》)

注释

〔一〕**抟:**音 tuán,以手团物叫抟。**剧务:**忙于工作。女娲抟黄土作人,工作紧张,力不暇供应需要,于是把绳子引伸在泥泞当中,挥洒以为人。

〔二〕**《太平御览》:**书名,共一千卷,宋李昉等奉敕撰。所采书达一千六百多种,其中多种今已佚亡,极有参考研究价值。

〔三〕《风俗通》：书名，即《风俗通义》，东汉应劭撰，原本三十卷，今止存十卷。卢文弨《群书拾补》辑有《风俗通逸文》。

〔四〕祷：祷告。祠神：祠庙中供奉的神。祈：请求。女媒：即媒妁，后世亦称媒人。置：设置，建立。昏姻：同婚姻，指婚姻制度。大意说：女娲向祠庙中的神祇祷告，请求担当媒妁的任务，得到神的允许，果然就把这项任务担当起来，因而替人类建立了婚姻制度。

〔五〕《路史》：书名，宋罗泌著，共四十七卷，述三皇至夏事，多采纬书、道书及小说笔记诸书，企图将古代神话传说，通通化为历史；论历史自非信史，但从神话研究的观点看，因其征引丰富（尤其是罗泌的儿子罗苹所作的注），也有足供参考的。

〔六〕载媒：担当媒妁的任务。有国：有国者，指创建国家的人。皋禖之神：禖通媒，皋禖即高禖、郊禖。古时建立媒神的祠庙于郊野故叫郊媒，尊称之也叫高禖、皋禖。皋禖之神即婚姻之神。因女娲曾自请担当媒妁的任务，所以后世那些创建国家的人，就奉祀她做了婚姻之神。

解说

神创造人这样的神话，在世界上许多民族的古代神话中是很普遍的。希腊神话说：普洛米修斯（把天上的火种带到人间者）把具有生命小片的粘土来做成各种爬虫、鱼类、飞禽、走兽……最后才仿照神的形状做成人。希伯来神话说：耶和华上帝用地上的尘土造人，将生气吹在他鼻孔里，就成了有灵的活人。北美洲迈都族印第安人神话说：地开创者用暗红色的泥土掺和了水，做成男女两个人像，再用脂木烧锻使他们都活了起来，男名古克苏，女名晨星女人，以后世间便有了人类。……从神创造人而且每每是"仿照神的形状做成人"这类的神话看，可以见到原始人类在长时期和大自然与其他动物作斗争中得到了初步胜利所引起的作为"人"的自豪感。人是神亲手创造而且人像神（事实上当然恰好是与此相反），有以别于其他的生物，这就决定了主宰万物的人在世界上的特殊地位。"女娲抟黄土作人"的神话的意义也在于此。不过这段神话的后半，还有"故富贵者，黄土人；贫贱者，引絙人也"这么几句话，显然是阶级社会划分阶级以后（而且是经过长时期的奴隶社会和封建社会，有了浓厚的富贵贫贱的等级观念以后）打上去的阶级烙印，非复原始神话之旧，故删去之。

至于人类的母亲女娲的作为婚姻之神，推想古神话的本貌，应当原本就是婚姻之神，而无须如古籍记载的那样：先去祈祷什么祠神，自请为"女媒"，得到神的允许，这才替人类建立了婚姻制度，因而后世奉她做了婚姻之神云云。这乃是神话历史化了的结果。去掉这些尘氛，始可从中见到古代神话真实的面影。又婚姻之神即高禖之神，并不只是女娲一人，古传说中夏民族始祖启的母亲涂山氏，殷民族始祖契的母亲简狄，周民族始祖后稷的母亲姜嫄，都是（参见闻一多《高唐神女传说之分析》）：这都反映了原始氏族社会早期母系社会时代人们对母亲的爱戴和景崇。

三

往古之时，四极废，九州裂；天不兼覆，地不周载；火爁焱而不灭，水浩洋而不息；猛兽食颛民，鸷鸟攫老弱〔一〕。

于是女娲炼五色石以补苍天，断鳌足以立四极，杀黑龙以济冀州，积芦灰以止淫水〔二〕。

苍天补，四极正；淫水涸，冀州平；狡虫死，颛民生；背方州，抱圆天〔三〕。当此之时，禽兽虫蛇，无不匿其爪牙，藏其螫毒，无有攫噬之心〔四〕。

考其功烈，上际九天，下契黄垆；名声被后世，光晖熏万物〔五〕。乘雷车，服应龙，骖青虬，援绝瑞，席萝图，络黄云，前白螭，后奔蛇，浮游消摇，道鬼神，登九天，朝帝于灵门，宓穆休于太祖之下〔六〕。然而不彰其功，不扬其声，隐真人之道，以从天地之固然〔七〕。（《淮南子·览冥篇》）

注释

〔一〕**四极废**：极，屋梁；废，坏。古人把天想象成屋顶，屋顶的四方有梁柱，梁柱毁坏，屋顶亦随而坍塌。这里所说的"四极"，是指天的四极，与前章第二节所说"盘古四肢五体为四极五岳"的地的四极有别。**九州**：古时分天下为九州，即冀州、兖州、青州、徐州、扬州、荆州、豫州、梁州、雍州。**天不兼覆**：兼，尽；天有所损毁，不能尽覆万物。**地不周载**：周，遍；地有所陷坏，不能遍载万物。**爁焱**：爁，音làn；焱，音yàn；爁焱，大火延烧的光景。爁焱原作爁炎，焱字据王念孙说改。**浩洋**：浩瀚无涯的光景。**颛民**：善良的人民；颛，音 zhuān。**鸷鸟**：凶悍的鸟。**攫**：音 jué，用爪取物叫攫。**老弱**：指老年人和体质羸弱的人（包括妇女儿童）。这一段大意说：上古时候，由于某种今天我们还不知道的原因，宇宙突然发生了大的变动，天崩地裂，四极毁坏，天不能尽覆万物，地不能遍载万物；所见惟有熊熊大火延烧而不灭，汪洋洪水泛滥而不息；其间更有恶禽猛兽，趁机从山林窜出，攫食善良的人民和老弱妇孺。

〔二〕**炼**：熔炼。**鳌**：大龟叫鳌。**黑龙**：水怪，发下洪水来危害人民的，有人说即指共工。**济**：拯救。**冀州**：居于九州中部的一州，《淮南子·地形篇》："何谓九州？……正中冀州曰中土。"《楚辞·九歌·云中君》："览冀州兮有余，横四海兮焉穷。"举冀州即以代表四海以内之地。**芦灰**：芦苇烧成的灰。**淫水**：洪水。女娲看见天地毁坏，洪水横流，于是熔炼了五色石块去填补苍天上的窟窿；斩断大龟的足来代替天柱，树立在大地的四方，把天空撑持起来；又杀死兴波作浪的水怪黑龙以拯救中原一带的人民；然后把芦苇烧成灰，堆积加多，用以埋塞洪水。

〔三〕**涸**：hé，干涸。**平**：平安。**狡虫**：指恶禽猛兽。**方州**：即大地；古人以为天圆地方，故称方州。大自然的灾害给女娲平息了，善良的人民有了欣欣向荣的生机了，他们背负着方方的大地，怀抱着圆圆的青天，无忧无虑，怡然自得。

〔四〕**虫蛇**：原作蝮蛇，据王念孙说改；虫蛇与禽兽相对为文。**匿**：隐藏。**螫毒**：螫，音 shì，虫行毒叫螫。**噬**：音 shì，咬啮。女娲把苍天补好，把洪水平息之后，这时恶禽猛兽，死的死了，还留下的，也都逐渐变得性情驯善，藏匿了它们的爪牙和身体内的毒素，无心再来伤害人类。

〔五〕**功烈**：功业。**际**：至。**九天**：古人想象天有九重，故称九天。**契**：刻，入的意思。**黄垆**：垆，音 lú，土色黑叫垆；黄垆，黄泉下的黑土。**光晖**：同光辉。**熏**：温暖；熏原作重，据王念孙说改。考查女娲的功业，上到九重高天，下入于黄泉垆土，名声为后世所传颂，光辉温暖着万物。

〔六〕**雷车**：响如雷鸣的车子。**服**：驾居于车辕中间的马叫服；原文服下有驾字，涉注文而衍，删去。**应龙**：生翅膀的龙叫应龙。**骖**：驾居于车旁的马叫骖，音 cān。**虬**：有角的小龙叫虬，音 qiú。**援绝瑞**：手拿着希罕的瑞应之物。**席萝图**：以萝图为坐席；萝图，车上席。**络黄云**：车的周围络着黄色的云气。原作黄云络，从俞樾说改。**螭**：音 chī，没有角的龙叫螭。**奔蛇**：即腾蛇，据说能兴云雾，无足而飞行天空。**消摇**：同逍遥。**道**：同导，导引。**帝**：天帝。**灵门**：神灵所居的门。**宓穆**：宁静和穆；宓，音 mì。**休**：休息。**太祖**：指天帝。这一段大意说：女娲完成了她的伟大功业，便乘着雷车，驾着龙虬，带着人间稀罕的瑞应之物，以萝图为坐席，车身络以黄色的云气，白螭在前面开路，腾蛇在后面跟随，导引着四方的鬼神，浮游于云中，逍遥自在地登上九天，朝见天帝于众神所居的门，向天帝报告了自己的工作，然后，宁静而和穆地在那里休息下来。

〔七〕**彰**：彰明；夸耀的意思。**扬**：显扬。**声**：名声。**隐**：藏。**真人**：具有真德的人，指女娲本人。**道**：道术，指女娲的神通和本领。**固然**：自然。女娲虽然对人民作了这么大的贡献，可是却不夸耀自己的功业，不显扬自己的名声，隐藏了一个具有真德的人的神通和本领，来顺从天地的自然变化。意思是说女娲谦逊，功成不居。

解说

女娲补天的神话，是我国古代神话中最奇伟瑰丽、动人心魄的神话之一。神话中描写大神女娲在宇宙发生大变动、天崩地裂时候，为了拯救人类出于水火，毅然运用神力，和大自然灾害作斗争，辛辛苦苦，做了许多工作，终于将灾祸平息，使沉溺在痛苦深渊中的人类得到苏生。

马克思说："任何神话都是用想像和借助想像以征服自然力，支配自然力，把自然力加以形象化。"（《马克思恩格斯选集》第二卷《〈政治经济学批判〉导言》）从这段神话亦可得到充分证明。女娲与自然威力作斗争而终于压倒自然威力的神话，正是时常遭受自然灾害、生产力低下、渴望控制自然、征服自然而发展生产的古代劳动人民的幻想的反映。结末写女娲干完了她拯救人类的工作，"不彰其功，不扬其声"，宁静而和穆地在天帝的处所休息下来，虽是已经浸染上了一些道家的"清静无为"思想，但从中仍体现出劳动人民朴质谦逊的美德，所以仍旧不失为有意义。

关于补天的神话，在世界上其他民族中还不多见。在我国西南地区的苗族有补天和撑天的神话流传至今。补天神话有"谷佛补天"和"龙牙颗颗钉满天"，前者流传于贵州省西北一带，说谷佛（即"女佛"，"谷"是"女"的苗音；"女佛"当即"女娲"的音转）用青石板补天；后者流传于广西大苗山等地区，说桑哥哥和白姑娘骑着飞羊，用龙牙和白头巾去补好了天空的裂缝，后来白头巾就成了银河，龙牙也成了满天的星星，则更富于诗情画意。撑天神话有苗族古歌"造撑天柱"，略谓天地开辟以后，曾用蒿枝杆、泡木树撑天，"天常常会垮，地常常会动"，后来博和雄等四个公公到东方去搬运金银回来，打造了十二根金银柱，才把天空撑好。这种天空像屋顶、要由柱子去撑持的思想观念，世界上许多民族的幼年时代都是曾经有过的。女娲补天神话中的"断鳌脚以立四极"，就是这种思想观念的具体表现之一。他如屈原《天问》的"八柱何当？东南何亏"，《神异经》的"昆仑之山，有铜柱焉，其高入天，所谓天柱也"，也都是这种思想观念的表现。

女娲补天神话，看似情景纷繁，实际上只是一个洪水为灾，女娲用种种方法诛妖除怪、堙塞洪水的故事。女娲可说是神话中最早的一个治理洪水的英雄。

一场大雷雨在原始时代发生了，引起森林炎炎的大火，兼以山洪暴发，恶禽猛兽无栖息处，纷纷从林谷中逃奔出来，乱飞乱窜，大鼋巨蟒也都随着洪波涌出，在浪涛中载沉载浮。霖雨连月不息，洪水汪洋，惨澹的天空看来好像要坍塌，哮吼的大地听来好像要崩裂，宇宙似乎马上就要毁灭——这就是补天神话产生的背景。神话所说的第一件事："炼五色石以补苍天"，而石头正是堙塞洪水最好的工具，"五色"不过是想象的渲染，女娲所做四项工作的第一项，就有一半关系到治水。其余三项："断鳌足以立四极，杀黑龙以济冀州，积芦灰以止淫水"，就完全说的是平息洪水的事了。鳌与黑龙，无非都是当洪水暴发时出来兴涛作浪的水怪。鳌足撑天，极言其巨；杀黑龙而中原人民得到拯救，也足见其猛恶：二事皆关洪水。至于"积芦灰"，则明言"止淫水"，女娲补天神话的中心内容正在于此。

女娲补天，最终目的乃在于平息洪水，从后世某些迷信行为和风俗习惯看，还可得到一些旁证。《论衡·顺鼓篇》说："雨不霁，祭女娲。"为什么要祭女娲呢？因为传说女娲补天，霖雨就止住了。由此看来，女娲又当是主晴霁之神。后世相沿的所谓"天穿节"，便是从这里来。明杨慎《词品》说："宋以正月二十三日为天穿日，言女娲氏以是日补天，俗以煎饼置屋上，名曰补天穿。"清俞正燮《癸巳存稿》卷十一"天穿节"条说它是"亦祝雨水屋无穿漏之意"，这是对的。足见女娲补天，正是为了治水；补天神话的中心内容也是治水。但是治水神话在我国神话中比较普通，治水的英雄人物如鲧、禹、鳌灵、李冰等也并不鲜见，而补天神话及其神话英雄，则不但在中国，便在世界也是罕闻的，因而单纯的女娲补天神话便流传开来，而在此一神话掩盖下的女娲治水的行迹反倒湮没不彰了。

女娲补天神话见于古籍记载的，以本文（《淮南子·览冥篇》）所述为最早，但神话并没有说明洪古时代天地毁坏的原因。同书《天文篇》记叙了水神共工和北方天帝颛顼争上帝的宝座，"怒而触不周之山"，使"天柱折，地维绝"，似乎是天地毁坏的原因，可是仔细一考察，却又不然。因为前者毁坏的局面大，后者毁坏的局面小，二者不相适应，此其一。再看共工怒触不周山神话后面，还有"天倾西北，故日月星辰移焉，地不满东南，故水潦尘埃归焉"这样几句话，说明共工触山，给天地以损毁，是没有再经过修复的，此其二。还有更重要的一点：共工触山，只碰坏了作为"天柱"之一的不周山，其他作为"天柱"的诸山，并未损坏。而女娲补天，却是"断鳌足以立四极"，"立"的是"四极"，不是一极。何况从触山神话"天倾西北"看，就连这一极也并未"立"起来呢。这是一条有力的内证，足见共工触山，决不能成为洪古时代天地毁坏、女娲补天的原因。

然而补天神话没有说明天地毁坏的原因，究竟是一个罅隙。古人曾经想法弥补这个罅隙。先有东汉王充的《论衡》："儒书言共工与颛顼争为天子，不胜，怒而触不周之山，使天柱折，地维绝。女娲销炼五色石以补苍天，断鳌足以立四极……"（见《谈天篇》）后有唐司马贞的《补史记三皇本纪》："当其末年也，诸侯有共工氏，任智刑以强，霸而不王。以水乘木，乃与祝融战，不胜而怒，乃头触不周山崩，天柱折，地维缺。女娲乃炼五色石以补天，断鳌足以立四极……"都是把两段本无多少联系的神话揉而为一，如前所说，本身已造成了矛盾。我先前编写《中国古代神话》，也曾受他们的影响，现在认为这样是不合理的，故仍把共工怒触不周山的神话置于女娲补天神话之后，而仍采用较晚的司马贞《补三皇本纪》之说的前半段者，为的是这一说能与女娲神话和五神山神话相联系，而"共工与祝融战"的这种象征水火之争的神话，又更符合初民善于拿神话来解释自然现象的缘故。

四

康回冯怒，墬何以东南倾〔一〕？（《楚辞·天问》）

当其（女娲）末年也，诸侯有共工氏，任智刑以强，霸而不王〔二〕。以水乘木，乃与祝融战，不胜而怒，乃头触不周山崩，天柱折，地维缺〔三〕。（司马贞〔四〕《补史记三皇本纪》）天倾西北，故日月星辰移焉；地不满东南，故水潦尘埃归焉〔五〕。（《淮南子·天文篇》）

注释

〔一〕**康回**：即共工，神话传说中的水神。**冯【馮】**：同凭【憑】，大的意思，音 píng。**墬**：同地。墬何以东南倾，原作"墬何故以东南倾"，闻一多《楚辞校补》谓衍故字，从删。

〔二〕**当其末年**：当女娲居于天子位的末年。**诸侯**：奴隶制时代和封建时代各部族酋长或列国君主都叫诸侯。**任**：用。**智刑**：智是智慧，这里意指巧诈；刑是刑法，这里兼指刑法和杀戮。**霸而不王**：只是用霸道去霸有天下而不用王道去王（读作 wàng）有天下。霸和王在这里都作动词用。

〔三〕**水**：水德。**乘**：承。**木**：木德。**祝融**：神话传说中的火神，炎帝的裔孙，和炎帝一同管理南方一万二千里的土地。**不周山**：在西北，是神话传说中的天柱之一，后来给共工碰损，形有缺坏而不周匝，因名不周。**地维**：大地的一角。共工氏自以为他的水德可以继承女娲的木德（女娲继承以木德王天下的庖牺氏而为天子，也以木德王），于是先向另一诸侯祝融挑战，企图打败了祝融再来对付女娲，那知道这一战反而被祝融打败了，恚怒之下，就一头向西北方的不周山撞去，将山碰崩，使撑天的柱子折断，并将大地的一角碰缺。古时以金、木、水、火、土五行生克、五德终始为帝王嬗代的徵应，所以这里说共工氏"以水乘木"，其实无非是一套极神秘、极唯心的历史哲学和政治哲学，全无科学意义。

〔四〕**司马贞**：唐时人，撰《补史记三皇本纪》及《史记索隐》，自号《小司马史记》。

〔五〕言天柱被共工碰断，天空向西北倾斜，日月星辰就随着往倾斜的西天移动；东南大地受了震动而缺损，陷塌成为海洋，水潦和尘埃就通通朝着那里灌注去。

解说

共工怒触不周山，折天柱，绝地维，使天倾西北，地不满东南……这样的神话，也是推原神话的例子之一。所谓推原，就是推寻事物的开始、起源。这是由于初民对事物的成因每每不能解释，只好创造神话以解释之，以满足其求知欲望和属于人类本能的好奇心。一九二五年鲁迅在给他学生的一封关于指导搜集神话资料的信上说："……此外则天地开辟、万物由来（自其发生之大原，以至现状之细故，如乌鸦何故色黑，猴臀何以色红），苟有可稽，皆当搜集。"（见《鲁迅书信集》上册六六页和本书图版四）就是这个意思。除共工触山神话而外，我国"蚕马""盘瓠"等神话，也可算是这类的神话。

然而这段神话，却显然是历史化了的神话，所以才把共工当做"诸侯"在叙写。但是"诸侯"之力，竟能以头触山而使山崩，实在也非常少见，不能不露其神话的本貌。

它始见于《淮南子·天文篇》。《天文篇》说："共工与颛顼争为帝。"这个"帝"实在就是"天帝"，而不是人间的帝王。毛主席的词《渔家傲》（《反第一次大"围剿"》）有"不周山下红旗乱"句，按语以共工为胜利英雄的形象，给我们的启发教育很大。共工触山，折天柱，绝地维，打破了为上帝颛顼所统治的旧世界的局面，使整个世界为之改观，从革命者的眼光看来，共工的这一行动就是具有大魄力的英雄行动。高尔基所说的"群众中反抗神的意愿"（《文学论文选》页三二二——《苏联的文学》），在共工触山的这件事上，就体现得再鲜明、生动不过了。我们先前对于这段材料，一般都还没有认识到这样深刻，经毛主席揭示出来，才理解到它里面包含的丰富的革命意义。从而领会到，必须把马克思主义、毛泽东思想贯穿在整个神话研究过程中。这当然是很不容易做到的，只好勉力以赴罢。

五

渤海之东，不知几亿〔一〕万里，有大壑〔二〕焉，实惟〔三〕无底之谷，其下无底，名曰归墟〔四〕。八纮九野〔五〕之水，天汉〔六〕之流，莫不注之，而无增无减焉。

其中有五山焉：一曰岱舆，二曰员峤，三曰方壶，四曰瀛洲，五曰蓬莱〔七〕。其山高下周旋〔八〕三万里，其顶平处九千里，山之中间相去七万里，以为邻居焉〔九〕。其上台观〔一〇〕皆金玉，其上禽兽皆纯缟〔一一〕；珠玕之树〔一二〕皆丛生，华实〔一三〕皆有滋味，食之皆不老不死。所居之人皆仙圣之种，一日一夕飞相往来者，不可数焉〔一四〕。而五山之根无所连著，常随潮波上下往还，不得暂峙焉〔一五〕。

仙圣毒之，诉之于帝〔一六〕。帝恐流于西极〔一七〕，失群仙圣之居〔一八〕。乃命禺强使巨鳌十五，举首而戴之，迭为三番，六万岁一交焉〔一九〕。五山始峙而不动〔二〇〕。

而龙伯之国有大人，举足不盈〔二一〕数步而暨〔二二〕五山之所，一钓而连六鳌，合负〔二三〕而趣〔二四〕，归其国，灼其骨以数焉〔二五〕。

于是岱舆、员峤二山流于北极，沉于大海，仙圣之播迁〔二六〕者巨亿〔二七〕计。帝凭怒，侵减龙伯之国使阨，侵小龙伯之民使短〔二八〕，至伏羲、神农〔二九〕时，其国人犹数十丈。（《列子〔三○〕·汤问篇》）

注释

〔一〕亿：古以十万为亿，故此处亿万连用。

〔二〕壑：坑，音 huò【旧读；今读 hè】。

〔三〕惟：为，是。

〔四〕归墟：墟，音 xū，也就是坑、壑的意思；众水所归的墟，故叫"归墟"。

〔五〕八纮九野：八纮，大地的八方；纮，音 hóng。九野，九州的原野。

〔六〕天汉：即天河，亦称银河；在古人的想象中，银河的水直接与大海相通。

〔七〕五山即所谓五神山，员峤的"峤"，音 qiáo；瀛洲的"瀛"，音 yíng；其中方壶，又叫方丈。自从经过龙伯国大人的捣乱，五座神山流失了两座，就只剩下后世相传的蓬莱、瀛洲、方丈三座神山了。

〔八〕周旋：周围。

〔九〕以为邻居：以七万里的相距而为邻居；极言山的崇高和伟大，显出后文所说的以首戴山的巨鳌之大和"一钓而连六鳌"的龙伯国大人之大，那就真是大到不可思议了。

〔一○〕台观：台，积土而有室的叫台，无室的叫榭；观，音 guàn，在台上作楼以观望的叫观。其实台的本身也就包括了观：如春秋时楚国的章华台、吴国的姑苏台等。

〔一一〕纯缟：缟，音 gǎo，白色生绢叫缟；这里所说的纯缟，即全白的意思。

〔一二〕珠玕之树：即生长珍珠和琅玕（美玉）的树；玕，音 gān。在古人的思想观念中，认为珍珠和美玉都是可吃而且吃了还大有益于身体的食品，故设想仙山有生长这类宝物的树，"食之不老不死"。

〔一三〕华实：华同花；实，果实。

〔一四〕仙人生翅的这种想法，魏晋以前的人都有。考汉代石刻画像所绘仙人，确都生有双翅。郭璞注《山海经·海外南经》"羽民国"云："能飞，不能远，卵生，画似仙人也。"可见晋时仙人还是有翅膀的。殷芸《小说》更说："汉王瑗遇鬼物，言蔡邕作仙人，飞去飞来，甚快乐也。"则尤把仙人生翅翱翔空中的情景描写得异常生动。

〔一五〕**暂峙**：暂同暂；暂峙，暂时屹【屹】立。

〔一六〕**毒之**：毒，苦；毒之，以五山随波动荡，不得暂时屹立为苦。**帝**：天帝。

〔一七〕**西极**：当是北极，后文有"于是岱舆、员峤二山流于北极"可证；西字或为北字之误。

〔一八〕**失群仙圣之居**：仙字今本无，从杨伯峻《列子集释》补。

〔一九〕**禺强**：黄帝之孙，亦称禺京，是北海海神而兼风神，其形时或为鱼身手足，时或为鸟身人面。**戴**：以首承物叫戴。**迭**：更迭，音 dié。**番**：轮番。**交**：交替。天帝命禺强派遣十五只大乌龟，举起头来把五座神山顶着，每三只乌龟做一组，轮流担任顶山的工作，六万年交替一次。

〔二〇〕**五山始峙而不动**："而不动"三字今本无，从杨伯峻《列子集释》补。

〔二一〕**盈**：满。

〔二二〕**暨**：至；音 jì。

〔二三〕**合负**：合而负之；言龙伯国大人将所钓的六只巨鳌（大乌龟）并作一处背负在背上。

〔二四〕**趣**：意同趋，疾行的意思。

〔二五〕**灼其骨以数**：灼，音 zhuó，烧炙的意思；骨，指龟壳；数，音 shǔ，计算的意思，此处作占卜解：言龙伯国大人烧炙了龟壳来卜问吉凶。

〔二六〕**播迁**：分别迁徙。

〔二七〕**巨亿**：亿亿；形容播迁的仙人之多。

〔二八〕**凭怒**：大怒。**侵**：渐。**陁**【厄】：同隘，狭隘的意思。天帝见龙伯国人如此闯祸，大怒之下，因而逐渐削减龙伯国的土地使之狭隘；逐渐缩小龙伯国人的身量使之短小。

〔二九〕**伏羲、神农**：伏羲，东方的天帝；神农，南方的天帝。此处是已经历史化了，作为相继王有天下的两个古帝王。

〔三〇〕**《列子》**：书名，凡八卷，撰人不详。有人说即是注《列子》的晋张湛所伪造，然其引述神话传说，多存古义，知其亦有所凭藉，未必尽出于杜撰。

解说

巨鳌戴山的神话，虽然出于疑为晋人伪作的《列子》，但实际上应当是一个相当古老的神话了。《楚辞·天问》即有"鳌戴山抃，何以安之"这样的问语，王逸注引《列仙传》（今本无）亦云："有巨灵之鳌，背负蓬莱之山而抃舞戏沧海之中"，可见的确是一个源远流长的神话故事。又据王注："击手曰抃"，那么就是这些被派遣去戴山的乌龟们工作态度不老实，戴着戴着竟快乐地拍手跳舞起来，自然会使神山上的神仙们大受簸荡不安之苦，故屈原《天问》才有"何以安之"这样的问语。以这些调皮的乌龟来担当戴山的任务，宜乎后来终于敌不过龙伯国大人钓饵的引诱而被钓去了其中六只，将岱舆、员峤两座神山流失、沉没在大海里。《天问》的这两句问语和王逸注引《列仙传》的这一小段记叙正可弥补《列子·汤问篇》的疏漏，使我们得以见到一个更完全的古神话的面貌。

将这段神话承续于女娲、共工神话之后，初看似乎有些联系不上，实际上"归墟"的观念应当是从"地不满东南"这一观念演绎而来，又因其所叙故事是在伏羲神农以前，所以才把它放在这里作为女娲神话的一段插曲。《列子·汤问篇》也是把这段神话紧接在女娲神话之后的，看来这是比较恰当的安排。

鳌戴山的观念，是从古代劳动人民天真烂缦的头脑中产生的。在他们朴素的、唯物主义的思想观念中，岂止戴山，就连大地也设想必有巨物在下面承担。这承担大地的巨物，往往也就是鳌。大约因为鳌背宽平，适于做这种工作罢。后来讹作鳌鱼，一直在民间相传很久。直到半世纪前，还听见有"鳌鱼眨眼地翻身"这样的谚语。可见巨鳌戴山，确实是一个古老的神话故事。

神话写的是巨鳌戴山，而其中心内容乃在于龙伯钓鳌。和龙伯钓鳌差堪比拟的，则有《庄子·外物篇》所记的任公子蹲在会稽山头，用五十头肥牛做钓饵，去钓东海大鱼的传说。任公子能做这种工作，可以想见，他也该是魁梧奇伟的巨人了。然而比之龙伯国的巨人，却又未免形见其小。从龙伯钓鳌的神话，可以看到古代劳动人民想象力的丰富，正如《列子》张湛注："以高下周围三万里山而一鳌头之所戴，而此六鳌复为一钓之所引，龙伯之人能并而负之，又钻其骨以卜，计此人之形当百余万里，鲲鹏方之，犹蚊蚋蚕虱耳；则太虚之所受，亦奚所不容哉！"宇宙之大，实在是无所不包的。古代劳动人民有此设想，正表现出了他们胸襟的博大和眼光的开阔。虽然记录较晚，又染上了些神仙方术思想，但其基本内容则是健康的。可信为古代齐鲁滨海民间传说无疑。

六

女娲作笙簧〔一〕。（《世本》〔二〕张澍稡集补注本）

有神十人，名曰女娲之肠，化为神，处栗广之野。横道而处〔三〕。
（《山海经〔四〕·大荒西经》）

注释

〔一〕**笙簧**：乐器名，即笙；簧是笙里的薄叶，古以竹箬、后世用铜片为之，使笙一吹就振动发出声音来。它有十三只管子，插在葫芦里面。笙之所以叫"笙"，据说是为了人类的繁衍滋生，其义同"生"。而古代笙用葫芦（匏）制作，其事又和伏羲女娲同入葫芦逃避洪水，后来结为夫妇，繁衍滋生人类的古神话传说有关（详见"女娲伏羲"章第二节解说）。

〔二〕**《世本》**：书名，《汉书·艺文志·六艺略》有《世本》十五篇，刘向云出于"古史官明于古事者所记"，或即秦末汉初人所为，已佚，有清孙冯翼、雷学淇、张澍、秦嘉谟等人的辑本。一九五七年商务印书馆曾合印为《世本八种》，颇嘉惠于学者。

〔三〕意谓栗广之野有十个神人，名叫女娲之肠。他们所以叫"女娲之肠"，因为他们正是女娲的肠化而为神而处此的。**横道而处**：横断了道路而处；正是肠委弃于地的形状。

〔四〕**《山海经》**：书名，凡十八篇，旧称禹、益作，当然不足信。据近人考证：此书大体是战国时代楚人的作品，其中《荒经》以下五篇作期较早，《山经》五篇和《海外经》四篇次之，《海内经》四篇最迟，可能是汉代初年的作品。是书记载古神话的零星片段（因多系图画的说明，不能不零星片段），最为丰富，故胡应麟《四部正讹》称其为"古今语怪之祖"，实是研究神话所最必读书。有明吴任臣《山海经广注》、清毕沅《山海经校本》、郝懿行《山海经笺疏》等，郝书最精。

解说

传说女娲所作的笙簧即笙，又称"芦笙"，如今西南苗、侗等族人民还吹着它，只不过其形制和古时的笙有些相异罢了。古笙用葫芦为斗，现在有的地方仍用葫芦，称之为"葫芦笙"，有的地方已改用挖空的木头，管子都比从前减少好几支，大体上还保留着古制的遗迹。一九六二年曾有读者来信说："……我们在西南拉祜族看见一种笙，叫做葫芦笙。它是以短柄大腹的葫芦作笙斗，而且是用整个葫芦。竹管插在葫芦的大腹里面，短柄的顶端钻一孔为吹之孔。其竹管只有三只，这点与古制笙略别。在傈僳、傣族、佤等民族中都保存有这种古笙,其区别是竹管少了,而且多寡不一,共同特点都是用整葫芦作笙斗。傈僳的葫芦笙,竹管是四只,傣族是三只,佧佤族甚至只有一只。这种葫芦笙,比苗、侗族的芦笙,保留的古制的遗迹更多,可以说基本上与古籍中记载的笙的作法与形状近似。"这段话很可以补充前面记叙的不足。

说起吹芦笙,在这些古民族中实在是欢乐的盛会。每届春二三月,青年男女们一定穿了鲜丽的衣服,选择平坝为月场,相率跳月。这时男的就吹了芦笙在前面做引导,女的就摇着响铃在后面跟随着,双方如果跳得情投意合,他们就离开月场,到幽僻的地方去。笙这种乐器的制造,原来和爱情与婚姻是紧密地关联着的啊。作为高禖之神即婚姻之神的女娲,传说她为她的孩子们制作了笙,那当然是很自然的。

女娲不但是婚姻之神,还兼着子孙娘娘的职务。《诗·生民》说:"以弗无子。"传:"弗,去也,去无子求有子,古者必立郊禖焉。"郊禖就是高禖,古时候没有子嗣的人每每便到高禖神庙去求有子嗣,于是媒神且兼管送子。这不但较后的简狄、姜嫄是如此,就连最早的女娲也并不例外。传说女娲作的笙就是一证。马镐《中华古今注》说:"问曰,上古音乐未和,而独制笙簧,其意云何?答曰,女娲伏羲之妹,……人之生而制其乐,以为发生之象。"女娲作笙,象征的就是人类的繁衍滋生。女娲之以媒神而兼送子之神,是没有疑问的。后世民间极为崇祀的"子孙娘娘"或"送子娘娘",推寻本源,实当始于女娲。

至于女娲之肠化而为神的神话,疑女娲亦有死,死后亦如盘古之有所化身,则因"书阙有间",不能详其底蕴了。

女娲伏羲

一

女娲，伏希（羲）之妹。（《路史·后纪二》注引《风俗通》）

女娲本是伏羲妇。（卢仝《与马异结交》诗〔一〕）

伏羲鳞身〔二〕，女娲蛇躯。（《文选〔三〕·鲁灵光殿赋〔四〕》）

女娲，阴帝〔五〕，佐虙戏〔六〕治者也。（《淮南子·览冥篇》高诱〔七〕注）

注释

〔一〕**卢仝**：中唐诗人，作诗多采民间传说，喜用民间口语而趋于险怪之途，与马异并称于时。此诗见《全唐诗》卷三八八，注云："一作女娲伏羲妹。"

〔二〕**鳞身**：身有鳞甲，亦即蛇躯之意。

〔三〕**《文选》**：书名，凡六十卷，梁萧统（昭明太子）编，又称《昭明文选》，选录秦汉下至齐梁之诗文，有唐李善注与五臣注两种本子。

〔四〕**《鲁灵光殿赋》**：《文选》中的一篇，东汉王延寿（《楚辞》注者王逸的儿子）游鲁，观灵光殿壁画，有感而作。

〔五〕**阴帝**：女帝。

〔六〕**虙戏**：即伏羲，虙音同伏。考伏羲一名，古书无定：伏羲、庖牺、包牺、宓牺、虙戏、炮牺、伏戏、包羲、伏牺等，都是。

〔七〕**高诱**：东汉涿郡人，建安（汉献帝年号）间曾作司空掾、濮阳令等官，曾注《战国策》《吕氏春秋》《淮南子》等。

解说

汉代的石刻画像与砖画中，常有人首蛇身的伏羲和女娲的画像，腰身以上通作人形，穿袍子，戴冠帽，腰身以下则是蛇躯（偶有作龙躯的），两条尾巴紧紧地亲密地缠绕在一起。两人的脸面，或正向，或背向。男的手里拿了曲尺，女的手里拿了圆规。（见本书图版二）或者是男的手捧太阳，太阳里面有一只金乌；女的手捧月亮，月亮里面有一只蟾蜍。有的画像还饰以云景，中间有生翅膀的人首蛇身的天使们翱翔。容庚《武梁祠画像考释》有一段文字说："第一段画二人，右为伏羲；左为女娲，面泐，身同伏羲，尾亦环绕与右相交。中间一小儿，右向，手曳二人之袖，两脚卷走。"就是这些图像中的一幅的具体说明。

从这些图像看来，伏羲、女娲在古代传说里是一对夫妇那是毫无疑问的了。果然，在文字的记载里就有像唐卢仝《与马异结交》诗里的"女娲本是伏羲妇"这样明白的叙写；更推前几个世纪，在汉末应劭所撰的《风俗通义》里，更有"女娲，伏希（羲）之妹"这样的记述，知道作为夫妇的伏羲、女娲二人，同时又兼着兄妹的身份。到唐末李冗作《独异志》，伏羲、女娲以兄妹而为夫妇的神话传说，才有了确切的记载。证以如今西南苗、瑶等兄弟民族中流传的关于伏羲、女娲逃避洪水、创造人类的故事，竟大体相合，知道李冗的记载是根据当时的民间传说，并非向壁虚构。

王延寿的《鲁灵光殿赋》，有"伏羲鳞身，女娲蛇躯"二语，和现在所见的汉代伏羲、女娲石刻画像相印，可以想见伏羲、女娲故事必在当时民间广泛流传。尤其值得注意的，是灵光殿乃是刘启（汉景帝）（公元前156—前143年在位）的儿子鲁恭王刘馀的建筑物，到汉末王延寿游鲁见到此殿的壁画而作赋时，时间经过已将近三百年了。鲁恭王刘馀的时代是在西汉初期，那时此种画像即已刻绘于壁，成为建筑装饰题材，可知其传说渊源之古。《楚辞·天问》："登立为帝，孰道尚之？女娲有体，孰制匠之？"王逸注《楚辞》，以"登立"即"万民登（伏羲）以为帝"，也有人不以为然（例如作《楚辞补注》的洪兴祖），但现在据我们看来，王逸的说法并不是没有因由的。

二

昔宇宙初开之时，有女娲兄妹二人，在昆仑山〔一〕，而天下未有人民。议以为夫妻，又自羞耻。兄即与其妹上昆仑山，咒〔二〕曰："天若遣我二人为夫妻，而烟悉合；若不，使烟散〔三〕。"于烟即合〔四〕。其妹即来就兄〔五〕，乃结草为扇，以障其面。今时取妇〔六〕执扇，象

其事也〔七〕。（李冗《独异志》〔八〕卷下）

注释

〔一〕**昆仑山**：神话里是天帝在下方的都邑，也是百神所居的地方，故汉族古代民间传说又以为是人类的发源地。

〔二〕**咒**：通祝，祝告上天的意思。

〔三〕**烟合、烟散**：这一段文字简略，疑有脱讹，读来有些模糊。大意说，老天若是让我俩结为夫妻，就叫烟都合拢来；若是不让，就叫烟散开。但是推想起来，所谓"烟合烟散"，不会是指天上的云烟，而该是祝告上天时二人于不同地方各烧一堆柴火，视烟气的聚散而卜婚姻的成否。现在西南地区有些少数民族传说的洪水遗民故事中正有这样的情节。

〔四〕**于烟即合**：于，于是；于是烟就合拢来。

〔五〕**就**：亲近。

〔六〕**取妇**：娶妇。

〔七〕**象其事**：摹仿女娲兄妹结婚、女娲"以扇障面"的故事。

〔八〕**《独异志》**：书名，唐李冗撰。《唐书·艺文志》有《独异志》十卷，题李亢撰，当即同一作者。今止存三卷，收在《稗海》中。**李冗**：唐人，未详何时，据所作《独异志》有武宗朝（841—846）李德裕事，当是唐末人。

解说

伏羲、女娲以兄妹而为夫妇创造人类的神话始见于唐李冗的《独异志》，所记相当简略，并非这个神话的全貌。这个神话本来是以洪水遗民、再造人类为主题的，但这里所记并无洪水，所以神话所写只是创造人类而不是再造人类。它反映的是原始社会早期血亲婚配的婚姻制度，但从"结草为扇，以障其面"的记叙看，显然是封建社会制度确立已久，妇女处于从属地位的婚姻关系所表现的情景而附加上去的，也不是古神话的本来面目。伏羲、女娲故事，保存于西南苗、瑶、壮、布依等民族的口头传说中者，倒比较完全，也比较近古，现在将收集整理的一段壮族民间故事《洪水淹天的传说》（见广西壮族自治区科学工作委员会壮族文学史编辑室编《壮族民间故事资料》第二集）移录于下——

从前，地面上有人。有一年，雷公爷在天上捣蛋，故意不给地上的生物下雨。一直旱了六个月，没有一滴水。山上的树木都死了，野兽也饿死了。

人们没有办法,只得去求张宝卜。张宝卜会弄法术,就连雷公爷也敌不过他。他听了人们的话,为人们打抱不平,就弄起法术来。他说:"三天不下雨,我要那雷公跌下来。"

过了几天,真的下雨了。雷公爷很生气,因为地上的张宝卜为难了他。他就企图劈死张宝卜。正在那个时候,张宝卜在家里念咒弄术,雷公劈下来,没有劈中他,他就拿一个鸡罩把雷公爷罩起来。

雷公爷被捉的消息传到群众的耳中,大家都说要杀他来吃。张宝卜接受大家的意见,与群众到街上去买配料回来,准备杀雷公爷。张宝卜未去街以前,对自己的儿子和女儿伏羲兄妹说:"你们在家里千万不要让雷公爷喝茶水和清水。"

张宝卜上街以后,雷公爷就对伏羲兄妹说:"娃子,你们拿点茶来我喝。"伏羲兄妹说:

父亲去时把话说,

茶水不给雷公喝。

雷公爷没有办法,想了想就说:"不给我茶水,就给我一点潲(喂猪的)水罢!"伏羲兄妹想:"茶水不给他喝,是父亲说过的,潲水给不给呢?父亲没说过。潲水这样脏,可能可以给他喝罢!"于是兄妹两人抬了一桶很脏的潲水来给雷公爷。雷公爷被罩在鸡罩里,不能出来喝水,就叫伏羲兄妹拿了一根稻草来,从罩里吸饮桶里的水。

雷公爷吸了一口,鸡罩微微动,吸了第二口,鸡罩大动,吸了第三口,鸡罩破裂,雷公动起来了。原来雷公爷有水时就能用自己的法宝,没有时,就不能用。现在有了水了,他就能冲破这鸡罩出来了。

雷公爷从口里拔出一颗牙来,对伏羲兄妹说:"你们拿这颗牙去种;人们挑粪壅田,你们就挑〔点〕去壅这个得了。等它出了果,熟了,你们就拿下来,挖去里面的心,放好起来。有朝大水来临,你们就钻进里面去。"说完,就腾云驾雾而去了。

过了不久,雷公爷因为张宝卜为难他而大怒,命令雨神整天整夜地下雨,雨下得多了,河水涨起来,先淹没了平原,再淹没了村落,又淹没了高山,最后,洪水一直淹到天上。

再说伏羲兄妹见大水来了,就依照雷爷所说的话,钻入那个葫芦里,浮在水面上,飘飘荡荡地一直给洪水漫到天上。忽然一声响,他们知道到天上了,就叫了一声:"雷爷!"雷公问:"谁?"他们答:"伏羲兄妹。"雷爷又问:"地上的人全死了没有?"伏羲兄妹说:"地上的人、生物全死光,只有我父亲张宝卜还骑着一只犀斗跟着后面来。"雷公听了大怒:"嘿,可恨,天下的人全都死了,为什么单单留下我的对头人?"于是就拿出剑来,等待张宝卜的到来。张宝卜到了,就与雷公斗了一场。雷公用剑刺中了张宝卜的犀斗,张宝卜没有法子了,被雷公打败了,洪水就随着退下来。

　　后来,太白金星骂雷公爷说:"你这样做,天下的人都死绝了,今后还有谁来烧香供你呢?"雷公也觉得不对。太白金星叫伏羲兄妹结为夫妻,再生出人类。伏羲兄妹说:"不行,要我们结婚,你们把一根竹割成一节一节的,能把它再接起来,我们就作夫妻。"仙人是能干的,所以能够把竹接起来了。原来竹是无节的,这样割了又接,变成有节的植物了。

　　伏羲兄妹结成夫妻后,过了两年,生下一个怪物,是一块磨刀石。两人非常生气,就把这块磨刀石打碎了,从山上撒到地上来。跌在河里的,变成鱼、虾;跌在山上的,变成鸟、兽;跌在村子里的,就变成老百姓。从此,天下又有了人和生物了。

关于伏羲兄妹结婚繁衍滋生人类的神话传说,现在四川民间还有流传,和西南少数民族中流传的相差不多,可见是同出一源(见《伏羲兄妹制人烟》——《民间文学》一九六四年第三期)。除此而外,解放前川东一带端公(巫师)中也还有伏羲姊妹结婚的唱词,可以和古神话中伏羲兄妹或女娲兄妹结婚的神话互相印证。下面就是其中的一段——

　　　　哥哥在梁山修磨子,妹妹还在那檎林行。
　　　　两块那磨子那背到那高山去,两层那磨子就一齐滚。
　　　　两层那磨子合到了,姊妹那就成亲得为婚。
　　　　两层那磨子合不到呵,
　　　　姊妹那成亲就万呵——不呵——能那呵!

伏 羲

一

雷泽〔一〕中有雷神,龙身而人头,鼓其腹则雷〔二〕。在吴〔三〕西。(《山海经·海内东经》)

大迹出雷泽,华胥履之,生宓牺〔四〕。(《太平御览》卷七八引《诗含神雾》〔五〕)蛇身人首,有圣德。(司马贞《补史记三皇本纪》)

注释

〔一〕**雷泽**:古水泽名,或谓即《史记·五帝本纪》舜"渔雷泽"的雷泽,又名雷夏泽,在今山东濮县东南,接菏泽县界,早淤,非也。吴承仕《山海经地理今释》据此经后文有"在吴西"语,谓当是古之震泽即今江苏省太湖,其说可信。

〔二〕**鼓其腹则雷**:谓雷神每鼓起他自己的肚子就放出响雷。"则雷"二字据《史记·五帝本纪》正义引补,今本《山海经·海内东经》只作"鼓其腹",脱去"则雷"二字。《淮南子·地形篇》作"鼓其腹而熙","熙"就是"游戏",怕是受了"含哺而熙,鼓腹而游"(《庄子·马蹄篇》)的道家哲学思想的影响而更改,非古神话初相。

〔三〕**吴**:古国名,有今江苏省淮水、泗水以南到浙江省湖州、嘉兴一带地方,春秋时为越所灭。

〔四〕**华胥**:古氏族名,《列子·黄帝篇》有华胥氏之国,《庄子·马蹄篇》有赫胥氏,俞樾以为即华胥氏;伏羲的母亲出于华胥氏,故即以华胥之名名其母。**宓牺**:即伏羲,见"女娲伏羲"章第一节注〔六〕。

〔五〕**《诗含神雾》**:书名,即《诗纬含神雾》,是《诗》的纬书之一,已佚,马国翰《玉函山房辑佚书》有辑录。纬书是西汉末年儒生假托经义来说符箓瑞应的书,《易》《书》《诗》《礼》《乐》《春秋》《孝经》七经均各有纬,称为"七经纬",多涉迷信诞妄,然间亦有古神话传说点滴保存其中:如华胥履大迹生伏羲之类,即是。

解说

　　流传于民间的神话和古书上记载的神话当然不尽相同，但往往可以互相印证，于以考见古籍记载的真伪。例如这段"大迹出雷泽，华胥履之，生宓牺"的神话，出于纬书，本来是值得怀疑的，然而我们却又相信它是真非伪者，除了还有其他的原因而外，以之印证还流传于今天的民间神话能够大致符合也是一个重要的原因。

　　根据前段"解说"中引述的壮族伏羲兄妹故事，我们知道伏羲兄妹得雷公赠牙种成葫芦，得免于洪水的灾祸，后来自相婚配，传留了人种；那么，伏羲和雷公是有一些关系了。他们的关系究竟是什么关系呢？前段中的故事并没有交代明白。又根据别的地区的传说才知道他们的关系是叔侄关系。作为家长的伏羲之父，与雷公原是兄弟。苗族古歌《洪水朝天》中，就这么说："很古很古的时候，姜央和雷公，本是亲兄弟，后来分了家，雷公得天上，姜央住地下。"苗族民间传说则说："世间有一个人名叫高比，力大无敌，生有一男一女。和天上的雷公结为庚兄、庚弟。"陈志良采集的隆山西山瑶民的洪水遗民故事（见闻一多《伏羲考》表一）更明白地说作为家长的卜白是"居天上，司雷雨"，作为仇家的雷王是"居地下"，那么一家人都是雷族了。因此这段神话："大迹出雷泽，华胥履之，生宓牺"（雷泽是"龙身人头"的雷神所主管，大迹当然是雷神之迹，"蛇身人首"的伏羲自是雷神的儿子，可无疑问），我们相信有古传说的依据，不是像后来某些书籍里专以歌颂帝王将相来历不凡的所谓"感天而生"的"神话"那么瞎说一通就算了的。

　　真正的感生神话当然是有的，如这里所说的华胥履大迹生伏羲就是。此外还有如像后面我们就要讲到的姜嫄履大迹生后稷，简狄吞燕卵生契，以及暂时我们还不打算讲到的日光照射河伯女柳花生扶馀王东明，大竹流入浣衣女子足间生夜郎竹王等，都是。这些感生神话，都反映了原始氏族社会前期母系社会"民知有母而不知有父"（《商君书·开塞篇》）的真实情况。一方面"不知有父"，另方面人们又要去追究那些相传曾经领导过他们对大自然进行斗争、有过创造发明的著名人物（多半是所谓的"圣王"）的来历，于是就不能不创造神话以为解答了：这就是感生神话的所由起。所谓"感生"，就是感天而生，于是什么巨人的足印呀、雀鸟的蛋呀、日光呀、竹节呀、大星呀、虹气呀……等等自然界（天）的现象或物事，就都成了古代著名人物降生的来源。在这类对往古英雄出生不凡的热情的歌颂中，虽然可能也有着一些阶级社会浸染上去的尘氛，实在却标志着原始人类幼稚的天真烂缦的幻想，和后世捏造的目的只在于谀颂那些想做帝王而还有所顾忌没有做，或者已经做了还觉得位置不大巩固的"英雄"们的"感生神话"比较起来，则一真诚一虚伪不待剖判自能识别了。

而且感生神话，只能是母系制社会"民知有母而不知有父"的这种情况的真实反映，到了原始氏族社会后期，由母系制转移到父系制，以后父系制就一直贯通到阶级划分以后长时期的阶级社会中，一夫一妻的婚姻制度也随着父系制的确立而确立，这时候是"民知有母"兼知"有父"了，如果还将"感生神话"加在阶级社会某些因"风云际会、乘时而起"的"英雄"身上，那就不但虚伪，而且滑稽了。

二

有木，其状如牛，引之有皮，若缨、黄蛇〔一〕；其叶如罗〔二〕，其实如栾〔三〕，其木若蓲〔四〕，其名曰建木；在窫窳西弱水上〔五〕。(《山海经·海内南经》)

建木在都广〔六〕，众帝所自上下〔七〕，日中无景，呼而无响，盖天地之中也〔八〕。(《淮南子·地形篇》)

南海之内，黑水、青水之间，有九丘，以水络之〔九〕。名曰陶唐之丘、(有)叔得之丘、孟盈之丘、昆吾之丘、黑白之丘、赤望之丘、参卫之丘、武夫之丘、神民之丘〔一〇〕。有木，青叶紫茎，玄华黄实，名曰建木，百仞无枝；上有九欘，下有九枸；其实如麻，其叶如芒〔一一〕。大皞爰过，黄帝所为〔一二〕。(《山海经·海内经》)

注释

〔一〕是说：有一棵树，形状像牛（大概指其根部的拳曲臃肿而言），拉它一下就有软绵绵的树皮剥落下来，像拴帽子的缨带，又像黄蛇。

〔二〕罗：网罗。

〔三〕栾：音 luán，木名，黄干、赤枝、青叶，生在云雨山的赤石上（见《山海经·大荒南经》），各方的上帝都从它的上面采取花果来制炼神药。建木的果实就像栾的果实。

〔四〕藲：音ōu，木名，即刺榆。**其木若藲**：是说建木的枝干像刺榆。

〔五〕**窫窳**：音yà yǔ，古天神名，人面蛇身，后为贰负神所杀害，化为龙头躯身的怪物，住在弱水中；字又作猰貐。**弱水**：环绕着昆仑山的一条水，据说因其水力弱，不胜鸿毛，故名"弱水"。建木就生长在窫窳西边的弱水之上。《山海经》的《海经》部分，大都是据图以为文，故有"在西"或"在东"等语。

〔六〕**都广**：地名，又称都广之野，是后稷埋葬的处所，其地有"鸾鸟自歌，凤鸟自儛"（《山海经·海内经》），各种谷物自然生长，米粒白滑像脂膏，实为古人想象中的人间乐园。

〔七〕**众帝所自上下**：意思是说各方的天帝沿着建木上下于天。

〔八〕**景**：同影。建木正当"天地之中"，因此太阳当顶的时候，竟看不见一点影子，站在树下大声一呼，声音也飘散在八方的虚空之中，得不到丝毫回响。

〔九〕**南海之内**：内原作外，据宋本及毛扆本改。**黑水、青水**：二水名，据说都是发源于昆仑山。**丘**：山。**络**：环绕。

〔一〇〕**有叔得之丘**："有"字疑涉上文"有九丘"的"有"字而衍。九丘丘名的取义已不可详，大抵陶唐、叔得、孟盈、昆吾皆古代著名人物名号，例如陶唐，是尧的号；昆吾，是颛顼的后代子孙樊的封号；武夫，以山上出武夫这种美石而得名；神民，或作"神人"，言山上为神人所居；余皆不详。

〔一一〕**茎**：干。**玄华**：黑花。**仞**：古以周尺八尺或七尺为仞。**上有九欘**：原作"有九欘"，"上"字从王念孙校补。**欘**：回曲的树枝叫欘，音zhú。**枸**：盘错的树根叫枸，音gōu。**芒**：木名，像棠，树叶是赤红的，出萰山，可以用来毒鱼（见《山海经·中次二经》）。

〔一二〕**大皞**：即太皞伏羲；皞，音hào，字亦作皡、昊。**爰过**：爰，于是；过，音gē，但不作"经过"解，而作"沿着建木，上下于天"解，详后"解说"。**为**：旧解作"治护"，疑当作"造作""施为"解，亦详后"解说"。这一段大意是说：生长在九丘上的天梯建木，太皞伏羲曾经沿着它上下于天，而它，是作为中央上帝的黄帝亲手造作、施为的。

解说

瑶族伏羲兄妹故事中尚有伏羲兄妹攀登天梯、到天庭去玩耍的情节（见常任侠《沙坪坝出土之石棺画像研究》），现在从《山海经》的记述里，得到了印证："建木，……大皞爰过"——天梯原来是"百仞无枝"、生长在"天地之中"的都广之野、高入云天的建木。建木之具有天梯的性质，从《淮南子》"众帝所自上下"一语里，已很明显地知道了。各方的上帝沿着它上下于天，不是天梯还是什么？当然，也还有别的解释，但解释不通。譬如说众帝的"帝"不是"上帝"，而是"下帝"即人间的帝；"上下"也不是"上下于天"，而只是上下于树。如果照这种解释那情景就未免太滑稽了：一群人间的帝王，闲着没有事做，跑到都广之野去爬大树玩。这当然是解释不通的。所以建木只能是诸天帝（把众帝解释做具有神性的人间的诸帝也未始不可，但古代传说中的具有神性的人间的诸帝，往往也就是各方的天帝，故不如径释为诸天帝的好）上下于天的天梯。

原来古人质朴，设想人们（包括神人、仙人、巫师等）之能登天，是完全要靠具体的物质的东西的帮助才能上得去的。他们就在地面上寻找能够帮助他们上天的崇高的物事，于是找到了山和树。这两宗事物，为其高出常物，故设想能凭之以登天。山当中具有天梯性质的，有昆仑山，《淮南子·地形篇》说"昆仑之邱，或上倍之，是谓凉风之山，登之而不死；或上倍之，是谓悬圃，登之乃灵，能使风雨；或上倍之，乃维上天，登之乃神，是谓太帝（天帝）之居"，把从昆仑山上天的过程讲得最详细、明白；还有华山青水之东的肇山，仙人柏高也曾"上下于此，至于天"（《山海经·海内经》）；还有巫咸国的登葆山，也是一群巫师"所从上下"（《海外西经》），即"上下于天"的处所。

树当中具有天梯性质的，有这里所说的建木。除此而外，如像北方海外的三桑、寻木（《海外北经》），东方海外的扶桑（《海外东经》），西方荒野的若木（《淮南子·地形篇》），都是高达数十丈、数千丈乃至千里的大树，虽有做天梯的条件，只因古籍未明确记载，不敢肯定是否即为天梯。但是高长的树或藤类植物可以成为天梯这一点却是无可置疑的。民间至今还有七仙姑撒下凌霄花的种子，顷刻间长成一座天梯，从天上送还董永的孩子到人间（盛森编《花的故事》）；九仙姑下凡一整年，在天井里栽了棵葫芦，踏着葫芦的叶子直升上天去给她爹做寿（《中国民间故事选》第一集《春旺和九仙姑》）这类的传说，可以为证。

建木之作为天梯，从以上所举的直接证据和一些旁证中，既然已经证明了，那么进一步我们就来讨论"大皥爰过，黄帝所为"的"过"字和"为"字的涵义。先说"过"。最普通的解释，就是"经过"。果然注《山海经》的郭璞就这么解释道："言庖羲于此经过也。"作《笺疏》的清代的郝懿行，也从而附和道："庖羲生于成纪，去此不远，容得经过之。"其实都是解释错了的。如果仅仅是一棵树被著名的人物"经过"，有什么了不起，值得这样大书特书？所以"过"

字不能作普通的"经过"解。还是应该作"沿着建木，上下于天"的"上下"解，像《淮南子·地形篇》所说的"众帝"那样。"上下"也是一种"经过"，不过方式稍微有点特别，不是普通所谓的"经过"罢了。只有这么解释，才能如拨云雾，豁然开朗，看出古神话的庐山真面。再说"黄帝所为"的"为"。郭璞注解道："言治护之也。""为"是有"治"的意思，例如《山海经·中次十一经》："丰山羊桃，可以为皮张。"就是说可以治皮肤肿胀。但这里作"治护"解，终觉有些牵强。身居九重高天、统治宇宙、日理万机的黄帝那有工夫时常去"治护"一棵树？前面的"过"字如果作"上下"解无问题，这里的"为"字就应当作"造作"或"施为"解，言天梯建木是作中央上帝的黄帝运用其神通法力亲手造作、施为的，如前面说的七仙女那样：撒下一粒仙种，顷刻长成天梯，均可谓为"造作""施为"。这样解释，神话的色彩就灿然鲜明了。但不可狃于历史的成见，说什么伏羲在先，黄帝在后，在后的黄帝那能预先造作天梯，为在先的伏羲攀登等等。要知道神话中的黄帝，本是皇天上帝，他应当和天地同终始，在时间上自然不会后于伏羲的；因此《淮南子·说林篇》也才有黄帝与女娲诸神共同创造人类的记述。

三

东方木也〔一〕，其帝太皞，其佐句芒〔二〕，执规〔三〕而治春。（《淮南子·天文篇》）

东方之极，自碣石山，过朝鲜，贯大人之国，东至日出之次，榑木之地，青土树木之野，太皞句芒之所司者万二千里〔四〕。（《淮南子·时则篇》）

太皞，伏羲氏，以木德王天下之号，死祀于东方，为木德之帝〔五〕。句芒，少皞氏〔六〕之裔子〔七〕曰重，佐木德之帝〔八〕，死为木官之神。（《吕氏春秋〔九〕·孟春纪》高诱注）

东方句芒，鸟身人面〔一〇〕，乘两龙。（《山海经·海外东经》）

昔秦穆公有明德〔一一〕，上帝使句芒赐之寿十九年。（《山海经·海外东经》郭璞〔一二〕注引《墨子》〔一三〕）

注释

〔一〕**东方木**：古以金、木、水、火、土五行配五方：东方属木，西方属金，南方属火，北方属水，中央属土。

〔二〕**句芒**：木神，掌管春天和生命，春天草木生长，句屈而有芒角，故称"句芒"；句，音 gōu。

〔三〕**规**：圆规。

〔四〕**极**：边际。**碣石山**：我国东北海畔的山，其地众说纷纭，迄未能详。**大人之国**：传说中东方海外国名。**榑木**：榑，音 fú，即扶桑；据说是生长在东方海外汤谷上的一棵大桑树，十个太阳住在上面，轮流出来值班。**青土树木之野**：当系泛指东方土质肥沃、树木青葱之地，非特定地名。**司**：治理。太皞和句芒二神所治理的区域就有从碣石山起直到东方青土树木之野这一万二千里的辽阔。

〔五〕是说太皞伏羲氏在生时以木德而王（读 wàng）有天下，死后祭祀他于东方，便做了木德的天帝。

〔六〕**少皞氏**：即少皞金天氏，名挚，是西方的天帝，居于长留山，管理太阳西斜时的反影（见本书"少昊"章第三节）。皞或作皡、昊。

〔七〕**裔子**：裔，音 yì，玄孙之后称裔；裔子，就是后裔的意思。

〔八〕**佐木德之帝**：佐，辅助；木德之帝，指伏羲。

〔九〕**《吕氏春秋》**：书名，秦相吕不韦命其门客所撰，分《八览》《六论》《十二纪》，凡二十六卷。思想以儒家为主，而参以道家、墨家，于先秦古籍征引宏富，古代神话传说资料，多赖以保存。

〔一〇〕句芒形貌，或又作"素服玄纯，面状正方"，见《墨子·明鬼下》。

〔一一〕今本《墨子·明鬼下》"秦穆公"作"郑穆公"，误。以《论衡》《玉烛宝典》诸书引《墨子》文证之，作"秦穆公"是对的。**秦穆公有明德**：是说他拿五羊皮换百里奚、赦了吃他骏马肉的岐下野人之罪，等等。

〔一二〕**郭璞**：晋闻喜人，字景纯，博学有才，著有《山海经注》《穆天子传注》《尔雅注》《楚辞注》《上林·子虚赋注》等。传《玄中记》亦其所撰，书颇富神话色彩，惜已亡，鲁迅《古小说钩沉》辑有佚文。

〔一三〕**《墨子》**：书名，凡十五卷，战国时宋墨翟撰。

解说

见后。

四

古者包牺氏之王天下也，仰则观象于天，俯则观法于地，观鸟兽之文，与地之宜，近取诸身，远取诸物，于是始作八卦，以通神明之德，以类万物之情〔一〕。（《易〔二〕·系辞下传》〔三〕）

伏羲制嫁娶，以俪皮为礼〔四〕。（《绎史》卷三引《古史考》〔五〕）

太昊师〔六〕蜘蛛而结网。（《抱朴子〔七〕·对俗篇》）

句芒作罗〔八〕。（张澍辑《世本·作篇》）

伏戏氏作瑟〔九〕，造《驾辩》之曲。（《楚辞·大招》王逸注）

注释

〔一〕**象**：天象，天的现象。**法**：地象，地的形状。**文**：文采。**宜**：美好。**诸**：之于二字的合音。**八卦**：卦，悬挂的意思，悬挂八种符号，代表天地间的种种事物，以示于人，叫八卦，即☰乾、☷坤、☳震、☴巽、☵坎、☲离、☶艮、☱兑。**类**：概括。当包牺氏王有天下的时候，仰观天象，俯察地象，又观察鸟兽的文采和大地上的种种事物，近则取于自己本身，远则取于所观察的事物，于是作出八种符号，叫做"八卦"，用以贯通神明的德，用以概括万事万物的情状。

〔二〕**《易》**：书名，又称《周易》，分上下二篇，旧说为伏羲、文王、孔子作：即伏羲制卦，文王系辞，孔子作《十翼》，大抵出于传说，不足为信。据近人考证，《易》的卦辞和爻辞，当成于春秋以前，至于《上下象》《上下象》《上下系》《文言》《说卦》《序卦》《杂卦》所谓"十翼"者均出秦汉之际乃至于西汉末年。

〔三〕**《系辞下传》**：《十翼》之一，旧说为孔子作，已辨正如前。

〔四〕**制**：制定。**俪皮**：两张鹿皮。传说伏羲制定婚姻的礼节，男方要拿两张鹿皮给女方做聘礼。

〔五〕**《古史考》**：书名，凡二十五篇，三国时蜀人谯周著，已佚，有清章宗源辑本一卷。

〔六〕**师**：效法。

〔七〕**《抱朴子》**：书名，内外篇凡八卷，晋葛洪著。内篇论神仙吐纳符箓克治之术，外篇兼论政治与人事，词旨博辩，时亦有古神话传说资料点滴存于其中。

〔八〕**罗**：鸟网。

〔九〕**瑟**：乐器名；《世本》："瑟，庖牺作，五十弦，黄帝破为二十五弦。"

解说

有关伏羲神话传说的片段,较重要的,就是以上所搜集的这些了:前一段偏重于神话,后一段偏重于传说。

从伏羲的神话中,我们知道他是东方的天帝,手里拿了一把圆规,掌管春天。他的属神是木神句芒,掌管人类的生命。句芒,据高诱注,是少皞的"裔子"名叫重的,但据《左传·昭公二十九年》,重乃是少皞的"四叔"之一,可见古来传说的无定。不仅如此,就连号称"太皞"的伏羲,在秦以前的古籍中,也还太皞自太皞、伏羲自伏羲,像是不同的两人,又像也有一定的关系,直到秦汉之际《世本》一书出现,才将二者合而为一,更可见神话传说的演变,情况是非常复杂的。

伏羲为后世人们所尊仰,还不在于他之作为东方的天帝,主要是在传说中他创制发明了许多有用的事物,为人类文明昭示了灿然的曙光。《蜀中名胜记》卷八引《学斋占毕》云:"资州也掘得汉碑,有'伏羲仓精,初造工业,画卦结绳,以理海内'等语。"其实不独资州汉碑,武梁祠画像石亦有此文,不过"工业"二字看来像是"王业",有人说当作"王业",这是对的,因为晋代皇甫谧的《帝王世纪》也说伏羲"为百王先",大约就是根据"初造王业"这样的赞语而言。那么"初造工业"当是因字迹模糊而有讹误了,可是却讹误得很有意思:所谓"工业",就是指画卦结绳之类的事而言,正道出了后世人们对伏羲的创制发明的景崇;说"王业",则未免有以后世推度前古之嫌了。伏羲的画卦、结绳(即《抱朴子》所说的"太昊师蜘蛛而结网")、作琴瑟(《世本》:"伏羲造琴瑟")、制乐曲(《楚辞·大招》:"伏戏《驾辩》",《世本》:"伏羲乐曰《扶来》")等等传说,有力地证明了高尔基所说的"神是某种手艺的能手,是人们底教师和同事"(《文学论文选》页三二二——《苏联的文学》)的论断的正确。

廪 君

西南有巴国。大皞生咸鸟，咸鸟生乘釐，乘釐生后照，后照是始为巴人〔一〕。（《山海经·海内经》）

巴氏，巴子国；子孙以国为氏〔二〕。（《世本》张澍稡集补注本）

廪君之先，故出巫诞〔三〕。巴郡南郡蛮，本有五姓：巴氏、樊氏、瞫氏、相氏、郑氏，皆出于武落钟离山〔四〕。其山有赤黑二穴，巴氏之子生于赤穴，四姓之子皆生黑穴。未有君长，俱事鬼神〔五〕。

廪君名曰务相，姓巴氏，与樊氏、瞫氏、相氏、郑氏凡五姓，俱出皆争神〔六〕。

乃共掷剑于石，约能中者，奉以为君。巴氏子务相，乃独中之，众皆叹。又令各乘土船，雕文画之，而浮水中，约能浮者，当以为君〔七〕。馀姓〔八〕悉沉，惟务相独浮。因共立之，是为廪君〔九〕。

乃乘土船从夷水〔一〇〕至盐阳〔一一〕。盐水〔一二〕有神女谓廪君曰："此地广大，鱼盐所出，愿留共居。"廪君不许。

盐神暮辄来取宿，旦即化为飞虫，与诸虫群飞。掩蔽日光，天地晦冥，积十余日。廪君不知东西所向，七日七夜。

使人操青缕以遗盐神，曰："缨此即相宜，云与女俱生，宜将去〔一三〕。"盐神受而缨之。廪君即立阳石上，应青缕而射之，中盐神〔一四〕。盐神死，天乃大开。（《世本》秦嘉谟辑补本）

廪君复乘土船下及夷城，夷城石岸曲，泉水亦曲，廪君望如穴状〔一五〕。叹曰："我新从穴中出，今又入此，奈何〔一六〕！"岸即为崩，广三丈余，而阶陛相乘〔一七〕。

　　廪君登之。岸上有平石，方一丈，长五尺。廪君休其上，投策计算，皆著石焉〔一八〕。因立城其旁而居之。其后种类〔一九〕遂繁。（《晋书〔二〇〕·李特载记》）

注释

　　〔一〕**后照是始为巴人**：大皞（太皞）的玄孙后照于是便成为巴人的始祖。巴人，即上面所叙"西南有巴国"的巴国的人。

　　〔二〕**巴氏**：即巴子国，这一国的子孙都以国名为其氏族之名。故巴子国亦得称巴氏，即《山海经·海内经》所说的巴国、巴人。廪君姓巴氏，当是太皞伏羲的后裔。《路史》作者罗泌及《世本》注释者张澍均有此说。

　　〔三〕**廪君之先，故出巫诞**：廪君的先祖，原本出于巫诞。巫诞未详，疑是名叫"诞"的巫师，如《山海经》所记的巫咸、巫彭、巫谢、巫罗等然。

　　〔四〕**巴郡**：秦置郡名，今四川东部以重庆为中心的一带地方属之。**南郡**：秦置郡名，今湖北中部以江陵为中心的一带地方属之。**蛮**：古代统治阶级对少数民族歧视的称呼，居住在东方的叫"夷"，南方的叫"蛮"，西方的叫"戎"，北方的叫"狄"。**瞫**：原作曋，从雷学淇校辑本改，音 shěn。**武落钟离山**：张澍云："一名难留山，在长阳县（湖北省）西北七十八里，一云即夷陵巴山。"

　　〔五〕**未有君长，俱事鬼神**：事，事奉；没有君长（首领）为统帅，事奉鬼神以为统帅。处于文化发展低阶段的民族，大都如此。在这些民族中，巫师的职权最重，疑廪君原本也是巫师，是以前面有"廪君之先，故出巫诞"之语。

　　〔六〕**俱出皆争神**：为了奉立君长，各族人民都出来以技能和神异相竞，实际上也就是他们要求有一个贤能的首领出来领导他们、从而达到民族团结的愿望的表现。

　　〔七〕**雕文画之**：在泥土打造的船上雕刻、绘画各种花纹。土船遇水即溶解崩溃，故以能浮于水为难事。

　　〔八〕**馀姓**：指樊氏、瞫氏、相氏、郑氏诸姓。

　　〔九〕**廪君**：当是务相被奉为君以后的尊称。

　　〔一〇〕**夷水**：在湖北省宜都县北，今名清江。

　　〔一一〕**盐阳**：一作"盐场"，地名，未详；或当是"盐水之阳"的意思。

　　〔一二〕**盐水**：地名，未详。山西省夏邑县东北有盐水，非此。

　　〔一三〕**操**：持。**青缕**：青色的线。**遗**：赠送，音 wèi。**婴**：系结。**女**：同汝。

俱生：同生共死。这几句大意是说：廪君派人拿了一缕青色的线去送给盐神，说："把它系在你的颈下就很合适，廪君说用这来表示和你同生共死，请把它带去。"

〔一四〕阳石：《太平御览》卷五二引《荆州图》云："宜都有穴，穴有二大石，相去一丈。俗名其一为阳石，其一为阴石。水旱为灾，鞭阴石则雨，鞭阳石则晴，即廪君石是也。"虽是后世附会，但廪君所立的"阳石"，亦必自有其神奇处。廪君站在神奇的阳石上，朝着青缕的所在，一箭射去，便射中了盐神。

〔一五〕夷城：廪君率众立城以后的名称，其地未详。因廪君初至其地，见石岸回曲，泉水亦回曲，幽然深邃，故"望之如穴状"。

〔一六〕奈何：如何；用现在话说，即怎么办。

〔一七〕阶陛相乘：陛，宫殿的阶叫做陛，其实也就是阶；阶陛相乘，即阶阶相承，一阶承续着一阶，直通到岸上。

〔一八〕箓：竹简。筭：同算。著：音 zháo，附著。廪君投竹简于平石计算将来在这里建造城市的工程需用，这些投去的竹简都一一附著在平石上，像生了根似的。

〔一九〕种类：指廪君所率领的五姓的后裔。

〔二〇〕《晋书》：书名，凡一百三十卷，唐房乔等奉敕撰。

解说

廪君之作为伏羲的后裔，不仅《路史》的作者罗泌和《世本》的辑注者之一张澍有此说，更从廪君姓巴氏的"巴"字的形体看，也能得到一些说明。"巴"字篆书作丂，画的就是一条蟒蛇的形状。《说文》十四释此字说："巴，虫也，或曰食象蛇；象形。"所象的就是蛇腹彭亨鼓然之形。我们知道，伏羲、女娲传说都是人首蛇身，他们原是以蛇为图腾的原始民族所奉祀的始祖神。廪君姓巴氏，又居于以蛇为图腾的伏羲后裔所建立国家的西南的巴国之地，故说廪君是伏羲的后裔是不会错的。

廪君神话反映了古代民族从穴居野处的蒙昧状态中觉醒过来，要求进步的心理状态，而廪君，正是这种心理状态的形象的体现。这个人物，本身就具有着充分的神性，所以能够掷剑而中石，（《太平寰宇记》卷一四七引《世本》记廪君掷剑事说："廪君五姓皆往登呼，躡穴屋，以剑刺之，剑不能著，独廪君剑著而悬于穴屋。"更能得其情状，可以作为廪君神话的补充。）乘雕花土船而不沉，足以为他们的君长。而最难能可贵的，即廪君导引群众去寻觅新居地的途程中，遇见盐水女神的阻留而不变其初志的这件事。

对于一个容易苟安、把个人利益看得较重、把群众利益看得较轻的人说来，盐水女神既然这么说："此地广大，鱼盐所出，愿留共居。"那么他就该留下来和她"共居"了，然而廪君只是"不许"。为什么"不许"呢？并不是廪君对盐神没有感情，从后面的叙述"盐神暮辄来取宿"看来，廪君对她还是有感情的。只是或者廪君看出，"此地"并不如盐神所说的"广大"，也不如盐神所说的能够出产丰盛的"鱼盐"，所以不愿意在这里苟安下来，还是要领导着他的人民，另觅新的居地。

然而还有更严重的考验。盐神见口头的阻留不能收效，接着就出之以实际的行动。那就是：于每天晚上来和廪君同宿之后，一到早晨，"即化为飞虫，与诸虫群飞"，阵势之猛，至于到了"掩蔽日光，天地晦冥"，使"廪君不知东西所向，七日七夜"的程度。痴心的女神，为了挽留她的情人不让去，是尽了她的心力，使用了可能使用的手段了。"诸虫"或引作"诸神"，那么就是神们也来帮助盐神阻留她的情人。然而，不论是盐神也好，盐神再加上"诸神"也好，都不能阻止廪君所代表的人民要求进步的意愿。于是这才有廪君"使人操青缕以遗盐神""应青缕而射之"之举。盐神是为爱情牺牲了，廪君和他统率的人民却终于找到了适于向着进步途程迈进的理想的新居。

创造发明者

遂明国〔一〕不识四时昼夜，有火树名遂木，屈盘万顷。后世有圣人，游日月之外，至于其国，息此树下〔二〕。有鸟类鹗〔三〕，啄树则灿然火出。圣人感焉，因用小枝钻火〔四〕，号燧人。（《路史·发挥一》注引《拾遗记》〔五〕）

苍颉作书而天雨粟，鬼夜哭〔六〕。（《淮南子·精神篇》）

仓帝史皇氏名颉，姓侯冈，龙颜侈哆，四目灵光，实有睿德，生而能书〔七〕。于是穷天地之变，仰观奎星〔八〕圆曲之势，俯察龟文鸟羽山川，指掌而创文字，天为雨粟，鬼为夜哭，龙乃潜藏〔九〕。（《汉学堂丛书》〔一〇〕辑《春秋元命苞》〔一一〕）

甯封子者，黄帝时人也，世传为黄帝陶正〔一二〕。有人过之〔一三〕，为其掌火，能出五色烟。久则以教封子〔一四〕。封子积火自烧，而随烟气上下。视其灰烬，犹有其骨。时人共葬甯北山〔一五〕中，故谓之甯封子焉。（《列仙传》〔一六〕卷上）

注释

〔一〕**遂明国**：遂，义同燧；遂明国即燧明国，其国本"不识昼夜"，以有"遂（燧）木"所发出的火光而"明"，故号"遂明"。

〔二〕此十八字据《太平御览》卷七八引补。

〔三〕**有鸟类鹗**：原作"有鸟名枭"，据《路史·前纪五》注引改。枭，即鸱枭，俗谓之猫头鹰，并无啄木的习性。若作"名枭"，此鸟即枭，于理不合。当是"类枭"或"类鹗"，因据改。

〔四〕**因用小枝钻火**：原作"因取其枝以钻火"，据《太平御览》卷七八引改。

揆诸情理，遂明国"类鹗"鸟所啄的遂木，必是但有火光，实无火焰，否则遂木早已燃烧而成为灰烬了。"圣人"不过感于啄木发火之理，始"用小枝钻火"，而得钻木作火之法，遂普及于民间。若是"取其枝以钻火"，则"钻火"非"其枝"不可，不但民间无从普及，"其枝"亦早焚毁。因据改。

〔五〕**《拾遗记》**：书名，凡十卷，旧题晋王嘉撰，实则当是梁萧绮作而托之王嘉的；然亦每有经过渲染的古神话片段存于其中。

〔六〕**天雨粟，鬼夜哭**：《淮南子》的注释者高诱说："苍颉始视鸟迹之文造书契，则诈伪萌生，诈伪萌生则弃本趋末，弃耕作之业而务锥刀之利。天知其将饿，故为雨粟。鬼恐为书文所劾，故夜哭也。"当是汉代民间早有的传说。文字的发明对人类文化贡献很大，但是到了阶级社会，统治阶级利用文字来作统治人民的工具，而自己则过着不劳而食的寄生生活。人民不满意这种现象，因而有"天雨粟，鬼夜哭"的神话传说。一方面指出文字可以用作斗争的武器："书文"终于还能"劾""鬼"，而着重却是指出了它的弊害："弃耕作之业"，"务锥刀之利"（古代文字是用锥刀刻在龟甲兽骨或竹简上的，所以称以"书文"为生者为"务锥刀之利"），"弃本趋末"，"诈伪萌生"。这种观点虽然还没有把事物的本质和现象解释得很清楚，但基本上却是手脑分离以后阶级社会的古代劳动人民的观点。

〔七〕**佟哆**：宽大貌；哆，音 chī，与佟同义。**膇【睿】德**：圣德；膇，音 ruì。

〔八〕**奎星**：星宿名，二十八宿的首宿，有星十六，曲屈相钩，如文字笔画，因而古人认为奎星主文章。

〔九〕**龙乃潜藏**：龙潜藏喻德衰；是说有了文字的发明，"诈伪萌生"，上古淳朴的"德"就衰了，因而原本出现在至德之世的龙就潜藏起来。这种"神话"当然是反历史唯物主义的，其思想实质也是反动的。

〔一〇〕**《汉学堂丛书》**：清黄奭辑，共辑有经、史、子逸书三百余种，其后修补重刊，更名《黄氏逸书考》。

〔一一〕**《春秋元命苞》**：即《春秋纬元命苞》，汉代的纬书之一，已佚，《汉学堂丛书》及《玉函山房辑佚书》均有辑录。

〔一二〕**陶正**：管理制作陶器的官。

〔一三〕**有人过之**：《搜神记》卷一叙此故事作"有异人过之"，义较长。

〔一四〕谓久则以作火法教封子。

〔一五〕**甯北山**：传说中地名，未详所在。

〔一六〕**《列仙传》**：书名，凡二卷，旧题刘向撰，纪古来仙人凡七十一人。《四库提要》说是魏、晋间方士所作而托名于向的，但汉末应劭《汉书音义》已引《列仙传》文字，则向作亦大有可能。

解说

在我国古代神话传说的长河中，有相当大一部分是记叙神或英雄以及他们的子孙的创造发明的。"女娲作笙簧"（《世本》），就已经开其端了；然后还有什么"太昊师蜘蛛而结网"（《抱朴子》），"神农以赭鞭鞭百草，尽知其平毒寒温之性"（《搜神记》），"伶伦作律，听凤凰之鸣，以别十二律"（《吕氏春秋》），"伯益作井（穿【阱】），龙登玄云，神栖昆仑"（《淮南子》）等等，不但已有了简单事件的记叙，而且也带上了些神话传说的意味。

传说中的一切创造发明，更集中地表现在黄帝和他的臣子们的身上。黄帝和他的臣子们创造了宫室、舟车、衣服、冠冕，发明了律吕、甲子、算数、调历、音乐，等等。和黄帝对峙的帝俊，他的子孙们也有琴瑟、歌舞、牛耕、"百巧"等创造发明。而少昊的子孙也发明了弓矢；尧造围棋，舜作箫，鲧筑了城郭，敦手创造了绘画，王亥驯养了牛羊……使古代文物灿然大备。

古籍记载这些创造发明，一般总是比较简单琐碎，故事性不强，神话意味不多。想来有关创造发明的神话，是后来才慢慢传述起来的罢！其中黄帝战蚩尤、令风后作指南车破蚩尤雾阵的传说，是最富神话意味的一个，我们已经径把它选录在有关黄帝神话的章节中了。

这里选录的三段：一段是燧人钻木取火，一段是苍颉创制文字，一段是甯封发明烧陶，都比较富于神话意味。取火、烧陶和创制文字是原始时代的几项极重要的发明，代表着人类文化进程的几个重要阶段。

但是这些发明，都并不由于某个"圣人"或某个帝王的特殊的"睿智"，而是经过广大劳动人民群众世世代代劳动和智慧的积累。不过神话中却把这些无名英雄的形象概括在某个"圣人"或某个帝王的身上罢了。这里所选燧人、苍颉和甯封三段神话，就是古代发明取火、文字和烧陶的无名英雄形象的幻想的概括。其中燧人钻木取火，或以之归于伏羲或伯牛，如《绎史》卷三引《河图挺辅佐》说："伏羲禅于伯牛，钻木作火。"可能是"禅于伯牛"的伏羲去"钻木作火"，也可能是受伏羲"禅"的伯牛去"钻木作火"，古代文字每每有这种义兼两可的现象。或以之归于黄帝，如《太平御览》卷七九引《管子》说："黄帝钻燧生火，以熟荤臊。"至于苍颉和甯封，《世本》和《列仙传》以为他们是黄帝的臣子。独苍颉又称"史皇"，许多人把他认为是古代的一个帝王，在黄帝之前（蔡邕、曹植、徐整、谯周等）。因而我们把这三个人照现在这种次序合在一起，安排他们在伏羲和炎帝、黄帝（传说黄、炎是同母异父弟兄）之间，谅无大误。

燧人钻木取火的神话,故事本身已经讲得很明白,无烦多赘。苍颉创制文字,没有多少故事,只有一些神话意味的渲染。但观象造字既合乎文字发展起于象形的规律,"雨粟""鬼哭"也合乎古代劳动人民对于文字敬畏(因为文字被统治阶级所垄断)的心理,故相信这种传说也还是起自民间,只不过记录者更故神其说,因而有"龙颜""四目"等描写罢了。扫去这些尘氛,仍可窥其大貌。

至于甯封发明烧陶的神话,和前两段神话比起来,显得有些独特。这段神话,是记录者把古代神话(传说)仙话化了。从仙话中,看不出甯封是怎样发明烧陶,只知道他曾经作过黄帝的"陶正",得异人传授作火法而"自烧"登仙;实际上民间的传说却异乎此:甯封倒是因发明烧陶而以身殉其为人民服务的宏伟事业。如今四川灌县还流传着关于甯封发明烧陶的传说。前几年我到灌县去采访有关李冰父子治水的神话,亲自听到灌县人委一个同志告诉我说:"青城山建福宫后面有山,叫丈人山(即青城山的主峰),传说是轩辕黄帝问道于甯封的处所。甯封因封于甯山,故名甯封。那时洪水泛滥,人民居洞穴。每到山下取水,无取水物,乃以山下润湿泥土为器,易碎。偶烧野兽,甯封于火中得硬泥,遂悟作陶之理,故传说甯封为黄帝陶正。某次架火烧陶,甯封升窑顶添柴火,哪知窑烧空了,窑顶柴忽塌下,甯封遂葬身火窟。人见灰烟中有甯封形影,随烟气冉冉上升,人便说甯封火化登仙了。"这便是当时笔记的大略。这段传说,大约不纯粹是诠释《列仙传》那段仙话的,而是古来本有关于甯封作陶的神话传说,《列仙传》的作者把它仙话化了(这种情形是常有的,如"炎帝诸女"章所举《墉城集仙录》记瑶姬佐大禹治水的仙话,就是神话仙话化的一例)。人民群众不满意于这种歪曲袒话的仙话,又来加以辨正、恢复,因而才有如上所述的故事流传。看得出来,其精神实质是和《列仙传》所记的大大相异了。

炎帝

一

炎帝神农氏人身牛首。（《绎史》卷四引《帝王世纪》〔一〕）

神农既诞〔二〕，九井自穿，汲一井则众水动。（《水经注〔三〕·漻水》）

神农之时，天雨粟，神农遂耕而种之〔四〕；作陶冶斤斧，为耒耜锄耨，以垦草莽〔五〕，然后五谷兴助，百果藏实〔六〕。（《绎史》卷四引《周书》〔七〕）

神农以赭鞭鞭百草，尽知其平、毒、寒、温之性，臭味所主，以播百谷，故天下号神农也〔八〕。（《搜神记》〔九〕卷一）

太原神釜冈〔一〇〕中，有神农尝药之鼎存焉。成阳山中，有神农鞭药处，一名神农原，亦名药草山〔一一〕。山上紫阳观，世传神农于此辨百药，中有千年龙脑〔一二〕。（《述异记》卷下）

神农尝百草之滋味，一日而遇七十毒。（《淮南子·修务篇》）

注释

〔一〕《**帝王世纪**》：书名，晋皇甫谧撰，已佚，清宋翔凤有集校二卷，《说郛》等丛书中亦有辑录。

〔二〕诞：降生。

〔三〕《**水经注**》：书名，凡四十卷，北魏郦道元撰。《水经》作者不详，注者凡二：郭璞注三卷，已佚，今惟道元注存。是书于水所经之名胜古迹，每以古代神话传说实之；又其所征引诸古籍，亦多亡佚，故颇具有参考价值。

〔四〕粟：植物名，北方人叫做小米。种：音 zhòng，种植。

〔五〕陶：瓦器。冶：音 yě，本义为铸，引申为凡所铸造的金属器皿都称冶。斤：伐木斧，刃横，形似锄。耒耜：农具，音 lěi sì；起土所用，耒为其柄，耜为其甾，古皆以木为之，后世乃易耕为铁制。**钮耨**：均除草所用的农具，音 chú nòu；钮，通作锄，站着薅草所用的叫钮；耨，又作槈、鎒，坐着薅草所用的叫耨。**垦**：垦除。**草莽**：即草；《方言》："草，南楚之间谓之莽。"

〔六〕**五谷兴助，百果藏实**：五谷，麻、黍、稷、麦、豆叫五谷；兴助，兴起而助养于人。百果藏实，藏，蓄积，百种果树均蓄积其果实于枝叶间。

〔七〕**《周书》**：书名，凡七十一篇，是周代的史记。《汉书·艺文志》有著录，后世或题《逸周书》，或题《汲冢周书》，均失之。今本缺《程寤》以下凡十篇，其余各篇，文字亦有缺脱。《绎史》所引，查今本无。

〔八〕**赭鞭**：红褐色的神鞭；赭，音 zhě。**臭味**：气味；臭，音 xiù。言神农用红褐色的神鞭鞭打百草，就通通知道它们的本性或是平和，或是有毒，或是寒，或是热；凡是气味纯正的，就把它们从中选择出来，播为百谷，所以天下的人都叫他做"神农"。

〔九〕**《搜神记》**：书名，凡二十卷，旧本题晋干宝撰，其实是后人缀集干宝书的残文，又加入其他材料而成，其中多保存古代神话资料。

〔一〇〕**神釜冈**：今本作"神金冈"，讹；《太平御览》卷九八四及《绎史》卷四均引作"神釜冈"，从改。下文"神农尝药之鼎"，就是所谓"神釜"。

〔一一〕**一名神农原，亦名药草山**：今本《述异记》作"一名神农原药草山"，"亦名"二字据《路史·后记三》注引补。

〔一二〕**龙脑**：即药中所谓的冰片。

解说

炎帝神农的神话标志着人类已由原始社会的渔猎时期进入到农耕时期了，相应着人们对于各种谷物的知识的进展，也逐渐增长了人们对于可以作为医疗用的各种草类的认识，因此在神农的神话中，神农是兼有着农业之神和医药之神两重身份的。

作为农业之神的神农，于是便有"人身牛首""九井自穿""天雨粟"这类的传说。《天中记》卷二二引《世本·帝系谱》说"神农牛首"（按此条不见于诸家所辑《世本》），可见有关神农的神话在秦末汉初就已经流行了。而《周书》所说的"神农之时，天雨粟，神农遂耕而种之"，则早已启其端倪。"雨粟"之说，几百年以后在传为晋王嘉作实际上恐怕是梁萧绮伪撰的《拾遗记》里，就更被描写得神妙，说是炎帝（神农）时有一只朱红色的鸟，嘴里衔了一株九穗的禾苗，飞过天空，穗上谷粒坠落在地面上的。炎帝便把它们拾起来，种在田间，以后便长成又高又大的嘉谷，人若是吃了这嘉谷，不但可以充饥，还可以长生不死。由于有了这类神话，后世地志书更从而附益之，说是有什么神农城（《元和郡县志》）、谷城（《元丰九域志》），是神农得嘉谷、尝五谷之所，于是神农的神话就近于史实了。

作为医药之神的神农，神话传说更要丰富一些。除了《搜神记》和《述异记》所记述的鞭药尝药的传说而外，后世也还有其他一些有关的传说流传。百二十卷本《说郛》卷三十一所辑题元陈芬撰的《芸窗私志》中，就有这么一段记述：说神农时候，白民国进奉一头叫做"药兽"的兽来，人若是生了病，只要照着白民国人所传授的语言，抚着药兽的背，向它如此这般地诉说一番，那兽自然就会跑到野外去，选择一棵草衔回来，把这草捣成汁水喝了病就会好。这是把人的神通和本领移之于兽。明周游著的《开辟衍绎》第十八回末尾王子承的"释疑"中，更记述并评论当时的民间传说道："后世传言神农乃玲珑玉体，能见其肺肝五脏，此实事也。若非玲珑玉体，尝药一日遇十二毒，何以解之？但传炎帝尝诸药，中毒者能解，至尝百足虫入腹，一足成一虫，炎帝不能解，因而致死，万无是理。……"一则以信，一则以疑，这人也未免太迂拘了。如今四川东部一带，还有与尝百足虫相类似的有关神农的传说，说神农皇帝尝百草，尝到一种有剧毒的断肠草，无药解救，终于肠子断烂而死：足证尝百足虫的传说非虚。这无非表示炎帝神农的牺牲精神，至于有"理"无"理"，那就用不着去管它了。

二

炎帝者，太阳也〔一〕。（《白虎通〔二〕·五行》）

南方火也，其帝炎帝，其佐朱明，执衡而治夏〔三〕。（《淮南子·天文篇》）

南方之极，自北户孙〔四〕之外，贯颛顼之国〔五〕，南至委火炎风〔六〕之野，亦帝〔七〕祝融〔八〕之所司者万二千里。（《淮南子·时则篇》）

南方祝融，兽身人面，乘两龙。（《山海经·海外南经》）

炎帝之妻，赤水之子听訞〔九〕生炎居，炎居生节竝〔一〇〕，节竝生戏器，戏器生祝融。祝融降处于江水〔一一〕，生共工。共工生术器，术器首方颠〔一二〕，是复土壤〔一三〕，以处江水。共工生后土，后土生噎鸣，噎

鸣生岁十有二〔一四〕。(《山海经·海内经》)

炎帝之孙伯陵，伯陵同〔一五〕吴权之妻阿女缘妇，缘妇孕三年，是生鼓、延、殳；殳始为侯〔一六〕，鼓、延是始为锺〔一七〕，为乐风〔一八〕。(《山海经·海内经》)

有氐人之国〔一九〕，人面鱼身。炎帝之孙名曰灵恝〔二〇〕，灵恝生氐人，是能上下于天。(《山海经·大荒西经》)

注释

〔一〕意谓炎帝是太阳之精。

〔二〕《白虎通》：书名，凡四卷，即《白虎通义》，汉班固撰。后汉章帝时(76—88)诏诸儒考定《五经》同异于北宫白虎观，固撰集其议，因名。

〔三〕朱明：即祝融。衡：秤。

〔四〕北户孙：传说中南方国名；由于太阳常出在这国的北方，全国窗户都向北，故叫"北户孙"；孙，子孙后代的意思。

〔五〕颛顼之国：传说中南方国名。《山海经·大荒南经》："有国曰颛顼，生伯服，食黍。"

〔六〕委火炎风：聚积的火，炎热的风。

〔七〕赤帝：即炎帝。

〔八〕祝融：炎帝的后裔，火神。

〔九〕赤水之子听訞：赤水氏的女儿听訞；訞，音 yāo。古人对于所生的男女都称"子"。

〔一〇〕竝：并【并】的本字。

〔一一〕祝融降处于江水：江水，古称长江为江水，言祝融下降居于江水；降，音 jiàng，有贬谪的意思。

〔一二〕术器首方颠：方，平；颠，顶。术器的头顶是平的。

〔一三〕是复土壤：恢复祝融原有的土地；大概是说祝融曾丧失其所辖土地，故术器将它恢复。壤原作穰，从王念孙、郝懿行校改。

〔一四〕噎鸣生岁十有二：这句话的文意较难索解，旧注："生十二子皆以岁名名之。"恐非神话初相。或当释为：噎鸣是一位时间之神，传说他生了一年的十二个月。

〔一五〕同：通；指通淫。

〔一六〕**殳始为侯**：原本无"殳"字，以意补。殳，音 shū。侯，箭靶。

〔一七〕**锺【钟】**：乐器，即鐘【钟】。

〔一八〕**乐风**：乐曲。

〔一九〕**氐人之国**："氐"字原作"互"，从王念孙、孙星衍校改，即《海内南经》氐人国。下文"氐人"同。

〔二〇〕**灵恝**：恝，音 qì。

解说

正像太皞与伏羲的合而为一一样，炎帝与神农的合而为一也是从秦汉之际的《世本》开始的。但是既经合而为一，他们的神话就互相渗透，不可分解了。这一段所录的则还是"合而为一"以前的作为南方天帝的炎帝的神话。

也正像别的天帝一样，炎帝有很多子孙，有些子孙并且还很有名。祝融（火神）、共工（水神）、后土（土神）、噎鸣（时间之神）……在这里都被列为炎帝的子孙。但其中作为炎帝属神的火神祝融，在《山海经·大荒西经》，又被认为是北方天帝颛顼的孙子。女娲时代就出现了的共工，在这里又成了祝融的儿子，诸神的世系和时代先后常是这么杂乱错综，难于究诘。仅可在这里补充几句的，有以下数事：

一、祝融在古代神话里，和禺强、共工等一样，是一个显赫的天神。有关他的神话最著名的，就是他曾奉黄帝的命令，去杀死盗窃息壤"以湮洪水"的大神鲧（《山海经·海内经》）。此外还传说在夏代和商代之间，他曾经帮助成汤去伐桀；在商代和周代之间，他又曾帮助武王去伐纣：据说也都是奉了"天命"。这些行动，在我们看来固然是有正反顺逆的差别，在他却只是忠实地执行任务。他是炎帝的属神，有时却又隶属于其他天帝，这怎么解释呢？想来"祝融"大约只是火神的共名，不同时代和不同地区都可能产生祝融的神话，因此才有着这些纷歧。《国语·周语》说："昔夏之兴也，融降于崇山，其亡也，回禄信于聆隧。"就是一证。融就是祝融，原来不只是夏亡，就是"夏之兴"，也都关系着祝融的啊！

二、《山海经·大荒西经》："有人名曰吴回，奇左，是无右臂。"这个独臂怪人大家都认为和祝融有相当关系，但究竟是什么关系呢，也是众说纷纭。归纳起来，约有两派：一派认为吴回即祝融（王符、高诱），一派认为吴回是祝融的弟弟（《大戴礼》《史记》）。注《山海经》的郭璞是赞成后一说的，故于这段文字下面径注道:"吴回,祝融弟,亦为火正也。"我们从神话观点看,也比较赞成后一说。不仅因为后一说产生的时间较早,实在也是根据二神的形貌:一则"兽身人面"(祝融),一则"奇左,是无右臂"(吴回),怎么可以勉强合而为一呢?故说吴回是祝融之弟是比较允当的。吴回又叫回禄,就是前面引《国语·周语》所说的那个回禄,也是火神。人们称火灾为"回禄之灾",出典即在于此。

三、炎帝的孙子伯陵,其名也见于史传。《国语·周语》说:"大姜之侄,伯陵之后,逢公之所凭神。"《左传·昭公二十年》说:"有逢伯陵因之。"即此伯陵。不过韦昭、杜预都注释为"殷之诸侯",则与神话上所谓的"炎帝之孙伯陵"不合。或"炎帝之孙"是如郝懿行《山海经笺疏》所说,指的是炎帝的苗裔么,那就不可详知了。又伯陵所生鼓、延、殳三子,形貌均未有所闻,唯《路史·后纪四》云:"鼓兑头而齴頯。"翻成现代话就是:鼓是尖脑袋,朝天鼻。由于单独记叙了鼓的形貌,想必亦有所本,特录出以供参考。

四、《博物志·异人》:"南海外有鲛人,水居如鱼,不废织绩,其眼能泣珠。"《太平御览》卷八〇三引《博物志》并且还补充了下面的情节:"鲛人从水出,寓人家,积日卖绢,将去,从主人索一器,泣而成珠满盘,以与主人。"更是奇妙得很。这类令人感兴趣的人鱼故事,以后还代有发展,其实推其本源,都和《山海经》里有关人鱼的记叙有关。《山海经》的《山经》部分,记叙产人鱼的处所,就不下十数。《海经》里也记叙了"人面手足鱼身在海中"的陵鱼(《海内北经》),"有神圣乘此以行九野"的龙鱼(《海外西经》),其实都是人鱼。这里所记叙的炎帝的后裔、人面鱼身、能上下于天的氐人,就更具体地显示出了人鱼的神异性。人鱼的构想,本身就是一种神话,故总是和神异分不开的。后世有关人鱼故事的叙写,其神异的程度,我看并没有超出这个范围,有的反而因商业资产阶级的兴起,受了小市民趣味的影响,渐趋于下流恶俗之一途:于此才见得古神话的设想可贵。

炎帝诸女

一

发鸠之山，其上多柘木。有鸟焉，其状如乌，文首、白喙、赤足，名曰精卫，其名自詨〔一〕；是炎帝之少女名曰女娃。女娃游于东海，溺而不返，故为精卫，常衔西山之木石以堙于东海〔二〕。（《山海经·北次三经》）

昔炎帝女溺死东海中，化为精卫。偶海燕〔三〕而生子，生雌状如精卫，生雄如海燕。今东海精卫誓水处，曾溺于此川，誓不饮其水〔四〕。一名誓鸟，一名冤禽，又名志鸟，俗呼帝女雀〔五〕。（《述异记》卷上）

注释

〔一〕**发鸠之山**：在今山西省长子县西五十里，接高平县界，一名发苞山，一名鹿谷山，漳水所出。**文首、白喙**：花脑袋，白嘴壳；喙，音 huì，鸟兽的口通称喙。**其名自詨**：自叫其名为"精卫"，詨同叫。很多鸟雀之得名，都是由于它们的叫声，古人诗说："山鸟自呼名。"

〔二〕**溺而不返**：溺死在海水里不再回来。**堙**：填塞；音 yīn。

〔三〕**偶海燕**：和海燕结成配偶。

〔四〕大意说：如今东海尚有精卫誓水的地方，因此鸟曾经溺死于此地，故发誓不饮此地的水。

〔五〕因曾誓水，故名誓鸟；冤恨未伸，故名冤禽；立志填海，故名志鸟；为炎帝女，故俗又呼帝女雀。

解说

有关炎帝本人的神话，就是上一章中所录的那么一些零星碎片，几乎说不上有较完整的故事，倒是炎帝的几个女儿还保存了几段比较完整而且有的确实非常动人的故事。

　　首先是好多人都知道的精卫填海的故事。故事说：炎帝的小女儿女娃在东海游玩，不幸淹死在东海里了，她的魂灵变化做一只叫做"精卫"的小鸟，常常从西山衔了一粒小石子或是一段小树枝飞到东海去，把石子或树枝抛进东海，想要把这一片曾经夺去她年轻的生命，也可能继续夺去千千万万年轻生命的奔腾咆哮的大海填平。陶潜《读山海经》诗说："精卫衔微木，将以填沧海。"虽只是短短的两句，一种悲壮的赞美之情却已跃然纸上。因为小鸟对大海所进行的斗争在这里形成了鲜明的对比：在波涛汹涌的海面上，在高高的天空中，飞行的是一只小鸟，小鸟所投下来的，是"微木"，是细石，然而"将以填沧海"。她去而复来，成年累月、千秋万岁都干着这样艰巨的报冤雪恨的工作。从人们的理智上看来，她这工作当然是徒劳无益的；但从感情上看来，沧海固然浩大，然而小鸟的坚忍不拔的想要填平沧海的志概却比沧海还要浩大，此其所以为悲壮，为值得赞美。至于《述异记》所记叙的精卫"偶海燕而生子"等等，已是传说演变的末流，意义不大了。

二

　　姑媱之山，帝女死焉，其名曰女尸，化为䔄草，其叶胥成，其华黄，其实如兔丘，服之媚于人〔一〕。（《山海经·中次七经》）

　　赤帝女曰瑶姬，未行而卒〔二〕，葬于巫山之阳，故曰巫山之女。楚怀王〔三〕游于高唐，梦见与神遇〔四〕。（《文选·高唐赋》〔五〕注引《襄阳耆旧传》〔六〕）暖乎若云，皎乎若星，将行未止，如浮忽停，详而观之，西施之形〔七〕。王悦而问之。曰："我夏帝之季女也，名曰瑶姬，未行而亡，封乎巫山之台〔八〕。精魂为草，摘而为芝，媚而服焉，则与梦期〔九〕。所谓巫山之女，高唐之姬。闻君游于高唐，愿荐枕席〔一〇〕。"王因幸之〔一一〕。既而言曰："妾处之羭，尚莫可言之，今遇君之灵，幸妾之搴。将抚君苗裔，藩乎江、汉之间〔一二〕。"王谢之。辞去，曰："妾在巫山之阳，高邱之岨，旦为朝云，暮为行雨，朝朝暮暮，阳台之下〔一三〕。"王朝视之，如言，乃为立馆，号曰朝云〔一四〕。（《渚宫旧事》〔一五〕引同书

注释

〔一〕**帝女**：天帝之女，此处"帝"指炎帝。**其叶胥成**：胥，皆；成，重，音 chóng；言其叶皆相重。**菟丘**：植物名，即菟丝子。**服之媚于人**：服，食；言吃了䔄草便可为人所爱。

〔二〕**未行而卒**：古称女子出嫁叫行，未行而卒，还没有出嫁就死去了。

〔三〕**楚怀王**：战国时楚威王的儿子，名熊槐，因为不纳屈原的忠谏，屡次受张仪的欺骗，终于被秦人骗入武关而客死于秦。

〔四〕**高唐**：楚台观名，在云梦泽中；闻一多以为即楚祀高禖之地（见《高唐神女传说之分析》），近是。**梦见与神遇**：遇，遇合；神，指瑶姬。

〔五〕**《高唐赋》**：楚宋玉作。楚襄王与宋玉游高唐，问起巫山神女的事，于是便命宋玉做了这篇赋。宋玉后来又应襄王命做了一篇性质不大相同的，叫《神女赋》。

〔六〕**《襄阳耆旧传》**：书名，晋习凿齿撰，已佚，《说郛》正续合刊有辑录。

〔七〕**暧**：幽暗，音 ài。**皎**：洁白光明。**西施**：春秋时候越国的美女。

〔八〕**夏帝**：即赤帝、炎帝；《高唐赋》注引作"赤帝"。**季女**：少女；古称将嫁而未嫁之女为季女。《诗·采𬞟》："谁其尸之，有齐季女。"传："古之将嫁女，必先礼之于宗室。"**封**：埋葬的意思。积土为封；《礼·乐记》："封王子比干之墓。"

〔九〕**精魂为草，摘而为芝**：瑶姬自说她的精魂是䔄草所化，摘下此草就像灵芝那样宝贵。《文选·别赋》注引《高唐赋》这两句作"精魂为草，实为灵芝"，意思更明显。**媚而服焉，则与梦期**：若是想被人所爱而服此草，就可以和想念的人在梦中相会。

〔一〇〕**荐枕席**：荐，进；进枕席，是求亲昵的意思。

〔一一〕**幸**：为天子或国君所亲爱叫幸。

〔一二〕**揄**：音 yú，母绵羊叫揄；引申有美好的意思。**灵**：神魂。**搴**：取；音 qiān。**抚**：音 fǔ；安抚。**藩**：繁衍。**江、汉**：江，江水，即今长江；汉，汉水。这几句文字可能有脱误，不大好解释。大意是：我虽怀美好，亦无可矜；今梦中逢君神魂，幸为君所取。我将福佑你的子孙后代，使他们繁衍在江水和汉水一带地方。

〔一三〕**阳**：山南叫阳。**高邱之岨**：岨，音 zǔ，石戴土叫岨；又或作"阻"，险的意思。高邱之阻就是高山险峻之地。**阳台**：山名，或说在今四川省巫山县境，或说在今湖北省汉川县境，要为传说地名，非可实指。后世便把男女不正当的欢会所在叫阳台。

〔一四〕**立馆**：馆，客舍；一般的屋舍也叫馆。立馆，或作"置观"，或作"立庙"，都是建造屋宇以奉祀神女的意思。

〔一五〕**《渚宫旧事》**：书名，凡十卷，唐余知古撰，今存五卷。渚宫是楚国郢都南的一座宫，是书取以为名，专记楚中人物故事，略有神话传说资料可供参考。

解说

瑶姬神话始见于宋玉的《高唐赋》和《神女赋》，它写的是楚怀王游高唐梦见巫山神女瑶姬的故事，其后晋习凿齿又将这段故事写入《襄阳耆旧传》中。《襄阳耆旧传》已亡，只见于书注和类书所引。《渚宫旧事》所引的比较完全，看来基本上是本于《高唐赋》前面那一段序。现在所见《文选·高唐赋》那段序，写得很简略，是经过编者萧统（昭明太子）删节的。例如同书《别赋》注引《高唐赋》叙瑶姬向楚怀王说的两句话："精魂为草，实为灵芝。"《文选·高唐赋》序上就没有。而这两句话是很重要的。《渚宫旧事》有此两句，却作"精魂为草，摘而为芝"，没有原来两句的意思好。原来的两句，透露出了瑶姬神话的本源：瑶姬原来是《山海经·中次七经》所记的"姑媱之山，帝女死焉，其名曰女尸，化为䔄草"的"䔄草"，所以瑶姬自说她为"草"为"芝"。《襄阳耆旧传》还说："媚而服焉，则与梦期。"也和䔄草"服之媚于人"完全吻合。并且"瑶姬"的"瑶"，不正是"䔄草"的"䔄"、"姑媱"的"媱"么？这样看来，瑶姬神话是䔄草神话的演变，可无疑问。

那么这是一个古老的神话了。由原先本是一棵吃了可以为人所爱的䔄草，现在成为梦中去向楚怀王（和楚襄王无关，一般认为楚襄王也梦见了神女，那是《神女赋》上"王""玉"两个字互讹搅混了的，见沈括《补笔谈》卷一辨正）倾诉情爱的瑶姬，这当中有没有当时传说的凭依呢？我们想应该是有。可能楚怀王在游巫山高唐观时，真的大白天做了一个类似宋玉所描写的荒唐的梦，播为传说，因而才给宋玉加以古神话的点染，形之于文，用以讽喻楚襄王的。否则楚怀王既是切近的人，朝云也是眼前可睹的神庙，哪能容许宋玉信口雌黄，在怀王的儿子襄王面前说得这么活龙活现呢！

说讽喻，《高唐》《神女》二赋确实是有讽喻的。尤其是《高唐赋》，讽喻很深。但却不像旧注所说是什么"假设其事，风谏婬惑"，那只是不着边际的隔靴搔痒之谈。"事"非"假设"，已如前述。《高唐赋》写的是巫山的山川险峻,《神女赋》写的是一个"薄怒自持、不可犯干"的神女,那有什么"媱惑"? 只有《高唐赋》序写的那个神话故事,约略近之。但那只不过是一个梦,一个神话,也不是什么了不起的"媱惑"。然而确实有所"风谏"即讽喻,讽喻维何? 我认为章炳麟《菿(音 dào)汉闲话》二十五所说的巫山是楚国上游重地,宋玉借楚怀王梦见巫山神女的传说,讽喻襄王宜在巫山设置重兵戍守,以防秦人觊觎那段话,是很有见地的,这才说到了痛痒。我们看《高唐赋》的末尾,有"王将欲往见之(神女),必先斋戒,……思万方,忧国害,开贤圣,辅不逮"这样的话,明明是把神女放在和国家同等重要地位来看待了。《襄阳耆旧传》记神女事末尾也有"将抚君苗裔,藩乎江、汉之间"这样的话,更是把神女描绘做了庄严的护国女神;而这样的话,很可能本来是《高唐赋》序上原有而后来给萧统删掉了的。

尽管瑶姬神话有这样的寓意,然而从表面上看,它终归还是逃不出叙写男女欢爱情状的圈子,虽然文人士大夫对此感到兴会淋漓,还从文字的误解——襄王梦——发为诗文的咏叹,而人民群众的反映却是冷淡的。因而在民间,别有关于瑶姬的神话流传,那就是唐末道士杜光庭在《墉城集仙录》里所记录的瑶姬帮助大禹治水的神话,故事内容大概如下——

云华夫人,名叫瑶姬,是西王母的第二十三个女儿。学道功成,从东海遨游回来,经过巫山,见巫山林壑幽丽,留连不忍离去。其时正逢大禹治水,驻在山下。忽然刮起大风,吹得山摇地动,木石横飞,制止不了,无法施工。大禹只好请云华夫人帮忙。夫人于是传授给大禹召神策鬼的法术,又叫她的属神狂章、虞余、黄魔、大翳、庚辰、童律等去帮助大禹治理洪水。不久大风平息,巫峡凿通,大禹治水的工程顺利地告一段落。于是跑去向夫人致谢。那知道当他站在高崖正张望之际,夫人忽然已经化而为石,忽然又散作轻云,忽然又聚为夕雨,要不就变做游龙,或者是飞翔的白鹤……总之千变万化,捉摸不定。大禹见她这样狡狯,有点疑心她不是真正的神仙,便把他的疑惑去向童律请教。童律向他说明:云华夫人原本不是胎生,而是西华少阴之气凝聚成的,所以常是这么变化无方,"在人为人,在物为物"。大禹的一团疑惑,才涣然冰释。以后又去向夫人重申谢意,大山中忽然显现出云楼琼台、瑶宫玉阁,有狮子把关,天马带路。夫人宴坐在瑶台上,正式接待了大禹。大禹因向夫人稽首问道,夫人对他作了恳切而周详的指示。以后又叫她的侍女打开一只红玉箱,拿出一卷有关治水的仙书来交给大禹,又叫庚辰和虞余再度去协助大禹治水。大禹得了夫人的这些帮助,才终于把横流十三年、为患全中国的洪水治理平息。

这段神话,虽然已经大大地仙话化了,想来也还是有民间口头传说的依据,不是出于向壁虚造。因为相传大禹在巫山治理过洪水,而巫山又有古籍记载的神女神话,人们很容易将这二者结合起来,成为神女帮助大禹治水。神话的发展、演变,每每是这样:或者从一个故事化做几个故事,或者从几个故事合为一个故事,并不足奇。从神女入楚不王的梦,演变而为神女帮助大禹治水,可以看出人民对神话的选择和喜爱:人民是不喜欢那淫奔的神女,而是喜欢那为人民的事业贡献出一分力量的神女的,所以当后一种神话成为文字纪录出现在世间时,很快就居于压倒的优势,以后诗文所颂和民间所传,都以此为主流(宋代诗人的诗,都是歌颂帮助大禹治水的神女的;至今三峡民间所传瑶姬神话,还大体上保存着《墉城集仙录》记叙的内容),前一种神话于是逐渐变得黯澹无光,只供少数文人去欣赏了。

三

赤松子者,神农时雨师也,服水玉,以教神农,能入火自烧〔一〕。往往至昆仑山上,止西王母石室中,随风雨上下〔二〕。炎帝少女追之,亦得仙俱去〔三〕。(《列仙传》卷上)

注释

〔一〕**雨师**:司雨的神叫雨师,本是神职,这里又像是人职,应是掌求雨的官。**水玉**:水晶;古代神仙家以为像云母、水晶这类东西,服食了都能对于身体大有好处。赤松子服食了水晶,就能跳进火里去自己把自己焚烧起来,从而火化登仙。

〔二〕登仙以后,就常常到昆仑山去,住在西王母曾经住过的石室里,随着风雨上下往来于山巅。因形躯已经蜕解,剩有所谓的魂灵,故能如此。

〔三〕炎帝的小女儿仿照赤松子的办法,先服食水晶,后入火自烧,于是也就成了神仙,和赤松子一同去了。"追之"的涵义当是如此。

解说

炎帝少女追随赤松子火化登仙的故事,性质上虽然已经属于仙话的范围,但是因为古仙话传留于后世的并不太多，而"火化登仙"又略带点自我牺牲的意味，所以我们还是把它当做神话来加以考察。

赤松子，是古代传说的一位著名的仙人。《楚辞·远游》说："闻赤松之清尘兮，愿承风乎遗则。"《韩非子·解老篇》也说："赤松得之，与天地统（终）。"可见至迟在秦末汉初，就流传着有关赤松子的神话（仙话）了。赤松子的登仙，除了服水玉（水晶）之类的药物而外，还采取一项重要办法，就是"自烧"。这项办法，是古仙人登仙大都必经的途径，而为稍后的人们所不理解。所以赤松子这段故事，转载到《搜神记》上，"自烧"就改变成了"不烧"。"入火不烧"，当然可以显示出修道人的神通和本领，但却失去了一项它原先具有的重大意义：即由此而达到登仙的目的。但"自烧"，不仅仅是燃上一堆火跳进去就完事，还须要有烧火的方法：称之为"行火""使火"或"作火"。夏帝孔甲时的师门"能使火"，后来被孔甲妄杀，死后居然使山木皆焚，让孔甲受惊而死，自己大约也尸解登了仙；师门的师傅啸父，则早在三亮山"列火数十而升"，并把他的"作火法"传授给了另一弟子梁母；六安的铸冶师陶安公几度"行火"，一旦紫色冲天，有赤龙来迎接安公升天而去（以上均见《列仙传》和《搜神记》）。炎帝少女追随赤松子登仙而去，必然也是经过了"自烧"这个艰巨的阶段的。《太平御览》卷九二一引《广异记》：

> 南方赤帝女学道得仙，居南阳崿山桑树上，正月一日衔柴作巢，或作白鹊，或女人。赤帝见之悲恸，诱之不得，以火焚之，女即升天，因名"帝女桑"。今人至十五日焚鹊巢作灰汁，浴蚕子招丝，像此也。

虽然记叙的是炎帝（赤帝）另一个女儿学道登仙的行迹，但是"自烧"的痕迹却宛然残留着，不过是假手于她的父亲罢了。

黄 帝

一

古者黄帝四面〔一〕。(《太平御览》卷七九引《尸子》〔二〕)

黄帝之初,养性爱民,不好战伐,而四帝各以方色称号,交共谋之,边城日惊,介胄不释〔三〕。黄帝叹曰:"夫君危于上,民不安于下〔四〕;主失其国,其臣再嫁〔五〕:厥病之由,非养寇邪〔六〕?今处民萌之上,而四盗亢衡,递震于师〔七〕。"于是遂即营垒以灭四帝〔八〕。(《太平御览》卷七九引《蒋子万机论》〔九〕)

东方木也,其帝太皞,其佐句芒,执规而治春;南方火也,其帝炎帝,其佐朱明,执衡而治夏;中央土也,其帝黄帝,其佐后土,执绳而制四方〔一〇〕;西方金也,其帝少昊,其佐蓐收,执矩而治秋〔一一〕;北方水也,其帝颛顼,其佐玄冥,执权而治冬〔一二〕。(《淮南子·天文篇》)

中央之极,自昆仑东绝两恒山,日月之所道,江、汉之所出,众民之野,五谷之所宜,龙门、河、济相贯,以息壤堙洪水之州,东至于碣石,黄帝、后土之所司者万二千里〔一三〕。(《淮南子·时则篇》)

注释

〔一〕**古者黄帝四面**:四面,四张脸。按《尸子》这句话的全文是:"子贡问孔子曰:'古者黄帝四面,信乎?'孔子曰:'黄帝取合己者四人,使治四方,不计而耦,不约而成,此之谓四面也。'"照子贡问孔子的意思,所谓"四面",确实就是"四张脸",根据的想必是当时的民间传说,而孔子解答做"取合己者四人,使治四方"云云,是把古代神话来历史化了。

〔二〕**《尸子》**:书名,凡二一卷,战国楚人尸佼著,已佚,清章宗源、汪继培、孙星衍皆有辑本。

〔三〕**战伐**：战争攻伐。**四帝各以方色称号**：四帝，指太皞、炎帝、少昊、颛顼。古时以金、木、水、火、土五行所代表的方位和色彩来配神话传说中的五帝，成为一个完整的神国组织。东方属木，色青，故太皞称青帝；南方属火，色赤，故炎帝称赤帝；西方属金，色白，故少昊称白帝；北方属水，色黑，故颛顼称黑帝。这就是所谓"四帝各以方色称号"。加上中央属土，色黄，故轩辕称黄帝。合起来就叫"五帝"或"五方帝"，详后"解说"。**交共谋之**：四帝同谋进攻黄帝。**边城日惊**：边城的战士每天都在警戒着敌人的侵犯；警戒戎寇叫惊。**介胄不释**：介，铠甲；胄，头盔，音 zhòu。为了防备敌人突然的侵袭，战士们连自己头上戴的盔和身上穿的铠甲都不敢解除下来。

〔四〕**民不安于下**：原作"民安于下"，意不可通，"不"字据《玉函山房辑佚书》补。

〔五〕**主失其国，其臣再嫁**：古以夫妇关系喻君臣；意思是说，国君如果把国家丢了，那么他的臣子就要给别的国君做臣子，像妇女再度嫁给别人做妻一样。在中国奴隶制和封建制社会中，一切人都受君权的绝对统治，妇女还受夫权的绝对统治。为了巩固这种统治，所以提倡"忠臣不事二君，烈女不嫁二夫"。亡国之臣再给别的国君做臣子，和妇女再嫁一样，都被认为是同一性质的不幸的、不光荣、不道德的事。

〔六〕**厥病**：厥，其；厥病，其病，指"君危于上，民不安于下""主失其国，其臣再嫁"这两桩病。这两桩病的根由，岂不是由于养寇贻患吗？

〔七〕**民萌**：萌，义同民；民萌，犹言众民。**四盗**：指四帝。**亢**：同抗。**递**：更易、替换的意思。**师**：师旅、军队。如今我（黄帝）既然位居于众民之上，可是四方的强盗却偏要来和我抗衡，轮番不断地使我的师旅受到震惊，这种状况岂可容忍其继续下去。

〔八〕**营垒**：古时军队所筑用以防御敌人的工事称营垒。黄帝亲自到营垒去指挥作战，就把四帝的侵略军消灭了。

〔九〕**《蒋子万机论》**：书名，三国魏蒋济撰，已佚，《玉函山房辑佚书》有辑录。

〔一〇〕**后土**：土神，又是幽都的统治者。**制**：约制。

〔一一〕**少昊**：即少昊金天氏。**蓐收**：金神和刑罚之神。**矩**：曲尺。

〔一二〕**颛顼**：音 zhuān xū，即颛顼高阳氏，黄帝的曾孙。**玄冥**：水神，即禺强。**权**：称锤。

〔一三〕**自昆仑东绝两恒山**：旧注云："自，从也；绝，犹过也；恒山，常山；言两，未闻也。"两字疑衍。大意说：中央的边际，从昆仑山向东经过恒山，太阳和月亮所照临、江水和汉水所发源的地区，人民繁多、五谷丰盛的原野，孟津河（龙门）、黄河、济水互相沆贯，大禹曾经用息壤来填塞洪水的州土，一直到东方海畔的碣石山，黄帝和后土所管辖的地方共是一万二千里。

解说

　　五方帝的神话起源可说是相当地早。《晏子春秋·内篇·谏上》已有楚巫见齐景公"请致五帝，以明君德"这样的记叙，屈原《惜诵》也说"令五帝以折中兮"，都指的是五方天帝，并非人帝。屈原《远游》中描写的一段，更把五方帝和他们的属神的名号除后土而外都列举出来了："轩辕不可攀兮，吾将从王乔而娱戏，……吾将过乎句芒，历太皓以右转兮，……遇蓐收乎西皇，……指炎神而直驰兮，吾将往乎南疑，祝融戒而还衡兮，……从颛顼乎增冰，历玄冥以邪径兮，……"只是像《淮南子·天文篇》所叙写的整齐有序的神国组织还不大看得出来，但想来也是已经有了的。《尸子》所记子贡向孔子提出的"古者黄帝四面，信乎"的问题，便透露出了这当中的一些消息：长有四张脸的黄帝，原来是便于严密地注看着四方，从而达到他巩固地统治宇宙这一目的的。从黄帝的"四面"，就暗示了除了作为中央天帝的黄帝而外，其余东西南北四方，还有别的天帝存在。别的天帝，当然就是如《远游》所说的"太皓（太皞）、西皇（少昊）、炎神（炎帝）、颛顼"等。但黄帝能在神国组织中，作为中央天帝而为四方天帝之长，必定有其原因。果然，在较早的古籍《孙子·行军篇》中，已有"凡此四军之利，黄帝之所以胜四帝也"这样的说法。孙子举此，目的不过在于宣扬他的"四军之利"的兵略，不一定真即黄帝之所以胜四帝者。但黄帝胜四帝，必是早于《孙子》成书之前的一段民间传说，可惜其详已不可得而闻。直到三国时魏蒋济著《蒋子万机论》，才又把这段民间传说重新叙述出来并且充实了一番。当然写的是"人话"，但在"人话"的后面，据我们推想，也应有古神话做它的背景。那就是：黄帝在取得中央天帝的统治权之前，必定还和四方的天帝进行过严重的军事斗争，最后战胜了四帝，屈服了他们，这才有"五帝"或"五方帝"的神国组织的建立和黄帝与众神各司其职、相安无事的图景出现。总之，"五帝"或"五方帝"的神话，是和春秋战国时期奴隶主或封建领主穷兵黩武争领导权的政治局面（春秋有"五霸"，战国有"七雄"）、和受了战争痛苦的人民要求统一与秩序相适应的。作为中央天帝的黄帝，无疑是王者或霸者（大奴隶主或大封建领主）的象征，四方的天帝如太皞、炎帝等，无疑是四方诸侯（小奴隶主或小封建领主）

的象征。神国组织原是人国组织的反映，或者说，是建基于人国组织之上的，于此，又得到了很好的印证。

二

海内昆仑之虚，在西北，帝之下都〔一〕。昆仑之虚方八百里，高万仞。上有木禾，长五寻，大五围〔二〕。面有九井，以玉为槛，面有九门，门有开明兽守之，百神之所在〔三〕。在八隅之岩，赤水之际，非仁羿莫能上冈之岩〔四〕。

昆仑南渊深三百仞。开明兽身大类虎而九首，皆人面，东嚮〔五〕，立昆仑上。

开明西有凤凰、鸾鸟，皆戴蛇践蛇，膺有赤蛇〔六〕。

开明北有视肉、珠树、文玉树、玗琪树、不死树〔七〕。凤凰、鸾鸟皆戴瞂〔八〕。又有离朱、木禾、柏树、甘水、圣木曼兑——一曰挺木牙交〔九〕。

开明东有巫彭、巫抵、巫阳、巫履、巫凡、巫相，夹窫窳之尸，皆操不死之药以距之〔一〇〕。窫窳者，蛇身人面，贰负臣所杀也〔一一〕。服常树，其上有三头人，伺琅玕树〔一二〕。

开明南有树鸟，六首；蛟、蝮、蛇、蜼、豹、鸟秩树，于表池树木，诵鸟、鶽、视肉〔一三〕。（《山海经·海内西经》）

注释

〔一〕**昆仑之虚**：即昆仑山；大山叫虚，虚或作墟。**帝之下都**：天帝在下方的都邑。此天帝即黄帝，详后"解说"。

〔二〕**木禾**：郭璞注：谷类也，可食。按禾实如今叫小米，疑当称小米树。**寻**：古以八尺为寻。**围**：计度圆周的名称，诸说不一：或言五寸为围，或言八尺，或言合抱，或言一尺；以木禾的长度推之，作一尺似较妥。

〔三〕**面有九井**：昆仑山的每一面有九眼井。按《初学记》七引此"面"作"上"。**以玉为槛**：用玉石来做井栏；槛，音 jiàn。**面有九门**：按《史记·司马相如传》正义引此作"旁有五门",《太平御览》卷三八引此亦作"五门"。**门有开明兽守之**:每一座门都有一只开明兽守护着。按昆仑山四面门共是三十六,开明兽亦当是三十六,但据下文所叙的情景看,又似乎只有唯一的一只,则此处文字,或有脱误。

〔四〕**八隅之岩**:隅,音 yú,八隅,未详,或是地名;岩,洞穴。意谓百神居于八隅的洞穴中,而此洞穴,下临赤水之滨,非射日英雄如羿者不能登此冈岭,到此岩穴。"之岩"的"之",应作"到"解。相传西王母居昆仑山石室中,羿尝到此向她请求不死之药,故云。**仁羿**,一说,即夷羿,夷的重文古作尼,与仁音形并近。

〔五〕**鄉**:同向。

〔六〕**膺**:胸;音 yīng。谓开明兽西面的凤凰和鸾鸟,都是头上顶着蛇,足下踩着蛇,胸前又挂着红蛇。

〔七〕**视肉**:神话中一种奇怪的供人食用的生物,这生物四肢百骸都没有,只是一堆净肉,形状像牛肝,有一对小眼睛,刚刚要把它吃完,马上又长还原状。详后"解说"。**珠树、文玉树、玗琪树**:都是生长珍珠和美玉的树;玗琪,音 yú qí。**不死树**:树上花果可以制炼不死之药;下文云"巫彭、巫抵、巫阳、巫履、巫凡、巫相,夹窫窳之尸,皆操不死之药以距之",其药当从此树取得。

〔八〕**瞂【瞂】**:盾;音 fá。

〔九〕**离朱**:赤色神鸟。**甘水**:即醴泉。**圣木曼兑,一曰挺木牙交**:未详,疑此处文字有脱误。

〔一〇〕**巫彭**:名叫彭的巫师;下巫抵、巫阳、巫履、巫凡、巫相同。**窫窳**:见前"伏羲"章第二节注。**操**:持。**距之**:郭璞云:"为距却死气,求更生。"意思是说巫彭等六个巫师,手里都拿着不死药,夹着窫窳的尸体替他除掉死气,让他复活转来。

〔一一〕贰负的臣子名叫危,与贰负同谋杀死窫窳;详下节选文与"解说"。

〔一二〕**服常树**:树名,形状未详。**伺琅玕树**:伺,察看的意思;住在服常树上的三头人,三头轮流起卧,察看着琅玕树的动静。三头人即离朱(是前面所说赤色神鸟离朱的演变),黄帝时明目人,传说他眼睛能见秋毫之末于百步之外。因琅玕树上所生长的琅玕,为凤凰鸾鸟每天必不可少的食品,故黄帝派他于此看守。《艺文类聚》卷九十引《庄子》佚文"天又为生离珠(朱),一人三头,递卧递起,以伺琅玕",即此,详后"解说"。

〔一三〕**树鸟,六首**:《大荒西经》:"有青鸟,身黄,赤足,六首,名曰䳐鸟。"郭璞注:"音触。"疑即此鸟。**蝮**:音 fù,一种毒蛇的名称。**蜼**,音 wěi,长尾猿。

鸟秩树：未详。**于表池树木**：在池子的四周种上树以显示出池子的美。**鶽**：雕；音 sǔn。此段文字疑有脱误，不甚可解，姑断句如此，俟更详考。

解说

  全面地叙写作为天帝下都的昆仑山的情景，以这里所录的文字为最早。昆仑山被看做是"帝之下都"，这帝，固然是天帝，而天帝，又是谁呢？《穆天子传》卷二说："吉日辛酉，天子（穆天子）升于昆仑之丘，以观黄帝之宫。"于是我们知道：所谓帝，实在就是黄帝。"黄帝"，古书又常写作"皇帝"，即"皇天上帝"的意思。他是宇宙的最高统治者，相当于希腊神话里的宙斯，或罗马神话里的朱匹忒。他不但在天上有帝都，在下方也有帝都，他的在下方的帝都，就在那高峻的昆仑山上，已接近于天庭了，因此传说是"百神之所在"。大约最古的神话是说，神们都住在高山上，天帝的都城也在高山的巅顶。犹之希腊神话说：宙斯和众神都住在奥林帕斯山上。那么"帝之下都"的昆仑山，其实也就是"帝之上都"。古代人们的设想可能就是这么质朴。后来随着阶级社会的发展，文化在大多数人沦为奴隶而少数人享受自由的前提下，有了一些增进的时候，人们才这么设想，神的住居应该在比高山更高的天上。于是可能原本是黄帝"上都"的昆仑山，也就一变而为"下都"了。高尔基说："奴隶主愈有力量和权威，神就往天上升得愈高。"（《文学论文选》页三二二——《苏联的文学》）这话是不错的。长有四张脸的作为中央天帝的威严的黄帝的出现，就说明随着初期封建社会的建立，封建统治者的统治地位也日益巩固了。

  关于昆仑山的神话，在我国神话的宝库中，实在是非常丰富，不胜枚举。举其要者，有《山海经·西次三经》所记的神陆吾所司的"实惟帝之下都"的"昆仑之丘"，从槐江之山（县圃）看去，"其光熊熊，其气魂魂"，景象已相当壮观了；《楚辞·天问》复云："昆仑县圃，其尻安在？增城九重，其高几里？"又添上了九重"增（层）城"，更是气象宏伟；《淮南子·地形篇》更据《山海经》和《天问》等书所叙，把昆仑山周围环境作了具体而生动的描绘，最后并指出由昆仑山通向天庭的道路，昆仑山的神话到这里便算是规模大备了。这以后的一些有关昆仑山的神话：如《玄中记》所叙的身长九万里、绕昆仑山三周的巨蛇，《十洲记》所叙的昆仑山的金台玉楼，《拾遗记》所叙的昆仑山九层、每一层陆离光怪的景象……，无非都是踵事增华，看来像是有意虚构了。

  昆仑山所有的奇异物事中，视肉和离朱要算是最奇异的了。这两种物事，也常见于古帝葬所的附近,应该是属于"神物"之类,现在我们就单把这两种东西提出来谈谈。

先讲视肉。视肉是怎样一种东西呢?经无明文,只是郭璞注中这么说:"聚肉形如牛肝,有两目也;食之尽,寻复更生如故。"不知何本,大概还是根据旧来的传说。《神异经·西北荒经》说:"西北荒中有脯焉,味如獐鹿脯,食一片复一片。"就是视肉之类的东西。

这似乎不仅是神话的幻想。《古小说钩沉》辑《玄中记》说:"大月氏及西胡有牛名为日反,今日割取其肉三四斤,明日其肉已复,创即愈。"《蜀典》卷九"稍割牛"条引《凉州异物志》说:"月支有羊,尾重十斤,割之供食,寻生如故。"竟然真有这种活的视肉。像月支这种大尾羊,有人说在西北考古时曾经亲自见过,由于尾巴沉重成为羊的负担,农民每每带便用小车子推着羊的尾巴跟在后面慢慢走。这样看来,虽是神话幻想,也有一些现实生活的依据了。

其次再讲离朱。比起视肉来,离朱的情况要复杂些。《山海经·海外南经》说:"狄山,帝尧葬于阳,帝喾葬于阴。爰有熊、罴、文虎、蜼、豹、离朱、视肉。"郭璞在"离朱"下注云:"木名也,见《庄子》;今图作赤鸟。"很显然,注"木名也",应当是"人名也"之讹。因为《庄子》从无作为"木名"的离朱,而只有一个《天地篇》所记的生于眼睛明亮、被黄帝派去寻找他所遗失的"玄珠"的离朱(详本章第五节)。而这个离朱,现在竟杂在一大群动物当中,"图作赤鸟"了。离朱究竟是什么东西呢?

我以为离朱当即《淮南子·精神篇》所说的"日中有踆乌"的"踆乌",高诱注:"谓三足乌。"对了,就是此物。三足乌又称阳乌、金乌,疑即古所谓的朱鸟。《文选·思玄赋》说:"前长离使拂羽兮。"注:"长离,朱鸟也。"《书·尧典》说:"日中星鸟,以殷仲春。"传:"鸟,南方朱鸟七宿。"离为火,为日,故神话中这一原属于日,后又象征化为南方星宿的朱鸟,或又称为离朱。郭璞注所说"今图作赤鸟"者,正是离朱的古图象啊。此"赤鸟"即朱鸟,乃是日中神禽踆乌、三足乌、阳乌或金乌。世传古时的明目人,或又冒以离朱之名,不过喻其如禽在日中,日丽中天,明无所不察的意思。这就是离朱为什么时而是动物、时而又是人的缘故。

但是问题并没有完结。《艺文类聚》卷九十引《庄子》(今本无)说:"琼枝,高百仞,以璆琳琅玕为实。天又为生离珠,一人三头,递卧递起,以伺琅玕。"而本节《海内西经》所说的"服常树,其上有三头人,伺琅玕树",情况全同于前面引《庄子》佚文所说,则服常树上这个三头人,就是离珠了。古珠、朱字通,《文选·琴赋》"乃使离子督墨"李善注:"离子,离朱也;《淮南子》曰:'离子之明,察针末于百步之外。'按《慎子》为离珠。"可见离珠就是离朱。这样说来,那么那个与视肉为邻、"今图作赤鸟"的离朱,和在服常树上"伺琅玕树"的三头人离珠(朱),和本章第五节就要讲到的替黄帝寻觅遗失玄珠的明目人离朱,竟是"三位一体"的了。是的,他们确实是"三位一体"的。前面已经知道由动物的离朱演变为人的离朱的原由了,可是为什么又会演变做三头人离珠(朱)呢?其实这也是并不难于索解的。离朱既是日中神禽踆乌即三足乌,足讹为头,而且人化,岂不就成了三头人么?三头人"伺琅玕树",主要用的还是眼睛,六只眼睛来做伺察工作,基本上并没有离开"离朱明目"的传说。至于要问离朱即三足乌既是日中神禽,为什么又会见于昆仑山或古帝王的墓所呢?那也只能说这是神话的变异,不能胶柱以求。正如三足乌后来竟成为传说中的瑞应之物一般,它也居然由"日中"下到凡间来了。

三

钟山,其子曰鼓,其状人面而龙身,是与钦𬳼杀葆江于昆仑之阳〔一〕。帝乃戮之钟山之东曰瑶崖〔二〕。钦𬳼化为大鹗,其状如雕而黑文白首,赤喙而虎爪,其音如晨鹄,见则有大兵〔三〕;鼓亦化为鵕鸟,其状如鸱,赤足而直喙,黄文而白首,其音如鹄,见则其邑大旱〔四〕。(《山海经·西次三经》)

贰负之臣曰危,危与贰负杀窫窳〔五〕。帝乃梏之疏属之山,桎其右足〔六〕,反缚两手〔七〕,系之山上木。在开题西北〔八〕。(《山海经·海内西经》)

注释

〔一〕**钟山**:即钟山之神烛龙,见"盘古"章第一节"解说"。**其状人面而龙身**:原作"其状如人面而龙身",王念孙校衍"如"字,从删。**钦𬳼、葆江**:皆天神名;

䳐，音 pī。

〔二〕**帝**：指黄帝；详后"解说"。**瑶崖**：原作嶧崖，瑶字据王念孙、毕沅校改；瑶崖，即瑶水之崖，或作"瑶岸"，见《文选·思玄赋》注引。

〔三〕**鹗**：音 è，属鸟类猛禽类，古称雎鸠。**雕**：同鵰。**晨鹄**：郭璞云："晨鹄，鹗属，犹晨凫耳。"**大兵**：大的战争。

〔四〕**鵕鸟**：鸟名；鵕，音 jùn。**鸱**：即鹞鹰。

〔五〕**危与贰负杀窫窳**：其意当为：危献策于贰负，因而杀死了窫窳。在此事件中，危是主谋者，故黄帝之罚，亦仅及危。此郭璞《图赞》所谓"汉击磐石，其中则危"是也。非如鼓与钦䲹杀葆江，系同谋，故二人同被诛戮。但又另有不同传说，则是危与贰负俱受惩罚。详后"解说"。

〔六〕**帝乃桔之疏属之山**：帝，亦指黄帝，详后"解说"。桔，手械，此处作系缚解，桔，音 gù。之，指贰负的臣子危。疏属之山，毕沅说在今陕西省绥德县。**桎**：足械；音 zhì。

〔七〕**反缚两手**：今本作"反缚两手与发"，"与发"二字衍，从王念孙、郝懿行校删。《太平御览》卷五十引郭璞注云："约发合缚之也。""合"当为"而"字之形误。"约发而缚之"者，约其发而反缚其两手也。盖古图像如此。今本"约发"作"并发"，后人不明，又因"并发"而妄于经文下增"与发"二字，误矣。

〔八〕**开题**：山名，毕沅说即笄头山，是不错的；笄头山又叫鸡头山，《史记·五帝本纪》有"（黄帝）西至于空桐，登鸡头"语，知此地正是黄帝用事之处。

解说

作为全宇宙统治者的黄帝，是神世界一切纠纷的公平裁判者。钟山山神的儿子鼓和钦䲹同谋杀死了葆江，黄帝马上把他们杀死在钟山东面的瑶崖，替葆江申冤报仇；贰负的臣子危向贰负献策杀死了窫窳，黄帝也立刻把他枷栲在疏属山的大树下面，并叫昆仑山的几个神巫各拿不死之药去救活窫窳。这两件事显示出黄帝的无上威权和公正不偏。他之所以能统治全宇宙，为众神所拱服，除了作为主要条件的神通和权力之外，可能在这些地方也有相当关系。

但是这两段文字中所记的，都单只称帝而不称黄帝，又何以知其为黄帝呢？首先我们看钟山之子鼓"与钦䲹杀葆江于昆仑之阳、帝乃戮之钟山之东曰瑶崖"的"帝"。钟山界在黄帝服食玉膏的峚（音 mì）山（见后节）和作为黄帝下都的昆仑山之间，而且黄帝又曾把食用不完的玉膏移种在钟山的向阳处，那么这"帝"自然应该是黄帝。其次再看"危与贰负杀窫窳、帝乃桔之疏属之山"的"帝"。

前面"注释"中已说过，开题（疏属之山在其西北）即鸡头，正是黄帝游踪所及其神灵用事之处，而且疏属、开题，也距黄帝的下都昆仑山不远，《文选》张协《七命》注引此经"帝"正作"黄帝"，此"帝"实在应该是黄帝。

总之，凡《山海经》里所说的"帝"（天帝），绝大多数都是指黄帝，只要仔细去寻绎，不难找出理解的线索。只有《中次七经》"姑媱之山，帝女死焉"的"帝"，和《中次十二经》"洞庭之山，帝之二女居之"的"帝"，一指炎帝，一指尧，是其例外。还有《海外东经》的"帝令竖亥……"，是指禹，不过下面已经明说"一曰禹令竖亥"了。

需要补充说几句的，是关于"危与贰负杀窫窳"的事。从正文的记叙看，黄帝的惩罚仅及于危（故郭璞注云："汉宣帝使人〔凿〕上郡，发盘石，石室中得一人……"）。但从后来传说和经文其他部分的记叙看，则连贰负也同受惩罚了。《海内经》说："北海之内，有反缚盗械、带戈常倍之佐，名曰相顾之尸。"郭璞注："亦贰负臣危之类也。"窃以为非仅"之类"，实在就是这一神话的异文。何以知其然呢？刘秀《上山海经表》云："汉宣帝时，击磻石于上郡，陷得石室，中有反缚盗械人。时臣秀父向为谏议大夫，言此贰负之臣也。诏问何以知之，亦以《山海经》对。""反缚盗械人"既是"贰负之臣"，则同于"相顾之尸"所写的情景。但刘向此处所说，还仅及于危。而"反缚盗械"之语，却非偶然相同，必是古来另有传说。曰"相顾"者，那就是连贰负也都系械了起来的图象。果然，唐李冗的《独异志》就这么写着："汉宣帝时有人于疏属山石盖下得二人，俱被桎梏。……"《雕玉集·鉴戒篇》亦记此事，文略同，可见是采取了"相顾之尸"的一说了。而这一说，才是更合理、更得人心的。

四

沧海之中，有度朔之山，上有大桃木〔一〕，其屈蟠〔二〕三千里，其枝间东北曰鬼门，万鬼所出入也。上有二神人，一曰神荼，一曰郁垒，主阅领万鬼〔三〕。恶害之鬼，执以苇索，而以食虎〔四〕。于是黄帝乃作礼，以时驱之〔五〕。立大桃人，门户画神荼、郁垒与虎，悬苇索以御凶。（《论衡〔六〕·订鬼篇》引《山海经》〔七〕）

帝巡狩，东至海，登桓山，于海滨得白泽神兽，能言，达于万物之情〔八〕。因问天下鬼神之事，自古精气为物、游魂为变者，凡万一千五百二十种，白泽言之，帝令以图写之，以示天下〔九〕。帝乃作祝邪之文以祝之〔一〇〕。（《云笈七签》〔一一〕卷一百《轩辕本纪》〔一二〕）

　　峚山，其中多白玉，是有玉膏，其原沸沸汤汤，黄帝是食是飨〔一三〕。是生玄玉〔一四〕。玉膏所出，以灌丹木，丹木五岁，五色乃清，五味乃馨〔一五〕。黄帝乃取峚山之玉荣，而投之钟山之阳。瑾瑜之玉为良，坚栗精密，浊黑而有光，五色发作，以和柔刚。天地鬼神，是食是飨；君子服之，以御不祥〔一六〕。（《山海经·西次三经》）

注释

〔一〕**大桃木**：即大桃树。
〔二〕**屈蟠**：盘曲；蟠，音 pán。
〔三〕**神荼、郁垒**：二神名；神荼，音 shēn shū，郁垒，音 yù lǜ。**阅领**：监察和统领。
〔四〕意谓凡凶恶和害人的鬼，便用芦苇编的绳索捆缚起来，拿它去喂老虎。食，音 sì，义同饲。
〔五〕于是黄帝便因此而制为典礼，在一定的时候来驱逐这些恶鬼。
〔六〕**《论衡》**：书名，凡三十卷，东汉王充撰，内容大都以求实精神，订讹砭俗，于破除当时迷信，有相当贡献。然于所订之讹及所砭之俗中，亦常有其实是古代神话传说而被误解为迷信者，今以神话眼光观之，当然都是有用的研究资料。
〔七〕按此段文字今本《山海经》无。
〔八〕**帝巡狩**：帝，黄帝；巡狩，本作巡守，古时天子巡行诸国称巡守，巡守就是巡阅诸侯所守土的意思。狩，音 shòu。**桓山**：山名，在今江苏省铜山县东北，桓，音 huán。**达于万物之情**：瞭解万事万物的情况。
〔九〕**精气为物，游魂为变**：精气所凭藉而为各种生物和无生物、游魂所接触而为各种妖怪变异的，凡此种种，只要白泽神兽一说出来，黄帝就叫人用图画把它们画下来，用以昭示天下的人。
〔一〇〕**祝邪之文**：咒诅邪恶的文字。黄帝于是作了咒诅邪恶的文字以咒诅白泽神兽所说的那些妖邪。

〔一一〕**《云笈七签》**：书名，凡一百二十二卷，宋张君房撰。缘真宗（998—1022）时校正道书，王钦若等荐君房任其事，因撮其精要以成此书。

〔一二〕**《轩辕本纪》**：书名，凡三卷，唐王瓘撰，一名《广黄帝本行纪》。阮元《四库未收书目提要》卷四载之，止作一卷，云佚其上中二卷，乃失于查考。盖《云笈七签》所载不分卷的《轩辕本纪》，即是其全，更无佚亡了。

〔一三〕**峚山**：峚，音 mì。玉膏：古人想象的一种胶液状的可以服食的玉。原：源本字。**沸沸汤汤**：玉膏涌出的光景。飨：享用。

〔一四〕**玄玉**：黑玉。

〔一五〕所出的玉膏，就用来灌溉丹木，丹木经过五年，就开出五种颜色的清芬的花朵，结出五种味道的香美的果子。

〔一六〕**玉荣**：玉的精华。**钟山之阳**：钟山的向阳处，指山的南面。**瑾瑜**：美玉名；音 jǐn yú。**坚栗精密，浊黑而有光**：栗原作粟，据宋本改；黑原作泽，据吴宽抄本改。**服**：佩带。言黄帝把峚山的玉的精华移种在钟山的向阳处，生出坚栗精密、浊黑有光的瑾瑜之玉。这些美玉，上焉者且能五彩焕发，调和柔刚，天地鬼神就拿它们来做每天必不可少的食品，"君子"佩带了这种玉出门旅行，也可以抵御邪祟不祥之物。

解说

被当作统治阶级的偶像的黄帝，不但统治着天上的神，是神世界公平的裁判者，而且也统治着存在于宇宙间的一切妖魔鬼怪。从本节所选录的三段神话可以看出此中消息。神荼和郁垒在度朔山的大桃树下面"阅领"天下万鬼，黄帝因此而制为典礼，以时驱鬼，这样的神话，恐怕已经不是最古神话的本来面貌。最古的神话，应是黄帝通过神荼和郁垒这两个鬼头子的手，以统辖天下万鬼，建立宇宙秩序。白泽神兽神话的内容和性质，大体也同于神荼郁垒。"达于万物之情"的白泽，也是一个鬼统领，是黄帝手下的一员要将。黄帝作"祝邪之文"云云，并不一定真正就是驱鬼，只不过表示黄帝对万鬼的约束禁制而已。只有峚山玉膏神话的性质稍微有点两样（可能是黄帝神话仙话化的开始，详第六节"解说"），然而从食玉膏事，也可见到黄帝是"天地鬼神"的总首领，而且"君子"佩玉，可以抵御邪恶不祥，也和前两段驱鬼、祝邪有共通处，为了选录方便，因此就连带搜辑在这里了。

五

　　黄帝游乎赤水之北，登乎昆仑之丘，而南望还归，遗其玄珠〔一〕。使知索之而不得，使离朱索之而不得，使喫诟索之而不得也，乃使象罔，象罔得之〔二〕。黄帝曰："异哉！象罔乃可以得之乎？"（《庄子〔三〕·天地篇》）

　　罔象求而得之，后为蒙氏之女奇相氏窃其玄珠，沉海去为神〔四〕。（《云笈七签》卷一百《轩辕本纪》）

　　震蒙氏之女，窃黄帝玄珠，沉江而死，化为此神，即今江渎庙也〔五〕。（《蜀梼杌》〔六〕卷上）

注释

　　〔一〕**还归**：回来；还【遻】，音 xuán。**玄珠**：黑色宝珠。

　　〔二〕**知**：音 zhì，古天神的聪慧者。**离朱**：古天神的明目者。**喫诟**：古天神的善辨者。**象罔**：古天神的以遇事恍忽、漫不经心闻名者。

　　〔三〕**《庄子》**：书名，凡五十二篇，战国宋庄周著，多假古代神话传说以寓意，面目虽经改更，尚可从中窥见本真。

　　〔四〕**罔象**：即象罔。**蒙氏**：即震蒙氏。**奇相氏**：传说她因偷窃了黄帝的玄珠，为黄帝所追捕，沉江而死，化为马头龙身的怪物，故称"奇相"。见《蜀典》卷二"奇相"条。

　　〔五〕**江渎庙**：指江渎庙所奉祀的神奇相；渎，音 cú。

　　〔六〕**《蜀梼杌》**：书名，凡二卷，宋张唐英据《前蜀开国记》《后蜀实录》二书撰。梼杌，音 táo wù。

解说

　　黄帝遗失玄珠的神话，始见于《庄子》，其后《淮南子·人间篇》亦叙之，而增一攫剟（音 jué duō），高诱注："攫剟善于搏拾勿。"与《庄子》所记叙的合看，故事就更丰满了。有人说这不过是庄子的寓言，从知、喫诟、象罔等寓意性的名字上可以见之。我以为这话只是说对了一半。不错，寓言诚然是寓言，但还应当看到除了寓言之外的别一半。庄子是哲学家，自然要写寓言，并不要写神话，然而以庄子的博闻，许多地方，实在可以借古代神话传说以寓意，用不着再去生编硬造。从《庄子》文章里若干半寓言半神话的记叙，可以证实这一点。自然，庄子在假借古神话传说来表达他的哲学思想时，是将这些原始素朴的材料经过一番改造以适应他的需要的。但因庄子终于去古未远，其所假借的神话传说，虽经改造，还能窥见大概，不至过于失真，如这里所录黄帝遗失玄珠的神话就是。知、喫诟、象罔三人的名字虽然可说是寓意的，然而离朱明目，又是一人三头（见《御览》引《庄子逸篇》），却是地道的神话人物，并不具有多少寓意性，而庄子述之，可见并非纯粹的寓言。且故事一到《淮南子》里，除原有的离朱外，又增攫剟，象罔亦易名为忽怳，尤可见有此大同小异的现象，乃系根据不同的传说以成文。故《人间篇》叙了此事之后，紧接着《修务篇》又举"离朱之明，攫掇（剟）之捷"以为他事的论证，可见攫剟也像离朱一样，是传说中的有名人物。至于人的名字之含寓意性与否，倒并不是决定是寓言或是神话传说的主要条件，五方帝的属神句芒、蓐收、祝融、玄冥、后土，名字都是寓意性的，然而并不失为神话人物，即其佐证。

　　庄子所述的这段神话，乃是假此以寓"道可遇而不可求"之意，所以知、离朱和喫诟费了很大力气而没有得到的物事，却被象罔在无心中得到了。神话本身带有一些诙谐的性质，正符合后世民间相传的两句谚语"踏破铁鞋无觅处，得来全不费工夫"的情境。然而"不费工夫"得到的东西，丢失也很容易，因而后来又从这段神话派生出奇相窃玄珠的神话。但宋时既已有江渎庙神即奇相之说（张唐英《蜀梼杌》），则此神话的产生以及为民间所崇信也由来已古了。

六

　　黄帝生骆明，骆明生白马，白马是为鲧。……鲧復生禹〔一〕。（《山海经·海内经》）

　　黄帝生禺䝞，禺䝞生禺京，禺京处北海，禺䝞处东海，是为海神〔二〕。（《山海经·大荒东经》）

　　黄帝娶雷祖，生昌意，昌意降处若水，生韩流〔三〕；韩流取淖子曰阿女〔四〕，生帝颛顼。（《山海经·海内经》）颛顼生骥头〔五〕，骥头生苗民〔六〕。（《山海经·大荒北经》）

　　黄帝生苗龙，苗龙生融吾，融吾生弄明，弄明生白犬，白犬有牝牡，

是为犬戎〔七〕。（《山海经·大荒北经》）

黄帝之孙曰始均，始均生北狄。（《山海经·大荒西经》）

轩辕之国〔八〕在此穷山之际，其不寿者八百岁。在女子国北。人面蛇身，尾交首上。（《山海经·海外西经》）

注释

〔一〕**鲧复【复】生禹**：从鲧的肚子里化生出禹来；復是腹的借字。关于鲧和禹的神话，见"鲧禹治水"章。

〔二〕**禺貌**：海神名，人面鸟身；一作"禺號【号】"。貌，音未详。**禺京**：北海海神而兼风神，即玄冥，其形或为鱼身手足，或为人面鸟身；一作"禺强"，或作"禺彊"，参看"女娲"章第五节。

〔三〕**雷祖**：一作"嫘祖"，传说是黄帝的正妻，蚕桑的发明者。**若水**：水名，在今四川省境，即雅砻江。昌意被贬谪到下方的若水去居住，生了韩流。

〔四〕**韩流取淖子曰阿女**：韩流娶了个淖子氏的姑娘名叫阿女的。淖，音zhuō。

〔五〕**驩头**：神话中古国名，其国人人面有翼，捕鱼海中。一作"驩兜"，或作"驩朱"；头、兜、朱均一声之转。驩，音huān。

〔六〕**苗民**：神话中古国名，其国人腋下有翼，而不能飞。

〔七〕**白犬有牝牡，是为犬戎**：谓白犬有牝牡各一，自相配偶，生的子孙，就成为犬戎国。《藏经》本作"白犬二犬有牝牡"，义更明显，惟下犬字疑衍。

〔八〕**轩辕之国**：黄帝号轩辕，此国当即黄帝后裔所成之国，故下文有"不寿者八百岁""人面蛇身、尾交首上"等叙写，正是神子之态。毕沅、郝懿行注同此。

解说

黄帝是神话里统治全宇宙的天帝，故从神的谱系看，他的子孙比别的天帝更要繁多也更要显著，他不但生了许多著名的天神，如鲧、禹、颛顼、禺貌、禺强……并且还生了下方许多民族，如驩头、犬戎、北狄、苗民……因此传说中的黄帝才显得那么伟大，为人神所共祖。但是研读有关黄帝的神话，也应当知道：黄帝神话是从奴隶社会末期到封建社会逐渐趋于巩固时期的产物，神话的记录者总是有意无意地在渲染着黄帝的尊严与威望，这对于抬高统治者的地位当然是有利的，而我们却不要忘记这当中存在着封建性的糟粕，这是一。其次，在秦末汉初，由于当时的统治者醉心于神仙不死之说，于是有相当数量的道家方士编造的仙话渗入于黄帝的神话中，如谓黄帝铸鼎，乘龙升天（《史记·封禅书》）；黄帝自择亡日，葬于桥山，山陵忽崩，墓空无尸，只有剑和鞋在（《抱朴子·极言篇》引《列仙传》）……等，弄得神话中夹杂仙话，或仙话冒充了神话，很有些乌烟瘴气，不可不予以察究而作严肃对待。

再者，在黄帝的神话传说中，又还有大量关于他和他的臣子们的创造发明的传说。单是见于《世本》和《世本》宋衷注的，就有二十八种。举凡日常服用器物的发明如衣裳、冕、旂、舟、车、鼓、镜等，乃至于学术的发明如星象、历数、医药、音乐等，莫不具有，古代文物似乎在黄帝时代就完美无缺了。这当然是由于人们对于这位老祖宗的异常崇敬而产生的奢望，故不免在有意无意中将他作了过甚的歌颂。高尔基说："在原始人底观念中，神并非一种抽象的概念，一种幻想的东西，而是一种用某种劳动工具武装着的十分现实的人物。"（《文学论文选》页三二二——《苏联的文学》）在黄帝身上虽然也体现出如高尔基所说的这些，但究竟可以看得出来，造作的成分是多了一些。因此，在选录时就没有选录黄帝制器的这一部分。

黄帝与蚩尤之战

一

昔者黄帝合鬼神于西泰山之上〔一〕，驾象车而六蛟龙，毕方竝辖〔二〕，蚩尤居前〔三〕，风伯进扫，雨师洒道，虎狼在前，鬼神在后，腾蛇伏地〔四〕，凤凰覆上，大合鬼神，作为《清角》〔五〕。（《韩非子〔六〕·十过篇》）

大荒之中，有系昆之山者，有共工之台，射者不敢北乡〔七〕。有人衣青衣，名曰黄帝女魃〔八〕。蚩尤作兵伐黄帝，黄帝乃令应龙攻之冀州之野〔九〕。应龙畜水。蚩尤请风伯雨师，纵〔一〇〕大风雨。黄帝乃下天女曰魃，雨止，遂杀蚩尤。

魃不得复上，所居不雨〔一一〕。叔均言之帝，后置之赤水之北，叔均乃为田祖〔一二〕。魃时亡之〔一三〕。所欲逐之者，令曰："神北行〔一四〕。"先除水道，决通沟渎〔一五〕。（《山海经·大荒北经》）

大荒东北隅中，有山名曰凶犁土丘。应龙处南极，杀蚩尤与夸父，不得复上，故下数旱〔一六〕。旱而为应龙之状，乃得大雨。（《山海经·大荒东经》）

应龙已杀蚩尤，又杀夸父，乃去南方处之，故南方多雨〔一七〕。（《山海经·大荒北经》）

东海中有流波山，入海七千里〔一八〕。其上有兽，状如牛，苍身而无角，一足；出入水，则必风雨；其光如日月，其声如雷，其名曰夔〔一九〕。黄帝得之，以其皮为鼓，橛〔二〇〕之以雷兽〔二一〕之骨，声闻五百里，

以威天下。(《山海经·大荒东经》)

蚩尤铜头啖石，飞空走险。(黄帝)以夔牛皮为鼓，九击而止之，尤不能飞走，遂杀之〔二二〕。(《山海经·大荒北经》吴任臣〔二三〕注引《广成子传》〔二四〕)

大荒之中，有宋山者，有赤蛇，名曰育蛇。有木生山上，名曰枫木。枫木，蚩尤所弃其桎梏，是谓枫木〔二五〕。(《山海经·大荒南经》)

黄帝杀蚩尤于黎山之丘，掷械于大荒之中，宋山之上，后化为枫木之林〔二六〕。(《云笈七签》卷一百《轩辕本纪》)

注释

〔一〕**合**：会。**西泰山**：即泰山。有小泰山称东泰山，故泰山一称西泰山。

〔二〕**毕方竝鎋**：毕方，神鸟，如鹤，人面、一足。竝【并】，依傍，音 bàng。鎋，同辖，车轴端的铁籖叫鎋，音 xiá。意思是说，毕方坐在车旁侍卫着黄帝。

〔三〕**蚩尤居前**：蚩尤在前面开路。蚩尤，古天神，传说是炎帝的子孙；蚩，音 chī。

〔四〕**腾蛇**：一种能兴云雾、无翅而飞的神蛇，即螣蛇。

〔五〕**《清角》**：乐曲名。

〔六〕**《韩非子》**：书名，凡二十卷，五十五篇，战国时韩非撰。

〔七〕**乡**：同向。射者不敢北向，乃是因为共工之台是共工威灵所在地的缘故。

〔八〕**衣青衣**：穿青衣；上一衣字作动词用，音 yì。**黄帝女魃**：意即黄帝的女儿名叫魃的；魃，音 bá。

〔九〕**作兵**：造作兵器。传说蚩尤造作了五种兵器，即戈、殳、戟、酋矛、夷矛 (《苏氏演义》)。**应龙**：一种生有翅膀的神龙。**冀州**：古九州之一，今河北山西二省，及辽宁省辽河以西，河南省黄河以北皆其地。

〔一〇〕**纵**：放纵；《藏经》本及《类聚》《御览》引古本均作从，意同纵。

〔一一〕天女魃大约受了蚩尤"邪祟"的触染，从此不能再上天，她所居留之地便滴雨俱无。

〔一二〕**叔均**：后稷的孙子 (《山海经·海内经》)，或说是后稷弟弟台玺的儿子 (《大荒西经》)，实当即舜的儿子商均；见"舜"章第四节"解说"。这几句大意是：叔均向黄帝说明旱魃 (天女魃) 为害的情由，黄帝便把她来安顿在赤水以北的地方，不准她到处乱跑。叔均因为关心农事，有功于人民，后来便做了农耕之神。

〔一三〕**魃时亡之**：亡，逃亡；旱魃虽然被安顿在一个固定的地方了，但不能忍受约束的痛苦，因而时时逃亡在外。

〔一四〕**令**：祝告。要想驱逐旱魃的，便祝告她说："神啊，回到赤水以北你的老家去罢。"

〔一五〕**先除水道，决通沟渎**：除，修理；先把水道修理好，再把大沟小渎挖通，因为旱魃一去，大雨就要来了。渎，音 dú，小的沟渠叫渎。

〔一六〕**南极**：指凶犁土丘的南端。**数**：屡次，经常；音 shuò。应龙杀掉蚩尤与夸父以后，遭遇和天女魃相同，从此不能再上天。天上因缺少行雨的神，故下方常受旱灾之苦。

〔一七〕这是应龙和雨旱关系的又一说法，记录者随所闻的不同而记录之；可以和前说互为补充。

〔一八〕即入海七千里的东海中有流波山；山名"流波"，或当是流于波上之山，有似于《列子》所谓"五山之根，无所连著"的蓬莱、瀛洲等五神山的情景。

〔一九〕**夔**：音 kuí。关于夔的形貌，诸说不一。有说夔像龙而一足，人面而有角手(《说文》)；有说夔一足，人面猴身能言，越人谓之山缲(《国语》韦昭注)。除了一足是相同外，余均与此异。

〔二〇〕**橛**：击；音 jué。

〔二一〕**雷兽**：即雷泽中的雷神，郭璞说。

〔二二〕**啖**：食；音 dàn。**险**：指险峻的地方。**犪牛**：即夔，犪音同夔。**止之**：之，指蚩尤，鼓声九发而蚩尤便被制止，不能飞走。

〔二三〕**吴任臣**：清仁和人，名志伊，康熙中举鸿博，授检讨，著有《山海经广注》等书。

〔二四〕**《广成子传》**：书名，已佚，内容不详；相传广成子为黄帝师，故此书与黄帝神话(仙话)应多有关。

〔二五〕郭璞注："黄帝徵蚩尤，械而杀之，已摘其械，化而为树也。"

〔二六〕这段记叙正是本前段《经》注为说，不过谓黎山之丘是杀蚩尤之地，则是异闻。

解说

见后。

二

阪泉氏蚩尤，姜姓，炎帝之裔也，好兵而喜乱，逐帝而居于浊鹿，兴封禅，号炎帝〔一〕。（《路史·后纪四·蚩尤传》）

黄帝与炎帝战于阪泉之野〔二〕，帅熊、罴、狼、豹、貙、虎为前驱〔三〕；以雕、鹖、鹰、鸢为旗帜〔四〕。（《列子·黄帝篇》）

蚩尤率魑魅与黄帝战于涿鹿，帝令吹角作龙吟以御之〔五〕。（《通典〔六〕·乐典》）

黄帝与蚩尤战于涿鹿之野，蚩尤作大雾弥三日，军人皆惑，黄帝乃令风后法斗机作指南车，以别四方，遂擒蚩尤〔七〕。（《太平御览》卷一五引《志林》〔八〕）

黄帝摄政〔九〕前，有蚩尤兄弟八十一人，并兽身人语，铜头铁额，食沙、石子，造立〔一〇〕兵杖〔一一〕、刀、戟〔一二〕、大弩〔一三〕，威振天下，诛杀无道，不仁不慈〔一四〕。万民欲令黄帝行天子事，黄帝仁义，不能禁止蚩尤，遂不敌〔一五〕。（《太平御览》卷七九引《龙鱼河图》〔一六〕）

黄帝与蚩尤九战九不胜〔一七〕，黄帝归于太山〔一八〕，三日三夜，雾冥〔一九〕。有一妇人，人首鸟形，黄帝稽首〔二〇〕再拜，伏不敢起。妇人曰："吾玄女〔二一〕也，子欲何问？"黄帝曰："小子欲万战万胜。"遂得战法焉。（《太平御览》卷一五引《黄帝玄女战法》〔二二〕）

（黄帝）传战执尤于中冀而殊之，爰谓之"解"〔二三〕。（《路史·后纪四·蚩尤传》）解州〔二四〕盐泽〔二五〕，卤〔二六〕色正赤，俚俗谓之"蚩尤血"。（《梦溪笔谈》〔二七〕卷三）

蚩尤冢，在东平郡寿张县阚乡城中，高七丈，民常十月祀之〔二八〕。有赤气出亘天〔二九〕，如匹绛帛，民名为"蚩尤旗"。肩髀冢，在山阳钜野县重聚〔三〇〕，大小与阚冢等。传言黄帝与蚩尤战于涿鹿之野，黄帝杀之，身体异处，故别葬之。（孙冯翼〔三一〕辑《皇览〔三二〕·冢墓记》）

　　轩辕〔三三〕之初立也，有蚩尤氏兄弟七十二人，铜头铁额，食铁石，轩辕诛之于涿鹿之野。蚩尤能作云雾。涿鹿今在冀州。有蚩尤神，俗云人身牛蹄，四目六手。

　　今冀州人掘地得髑髅〔三四〕如铜铁者，即蚩尤之骨也。今有蚩尤齿，长二寸，坚不可碎。

　　秦汉间说：蚩尤氏耳鬓如剑戟〔三五〕，头有角，与轩辕斗，以角觚〔三六〕人，人不能向〔三七〕。今冀州有乐名"蚩尤戏"，其民两两三三，头戴牛角而相觚。汉造角觚戏〔三八〕，盖其遗制也。

　　太原村落间祭蚩尤神不用牛头〔三九〕。今冀州有蚩尤川，即涿鹿之野。汉武时，太原有蚩尤神昼见，龟足蛇首，□疫，其俗遂为立祠〔四〇〕。（《述异记》卷上）

注释

　　〔一〕**阪泉氏**：阪泉，地名，蚩尤居阪泉，故称阪泉氏；阪，音bǎn。**帝**：指帝榆罔，实当即指炎帝；见《周书·尝麦篇》。**浊鹿**：即涿鹿，今河北省涿鹿县。**封禅**：古时帝王在登位之后对于天地所举行的一种极隆重的祭祀典礼，封以祭天，禅以祭地；禅，音shàn。

　　〔二〕**炎帝**：即逐炎帝而目号炎帝的蚩尤。**阪泉之野**：即涿鹿之野，因阪泉在今涿鹿县东，古书所谓黄帝与蚩尤战于涿鹿或阪泉，其实不过是同地异名罢了。

　　〔三〕**帅熊、罴、狼、豹、貙、虎为前驱**：帅，统率。罴，人熊，音pí。貙，形状像狸的一种兽；音chū。统率这些猛兽使它们在前面做先锋。

　　〔四〕**以雕、鹖、鹰、鸢为旗帜**：以字原无，从《列子集释》补。鹖，音hé，传说中的一种勇健的鸟，形状像野鸡而比野鸡大，和敌人战斗，至死方休。参加战斗的雕、鹖、鹰、鸢飞翔天空，形若旌旗，故云。

　　〔五〕**魑魅**：传说中山林里为害人类的怪物；音chī mèi。**角**：古时军中的吹器。

　　〔六〕**《通典》**：书名，凡二百卷，唐杜佑撰。

　　〔七〕**弥**：满。**风后**：人名，黄帝臣。**法斗机作指南车**：斗，北斗，星宿名；机，天机,即北斗星的别名。北斗星斗柄转动而斗不动,因而取法此象创制了指南车。

〔八〕《志林》:书名,凡三十篇,晋虞喜撰,已佚。

〔九〕摄政:执掌政权。

〔一〇〕造立:制作。

〔一一〕兵杖:械杖;棍棒之属。

〔一二〕戟:音 jǐ;古兵器的一种,长杆上附有月牙状的利刃。

〔一三〕大弩:弩,音 nǔ;装有机关,利用机械力量发箭的弓。

〔一四〕诛杀无道,不仁不慈:谓蚩尤滥行诛杀而无道,且不仁不慈。

〔一五〕天下万民都想让黄帝来做"天子",只因黄帝讲的是"仁义",不能禁止蚩尤的作乱,于是在和蚩尤交战时,就没有战胜蚩尤。

〔一六〕《龙鱼河图》:汉代纬书之一,已佚。

〔一七〕九:表示多的意思。

〔一八〕大山:即泰山;在今山东省。

〔一九〕雾冥:雾气昏冥。

〔二〇〕稽首:九拜中至敬之礼。引头至地,首顿即举,叫顿首;头至地多时叫稽首。故下文云"再拜,伏不敢起",即稽首的具体情状;古时臣拜君才用此礼。稽,字本作𦥯,音 qǐ。

〔二一〕玄女:即九天玄女,《云笈七签》有《九天玄女传》,后世小说或称九天玄女娘娘。

〔二二〕《黄帝玄女战法》:书名,撰人及时代均不详,已佚。

〔二三〕传战:即转战,传,音 zhuǎn。尤:蚩尤。中冀:即冀州,因居于九州的中部,故称中冀。殊:断绝、分离。爰:于是。解:古地名,在今山西省解县与安邑县之间,盛产盐。传说黄帝和蚩尤转战于中冀,终于擒获蚩尤,登时把他杀掉,使他身首断绝、分离,于是叫那个地方做"解"。

〔二四〕解州:州名,五代汉置;即前面《路史》所说的"解"。

〔二五〕盐泽:盐池。

〔二六〕滷【卤】:盐水;音 lǔ。

〔二七〕《梦溪笔谈》:书名,凡二十六卷,又《补笔谈》二卷,《续笔谈》一卷,宋沈括撰。

〔二八〕东平郡寿张县阚乡城:东平郡,地名,故治在今山东省东平县东;寿张县,地名,在今山东省阳谷县东南;阚乡城,地名,未详,当是古寿张县所属地;阚,音 kàn。

〔二九〕有赤气出亘天:原止作"有赤气出","亘天"二字据《路史·后纪四》

注引补。亘，音 gèn，穷竟的意思，亘天，直通到天。

〔三〇〕髀：股，即大腿；音 bì。山阳钜野县重聚：山阳，郡名，汉置，故治在今山东省金乡县西北；钜野县，地名，在今山东省济宁县西南；重聚，未详，疑是属钜野县辖的一个小地名。

〔三一〕孙冯翼：清潘【沈】阳人，生平不详。

〔三二〕《皇览》：书名，凡六百八十卷，三国魏王象等奉敕撰，已佚。

〔三三〕轩辕：黄帝号。

〔三四〕髑髅：干枯的头骨；音 dú lóu。

〔三五〕耳鬓如剑戟：耳朵两旁长的鬓发竖立起来好像剑戟。

〔三六〕觚【抵】：触；音 dǐ。

〔三七〕向：抵御。

〔三八〕角觚戏：角觚亦作角抵，古代校力之戏，即今之掼跤、摔角。

〔三九〕太原村落间祭蚩尤神不用牛头：因相传蚩尤姜姓，是炎帝的后裔，而炎帝神农是"人身牛首"，故太原村落间祭蚩尤神不用牛头，为的是对蚩尤表示敬畏。

〔四〇〕虵：同蛇。□疫：□字原缺，疑当是大字。太原因蚩尤神白昼显形，就发生了一场大瘟疫，民间便替蚩尤在当地修了一座祠庙来奉祀他。

解说

黄帝与蚩尤的战争，是我国古代一大神话传说，这一神话传说的记录，开始于战国初年，流传演变，直到唐宋时代不绝，中间经过一千多年，实在是我国神话传说规模最大、影响最广的。它基本上反映了原始社会部族与部族之间的战争。从神话的角度看，黄帝与蚩尤，是天神；而从传说的角度看，他们也是两大部族的首领。这在神话和历史杂糅、难于判然分剖的古代，情况往往就是这样的。

总的说来，黄帝与蚩尤战争的神话，是突出地表现了蚩尤的猛勇慓悍与黄帝的谋略机智。这一场斗争，是智与力的斗争，最后智慧终于战胜强力，而蚩尤便以"身体异处"的悲剧性的收场而告终了。民间对黄帝与蚩尤初无轩轾，观于《皇览·冢墓记》"民常十月祀之（蚩尤）"，《述异记》"其俗遂为（蚩尤）立祠"，《史记·高祖本纪》汉高祖起兵，"祠黄帝、祭蚩尤于沛庭"等可知。只因黄帝是战争的胜利者，后世历史记叙不免从统治阶级正统的眼光出发，对黄帝的功烈加以涂饰，而于失败的蚩尤则予以诋谤，影响及于民间，故叙蚩尤的猛勇而亦近于狞恶。如《龙鱼河图》谓蚩尤"兽身人语，铜头铁额"，"诛杀无道，不仁不慈"，《归藏》谓蚩尤"八肱、八趾、疏首"，译成现代话，就是八只手、八条腿、分叉的脑袋：都有贬毁之意。其实据《山海经》《韩非子》等书所叙，蚩尤也并不像这样的凶暴。

本章选录的材料，分为两组：前一组偏于神话，多采《山海经》的记叙；后一组偏于传说，杂采子、史、纬书、笔记、小说等的记叙。为了要各自钩稽出一个故事的大体轮廓，于所选材料，也未作严格的划分，因而神话中夹有传说，传说中也有神话。

现在先讲前一组所选的材料。

《韩非子·十过篇》写黄帝在西泰山大合鬼神，有"蚩尤居前，风伯进扫，雨师洒道"这样的话，蚩尤当然和风伯雨师一样，是黄帝的属神，证以较早的《管子·五行篇》所说"蚩尤明乎天道，黄帝使为当时"，可知蚩尤臣于黄帝，古有传说。

这臣于黄帝的蚩尤，居然"明乎天道"，那就说明他的智慧聪明，实在并不下于富于谋略的黄帝，和后来相传的一味以勇悍闻名的蚩尤的性行是不大相符的。不仅如此，蚩尤还是冶炼事业和种种兵器的发明者。《尸子》说："造冶者蚩尤也。"《管子·地数篇》说："葛卢之山，发而出水，金从之，蚩尤受而制之，以为剑、铠、矛、戟；……雍狐之山，发而出水，金从之，蚩尤受而制之，以为雍狐之戟、芮戈。"蚩尤的才能和技艺也是可观的。

这"臣于黄帝"的蚩尤，终于发动了对黄帝的战争，《山海经·大荒北经》所记"蚩尤作兵伐黄帝"那一段神话，正可以和《管子》诸书所记相印证。在这场大战中，黄帝方面的战将有应龙和天女魃，蚩尤方面则有风伯、雨师。很凑巧，这里蚩尤请来帮忙的风伯、雨师，正是《韩非子》所记叙的曾经一同替黄帝开过路的风伯、雨师。两段神话仿佛真有一些联系：那么就是有一种到现在我们还不知道的原因，神国的内部忽然起哄，一部分神以蚩尤为首起来推翻黄帝的统治。高尔基说："奴隶主愈有力量和权威，神就往天上升得愈高，而在群众中间就出现了一种反抗神的意愿。"（《文学论文选》页三二二——《苏联的文学》）蚩尤和风伯、雨师这样一些反抗神的神，就是群众这种意愿最初的体现者。结末蚩尤虽然因为战败于天女魃和应龙之手而终于被杀，但是他那敢于反抗的战斗精神却是阶级社会被压迫阶级所值得宝贵的。

至于黄帝的两个战胜蚩尤立了大功的功臣的命运却很悲惨：大约他们在战

争中用尽了神力，天女魃"不得复上"，在人间被人们赶来赶去；应龙也"不得复上"，只好悄悄去到南方躲藏着。黄帝早把他们忘掉到九霄云外去了。

值得一提的，是《大荒东经》和《大荒北经》记叙的夸父。一则称"应龙杀蚩尤与夸父"；再则称"应龙已杀蚩尤，又杀夸父"：以夸父与蚩尤并举，知夸父必然也是这场大战的直接参加者。夸父之加入这场战争，和《海内经》及《大荒北经》所记夸父为炎帝苗裔或有相当关系，详后"刑天"章"解说"。

其次再讲一讲后一组所选的材料。

从传说看，蚩尤似乎又是一个部族的名称。故《龙鱼河图》说"有蚩尤兄弟八十一人"，《述异记》说"有蚩尤兄弟七十二人'。《路史》谓蚩尤是炎帝的苗裔，实本于《遁甲开山图》，其说亦算得是较早的。证以《述异记》所说"太原村落间祭蚩尤神不用牛头"，似乎可以凭信。因为传说炎帝是"人身牛首"，祭蚩尤不用牛头，从中可以看出蚩尤和炎帝之间的关系，并可看出这是原始社会图腾主义的残余：作为祖宗神象征的那种动物是不许子孙伤害的。相传黄帝号有熊氏（《白虎通·号》——按原作"自然"，卢文弨校本以"自然"为"有熊"之讹，甚确），那么黄帝的部族就是以熊为其图腾的标志，而蚩尤的部族则以牛为其图腾的标志。这两个部族都是势均力敌的，而从兵器发明的传说来看，在战争的初期蚩尤的力量似乎更要强大。但是黄帝因为有众多的小部族的联合（有人以为《列子·黄帝篇》所说的"黄帝与炎帝（蚩尤）战于阪泉之野，帅熊、罴、狼、豹、貙、虎为前驱，以雕、鹖、鹰、鸢为旗帜"，各种飞禽走兽，无非都是部族图腾的标志，近确），加上黄帝本人的谋略，最后更靠了玄鸟族人（玄女）的帮助，才终于击溃蚩尤，杀死了蚩尤的首领。

这是假定的一个历史轮廓，传说自然十百倍地将这轮廓放大了，故《龙鱼河图》等书才有对蚩尤形貌的"兽身人语、铜头铁额"之类夸张的描写，于其本领也才有"吹烟喷雾""飞空走险"之类神奇的叙述。更足引人注目的，是《述异记》所记载的许多有关蚩尤的逸闻轶事中，居然出现"今有蚩尤齿，长二寸，坚不可碎"这样的记叙，蚩尤齿且长二寸，其身躯之硕巨可知。那么所谓蚩尤，必是一巨人部族的名称；其与《山海经·海外北经》所记的博父国即夸父国，当同为南北二大巨人部族。此二大巨人部族，曾经联合起来，同攻黄帝，但是都被黄帝击败了。在涿鹿之野这一片古战场上，战争曾经以空前规模进行着，为其既规模宏大，又旷日持久，呈胶着状态（《黄帝玄女战法》："黄帝与蚩尤九战九不胜"），像荷马史诗《伊利亚特》所叙写的特罗亚城之战一般，故神怪变幻的传说自然于此滋生，因而有蚩尤率魑魅、作大雾及请风伯和雨师助阵等神话见于记载。黄帝虽然以其谋略制胜了蚩尤，但从诸书的记叙看，民间同情似乎倒在失败者的一方。故蚩尤轶闻，众所艳称：有载其冢墓的，有记其祠庙的，有叙其祭典的，有述其身体齿发的，乃至于解州盐泽之为蚩尤血，宋山枫木之为蚩尤桎梏，比比见于书册。

在诸书所记述的黄帝战蚩尤的神话中，惟《太平御览》一五引《黄帝玄女战法》，为仙话化的神话，值得予以注意。这段仙话化的神话，恐怕原也有一个神话的底子，即商民族的始祖神玄鸟曾助黄帝制胜蚩尤。但是到了道家方士的手里，就成了西王母派遣的人首鸟身的九天玄女（参看《广博物志》卷九引《玄女法》）来传授黄帝符箓，教黄帝战法，而黄帝呢，也成了"拜伏不敢起"的猥琐的"小子"。这显然是为了要达到道士们的某种目的，才将这段神话加以一番人工改造、制作的工夫。我们只好除掉这些尘氛，略窥古神话的本来面目就是了。

刑 天

刑天与帝争神〔一〕，帝断其首，葬之常羊之山〔二〕，乃以乳为目，以脐为口，操干戚〔三〕以舞。（《山海经·海外西经》）

注释

〔一〕**刑天：** 刑原作形，从《太平御览》卷八八七引此经及陶潜《读山海经》诗"刑天舞干戚"改。天，甲文作㒵，金文作㚢，囗与●均像人首，"刑天"盖即断首之意。**帝：** 指黄帝；因其事与蚩尤事类，常羊山又在轩辕之丘附近，为黄帝威灵所及地，自非黄帝无足当之。**争神：** 原争神上有"至此"二字，"此"指何地，无从索解；《御览》三七一、五五五、五七四、八八七引此经均无"至此"二字，是也，从删。

〔二〕**常羊山：** 传说中西方地名，具体所在，未详。

〔三〕**操干戚：** 操，持；干，盾；戚，斧。

解说

和蚩尤、夸父相似，刑天也是反抗神的神之一，而其斗志却比蚩尤、夸父更要猛勇、顽强。他和黄帝争神座，被黄帝砍掉了脑袋，将他的脑袋埋葬在常羊山，于是这无头的刑天，便用两乳来当做眼睛，用肚脐来当做嘴巴，左手拿了盾，右手拿了大板斧，愤怒地在那里挥舞不息。晋代大诗人陶潜（渊明）《读山海经》诗说："刑天舞干戚，猛志固常在。"于这虽遭失败却不甘失败的断头英雄的奋斗不懈精神，可说是没有过誉。

"刑天"又作"邢天"，《太平御览》五五五引此经正作"邢天"。而《路史·后纪三》云："（神农）乃命邢天作《扶犁》之乐，制《丰年》之咏，以荐釐来，是曰《下谋》。"刑天似乎又曾经是炎帝神农的属臣或属神。《路史》记此，当有所本。即或认为是向壁虚造，而刑天所葬首的常羊之山，《宋书·符瑞志》云："有神龙首感女登于常羊山，生炎帝神农。"偏又是炎帝神农的降生处。二者合看，从蛛丝马迹处，可知刑天神话必与炎帝神话有相当联系。其联系为何？《淮南子·兵略篇》云："炎帝为火灾，故黄帝禽之。"《绎史》卷五引《新书》云："炎帝者，黄帝同母异父兄弟（按今本《新书·制不定》作"同父异母弟"，非传说初相）也，各有天下之半，黄帝行道而炎帝不听，故战于涿鹿之野，血流漂杵。"《吕氏春秋·荡兵篇》云："兵所自来久矣，黄、炎故用水火矣。"可见黄帝和炎帝的斗争，是古来就有传说的。或者当炎帝兵败于黄帝之后，其后裔如蚩尤、夸父（据《海内经》后土为炎帝裔，据《大荒北经》夸父为后土孙，则夸父亦炎帝的苗裔）者，其属臣或属神如刑天者，均前仆后继，起来为炎帝复仇，而刑天所表现的宁死不屈的斗志，为尤卓著。因书阙有间，是否如此，已不可详知了。

黄帝和炎帝的斗争，实是古来神话传说中的一场大斗争。就是共工与颛顼争帝、怒触不周山的神话，恐怕也是黄、炎斗争神话的余绪，因为颛顼是黄帝系的人物，而共工，则是炎帝系的人物（均见《山海经·海内经》）。此外《山海经·大荒北经》还有"鲧攻程州之山"，郭璞注："皆因其事而名物也。"郝懿行云："程州盖亦国名，如禹攻共工国山之类。"是的，《大荒西经》就记有"禹攻共工国山"，郭璞注："言攻其国、杀其臣相柳于此山也。"还记有"有池，名曰孟翼之攻颛顼之池"，郭璞注："孟翼，人姓名。"这自然也是"皆因其事而名物"的。从这些散碎的神话资料里，可见黄、炎两系的人物一直在那里互相攻伐。鲧、禹显明地是黄帝系的人物（《海内经》），孟翼攻颛顼，孟翼很可能就像蚩尤、夸父、刑天、共工……那样，是炎帝系的人物。那么黄帝和炎帝这一场斗争，真是波澜壮阔，此伏彼起，历时久远。但是到禹"逐共工"的时候，这场斗争也就接近尾声了；因为禹是以"抑下鸿""辟除民害"的英雄姿态出现的（见《荀子·成相篇》），而共工则是"振滔洪水、以薄空桑"（《淮南子·本经篇》）的罪魁祸首，于是就不能不从"触山"的正面人物的地位而居于反面了。黄、炎斗争到这里便以黄帝系的人物取得优势而告终结了。

夸 父

　　大荒之中，有山名曰成都载天。有人珥〔一〕两黄蛇，把〔二〕两黄蛇，名曰夸父。后土〔三〕生信，信生夸父。夸父不量力，欲追日景，逮之于禺谷〔四〕。将饮河而不足也，将走大泽，未至，死于此〔五〕。（《山海经·大荒北经》）

　　夸父与日逐走，入日〔六〕。渴欲得饮，饮于河、渭，河、渭不足，北饮大泽，未至，道渴而死〔七〕。弃其杖，化为邓林〔八〕。（《山海经·海外北经》）

注释

　　〔一〕**珥**：音 ěr，以饰物贯耳叫珥。
　　〔二〕**把**：握。
　　〔三〕**后土**：幽冥世界的统治者。《楚辞·招魂》："君无下此幽都兮，土伯九约。"王逸注："土伯，后土之侯伯。"准此，后土当为幽都之王即幽冥世界的统治者。
　　〔四〕**日景**：太阳的光影；景同影。**逮**：捕。**禺谷**：即虞渊，传说是太阳沉落的地方。
　　〔五〕**河**：黄河。**大泽**：古泽名，在雁门山的北边，纵横有千里宽广，是群鸟孳生幼儿和更换毛羽的地方，或说即《史记》《汉书》所谓的"翰海"。**未至**：未至大泽。**死于此**：此，指成都载天山。
　　〔六〕**逐走**：互相竞赛，追逐而走；逐，古书或引作竞，其义更明。**入日**：进入了太阳的光轮。
　　〔七〕**河、渭**：黄河和渭水。**道渴**：半路上口渴。
　　〔八〕**邓林**：毕沅云："邓林即桃林也，邓桃音相近；盖即《中山经》所云，夸父之山，北有桃林矣。"其说甚是。

解说

夸父逐日的神话是我国最早的几个著名神话之一。神话里所表现的夸父的无比的英雄气概，竟敢于去追赶太阳，和太阳赛跑，最后巨人夸父虽然因为止不住口渴终于在半路上牺牲了，但是他那勇往迈进、凌厉无前的精神，却是一直教人神往。夸父的牺牲遗留给人的不是悲哀的印象而是振奋的感情：此其所以为积极的浪漫主义，为强有力的壮美动人的神话。（见本书图版三）

夸父逐日，或者不仅是表面上的"与日逐走"而已，的确还应该有着象征的意义存在。它象征的是什么呢？夸父逐日，应当看做是古代劳动人民对光明和真理的寻求，或者说，是与大自然竞胜、征服大自然的那种雄心壮志。记录这段神话的人说夸父"不量力"，未免是站在统治阶级的立场，对夸父作了不应有的贬低。陶潜《读山海经》诗说"夸父诞宏志，乃与日竞走"，境界就高多了。的确，夸父所代表的，是人民的精神力量，而不是"不量力"。陶潜诗用"宏志"二字，表达出了夸父的精神。夸父临死，"弃其杖，化为邓林"，邓林就是桃林，那么巨人夸父虽然牺牲了，却并没有失败，还有他的拄杖化为嘉桃，为后来的光明和真理的寻求者及与大自然竞胜者解除口渴，以完成他未曾达到的志望。神话本身既是这么振奋昂扬，结末又是这么鼓舞人心，谓之为积极的浪漫主义文学，谁曰不宜？

以此之故，传说中夸父的遗迹所在多有。《太平御览》卷四七引《郡国志》说："台州覆釜山，有巨迹，云是夸父逐日之所践。"又卷五六引《安定图经》说："振履堆者，故老云，夸父逐日，振履于此，故名之。"又卷三八八引《荆州记》说："零陵县石上有夸父迹。"等等。而唐张鷟《朝野佥载》卷五乃说："辰州东有三山，鼎足直上，各数千（十）丈。古老传云：'邓夸父与日竞走，至此煮饭，此三山者，夸父支鼎之石也。'"更把夸父的奇材异能，作了雄伟而生动的描写：足见夸父在人民心目中，是有着怎样一个崇高的地位。

关于夸父，还得略赘几句。那就是：前既说他为应龙所杀，这里又说他死于"与日逐走""渴欲得饮"，前后岂不矛盾？其实是并不矛盾的。为应龙所杀，是夸父神话的一说；逐日而死，又是夸父神话的另一说：记录者无非各记所闻而将它们集于一书罢了。从"神"这个角度来理解夸父是如此。如果从"巨人族"这个角度来理解夸父，就更容易说明问题了。参加黄帝、蚩尤战争的夸父，以及后来被应龙所杀的夸父，当都只是夸父族的部分，而非其全体，故还可能有个别夸父去"追日"而终于牺牲于他的宏图壮志上（不管是在黄帝、蚩尤战争以前或以后）。《山海经》和《淮南子》都记有夸父国（《海外北经》的博父国应作夸父国才是），更说明"夸父"是一个群体而并没有在战争中被消灭。

愚　公

　　太形、王屋二山，方七百里，高万仞，本在冀州之南，河阳之北〔一〕。

　　北山愚公者，年且九十，面山而居〔二〕。惩山北之塞，出入之迂也，聚室而谋曰："吾与汝毕力平险，指通豫南，达于汉阴，可乎〔三〕？"杂然相许〔四〕。

　　其妻献疑曰："以君之力，曾不能损魁父〔五〕之丘，如太形、王屋何！——且焉置土石？"

　　杂曰："投诸渤海之尾，隐土〔六〕之北。"

　　遂率子孙荷担者三夫〔七〕，叩石垦壤〔八〕，箕畚〔九〕运于渤海之尾。邻人京城氏之孀妻〔一〇〕，有遗男，始龀〔一一〕，跳〔一二〕往助之。寒暑易节，始一反焉〔一三〕。

　　河曲智叟笑而止之，曰："甚矣，汝之不惠〔一四〕！以残年余力，曾不能毁山之一毛，其如土石何！"

　　北山愚公长息〔一五〕曰："汝心之固，固不可彻〔一六〕，曾不若孀妻弱子！虽我之死，有子存焉；子又生孙，孙又生子；子又生子，子又有孙：子子孙孙，无穷匮〔一七〕也，而山不加增，何苦而不平？"河曲智叟亡〔一八〕以应。

　　操蛇之神〔一九〕闻之，惧其不已〔二〇〕也，告之于帝。帝感其诚，命夸娥氏〔二一〕二子负二山，一厝朔东，一厝雍南〔二二〕。自此，冀之南，汉之阴，无陇断焉〔二三〕。（《列子·汤问篇》）

注释

　　〔一〕**太形**：山名，即太行山。**河阳**：旧县名，故城在今河南省孟县西。

〔二〕**北山愚公**：为其立志移山，为子孙万代谋幸福，不计眼前成功与否，以世俗眼光观之，其行也愚，故称"愚公"；与后文河曲智叟相衬映，一"智"一"愚"之间，作者的善恶褒贬就从中窥见了。**面山而居**：面对着太形、王屋两座大山而居住。

〔三〕**惩**：苦于。**塞**：闭塞。**迂**：迂曲。**聚室**：召集一家大小。**谋**：商议。**汝**：你们。**毕力平险**：用全副力量把险峻的高山铲平。**指通豫南，达于汉阴**：一直通到豫州的南部，到达汉水的南面；山南叫"阳"，水南叫"阴"。

〔四〕**杂然相许**：杂，不同的东西合在一起叫杂；杂然相许，异口同声，表示赞成。

〔五〕**献疑**：张湛注："犹致难也。"即诘难之意。**魁父**：小山名，在今河南省陈留县境。

〔六〕**隐土**：《淮南子·地形篇》："东北薄州曰隐土。"薄，平的意思，盖谓其地势平坦，为大气所隐藏，故叫隐土。

〔七〕**荷担者三夫**：能挑担子的有愚公、愚公的儿子、愚公的孙子，共是三人。

〔八〕**叩石垦壤**：敲击石头，挖掘泥土。

〔九〕**箕畚**：箕，扫除尘土的器具，今称撮箕；畚，音 běn，盛土笼，古以草索为之。此处箕畚，用作动词，即以箕畚盛所掘土石的意思。

〔一〇〕**孀妻**：寡妇；孀，音 shuāng。

〔一一〕**龀**：音 chèn，齓【齔】的俗字；《韩诗外传》说："男女七岁或毁齿，谓之龀。""毁齿"是开始换牙暂时缺脱的意思。

〔一二〕**跳**：跃；即跳跳蹦蹦地。

〔一三〕寒来暑往，已改变季节，才打了个来回。

〔一四〕**惠**：通慧，聪慧的意思，《太平御览》卷四十引此正作慧。

〔一五〕**长息**：长长地叹息。

〔一六〕你的心思是这样顽固，顽固到了不能通情达理的程度。**彻**：通的意思。

〔一七〕**匮**：尽；音 kuì。

〔一八〕**亡**：同无。

〔一九〕**操蛇之神**：操蛇，握蛇；据《山海经》所记，天神多操蛇。

〔二〇〕**惧其不已**：恐怕愚公率领他的子孙长此以往干下去，不肯罢休，两座名山就有削成平地的危险。

〔二一〕**夸蛾氏**：张湛注："夸蛾氏，传记所未闻，盖有神力者也。"玄珠《中国神话研究 ABC》以为或即夸父氏，因蛾父音近，当是；因《列子·汤问篇》紧接着就记叙了"夸父追日"的神话。

〔二二〕厝：安置；音 cuò。**朔东、雍南**：朔州的东部，雍州的南部。朔州在今山西省朔县。雍州，古九州之一，有今陕西省北部及甘肃省西北部。

〔二三〕**冀之南，汉之阴**：冀州的南部，汉水的南面。**陇断**：即垄断，高地叫垄断。

解说

愚公神话仅见于《列子》，在《列子》是一段寓言，观于"愚公""智叟"等寓意性的名称可知。但是从它所表现的那种人定胜天、坚强不拔的精神看，与精卫填海、夸父逐日等神话所表现的盖是同型，或亦有古神话的渊源，而为哲学家加以改造、利用来阐发他的哲理，也未可知。《庄子·逍遥游篇》的鲲鹏之变，《天地篇》的黄帝失玄珠，《秋水篇》的海若与河伯的对话，以及《则阳篇》的蜗角蛮触之争，等等，都可说是属于同一类的。为其有着较浓厚的神话意味，故仍放它在神话研究的范围内加以考察。

愚公移山，从他那宏伟的气魄来看，可真是巨人式的。以祖孙三人之力，竟企图搬去挡在家门前的太行、王屋两座大山，宜乎河曲智叟要讥其"不惠（慧）"了。然而当愚公发出他的豪言壮语，说要子孙世代这么干下去、人力无穷匮、"而山不加增、何苦而不平"时，连河曲智叟也"亡（无）以应"。是的，《荀子·劝学篇》说："锲而不舍，金石可镂。"愚公就凭了这种精神，居然使操蛇的天神闻之"惧其不已"。而天帝听了报告，也不能不"感其诚"，竟为他派了夸蛾氏的两个儿子，各负一山，搬去安放到朔东、雍南。愚公立下的移山宏愿，就这么以神话幻想的方式完满达到了。这个神话（寓言），充分表现出人和大自然作斗争，大自然在人的顽强战斗精神下，不能不被迫让步。

蚕 马

旧说太古之时，有大人远征〔一〕，家无余人，唯有一女，牡马一匹，女亲养之。穷居幽处〔二〕，思念其父。乃戏马曰："尔能为我迎得父还，吾将嫁汝。"

马既承此言，乃绝缰而去，径至父所〔三〕。父见马惊喜，因取而乘之。马望所自来〔四〕，悲鸣不已。父曰："此马无事如此，我家得无有故乎〔五〕？"亟〔六〕乘以归。

为畜生有非常之情〔七〕，故厚加刍养〔八〕，马不肯食。每见女出入，辄喜怒奋击〔九〕，如此非一。

父怪之，密以问女，女具以告父，必为是故〔一〇〕。父曰："勿言，恐辱家门〔一一〕；且莫出入。"于是伏弩射杀之，暴皮于庭。

父行，女与邻女于皮所戏，以足蹙之〔一二〕，曰："汝是畜生，而欲取人为妇耶？招此屠剥，如何自苦！"

言未及竟，马皮蹶然而起，卷女以行〔一三〕。邻女忙怕〔一四〕，不敢救之，走告其父。父还求索，已出失之〔一五〕。

后经数日，得于大树枝间，女及马皮尽化为蚕而绩〔一六〕于树上。其茧纶理厚大，异于常蚕〔一七〕。邻妇取而养之，其收数倍；因名其树曰桑，桑者，丧也〔一八〕；自斯百姓竞种之，今世所养是也。（《搜神记》卷一四）

注释

〔一〕**大人**：部落酋长。**远征**：出门远行在外。
〔二〕**穷居幽处**：处，音 chú，居住、生活；艰困而孤寂地生活着。

〔三〕**绝缰**：断绝缰绳。**径**：直。

〔四〕**马望所自来**：马望着它所从来的地方。

〔五〕**得无有故乎**：恐怕有什么事故吧？得无，推想其或然之辞。

〔六〕**亟**：急；音 jí。

〔七〕**非常之情**：非同寻常的感情。

〔八〕**厚加刍养**：特别从丰地加以饲养。刍，音 chú，拿草来喂养牲畜叫刍。

〔九〕**辄喜怒奋击**：时常或喜、或怒，举脚人立作奋击之状。

〔一〇〕**女具以告父，必为是故**：具，全；女儿把事实经过完全告诉了父亲，最后得出结论：马的性情反常，一定是为了这个缘故。

〔一一〕**勿言，恐辱家门**：沈雁冰《神话杂论》以为这不是上古时期应有的思想观念，乃是后世加上去的，甚是；这正是魏晋六朝封建统治阶级门第观念渗入在神话里的。

〔一二〕**皮所**：暴皮的所在。**蹙**：踢，同蹴；音 cù。

〔一三〕**蹶然**：急疾貌；蹶，音 jué。**卷**：同捲。

〔一四〕**忙怕**：又惊慌又害怕。

〔一五〕父亲回来找寻，马皮已将女儿卷走，失其所在。

〔一六〕**绩**：缉麻叫绩，这里义同织。

〔一七〕**纶理**：纶，丝；音 lún。理，纹（文）：指茧的质地丝纹。**常蚕**：指普通蚕子所作的茧。

〔一八〕桑与丧谐音，因女儿在此树上丧身，化而为蚕，故名其树为桑。

解说

蚕马神话是推原神话之一；"推原"的涵义，已见前"女娲"章"解说"，此不多赘。现在要说的，是这段神话是怎样发展演变而形成的。

《山海经·海外北经》有这么一条记叙："欧丝之野，在大（支）踵东，一女子跪据树欧丝。"欧丝，就是呕丝，也就是吐丝。《山海经》的图画上这么画着：在支踵国（这国的人走路足跟不着地）东边的欧丝之野，有一个女子半跪半据地在一棵树上吐丝；说明图画的文字就把这种情景忠实地记录下来。这就是蚕马神话最初的面貌。那女子不是蚕，也不是马，干脆就是她本人在那里做着吐丝作茧的工作。古代人们设想有女子像蚕样地在树上吐丝，正说明着蚕桑事业在我国起源很早。相传黄帝时代，他的妻子嫘祖就开始教导人民养蚕治丝，后世人们祭祀她做"先蚕"。蚕桑工作的实际担负者，多半属之妇女，因此很容易把妇女从事这种工作的辛劳和蚕吐丝的辛劳联想起来,而成为女子跪据在树上吐丝。其后细心的观察家又发现了蚕的头确有些像马的头,又将跪据在树上吐丝的女子的形象和马头的形象联系起来,故荀子《蚕赋》,才有"身女好而头马首"这样的话,单就这一句所形容,已和蚕马神话的内容大体上接近了。由此可以推知,蚕马神话,记录虽始于晋以后(《五朝小说》及《旧小说》均有收辑,题张俨撰,俨三国吴人,或不足据),但是流传于民间口头的,应当较此为早。此一故事,传到后世,又经一番仙话化,说蚕女化为蚕后,"忽乘流云,驾此马,数十人自天而下,谓父母曰:'太上以我孝能致身,心不忘义,授以九官仙嫔之任,长生于天矣。'"(《太平广记》卷四七九引《原化传拾遗》)当然一眼可以看出:这又是道士们闭着眼睛在说瞎话了。

牛郎织女

一

天河之东有织女,天帝之子也,年年机杼劳役,织成云锦天衣,容貌不暇整〔一〕。帝怜其独处,许嫁河西牵牛郎。嫁后遂废织纴〔二〕。天帝怒,责令归河东,许一年一度相会。(《月令广义·七月令》引《小说》〔三〕)。

涉秋七日,鹊首无故皆髡,相传是日河鼓与织女会于汉东,役乌鹊为梁以渡,故毛皆脱去〔四〕。(《尔雅翼》〔五〕卷一三)

注释

〔一〕**机杼**:机,织布机;杼,即梭,所以行纬的,音 zhù。**劳役**:劳苦操作。**整**:理,修饰的意思。

〔二〕**织纴**:纴,织布机上的经线叫纴;织纴,就是拿纬线来贯经线的意思。

〔三〕**《月令广义》**:书名,凡二十五卷,明冯应京撰。所引《小说》,疑即六朝梁殷芸撰的《小说》,鲁迅《古小说钩沉》有辑录,但无此条。

〔四〕**涉秋**:入秋。**髡**:音 kūn;古代的刑法之一,剃掉头发,使成秃头叫髡;引申即秃的意思。**河鼓**:星名,即牵牛。**汉**:天汉,亦称银河。**役**:使。**梁**:桥。

〔五〕**《尔雅翼》**:书名,凡三十二卷,宋罗愿撰。

解说

牛郎织女的神话,也是一个古老的神话了。《诗·大东》就有"维天有汉,监亦有光;跂彼织女,终日七襄;虽则七襄,不成报章;睆彼牵牛,不以服箱"这样的话,说织女在天上终日辛勤织作,结果并没有织出文采锦绣的织物来;牵牛所驾的牛,也不能够挂上车箱:他俩虽有织女、牵牛之名,实际上不过是居于银河(汉)两旁的两颗星而已。这里只有譬喻而无故事。直到《古诗十九首》:"迢迢牵牛星,皎皎河汉女,纤纤擢素手,札札弄机杼,终日不成章,泣涕零如雨。河汉清且浅,相去复几许?盈盈一水间,脉脉不得语。"才算是具有了故事的轮廓,和后世传说的牛郎织女神话大致吻合。值得注意的,是"终日不成章,泣涕零如雨"二语,仍是沿袭《诗·大东》的"虽则七襄,不成报章"的意思而来,而所表现的织女的悲苦心情特为鲜明。揣想起来,或者古神话相传:由于织女和牛郎恋爱,违犯了天规天条,被天帝罚作织布的苦工,允许于"成章"之后,让二人相会。但这不过是天帝的故弄狡狯,实际上却凭藉着他的神力不令其"成章"。正如"学仙有过"的吴刚,被谪遣到月宫去砍桂树,桂树随砍随合,再也砍它不倒。织女成年累月被罚在天庭织布,做着这"不成章"的徒劳无益的工作,遥望清浅银河彼岸的情人,一水之隔,不得相会,故尔才悲从中来,"泣涕零如雨"。如果这揣想是符合于诗中所写的情景的话,那么"不成章"既然沿袭"不成报章"而来,"不成报章"当亦实有所指,不仅是譬喻了。推而言之,牵牛的"不以报箱"(不可以用来拖拉车箱)当亦不仅是譬喻,而是实有所指了。那就是早于此诗所叙,应该还有一段古代民间传说,牛郎织女因私自恋爱之故,触忤神旨,各均受罚,一者织布而不能成章,一者驾车而不能挽箱,他们只好隔河相望,不能聚首。故事所反映的,当是从奴隶制社会到封建社会家长统治的严酷,牛女二人便成了不合理的社会制度下面的牺牲者。人们同情他们纯真的爱情,不满意他们所遭受的严厉的惩罚,因而稍后一点才有"鹊桥"之说兴起。《岁华纪丽》卷三引《风俗通》云:"织女七夕当渡河,使鹊为桥。"则这一对被罚从事苦役的情人,也有一年一度的相会,而乌鹊便成了他们横渡银河的桥梁(人民的想象力真是丰富而又美丽)。《尔雅翼》所叙本于《风俗通》,又加上了"鹊首无故皆髡,相传是日河鼓(牛郎)与织女会于汉东,役乌鹊为梁以渡,故毛皆脱去"这样的解释,就更使所叙的故事有一种真切之感。

以上所述各书记叙的牛郎织女故事,多不完全,直到六朝梁殷芸《小说》(仅见于明冯应京《月令广义》所引,《佩文韵府》卷二十六上"牛"字亦引此,文字大同小异,作《荆楚岁时记》。因《韵府》系晚出,且《荆楚岁时记》在以前类书如《艺文类聚》《太平御览》等于"岁时"目下多有征引,独此条未被引用,可怪,恐不足据),才有了比较完全的记叙,就是本章所录的这一段。但是从故事内容看,这一段恐怕也不是古代民间传说的本来面貌,而是经过了封建文人的有意窜改,因此才将牛郎织女的被罚阻隔天河,诿之于织女的嫁后贪欢，懒惰废职。从这里我们可以看出：窜改者一方面在给残暴的天帝涂脂抹粉，使他看起来是这么好心（"帝怜其独处，许嫁河西牵牛郎"）而公正；另方面也是站在男子本位主义的立场，歧视妇女而加重妇女的罪戾（不说牛郎废牧，单说织女废织）：都是封建思想的遗毒，应该属于糟粕的部分。《太平御览》卷三一引《日纬书》说："尝见道书云，牵牛娶织女，取天帝钱二万备礼，久而不还，被驱在营室是也。""营室"，星名，借为罚作苦工之地。感谢这部"道书"，记录了有关牛郎织女的另外一段传说，他们的悲惨的奴隶命运和天帝的丑恶嘴脸从这当中都清楚地看出来了。

牛郎织女的神话，近代流传于民间的，要远比本章所录的健康得多。神话大都说牛郎是人间一个不幸的孤儿，依哥嫂过活，被不公平地分家出来，靠一条老牛自耕而食。有一天织女和诸仙女下凡游戏，在银河洗澡，老牛劝牛郎夺取织女的衣裳，织女便做了牛郎的妻子。婚后男耕女织，生一儿一女，生活美满幸福。不料被天帝查明，派王母娘娘下凡押解织女回天庭受审，恩爱夫妻便被活活拆散。牛郎上天无路，悲愤万分，垂死的老牛又叫牛郎在它死后剥下它的皮，披上身去，自能上天。老牛一死，牛郎果然剥下牛皮披在身上，并用箩筐担了一对儿女，上天去追寻妻子。看看快要追到了，王母娘娘忽然拔下头上金簪，凭空一划，登时成为一道波澜滚滚的天河。夫妻俩无法过河，只有隔河对泣。终于感动天帝，允许他们在每年的七月七日，由乌鹊架桥，在天河相会。这个故事除了"隔河对泣、感动天帝"为不大符合于敢于抗击封建礼法的牛郎织女的性行之外，其余都朴质茂美可取。

二

桂阳成武丁有仙道，常在人间〔一〕。忽谓其弟曰："七月七日，织女当渡河，诸仙悉还宫〔二〕；吾向〔三〕已被召，不得停，与尔别矣。"弟问曰："织女何事渡河？兄当何还〔四〕？"答曰："织女暂诣〔五〕牵牛。吾后三年当还。"明旦〔六〕，失武丁所在。世人至今犹云：七月七日织女嫁牵牛。（《续齐谐记》〔七〕）

旧说云，天河与海通。近世有人居海渚〔八〕者，年年八月有浮槎〔九〕，去来不失期。人有奇志,立飞阁于槎上,多赍粮〔一〇〕,乘槎而去。十余日中,犹观星月日辰〔一一〕,自后芒芒忽忽〔一二〕,亦不觉昼夜。去十余日,奄至一处,有城郭状,屋舍甚严〔一三〕。遥望宫中多织妇。见一丈夫,牵牛渚次〔一四〕饮之。牵牛人乃惊问曰:"何由至此?"此人具说来意,并问此是何处。答曰:"君还至蜀郡,访严君平〔一五〕则知之。"竟不上岸,因还如期〔一六〕。后至蜀问君平,曰:"某年月日,有客星〔一七〕犯牵牛宿。"计年月,正是比人到天河时也。(《博物志〔一八〕·杂说下》)

注释

〔一〕**桂阳**:郡名,汉置,故治在今湖南省郴县。成武丁是桂阳人,由于修炼,已得仙道,但还时常在人间遨游。

〔二〕七夕织女渡银河会牵牛,诸仙都要各回天宫,表示敬慎其事的意思。

〔三〕**向**:从前。

〔四〕**何还**:何时还家。

〔五〕**诣**:往;音 yì。

〔六〕**明旦**:第二天早上。

〔七〕**《续齐谐记》**:书名,凡一卷,梁吴均撰。有墨点"·"为记处,是根据宋陈元靓《岁时广记》卷二六所引补改。

〔八〕**海渚**:渚,通陼,水中可居的叫渚,即小洲;海渚,就是海滨的小岛。

〔九〕**浮槎**:漂浮在水上的木筏;槎,音 chá。

〔一〇〕**赍粮**:赍,音 jī;行路时将衣食用具随身带上叫赍,这里所谓赍粮,即备办粮食的意思。

〔一一〕**星月日辰**:日月星合称三辰,星月日辰,即所谓三辰。

〔一二〕**芒芒忽忽**:即恍恍忽忽,迷胡不清的光景。

〔一三〕**奄**:突然。**城郭**:内城叫城,外城叫郭。**严**:整齐。

〔一四〕**渚次**:河洲的水滨。

〔一五〕**严君平**:汉蜀人,名遵,扬雄尝师事之。在成都市上卖卜,以卜筮显名。著有《老子指归》,已佚。

〔一六〕**因还如期**:因而还家如浮槎来去之期。

〔一七〕**曰**:君平曰。**客星**:谓星之忽显忽隐者,天文学上又叫新星。钱学森《现代科学技术》(见一九七七年十二月九日《人民日报》)说:"中国古书上有所谓客星,实际上就是星的爆发,爆发时亮了,就看得见,过一段时间爆发过程结束,看不见了,就以为是客星走了。"古时的人迷信,以为世间某些不平凡的人都是上应天上星宿的。"此人"既有"奇志",到了天河,于是在卜者看来,就成了"客星犯牵牛宿"。

〔一八〕**《博物志》**:书名,凡十卷,旧题晋张华撰,实则原本散佚,后人采其遗文集合成编,又杂取他说附益之,故证以诸书所引,或有或无,或合或不合。然古代民间传闻,每出其中,亦足供参考。

解说

牛郎织女的神话,因其美丽动人,故为世间艳称。除正面的若干记叙而外,又还有更多的侧面记叙。这里选录的两则,就是从侧面记叙牛郎织女故事的较著名的。

前面一则写桂阳成武丁于七月七日奉天帝召回天官,说是因为这天晚上织女将会牵牛,竟说得活龙活现,仿佛真有其事一般,可见齐梁时牛女故事已深入人心。故这一则饶有仙话气味的"神话"也能附骥尾而传,使人信而不疑,虽然它多半是虚构的。

后面一则写乘槎浮海而到天河的人,终于又回了家,去访问了蜀郡的严君平,才知道自己是到了天河,见着了织女和牛郎。这一则神话和前面一则"神话"性质不同,这一则看来虽然仍像是虚构,但实际上是有民间传说的依据,证据就是除此而外还有他书的记述。《天中记》卷二引《荆楚岁时记》说:

汉武帝令张骞使大夏,寻河源,乘槎经月,而至一处,见城郭如州府,室内有一女织。又见一丈夫牵牛饮河。骞问曰:"此是何处?"答曰:"可问严君平。"织女取楂机石与骞而还。后至蜀问君平,君平曰:"某年某月客星犯牛女。"楂机石为东方朔所识。

按今本《荆楚岁时记》无。《御览》卷五一亦引之而文较简,只云:"张骞寻河源,得一石,示东方朔,朔曰:'此石是天上织女支机石,何至于此?'"当系摘记其梗概,全文仍应从《天中记》所引。从内容看,是和《博物志》所记叙的差不多,只是《博物志》的"此人",已易为"使大夏、寻河源"的张骞,末后又多出一块织女的楂机石罢了:可知正是民间传说附会到历史上著名人物身上去的。《御览》卷八引《集林》叙此故事仍作"昔有一人寻河源"而不云张骞，尤可见此一故事，原本是民间流传的无名英雄的冒险经历。所不同的，只是或追寻河源，或浮槎泛海；而从黄河或大海直通天河的人民的美丽幻想则是一致的。唐初诗人宋之问的《明河篇》说："明河（天河）可望不可亲，愿得乘槎一问津，更将织女支机石，还访成都卖卜人。"就是综合了两种大同小异的传说，概括在这几句诗里的。从此以后，支机石的传说很快就流行开来了，乃至于成都有一条街，就叫支机石街，并且还有一块高约数尺的叫做"支机石"的石头，传到如今，被安放在西郊文化公园里。

少 昊

一

少昊以金德王。母曰皇娥，处璇宫而夜织，或乘桴木而昼游，经历穷桑沧茫之浦〔一〕。

时有神童，容貌绝俗，称为白帝之子——即太白之精——降乎水际，与皇娥宴戏，奏便娟之乐，游漾忘归〔二〕。

穷桑者，西海之滨，有孤桑之树，直上千寻，叶红椹紫，万岁一实，食之后天而老〔三〕。

帝子与皇娥泛于海上，以桂枝为表，结薰茅为旌，刻玉为鸠，置于表端，言鸠知四时之候〔四〕。故《春秋传》曰，司至是也〔五〕。今之相风，此之遗象也〔六〕。

帝子与皇娥并坐，抚桐峰梓瑟〔七〕，皇娥倚瑟而清歌，白帝子答歌。

及皇娥生少昊，号曰穷桑氏，一号金天氏。时有五凤，随方之色〔八〕，集于帝庭，因曰凤鸟氏。（《拾遗记》卷一）

注释

〔一〕**璇宫**：美玉建造的宫殿；璇，音 xuán。**桴木**：小木筏；桴，音 fú。**穷桑**：古地名，在今山东省曲阜县北，相传是少昊金天氏建都之地，但此处则以为是西海水滨的一棵孤桑树。**沧茫之浦**：旷远迷茫的水滨。

〔二〕**太白**：星名，即金星，又叫启明，或叫长庚，晨出于东方就叫启明，晚见于西方就叫长庚。**便娟**：一作嬛娟，美好的意思；便，音 pián。**游漾**：游通遊，游漾，遊荡的意思。

〔三〕**寻**：古以八尺为寻。**椹**：桑树的果实叫椹，音 shèn。**食之后天而老**：吃了这种桑椹，可以活得比天地的寿命更要长久。

〔四〕**表**：柱；此处当指船桅。**薰茅**：香茅。**旌**：旗；音 jīng。**鸠知四时之候**：鸤鸠，俗名布谷；布谷，谷雨鸣，夏至止，民间以为候鸟。此言鸠知四时之候，大约就是指鸤鸠。

〔五〕**《春秋传》**：即《左氏春秋传》，又称《左传》，周左丘明撰。**司至是也**：《左传·昭公十七年》："伯赵氏，司至者也。"伯赵即伯劳，夏至来，冬至去，故以名官，使之主二至，这就是所谓"司至"。伯劳来时布谷鸣声甫息，亦易和布谷相混，作者所以把两种不同的鸟误认为一种了。

〔六〕**相风**：古代人们拿木头或铜刻作鸟形，放置在屋顶或船桅上，用以辨别四时八方的风向，称为相风，又称相风乌。**此之遗象**：此，指玉鸠，后人制作的相风，即是皇娥和白帝子所刻的"置于表端"的玉鸠的遗象。

〔七〕**桐峰梓瑟**：瑟，乐器，相传伏羲作，本五十弦，黄帝破为二十五弦。此云桐峰梓瑟，"峰"或"琴"字之误，桐梓良木，宜为琴瑟。

〔八〕**五凤**：五种凤属的鸟类。《小学绀珠》："五凤：赤者凤，黄者鹓雏，青者鸾，紫者鸑鷟，白者鹄。"**随方之色**：随着五方的不同颜色。

解说

少昊诞生的神话，除本节所录《拾遗记》的记述而外，早见于汉代的一部叫做《春秋纬元命苞》的纬书里，云："黄帝时，大星如虹，下流华渚，女节梦接，意感而生白帝朱宣。"魏宋均注："华渚，渚名；朱宣，少昊氏。"（该书并注均佚，以上从《玉函山房辑佚书》转引。）情节虽然简单，可是却已具有着《拾遗记》所述故事的轮廓：少昊的诞生，原来是天上星宿和他的母亲结合的结果。这在原始社会母系制时期的人们是完全可能有这种天真烂缦的设想的。所以神话纵然出于纬书，还是能使我们相信有若干真实的成分，不一定全是向壁虚构。《拾遗记》所写少昊的母亲皇娥和"太白之精"即太白星恋爱的光景，当即是根据《元命苞》而又加以渲染的结果。看来它写得确实是非常生动、热情和富于想象力，对封建社会的所谓"礼法"是一种大胆的冲击，无怪有些具有卫道思想的文人要斥为诞妄不经。例如著《绎史》的马骕就在该书《少皞纪》引此文之后批驳道："帝子圣母而有桑中之戏，清歌七言乃见轩皇之世乎？子年之妄极矣！"却不知道"桑中之戏"正是原始社会青年男女交往正常的现象，"子年"不"妄"；但是"清歌七言"，离开上古的景象究竟远了些，故这里所录，就节略去了。

至于五凤集帝庭的神话，又是从《左传·昭公十七年》郯子对答昭公的话推演而来，详下节正文及"解说"。

二

少昊金天氏邑于穷桑〔一〕。日五色，互照穷桑。（《太平御览》卷三引《尸子》）

东海之外大壑，少昊之国。少昊孺帝颛顼于此，弃其琴瑟〔二〕。（《山海经·大荒东经》）

少皞挚〔三〕之立也，凤鸟适至，故纪于鸟，为鸟师而鸟名〔四〕。凤鸟氏，历正也；玄鸟氏，司分者也；伯赵氏，司至者也；青鸟氏，司启者也；丹鸟氏，司闭者也〔五〕。祝鸠氏，司徒也；鴡鸠氏，司马也；鸤鸠氏，司空也；爽鸠氏，司寇也；鹘鸠氏，司事也〔六〕：五鸠，鸠民者也〔七〕。五雉为五工正，利器用，正度量，夷民者也〔八〕。九扈为九农正，扈民无淫者也〔九〕。（《左传〔一〇〕·昭公十七年》）

注释

〔一〕**邑于穷桑**：建都在穷桑。推详文意，穷桑地望当在东方。

〔二〕**大壑**：大的坑谷；即《列子·汤问篇》所载的归墟。**少昊孺帝颛顼于此，弃其琴瑟**：郝懿行云："此言少皞孺养帝颛顼于此，以琴瑟为戏弄之具而留遗于此也。"近是。

〔三〕**挚**：少昊名挚，古挚、鸷通，《史记·货殖列传》："趋时，若猛兽挚鸟之发。"挚鸟即鸷鸟。推想起来，少昊既然在东方海外建立了一个鸟的王国而作为这个国家的首领，少昊本身也该是一只鸷鸟如鹰鹯之类才对。

〔四〕**纪于鸟，为鸟师而鸟名**：拿各种鸟的名称来做百官的名称。其实从神话的观点看，少昊属下的百官就是各种鸟。

〔五〕**凤鸟**：凤凰，凤凰知天时，故叫他做历正的官；**玄鸟**：燕子，燕子春分来，秋分去，故做司分的官；**伯赵**：伯劳，伯劳夏至鸣，冬至止，故做司至的官；**青鸟**：鸧鹒，鸧鹒立春鸣，立夏止，故做司启的官；**丹鸟**：锦鸡，锦鸡立秋至，立冬去，故做司闭的官。五官都掌管一年四季的天时，凤凰便做他们的总管官。

〔六〕**祝鸠**：鹁鸠，掌管教育；**鴡鸠**：鴡，音 jū，即鹫，掌管兵权；**鸤鸠**：布谷，掌管建筑营造；**爽鸠**：鹰，掌管法律和刑罚；**鹘鸠**：即鹘鸼，古书上说的一种鸟，鹘，音 gǔ，鸼，音 zhōu，掌管杂务和缮治器物。

〔七〕**鸠民**：鸠，聚；聚集人民，不让流散。

〔八〕五种野鸡做五种工官，分别管理木工、金工、陶工、皮工、染工五种工程，便利人民的器用，订正丈尺之度、斗斛之量，使人民得到平均。夷：平的意思。

〔九〕九种扈鸟做九种农官，防止人民淫佚放荡。扈：止的意思。

〔一〇〕《左传》：书名，《春秋》三传之一，亦名《左氏春秋》，周左丘明撰。

解说

神话的历史化，本节所录《左传·昭公十七年》郯子对答昭公所说关于少皞建国的故事就是一个比较典型的例子。神话里的少皞，本来是一只猛悍的鸷鸟，在东方海外的穷桑建立了一个鸟的王国，百鸟都是他的属臣，可是一到历史的记叙里，百鸟却变成了"以鸟纪"的百官，这些官徒有鸟的称号而实际上都是人，少皞本身也从猛悍的鸷鸟一变而为名字叫"挚"的人王。神话演变做历史的迹象，斑斑可寻。

何以知其然呢？这是从郯子本人引述的"黄帝氏以云纪，故为云师而云名；炎帝氏以火纪，故为火师而火名"（并见《左传·昭公十七年》郯子对昭公语）等史实而知道的。"以云纪"，或"以火纪"的黄帝或炎帝，除了只有笼统的概论之外，并无实在的内容。独于"以鸟纪"的少皞，却的的确确涌现了一大群各种各样的雀鸟，有非常充实的内容。追本溯源，当初确应该有一段关于少皞建立鸟的王国的美丽的神话，作为少皞后代的郯子，虽然还没有完全忘记这段神话，却也在有意无意中，把它归化于历史的范围了。

至于《山海经》所记叙的少昊曾在东方海外的少昊之国"孺帝颛顼"，那是因为少昊与颛顼有着叔侄的关系（见《世本·帝系篇》）。《帝王世纪》云："颛顼生十年而佐少昊，二十而登帝位。"既云"佐少昊"，那就是以"犹子"的身份，随侍在"世父"身边。故郝懿行释此云："眷彼童幼，娱以琴瑟，此事理之平，无足异者。"少昊完全有理由可以孺养年幼的颛顼的。

三

少昊有子曰该，为蓐收〔一〕。（《国语〔二〕·晋语》韦昭注）

西方蓐收，左耳有蛇，乘两龙。（《山海经·海外西经》）

西方金也，其帝少皞，其佐蓐收，执矩〔三〕而治秋。（《淮南子·天文篇》）

西方之极，自昆仑绝流沙、沈羽，西至三危之国，石城金室，饮气之民，不死之野，少皞、蓐收之所司者万二千里〔四〕。（《淮南子·时则篇》）

长留之山，其神白帝少昊居之，实惟员神魂氏之宫。是神也，主司反景〔五〕。泑山〔六〕，神蓐收居之。西望日之所入，其气员，神红光之所司也〔七〕。（《山海经·西次三经》）

注释

〔一〕**蓐收**：刑罚之神，人面，白毛，虎爪，执钺（大板斧），见《国语·晋语二》。

〔二〕**《国语》**：书名，凡二十一卷，周左丘明撰，三国吴韦昭注。

〔三〕**矩**：曲尺。

〔四〕**绝**：横度。**沈羽**：即弱水；其水力不胜羽毛，故又名沉羽。**三危之国**：在今甘肃省敦煌县，即《山海经·西次三经》所谓"三危之山，三青鸟居之（为西王母取食）"的三危。**石城金室**：即金城石室；《水经注·河水》云，金城郡南，有西王母石室。**饮气之民**：《博物志》说："食气者神明而寿。"大约是一个长寿的国家。**不死之野**：似即《山海经·海外南经》所说的不死民所居之野，其国有员丘山，上有不死树，食之不死。

〔五〕**员神魂氏**：郝懿行云："员神盖即少昊也。"近是；魂，音 kuǐ。**主司反景**：景同影。郭璞注云："日西入则反影东照，言主司察之也。"

〔六〕**泑山**：泑，音 yōu。

〔七〕**其气员**：郭璞云："日形员，故其气象亦然。"员同圆。**红光**：郝懿行云："盖即蓐收也。"

解说

本来在东方建立鸟国的少昊，为什么又成了西方的天帝，而且和他的属神蓐收一道在西方的长留山做起考察太阳反影的工作来了呢？这自然是饶有兴味的问题。推想起来，大约少昊本来是东方某一民族的祖宗神，后来这一民族向西方迁徙，在西方定居下来，因而有关少昊的神话就被带到西方，经过一段时间的改造，于是东方鸟国国王的少昊，便又在西方做了天帝而且担任了那么一桩有趣的职务。神话传说的演变无定，于此见之。

少昊本身的神话，差不多就是如上所录的这些了。其余就是关于少昊子孙的神话，在这里大略说说。

少昊子孙中最著名的，当然要算蓐收。蓐收是西方的刑罚之神，也是少昊的属神。传说他曾经对春秋时候一个叫做虢的小国的国王丑显过一次威灵。国王丑荒淫无道，有天做了个梦，梦见一个神人，人的脸，老虎的爪子，遍身白毛，手里拿了一把大板斧，自称是蓐收，说奉了天帝的命令，叫晋国的军队开进虢国的京城。后来晋献公借了虞国的道路，出兵进攻虢国，虢国果然灭亡了（见《国语·晋语二》）。这传说说明蓐收的神力广大，和传说中少昊的另一个儿子重，那个也是奉天帝之命、赐予秦穆公寿命十九年、作为太皡伏羲属神的木神句芒颇有相似之处。

除此而外，少昊的子孙中还有发明弓箭的般（《山海经·海内经》），有降处到下方的缗渊去的倍伐（《大荒南经》），有脸的正中只长了一只眼睛、绰号叫"鬼国"的一目国（《海外北经》《大荒北经》），有汾川的水神台骀（《左传·昭公元年》）等。

少昊子孙中最著名的一个，那就是穷奇。穷奇是一只吃人的野兽，有说像牛，有说像老虎，浑身长着刺猬般的硬毛，生有翅膀，能够飞行天空。听说有人打架，便去吃掉有理的一方；听说某人忠诚老实，便去啃掉他的鼻子；只有作恶多端的人才投合他的心意，反而杀了野兽去送给那恶人。他就是这么个难以理喻的怪物，所以人们说他是少皡氏的"不才子"（《左传·文公十八年》《山海经·西次四经》《神异经·西北荒经》）。但有的书上记述的穷奇，实在也并不这么坏。在每年年底——十二月八日——宫庭中照例举行的驱逐妖魔鬼怪的"大傩"的仪式中，穷奇是逐鬼的十二神之一，他和另外一个神人腾根共同担负着"食蛊"的任务（《后汉书·礼仪志》）。蛊是一种害人的毒虫，有些坏人专门制造了来为害他人的。穷奇既然能"食蛊"，那么他就不如某些传说所说的那么坏，而多少对于人们有益处。

颛 顼

一

黄帝妻雷祖,生昌意;昌意降处若水,生韩流〔一〕;韩流擢首、谨耳、人面、豕喙、麟身、渠股、豚止,取淖子曰阿女,生帝颛顼〔二〕。(《山海经·海内经》)

蚩尤惟始作乱,延及于平民,罔不寇贼鸱义,奸宄夺攘矫虔〔三〕。苗民弗用灵,制以刑,惟作五虐之刑,曰法,杀戮无辜〔四〕。爰始淫为劓、刵、椓、黥〔五〕。越兹丽刑,并制罔差有辞〔六〕。民兴胥渐,泯泯棼棼,罔中于信,以覆诅盟〔七〕。虐威庶戮,方告无辜于上〔八〕。上帝监民,罔有馨香德,刑发闻惟腥〔九〕。皇帝哀矜庶戮之不辜,报虐以威,遏绝苗民,无世在下〔一〇〕。乃命重、黎,绝地天通,罔有降格〔一一〕。(《书〔一二〕·吕刑》)

大荒之中,有山,名曰日月山,天枢〔一三〕也。吴姖天门,日月所入。有神,人面无臂,两足反属于头上〔一四〕,名曰嘘(噎)。颛顼生老童,老童生重及黎;帝令重献上天,令黎邛下地〔一五〕;下地是生噎,处于西极,以行日月星辰之行次〔一六〕。(《山海经·大荒西经》)

注释

〔一〕**雷祖:** 即嫘祖。**降处若水:** 被贬谪到下方去居住在若水;若水,水名,即鸦龙江,源出青海,流入四川省境。

〔二〕**擢首:** 长头。**谨耳:** 小耳。**渠股:** 郭璞云:言跰脚也;即两条腿并生在一起。**豚止:** 止,足;豚止,就是猪足。豚,音 tún。

〔三〕**延:** 漫延、波及。**罔:** 无。**寇贼:** 为寇为贼。**鸱义:** 郑康成云:"盗贼状如鸱枭，钞掠良善，谓之鸱义。"**奸宄**：干犯轨法；宄，音义同轨，一即作轨。**夺攘**：强取叫夺，顺手牵羊叫攘。**矫虔**：欺骗叫矫，强取叫虔；矫虔，音 jiǎo qián。蚩尤开始"作乱"，渐渐波及到庶民百姓当中，大家受了蚩尤的煽惑，莫不干犯轨法，起来为盗为贼，像鸱枭般地劫掠善良的人们，或用欺骗、或用强暴的手段夺人财物。

〔四〕**灵**：或引作命；苗民不顺从蚩尤的命令，蚩尤便制作了五种苛虐的刑罚来威吓苗民，叫它做"法"（法律），成天杀戮无罪的人。

〔五〕**爰**：于是。**淫**：过其度。**劓**：音 yì，截鼻；字本作劓。**刵**：音 èr，断耳。**椓**：音 zhuó，毁去男女生殖器，即古宫刑。**黥**：音 qíng，刻面额等处，以墨染之，叫黥，亦称墨刑。以上四种刑罚，再加上大辟（割头），就叫五刑。

〔六〕**越兹丽刑，并制罔差有辞**：这两句诸家解释各说不同；郑康成云："越，于也；兹，此也；丽，施也；于此施刑，并制其无罪者。"容或如此。罔差有辞，即无差错而有直辞者，也就是无罪者。

〔七〕**民兴胥渐**：胥，相；渐，诈。从此以后，苗民兴起，互相欺诈。**泯泯棼棼**：昏乱的光景。泯，音 mǐn，棼，音 fén。**罔中于信**：不合于信义；中，音 zhòng。**以覆诅盟**：因此覆败了苗民和颛顼即人神间订立的盟誓。诅，音 zǔ，赌咒的意思。

〔八〕**虐威庶戮**：苗民所残害的受刑戮的人民。**方告无辜于上**：方，一作旁，普遍的意思；大家都去向上帝诉说他们的冤屈无罪。上，指上帝颛顼。

〔九〕**上帝监民**：上帝考察苗民。**罔有馨香德，刑发闻惟腥**：没有馨香的德行，只有残暴的刑戮被揭露而知闻，莫非腥秽。

〔一〇〕**皇帝**：上帝，指颛顼。颛顼哀怜人民的无罪，用神的威权来报复苗民的暴虐，禁绝苗民，使他们永远只能住在下方，不能再上天。原来苗民是颛顼的后裔（《山海经·大荒北经》："颛顼生骥头，骥头生苗民"），本来是可以上天的。

〔一一〕**重、黎**：二神名，颛顼的孙子。**降格**：降，下；格，升；即下地和上天的意思。颛顼为了要禁绝苗民，便命大神重和大神黎去把天和地的通路阻断，使人不能上天，神也不能下地。

〔一二〕**《书》**：书名，亦称《尚书》，记上古至春秋史事，为周代众无名史官所作。因其近古，虽经涂饰，尚有不少历史化的神话，足供参考。

〔一三〕**天枢**：天柱。

〔一四〕**头上**：上原作山，据宋本改。

〔一五〕**帝令重献上天，令黎邛下地**：即《国语·楚语》所谓"颛顼受之，乃命南正重司天以属神，命火正黎司地以属民。"至于献邛，郭璞云："义未详也。"

或当是举抑之意,详后"解说"。邛,音 qióng。

〔一六〕**以行日月星辰之行次**:来考察日月星三辰运行的行列次序;行次的行,音 háng。

解说

　　春秋时候楚昭王问大夫观射父说:"我看见《周书》上说:重和黎就是隔断天地通路,叫天和地不相通的人,这怎么解释呢?照这样说来,若是重黎不隔断天地的通路,下方的人民岂不是都可以上天了吗?"(《国语·楚语下》)这个天真的问题恰好说明了古代神话的真相。在颛顼派遣大神重和大神黎去将天地的通路隔断以前,推想起来,天和地的确是应该有道路可以交通往来的。那时候——原始氏族社会——神只是人们的"教师和同事"(高尔基语),不是君临于他们之上的统治者。所反映在神话里的景况就是:不但天和地有道路可以交通往来,就连天空距地面也较近。建木就是能使天和地交通往来的树,昆仑山就是能使天和地交通往来的山:二者实在便是古来民间相传的天梯。郭璞注《山海经》,未能解释《大荒西经》所说的"帝令重献上天,令黎邛下地"的"献""邛"二字的涵义,我们于此也还是有些茫然。不过根据韦昭注《国语·楚语》"重寔上天,黎寔下地"云:"言重能举上天,黎能抑下地,令相远故不复通也。"看得出来,"举""抑"似本《山海经》"献""邛"为说,那么"献""邛"之义殆即"举""抑"了。"献"有"举"的意思,我们是明白的,"邛"怎样又有"抑"的意思呢?疑"邛"本作"印",印,甲骨文作👋,象以手抑人而使之跽,义即训抑训按,这是印的本训。后来假借做印信的印,慢慢成了专用字,又造出一个"归"字来,以代替原先抑义的印,谓之为"抑",许慎云:"按也,从反印。"(见《说文》九上)其实抑、印古本一字,印就是抑。"帝令重献上天,令黎印下地",韦昭所见《山海经》想或就是如此,还好解释。后来"印"字一讹而为"卬",再讹而为"邛",就实在教人糊涂了。郭璞所见,不知是"卬"是"邛"(今《山海经》各本有作"卬"、有作"邛"、也有作"玠"的,我所据郝懿行《笺疏》本作"邛"),总之连他也只好说"义未详也"。"邛"如果原本作"印"(很有可能),则韦昭所说"举上天""抑下地"的话,就算是此经"献""邛(印)"二字的确解。准此,我们就可以得出这样的推论:天空和地面相距原本是比较近的,到颛顼派遣重黎去做"绝地天通"的工作,二神各伸出一双硕大无朋的手臂,一个仰身将天空尽力往上面举，一个俯身将地面尽力往下面按，这样就使本来接近的天地渐渐"相远"乃至于"不复通"了。因此颛顼"命重黎绝地天通"的神话，便忠实地反映了阶级社会形成之初的阶级划分的情景，这以后本来是人们的"教师和同事"的神，便随着奴隶主的愈有权威而在天空升得愈高了。这就是《国语·楚语》所说的从"民神杂糅，不可方物"（人神混杂，不可区分）到"使复旧常，无相侵渎"（恢复原来统治与被统治的关系，不要互相干扰）的内容实质。"复旧常"当然是撒谎（因为在"民神杂糅"以前，再没有一个民神隔离的"旧常"），应该说是"建立新秩序"才对。

采取"绝地天通"措施的原因，据说就是蚩尤的"作乱"和苗民附从蚩尤的"作乱"，上下交攻，神国危矣。所以在镇压了蚩尤和苗民之后，一定还要将天地的通路断绝，使以后不至于再出新的乱子，人间天上，各保"平安"。从统治者的利益出发，这当然是再妥善没有的措施，但是从人民的利益出发，这却是使自由的人民沦为奴隶的最值得诅咒、最令人痛恨的措施。颛顼在诸天帝中之所以不给人以好感，传说他的子孙为害于世间的独多于其他天帝，原因恐怕就在于此。

这段历史化的神话，因为是站在反动统治者的立场写的，所以蚩尤才被描写得那样残暴，苗民才被描写得那样昏乱，而上帝倒好像是和平公正，一身干净似的。实际上应该是与此相反（关于共工的神话也是这样，在神话历史化的过程中，共工也常被歪曲、诋毁，如《周书·史记篇》说他"自以无臣，久空大官"，《国语·周语》说他"虞于湛乐，淫失其身"等）。可惜更古的神话见于记载的已经无传，我们只好凭此以推想其大概的光景就是了。

二

帝颛顼生自若水，实处空桑〔一〕，乃登为帝。惟天之合，正风乃行，其音若熙熙凄凄锵锵〔二〕。帝颛顼好其音，乃令飞龙作乐，效八风之音，命之曰《承云》，以祭上帝〔三〕。乃令鱓先为乐倡。鱓乃偃寝，以其尾鼓其腹，其音英英〔四〕。（《吕氏春秋·古乐篇》）

西北海之外，有榣山，其上有人，号曰太子长琴。颛顼生老童，老童生祝融，祝融生太子长琴，是处榣山，始作乐风〔五〕。（《山海经·大

荒西经》）

䮨山，神耆童居之，其音常如锺磬〔六〕。（《山海经·西次三经》）

有鱼偏枯〔七〕，名曰鱼妇。颛顼死即复苏。风道北来，天乃大水泉〔八〕，蛇乃化为鱼，是为鱼妇。颛顼死即复苏〔九〕。（《山海经·大荒西经》）

北方水也，其帝颛顼，其佐玄冥，执权而治冬〔一〇〕。（《淮南子·天文篇》）

北方之极，自九泽穷夏晦之极，北至令正之谷〔一一〕，有冻寒、积冰、雪雹、霜霰、漂润群水之野，颛顼、玄冥之所司者万二千里。（《淮南子·时则篇》）

北方禺彊〔一二〕，人面鸟身，珥两青蛇，践两青蛇。（《山海经·海外北经》）

注释

〔一〕**空桑**：地名，即穷桑，据颛顼生地若水推之，其地当在西方。参看"少昊"章第一节注〔一〕。

〔二〕**惟天之合**：高诱云，德与天合。**正风乃行**：正风的声音于是流行传播开来。**熙熙凄凄锵锵**：风声。

〔三〕**乃令飞龙作乐**：原本无乐字，据许维遹《吕氏春秋集释》补。**八风**：八方的风。**祭上帝**：颛顼本身就是上帝，这里又云"祭上帝"，当系神话历史化了的结果，故颛顼虽有命飞龙作乐，叫猪婆龙（鼍）鼓腹的神奇事迹，仍不免降而为人间帝王。

〔四〕**鼍**：动物名，同鼋，即猪婆龙；音 tuó。**先为乐倡**：先做音乐的倡导者。**偃寝**：仰卧。**英英**：马叙伦云："英英当读为彭彭。"按彭彭正是击鼓之声，《诗·灵台》："鼍鼓蓬蓬。"与古传鼍皮可以冒鼓之说合。

〔五〕**乐风**：乐曲歌舞之风。

〔六〕**耆童**：即老童；耆，音 qí。**锺磬**：锺同钟；磬，音 qìng，乐石，形扁而曲，悬于架端，以杖击之。

〔七〕**偏枯**：病名，即半身不遂。

〔八〕**风道北来，天乃大水泉**：郭璞云："道犹从也。"风从北方吹来，泉水因风而溢出。

〔九〕**颛顼死即复苏**：这句话不大好解释。郭璞注云："《淮南子》曰：'后稷垄在建木西，其人死复苏，其半为鱼。'盖谓此也。"与上文联系看，郭璞之说近是。那就是死去的颛顼因风从北方吹来、泉水喷涌、蛇化为鱼的机会，附在鱼的身上，因而重新获得生命，成为半人半鱼的鱼妇。人形的一半已偏废无用，唯鱼形的一半尚有其作用，故称"有鱼偏枯"。又谓之为"鱼妇"者，意或谓鱼与颛顼结合，使颛顼得到鱼的一半形躯，死而复生，故称"鱼妇"。

〔一〇〕**玄冥**：即禺彊；详后注。

〔一一〕**九泽**：北方泽名。**夏晦**：北方地名；意即大暝。**令正**：庄逵吉云："《太平御览》'令正'作'令止'，注云：'令止、丁令，北海胡地。'"

〔一二〕**禺彊**：亦作"禺强""禺京"，即玄冥，黄帝的孙子，海神而兼风神。

解说

作为一个天帝，颛顼虽然不是人们所理想、爱戴的，但作为一个音乐的爱好者，他对音乐却有很高的鉴赏力。这也许和他童年时期在少昊之国接受的音乐洗礼——百鸟的婉扬歌声、叔父少昊供给他游戏的琴瑟——有关。因此当他登了上帝的宝座，就叫飞龙仿效风声作出八方风的乐曲，又叫猪婆龙用尾巴敲打自己的肚子做音乐的倡导者，等等。不但他本人表现出对音乐鉴赏的特殊才能，就是他的子孙中，也颇不乏具有音乐天赋的：例如他的儿子老童，说话的声音就常常像敲钟击磬；老童的孙子太子长琴，也在西北海外的榣山上开始创作出种种美妙的乐曲来。

和其他的天帝一样，颛顼的子孙后代，也非常繁衍。例如传说活了八百岁的长寿的彭祖，就是颛顼的玄孙（《神仙传》卷一）。又如在南方的荒野，有季禺国和颛顼国（《山海经·大荒南经》）；西方的荒野，有淑士国（《大荒西经》）；北方的荒野，有叔歜国和中轮国（《大荒北经》）……也都是颛顼的子孙繁衍成国的。此外在西方的荒野，还有一个部族，叫做三面一臂，一族的人通长着三张脸，可是手臂却只有一条，这些怪人都能长生不死（《大荒西经》）；又还有原来住在西北海外、后来迁徙到南方去、同蚩尤联合起来想推翻上帝宝座的苗民（《大荒北经》），据说也是颛顼的子孙后代。

颛顼的鬼子鬼孙也是很多的。据说他有三个鬼儿子，生下不久都夭亡了，一个去居住在江水，变做疟鬼，散布疟疾给世间，叫人一碰上就发寒热，打摆子；一个去居住在若水，变做魍魉，专门学人们的声音来迷惑人们；还有一个便去居住在人家屋角，变做小儿鬼，专门教人生疮害病和惊吓人家的小娃娃（《搜神记》卷十六)。

颛顼还有一个儿子,叫做梼杌,更是凶顽无比。这梼杌,是一只猛兽,形状像老虎而比老虎大得多,遍身长着两尺多长的长毛,人的脸,老虎的脚,猪的尾巴,从牙齿到尾巴共有一丈八尺,逞着他野蛮凶暴的性情,任意在荒野之中胡作非为,简直没法制止(《神异经·西荒经》)。

据说颛顼还有一个瘦儿子,喜欢穿破衣,喝稀粥,正月三十晚上死在小巷里。人们在这天作好稀粥,丢掉破衣,在小巷里祭祀颛顼的这个鬼儿子,叫做"送穷鬼"(《天中记》卷四引《岁时记》)。

还有如像《玄中记》所说的"一名天帝少女"的姑获鸟(又叫九头鸟、鹞鸰、鬼车、鬼鸟),喜欢收养人家的儿子来做自己的儿子,看中的便先用它颈脖子上的滴血(因传说这鸟原有十头,被犬咬去一头,无头的颈脖常滴血)来点小娃娃的衣服做标志,然后再把小娃娃取去。我疑心所谓的"天帝",指的也是颛顼,非颛顼无以当之。有的书(例如蔡邕的《独断》)把颛顼径称为"疫神帝颛顼",是很恰当的。因为连颛顼的属神——那个北海的海神而兼风神的禺彊(玄冥),实际上也是瘟疫之神(《淮南子·地形篇》:"隅强(禺彊),不周风之所生也。"《史记·律书》:"不周风居西北,主杀生")。无怪后来为民除害的羿,要射这瘟神一箭(《淮南子》:"羿缴大风于青丘之泽")了。

彭祖·老子

一

彭铿斟雉帝何飨？受寿永多夫何怅〔一〕？（《楚辞·天问》）

彭祖者，姓籛，讳铿，帝颛顼之玄孙也〔二〕。殷末已七百六十七岁，而不衰老。（王）令采女乘辎軿问道于彭祖〔三〕，彭祖曰："吾遗腹而生，三岁而失母，遇犬戎之乱，流离西域，百有余年〔四〕。加以少枯，丧四十九妻，失五十四子，数遭忧患，和气折伤，荣卫焦枯，恐不度世〔五〕。所闻浅薄，不足宣传。"乃去，不知所之〔六〕。其后七十余年，闻人于流沙之国西见之。（《神仙传》卷一〔七〕）

注释

〔一〕**彭铿**：彭祖。**斟雉**：斟，音 zhēn，拿勺子舀取水浆叫斟；雉，雉羹，即野鸡汤。**帝**：天帝。**飨**：神享用人所供奉的酒食叫飨，本作享。此言彭祖进奉他所烹调的野鸡汤于天帝，天帝因何享用？既然赐给了他这么长的寿命，为什么他还怅恨不已？"**受寿永多夫何怅**"，原作"受寿永多夫何久长"，闻一多《楚辞校补》谓衍"久"字，"长"为"怅"的缺损，从改。

〔二〕据《世本·氏姓篇》：颛顼产老童，老童产重黎及吴回，吴回产陆终，陆终娶于鬼方氏之妹，剖胁而产六子，其三即籛铿。籛铿距颛顼四世，故为颛顼玄孙。籛，音 jiān。**讳**：旧时君主、祖先、尊长之名叫讳。

〔三〕**采女**：宫女。**辎軿**：车名；音 zī píng；古代贵族乘的一种有衣蔽的车。**问道**：问长生之道。

〔四〕**遗腹**：父已死而子始生谓之遗腹。**犬戎**：古时西方种族之一。**西域**：汉以后称西方诸国之地叫西域，大部分属今新疆维吾尔自治区。

〔五〕**和气**：中和之气。**荣卫**：亦作营卫，营即动脉血，卫即静脉血。**恐不度世**：恐不久于人世。

〔六〕**不知所之**：不知所往。
〔七〕**《神仙传》**：书名，凡十卷，晋葛洪撰。

解说

见后。

二

老子者，名重耳，字伯阳，楚国苦县曲仁里人也〔一〕。母怀之七十二年乃生，生时剖母左腋而出，生而白首，故谓之老子。或云，老子之母适至李树下而生老子，生而能言，指李树曰："以此为我姓。"（《神仙传》卷一）

老子西游，关令尹喜〔二〕望见其有紫气浮关，而老子果乘青牛而过。（《古小说钩沉》〔三〕辑《列异传》〔四〕）

老子为关令尹喜著《道德经》〔五〕。临别，曰："子行道千日后，于成都青羊肆寻吾。"今为青羊观是也〔六〕。（《太平御览》卷一九一引《蜀本纪》〔七〕）

老子乘青羊降，其地有台存。（《蜀中名胜记》〔八〕引《古今集记》〔九〕）

注释

〔一〕**苦县**：苦，音 hù，旧县名，故城在今河南省鹿邑县东。
〔二〕**关令尹喜**：函谷关的关令名叫尹喜的。也有说"喜"是动词，剩下"关令尹"，就连姓名都没有了，总之这也是一个传说人物；正像老子称"老子"传说的意味也很浓厚是一样。
〔三〕**《古小说钩沉》**：书名，鲁迅辑，凡辑《青史子》《裴子语林》等古代佚亡小说三十六种。
〔四〕**《列异传》**：书名，凡三卷，《隋书·经籍志》题魏曹丕撰，或系伪托，或有增益，已佚。
〔五〕**《道德经》**：书名，又名《老子》，相传即老子所作；经郭沫若考证，实当是战国楚人环渊作。

〔六〕**青羊肆**：市名，即青羊市。**青羊观**：庙名，祀老子，今称青羊宫，在成都市西郊，属文化公园。

〔七〕《**蜀本纪**》：书名，三国蜀谯周撰，已佚，《汉唐地理书钞》辑在《蜀王本纪》中。

〔八〕《**蜀中名胜记**》：书名，凡三十卷，明曹学佺撰。

〔九〕《**古今集记**》：书名，撰人不详。

解说

　　彭祖和老子在古代传说中都是以长寿著名的。"彭祖八百岁"，已经成了一句口头语，人人都知道，用不着多说了。老子据《史记》所述，也有一百多两百岁，要算是寿数很高的了。若据《神仙传》所记，老子在伏羲时候是郁华子，在黄帝时候是广成子，……到他在周代作"守藏史"或"柱下史"时，自然应该是两三千岁了，那就比彭祖还要长寿。所以《神仙传》说："俗见其久寿，故号之为'老子'"。这两位都是神仙家奉为神仙的鼻祖的。彭祖本来是神话人物，后来仙话化了。老子也很可能是传说人物，后来被抬上了神仙的宝座，并且还被奉作了道教的祖师。为了要略叙彭祖，连类而及，也选录了几段有关老子的材料，略见仙话意味的神话是怎样的。

　　先说彭祖。彭祖活了八百岁，临死时还悔恨他平时枕头垫得过高了，唾沫吐得过远了（见《楚辞·天问》王逸注），有伤元气，以至于没有终其天年。彭祖为什么会活得特别久？据说他善于烹调一种野鸡汤，他把这汤来奉献给天帝，天帝吃了觉得味道不错，心里一高兴，就赐给了他这么长久的寿命。这就是《天问》"彭铿斟雉帝何飨？受寿永多夫何长"的全部内容——也是关于彭祖神话最早见于记载的。

　　到秦末汉初的《世本》里，又才记载着有关彭祖诞生的神话：说他的父亲陆终，娶了一个鬼方氏的姑娘，名叫女嬇的，怀了孕却不生育。三年以后，剖开左边的腋窝，生了三个儿子；剖开右边的腋窝，又生了三个儿子。彭祖就是从女嬇腋窝里生出的儿子中的一个。

　　本节所录，是葛洪《神仙传》里彭祖故事的节略。为其经过一番仙话化，糟粕太多，只能录其精要。曾经"丧四十九妻、失五十四子"、活了很大年纪的彭祖，还自称他"和气折伤，荣卫焦枯，恐不度世"云云，当然是有些使人感到滑稽的。但从中也透露出了彭祖"受寿永多夫何长"的"长"意。彭祖所追求的，不单是长寿，还想由长寿进一步达到神仙不死啊。

再说老子。老子的神话（仙话）是三国、魏、晋时代才逐渐发展起来的。因为那是一个动荡不安的时代，先有东汉三国的分裂，后有西晋十六国的破坏，士大夫逃避现实，崇尚虚无，老、庄玄学之风大畅。影响及于民间，加上道士们的渲染，传说人物的老子自然便成了神话人物。"母怀之七十二年""生而白首"——这还算不得"老"么？从伏羲之时（《神仙传》所写还在伏羲以前）到周代——这还算不得"久寿"么？至于老子殊异的形貌，则有唐李冗《独异志》记述的"老君耳长七尺"，堪与大耳国的国民比美了；究其实际，则恐怕是从老子名聃这个"聃"字想象而来。

至于老子神话（仙话）的发展，例如老子西出关（或说是函谷关，或说是散关）、见到关令尹喜（这个名字也是聚讼纷纭，不必细说）、著《上下篇》言道德的事，本来是见于史书所载，事情也较平淡。可是到魏曹丕（？）的《列异传》，却说"关令尹喜望见其有紫气浮关，而老子果乘青牛而过"，神话的色彩开始鲜明。到谯周的《蜀本纪》，关令尹喜便成了老子传道度人的对象。《古今集记》所说"老子乘青羊降"，无疑是关系着关令尹喜的，也是老子度人的初显"灵迹"。到这里，老子神话（仙话）就算是到达了高潮。

说到老子度人，我觉得《搜神记》卷一（又见陶弘景《真诰·甄命授》，文较繁）所记的下面一段故事很有意思："有人入焦山七年，老君与之木钻，使穿一盘石，石厚五尺。曰：'此石穿，当得道。'积四十年（《真诰》下有"钻尽石穿"四字），遂得神仙丹诀。"它穿的虽是仙话外衣，骨子里却是有着神话的精神实质。它教人研求真理（"道"），当如木钻钻盘石，既须苦干，也要巧干，持之以恒，操之以韧，不管时间多长，木钻终能钻穿盘石。像老子这样的度人，还是"有足多者"的啊！

帝 俊

东南海之外，甘水之间，有羲和之国。有女子名曰羲和，方浴日〔一〕于甘渊〔二〕。羲和者，帝俊之妻，生十日。（《山海经·大荒南经》）

有女子方浴月。帝俊妻常羲，生月十有二，此始浴之。（《山海经·大荒西经》）

有神，人面、犬耳、兽身，珥两青蛇，名曰奢比尸。有五采之鸟，相乡弃沙〔三〕，惟帝俊下友〔四〕。帝下两坛，采鸟是司〔五〕。（《山海经·大荒东经》）

卫丘方员三百里〔六〕，丘南帝俊竹林在焉，大可为舟。（《山海经·大荒北经》）

大荒之中，有不庭之山，荣水穷焉。有人三身，帝俊妻娥皇，生此三身之国。姚姓，食黍，使四鸟〔七〕。

又有重阴之山。有人食兽，曰季釐。帝俊生季釐，故曰季釐之国。有缗渊，少昊生倍伐，倍伐降处缗渊。有水四方，名曰俊坛〔八〕。（《山海经·大荒南经》）

大荒之中，有山名曰合虚，日月所出。有中容之国。帝俊生中容，中容人食兽、木实〔九〕，使四鸟：豹、虎、熊、罴。

有司幽之国。帝俊生晏龙，晏龙生司幽，司幽生思士，不妻；思女，不夫〔一〇〕。食黍，食兽，是使四鸟。

有白民之国。帝俊生帝鸿，帝鸿生白民，白民销姓，黍食，使四鸟：虎、豹、熊、罴。

有黑齿之国。帝俊生黑齿，姜姓，黍食，使四鸟。（《山海经·大荒东经》）

有西周之国，姬姓，食谷。有人方耕，名曰叔均。帝俊生后稷，稷降以百谷。稷之弟曰台玺，生叔均；叔均是代其父及稷播百谷，始作耕〔一一〕。（《山海经·大荒西经》）

帝俊生禺号，禺号生淫梁，淫梁生番禺，是始为舟。番禺生奚仲，奚仲生吉光，是始以木为车〔一二〕。

帝俊生晏龙，晏龙是为琴瑟〔一三〕。

帝俊有子八人，是始为歌舞。

帝俊生三身，三身生义均，义均是始为巧倕，是始作下民百巧〔一四〕。（《山海经·海内经》）

注释

〔一〕**闰**：同间。**浴日**：原作日浴，据宋本改。浴日的意思，就是给新生的太阳洗澡，和《大荒西经》所说常羲浴月的情景相同。

〔二〕**甘渊**：即上文所说的甘水。

〔三〕**相乡弃沙**：乡【鄉】同向。弃沙，郭璞注云："未闻沙义。"郝懿行云："沙疑与娑同，鸟羽娑娑然也。"近是，而于弃字无释。疑弃当是槃字之讹，弃沙即婆娑、槃娑，形容五采之鸟相向盘旋而舞的光景。五采之鸟即鸾凤之属。《山海经·大荒西经》："有五采鸟三名：一曰皇鸟，一曰鸾鸟，一曰凤鸟。"

〔四〕**帝俊下友**：帝俊常从天上下来与此相向舞蹈的五采之鸟为友。考帝俊即玄鸟——凤凰的化身（见后"解说"），宜其与此鸾凤之属的五采之鸟为友。

〔五〕意思是说帝俊在下方有两座祠坛，为此五采之鸟所管理。

〔六〕**卫丘**：原只作丘，卫字据王念孙校增。**方员**：面积。员同圆。

〔七〕**三身之国**：《海外西经》云："三身国，在夏后启北，一首而三身。"即此。**使四鸟**：使，役使；四鸟，指豹、虎、熊、罴四种野兽。

〔八〕**缗渊**：缗，音 mín。**有水四方，名曰俊坛**：郭璞云："水状如土坛，因名。"

〔九〕**中容人食兽、木实**：言中容人食兽兼食树上的果实。

〔一〇〕大意是说，司幽国的人，分做思士和思女男女两个集团，男的不娶，女的也不嫁，便自然能够互相感动而生出儿女来。

〔一一〕**稷降以百谷**：后稷从天上把百谷的种子带到凡间来。**台玺**：玺，音 xǐ，郭璞云。**作耕**：发明耕稼的方法。

〔一二〕据《世本》及《说文》,均言车是奚仲所造,此言其子吉光始以木为车,亦父子相承之意罢了。

〔一三〕**务为琴瑟**:原作"为琴瑟",务字据王念孙校增。为琴瑟是说制作琴瑟,务为琴瑟则有不恤正事,专以琴瑟的玩弄为务之意,二者的意义是不同的。郭璞于此句下注云:"《世本》云:伏羲作琴,神农作瑟。"专在释琴瑟的来源。则郭所见本琴瑟上应有务字,否则注文就与正文冲突了。

〔一四〕义均名倕,始作下灵百巧,故称巧倕。郭璞注:"倕,尧巧工也,音瑞。"《玉篇》云:"倕,黄帝时巧人名也。"二说不同:这都是神话历史化自然产生的歧异。

解说

帝俊的神话在神话中是属于另外一个系统,它和以黄帝为中心的许多神话都没有很大的联系。帝俊是古代中国东方殷民族所奉祀的上帝,卜辞中常见的高祖夋,就是他。有关他的神话,不见于其他古书,仅见于《山海经》。但从《山海经》的零片记叙看,帝俊这位东方上帝(与五方帝中的东方上帝太皞伏羲有别),他的作为宇宙统治者的资格是很够的:他的妻子——太阳女神羲和和月亮女神常羲,替他生了十个太阳和十二个月亮;下方又还有许多国族,如像三身、季釐、中容、司幽、白民、黑齿……都是他的子孙后代;子孙中著名的,有周民族的始祖后稷,发明耕种的叔均,创制舟车的番禺、奚仲、吉光,擅长音乐歌舞的晏龙和其他不知名的八个儿子,以及"始作下民百巧"的巧倕;此外,他还常从天上下到凡间来和五采鸟交朋友,卫丘南端有他的竹林,其竹之大,可以剖而为船,等等。

可惜的是:帝俊虽是曾经煊赫一时的大神,有关他的神话却只剩下如上所述的这些,断片零星,凑不成功一个稍为完整的故事。这大约因为殷民族终于被周民族战败,亡了国,乃至于连所奉祀的上帝也倒了运,许多神话都散失了。

帝俊、帝喾和舜,是同一人的化身,可参看拙著《中国古代神话》第五章,此不多赘。所要补充说明一点的,即帝俊的子孙之在下方为国者,据《山海经》所记,常有"使四鸟"及"使四鸟:豹、虎、熊、罴"语,这究竟是什么意思?说来当然话长,但无妨长话短叙。

原来中国古代东方的殷民族是崇拜玄鸟即燕子,目之为神的。例如《诗·玄鸟》说"天命玄鸟,降而生商(殷)",殷民族就自谓是燕子传下来的后代子孙。帝俊,卜辞作"高祖夋","夋"字作 🐦 或作 🐦,画的就是一个鸟头人身或猴身的独脚怪物。身子为什么是这样姑且不要管它,至于那鸟头,决无疑义,应该是玄鸟即燕子的头。所谓"天命玄鸟，降而生商"，玄鸟和天（天帝），本是二而一的物事。故作为天帝的帝俊长着一个玄鸟即燕子的头是无足怪的。这种鸟虽是微不足道的小鸟，但既然被目之为神，就有夸张和神秘化的倾向，于是玄鸟就逐渐成了凤鸟即凤凰。例如在大诗人屈原记述简狄吞燕卵生商的诗篇里，《天问》作"玄鸟"，《离骚》作"凤鸟"，即其证。以凤凰而为百禽之长，那是比燕子要堂皇得多的。但在古神话传说里，燕子确曾就是上天下地草木鸟兽的总管理者。《书·舜典》说，帝舜问百官："谁替我管理原野和沼泽的草木鸟兽？"百官都举荐益（伯益），益自以为德薄能鲜，不敢担任，让给朱、虎、熊、罴四个臣子。后来经过帝舜劝勉，还是担任了，朱、虎、熊、罴四个臣子就做了益的辅佐。这是历史化的神话。它的本来面貌应该是天帝（帝舜、帝俊）叫燕子（益——嗌，这个字的籀文作𠔻，画的就是一只燕子）管理上天下地（《舜典》里的"上下"二字应作如是解）的草木鸟兽，燕子也就当仁不让地担任了，朱、虎、熊、罴四种野兽想和燕子争神位，终于不胜而做了燕子的属神。

　　《汉书人表考》卷二说："江东语豹为朱。"于是我们知道：《舜典》所说的"朱、虎、熊、罴"四臣，其实就是《山海经》所说的"豹、虎、熊、罴"四兽（四鸟）。而《舜典》的舜与益，亦相当于《山海经》的帝俊。东方殷民族所奉祀的上帝帝俊，原是玄鸟即燕子的化身，这燕子，是"上下草木鸟兽"之长，曾与豹、虎、熊、罴四兽争神而终于臣服了四兽，故其子孙尚有役使四兽（四鸟）的能力。这就是此一问题的解答。古代神话、历史、传说，往往错综纷繁如上所述，不经仔细寻绎，是很难得其真相的。

帝喾

帝喾〔一〕高辛者，黄帝之曾孙也。（《史记〔二〕·五帝本纪》）

帝喾生而神异，自言其名曰"夋"〔三〕。（《帝王世纪集校》第一）

（帝喾）春夏乘龙，秋冬乘马。（《大戴礼〔四〕·五帝德》）

帝喾命咸黑作为声歌〔五〕，有倕作为鼙、鼓、钟、磬、吹、管、埙、篪、鼗、椎锺〔六〕。帝喾乃令人抃，或鼓鼙，击钟磬，吹吹，展管篪，因令凤鸟天翟舞之〔七〕。（《吕氏春秋·古乐篇》）

昔高辛氏有二子：伯曰阏伯，季曰实沈，居于旷林，不相能也，日寻干戈，以相征讨〔八〕。后帝不臧〔九〕，迁阏伯于商丘，主辰，商人是因，故辰为商星〔一〇〕；迁实沈于大夏，主参，唐人是因〔一一〕，以服事夏商〔一二〕。（《左传·昭公元年》）

帝喾之妃，邹屠氏之女也。轩辕去蚩尤之凶，迁其民善者于邹屠之地，迁恶者于有北之乡〔一三〕。女行不践地，常履风云，游于伊、洛，帝乃期焉，纳以为妃〔一四〕。妃常梦吞日，则生一子，凡经八梦，则生八子，世谓为八神〔一五〕。（《拾遗记》卷一）

帝喾卜其四妃之子，皆有天下。元妃有邰氏之女，曰姜嫄，是生后稷；次妃娀氏之女，曰简狄，而生契；次妃陈锋氏之女，曰庆都，生帝尧；次妃娵訾氏之女，曰常仪，生帝挚〔一六〕。（《世本》陈其荣增订本）

注释

〔一〕**帝喾**：喾，音 kù。

〔二〕**《史记》**：书名，凡百三十卷，汉司马迁撰，起自黄帝，讫于汉武，神话传说资料，间亦采入此书，可供参考。

〔三〕**夋**：音 qūn。

〔四〕**《大戴礼》**：书名，汉戴德传记孔门七十子后学所记的《礼经》凡八十五篇，称《大戴礼》，以别于戴圣所记的称《小戴记》的四十九篇的《礼记》。

〔五〕**声歌**：乐歌。此以下尚有"九招六列六英"数字，系衍文，删去。

〔六〕**有倕**：即前章帝俊子孙中的巧倕。**鼙**：小鼓。**苓**：笙；音 líng。原作吹苓——吹字，俞樾说涉下文吹筦字而衍，从删；苓，王引之说，当为笒字之讹，笒即笙字，从改。**管**：乐器，如篪，六孔。**埙**：乐器，以土为之，六孔；音 xūn。**篪**：乐器，以竹为之，七孔；音 chí。**鞀**：乐器，或作鞉、鼗、鞉，小鼓之著柄者；音 táo。**椎锺**：椎，音 chuí，锺通锺；椎锺，乐器，形制未详。

〔七〕**抃**：鼓掌，音 biàn。**展**：舒。**天翟**：凤鸟名；翟，音 dí。

〔八〕**伯**：长子。**阏伯**：阏，音 è。**季**：少子。**能**：容。**寻**：用。

〔九〕**后帝不臧**：后帝，天帝，即指帝喾高辛氏，旧注谓指尧，恐非。臧，善。高辛氏不以兄弟阋墙为善。

〔一〇〕**商丘**：地名，在今河南商丘县。**辰**：星名，即大辰。高辛氏迁阏伯于此主管辰星，商民族因而祀之，故辰星又称商星。

〔一一〕**大夏**：地名，杜预注："今晋阳县。"按晋阳县秦汉时置，故治在今山西省太原市。**参**：星名，二十八宿之一；音 shēn。**唐人**：帝尧陶唐氏的后代。

〔一二〕**以服事夏商**：谓唐人祀参星，以服事夏王朝和商王朝，历经二代而不衰。

〔一三〕**邹屠**：古国名，所在未详。**有北**：北方；北方寒冻，不可居处，故迁蚩尤之民之恶者于彼以惩罚之。

〔一四〕**伊、洛**：伊水和洛水。**期**：要约。

〔一五〕**八神**：即《左传·文公十八年》所谓"高辛氏有才子八人：伯奋、仲堪、叔献、季仲、伯虎、仲熊、叔豹、季狸，天下之民谓之八元"。

〔一六〕**有邰氏**：邰，音 tái。古地名，在今陕西省武功县境。有邰氏世居于此，因以地名为氏族之名。**娵訾氏**：娵訾，音 jū zǐ，一作訾陬。

解说

帝喾即帝俊，从《帝王世纪》谓"帝喾生而神异，自言其名曰'夋'"可知。又从他的子孙中有后稷，有伯虎、仲熊、叔豹、季狸（即为国于下方的帝俊的子孙所役使的豹、虎、熊、罴），妻子中有常仪【儀】即常羲，臣僚中有有倕即巧倕，等等，可知帝喾之为帝俊，更无疑义。所不同的，是帝俊在《山海经》的记述中，上帝的身份很明显，而帝喾呢，则已逐渐历史化而为人间的帝王了。

　　但这历史化了的人间的帝王，他身上具有的神话色彩还是很浓厚的：他能在"春夏乘龙"，能叫凤鸟天翟为他跳舞，能把他的成天打架、不和睦的两个儿子分别派遣去主管商星和参星（更古的神话恐怕就是帝喾将他这两个儿子变化做参、商二星，使其东出西没，永远不相见），他的妃子更能每梦见吞吃一个太阳就替他生一个儿子……都说明着帝喾的上帝的身份。

　　至于《世本》记叙的帝喾四妃生四子均有天下，有的且是东西两大民族（殷、周）的始祖，则虽是可以从中看出具有神性的帝喾的身世的煊赫，却也未免有牵合附会之嫌了。

后 稷

一

周后稷，名弃，其母有邰氏女，曰姜原〔一〕，姜原为帝喾元妃。

姜原出野，见巨人迹，心忻然说〔二〕，欲践之。践之而身动〔三〕，如孕者。居期而生子，以为不祥，弃之隘巷，马牛过者，皆辟不践〔四〕。徙置之林中，适会山林多人〔五〕。迁之，而弃渠中冰上，飞鸟以其翼覆荐之〔六〕。姜原以为神，遂收养长之。初欲弃之，因名曰弃。

弃为儿时，仡〔七〕如巨人之志。其游戏，好种树麻菽〔八〕，麻菽美。及为成人，遂好耕农〔九〕。相地之宜，宜谷者稼穑焉〔一〇〕。民皆法则〔一一〕之。帝尧闻之，举弃为农师，天下得其利，有功。帝舜曰："弃，黎民始饥，尔后稷播时百谷〔一二〕。"封弃于邰，号曰后稷，别姓姬氏〔一三〕。（《史记·周本纪》）

后稷是播百谷。稷之孙曰叔均，是始作牛耕〔一四〕。（《山海经·海内经》）

注释

〔一〕**姜原**：原或作嫄。
〔二〕**忻然**：忻同欣；忻然，心悦貌。**说**：同悦。
〔三〕**身动**：身体有所感动。
〔四〕**居期**：当期。**隘巷**：狭巷；隘，音 ài。**辟**：通避。
〔五〕**适会山林多人**：即《诗·生民》所谓"会伐平林"，正碰着很多人到山上砍树，想要抛弃也抛弃不了。
〔六〕**覆荐**：覆，盖；荐，垫。言有大鸟飞来，以其一翼为覆，一翼为荐，以燠暖此冰上的弃婴。
〔七〕**仡**：音 yì，勇壮貌。

〔八〕**种树麻菽**：种植麻豆。菽，音 shū，众豆的总名。

〔九〕**耕农**：耕种。

〔一〇〕**稼穑**：种谷叫稼，收谷叫穑，亦用作农事的总称。稼穑，音 jià sè。

〔一一〕**法则**：仿效。

〔一二〕**黎民**：众民。**后稷**：弃所居的官职名。**播时**：播，播种；时，通蒔，分秧匀插叫蒔。

〔一三〕**别姓姬氏**：在母系制社会，后稷由母亲姜原的氏族有邰氏"出嫁"到姬氏，故称"别姓姬氏"。

〔一四〕**叔均**：见"舜"章第四节"解说"。**始作牛耕**：郭璞云："始用牛犁。"

解说

见后。

二

后稷之葬〔一〕，山水环之。（《山海经·海内西经》）

西南黑水之间，有都广之野〔二〕，后稷葬焉，其城方三百里，盖天地之中，素女所出也〔三〕。爰有膏菽、膏稻、膏黍、膏稷〔四〕，百谷自生，冬夏播琴〔五〕。鸾鸟自歌，凤鸟自儛，灵寿实华〔六〕，草木所聚。爰有百兽，相群爰处〔七〕。此草〔八〕也，冬夏不死。（《山海经·海内经》）

后稷垄在建木西，其人死复苏，其半鱼在其间〔九〕。（《淮南子·地形篇》）

注释

〔一〕**葬**：葬所。

〔二〕**都广之野**：《史记·周本纪》正义引此经作"广都之野"，《华阳国志·蜀志》："广都县在郡西三十里，汉元朔二年置。"即今成都附近双流县境。杨慎《山海经补注》谓"黑水广都，今之成都也"，近是。

〔三〕**其城方三百里，盖天地之中，素女所出也**：此十六字今本误入注文，从王念孙、郝懿行校补。又"天地之中"原作"天下之中"，"地"字据《楚辞·九歌》王逸注引经文改。**城**：墓地。**素女**：古时的神女；相传黄帝曾使她鼓五十弦琴，感到过于悲哀，便把它剖分做二十五弦。今灌县青城山有玉女洞，明杨慎《山海经补注》、曹学佺《蜀中名胜记》都说玉女就是古时的素女。

〔四〕**爰有膏菽、膏稻、膏黍、膏稷**：爰，于是。膏，脂膏，白腻像脂膏。黍，音 shǔ。稷，音 jì。李时珍《本草纲目》曰："稷与黍一类二种也：黏者为黍，不黏者为稷；稷可作饭，黍可酿酒。"

〔五〕**冬夏播琴**：播琴，播种；楚人的方言谓冢为琴（见《水经注·汝水》），种冢岑琴音俱相近，于是把播种也叫做播琴；冬夏播琴，意谓其地气候温暖，不论冬天夏天，均可播种。

〔六〕**鸾鸟**：凤凰之属，五彩而多青色，又称青鸾。**儛**：同舞。**灵寿**：木名，似竹，有枝节，可以做老人的拐杖。**华**：同花。

〔七〕**相群爰处**：相互成群，于此居处。

〔八〕**此草**：郝懿行云："此草犹言此地之草，古文省耳。"

〔九〕**垄**：坟墓。**其人**：指后稷。**其半鱼在其间**：意谓死而复苏的后稷，他的身体的一半已化做了鱼而躺在坟墓里。

解说

后稷是以农耕为主的周民族的始祖神。他的神话，始见于《诗·生民》。这篇诗把他诞生前后的经过以及后来他在农业上的贡献描写得极为详细、生动，《史记》的记叙大体上就是根据《诗·生民》来的。《诗·生民》写后稷的诞生，是一个羊胞胎样的圆圆的肉球（"先生如达"），姜原对于这个怪胎感到了害怕，才决计把他往外丢弃。《史记》只说是"以为不祥"，却没有说出"不祥"的具体原因。如果仅仅因为践了巨人迹怀孕生子就算"不祥"，那么华胥履迹生伏羲，是否也该算是"不祥"而在当弃之列呢？可是古神话却未有所闻。以知所谓"不祥"，并不在于履迹生子，实在于生子的形体非常。这一点《诗经》的叙写较之《史记》就切实多了，读者可以自去参看。

后稷是农业之神，历史记叙，说他是帝喾元妃姜原的儿子。但是我们知道：帝喾即帝俊，帝俊是东方殷民族所奉祀的上帝，《山海经·大荒西经》说"帝俊生后稷，稷降以百谷"，原来后稷是天帝的儿子，从天上带了百谷的种子下来播植在凡间的。《书·吕刑》说"稷降播种，农殖嘉谷"，也就是这个意思。姜原所履的大人迹，原来正是天帝的足迹，所以《楚辞·天问》说："稷维元子，帝何竺之？投之冰上，鸟何燠之？"——后稷既是天帝的嫡亲儿子，天帝为什么要毒害他使他在诞生之初受种种苦难？既然使他受苦，抛弃他在寒冰之上，飞鸟为什么又要来用它的翅膀温暖着这初生的婴儿？诗人对于这些反常的矛盾现象感到不能理解，所以发为这种疑问。

一方面作为神，另方面又作为神性英雄而出现的后稷，在历史化了的神话中，他的热爱农业和热爱劳动的良好品德在儿童时代就充分具有着了。从他的游戏中就培育出了一批优良的谷物和瓜豆的品种。到他长大成人，在有邰成家立室之后，这些良种农作物就已普遍地推广到了人民中去。乃至于帝尧知道了他所作的成绩，也得赶快聘请他去担任"农师"，管理全国农业和指导农业技术。神话反映了原始社会进展到了以农业为主时期人们对于发展农业生产的殷切期望，于是通过幻想，创造了像后稷这样的农业之神，来作为他们劳动的楷模，鼓舞他们的劳动热情，向着生活的目标——更加丰裕的生活，奋斗前进。《诗·思文》说："思文后稷，克配彼天，立我蒸民，莫匪尔极。"（伟大的后稷，可以配那苍天，他使人民得到谷食，无非是他至德的表现。）赞美后稷在农业上的勋绩，几乎到了无以复加了。

后稷是勤劳勇敢的我国古代劳动人民的一个榜样，由于大家对于他的崇敬，所以就是在他死后，也还有关于他的好些神奇传说。不但有如文中所叙的他坟墓附近的种种奇妙景象，以及他在坟墓中复活转来、半边身子化做鱼的形躯的奇迹之类，而且根据近人所记，还说在山西省闻喜县的稷王山，出产一种五色石子。这些石子有像麦粒的，有像稻粒的，有像玉蜀黍的，有像西瓜子、南瓜子的，也有像豇豆、绿豆、刀豆的……诸般形状，无不备具。人们把这些石子叫做"五谷石"。民间相传，说这就是后稷和他的母亲姜原教人民播种五谷、遗留下来的种子变成的。可见后稷在人民的心目里，从古到今，都是占着一个相当特殊的地位的。

契

天命玄鸟，降而生商〔一〕。(《诗〔二〕·玄鸟》)

简狄在台喾何宜？玄鸟致贻女何嘉〔三〕？(《楚辞·天问》)

有娀氏有二佚女，为之九成之台，饮食必以鼓〔四〕。帝令燕往视之，鸣若嗌嗌〔五〕。二女爱而争搏之，覆以玉筐。少选〔六〕，发而视之，燕遗二卵，北飞，遂不反。二女作歌一终〔七〕，曰："燕燕往飞。"实始作为北音〔八〕。(《吕氏春秋·音初篇》)

殷契母曰简狄，有娀氏之女，为帝喾次妃，三人行浴〔九〕，见玄鸟堕其卵，简狄取吞之，因孕生契。契长而佐禹治水有功，帝舜乃命契曰："百姓不亲，五品不训，汝为司徒。"封于商，赐姓子氏〔一〇〕。(《史记·殷本纪》)

注释

〔一〕商：指商民族的始祖契。

〔二〕《诗》：书名，即后世所称《诗经》，凡三百五篇，大都系周代无名诗人之作，据说是经过孔子删定的。

〔三〕简狄：有娀氏之女，帝喾的次妃。台：即后面《吕氏春秋·音初篇》所说的"九成之台"。宜：仪的借字，本义是匹偶，引伸有引诱的意思。贻：赠送；音yí。嘉：生子。原作喜，失韵，闻一多《楚辞校补》云当从一本作嘉，从改。这两句大意是说：简狄住在九重高的瑶台，帝喾为什么要去引诱？打发燕子送了一对蛋去，简狄吞了为什么就生出儿子？

〔四〕有娀氏有二佚女：佚女，美女。《淮南子·地形篇》云："长女简翟(狄)，少女建疵。"成：重。鼓：指音乐。

〔五〕帝：天帝，亦即帝喾，帝喾亦有天帝身份。嗌嗌：燕鸣声。原作谥隘，据《吕氏春秋集释》引《玉烛宝典》引本文改。

〔六〕**少选**：须臾、顷刻。

〔七〕**一终**：乐一篇叫一终。

〔八〕**北音**：北国之音。

〔九〕**三人行浴**：有娀氏仅二女，三人未有所闻。三字或二字之误。惟《列女传》云："简狄与其妹娣浴于元丘之水。"则所见《史记》已作三字，疑终莫明。

〔一〇〕**五品不训**：五品，指父、母、兄、弟、子五常；训，顺；五品不训，就是五常乱而不顺的意思。这是奴隶社会道德观念的表现，不是原始社会末期的舜那个时代所应有的，是记录者以后例前造成的错乱。**司徒**：官名，掌邦教，属于六卿之一。**子氏**：《史记·五帝纪》索隐引《礼纬》云："契姓子氏者，亦以其母吞鳦子而生。"鳦子，燕卵，谓契为卵所生也。

解说

这一段神话是写简狄生契的经过。如果说姜原生后稷还带着一些人世间的不幸和悲苦的色彩，那么简狄生契就完全是浪漫主义式的欢乐的情调了。天真烂缦的少女，看见燕子遗卵，取而吞之，便怀孕生了儿子，这想象是多么美丽！显然，这是原始社会的神话传说，大致照其原样传下来的，打上去的阶级烙印还不十分显著。从神话中，我们可以看得出来：天帝、帝喾、玄鸟，都是同一角色的化身，就是玄鸟即燕子，它才是商民族真正的始祖。契是玄鸟遗卵所生的儿子，故契在商民族祭祖的颂歌中，又称玄王（《诗·长发》）。可惜这位玄王，由于殷商神话随着它建立的奴隶制国家的灭亡而大量散亡，他的行迹我们已经知道不多了。见于商民族祭祖的颂歌中的，只有这么几句："玄王桓拨，受小国是达，受大国是达，率履不越，遂视既发。"（玄王勇武地拨开黑暗混冥，给小国以光明，给大国以光明，人们遵循着他的脚步向前走去，就能够张开眼睛，看见东西。）还有作为一个大民族首领的气概。到后来历史的记叙中，这位玄王就只能是"佐禹治水有功，帝舜乃命契……为司徒"（《史记·殷本纪》），便从首领一降而为臣属。这都反映了奴隶制国家的殷商沦亡以后，奴隶主所占有的始祖神的地位，也不能不随之而下降了。

简狄生契，还有"胸剖"和"背坼"之说。《史记·楚世家》集解引干宝云："前志所传修己背坼而生禹，简狄胸剖而生契，历代久远，莫足相证。"这是"胸剖"。《论衡·怪奇篇》云："禹、禼（契）逆生，阎（启）母背而出；后稷顺生，不坼不副。"这是"背坼"。契之所以名"契"（契有刻、开的意思），大约和"胸剖""背坼"等传说确是有相当关系的。

盘 瓠

高辛氏，有老妇人，居于王宫，得耳疾。历时，医为挑治，出顶虫〔一〕，大如茧。妇人去后，置以瓠篱〔二〕，覆之以盘。俄尔顶虫乃化为犬，其文五色，因名盘瓠。遂畜之。

时戎吴〔三〕强盛，数侵边境，遣将征讨，不能擒胜。乃募〔四〕天下有能得戎吴将军首者，赠金千斤，封邑万户，又赐以少女。

后盘瓠衔得一头，将造王阙，王诊视之，即是戎吴〔五〕。为之奈何〔六〕？群臣皆曰："盘瓠是畜，不可官秩，又不可妻，虽有功，无施也〔七〕。"少女闻之，启王曰："大王既以我许天下〔八〕矣，盘瓠衔首而来，为国除害，此天命使然，岂狗之智力哉。王者重言，伯者〔九〕重信，不可以女子微躯，而负明约于天下，国之祸也。"王惧而从之，令少女从盘瓠。

盘瓠将女上南山，草木茂盛，无人行迹。于是女解去衣裳，为仆竖之结，著独力之衣〔一〇〕，随盘瓠升山，入谷，止于石室之中。王悲思之，遣往觅视〔一一〕，天辄风雨，岭震，云晦，往者莫至。盖经三年，产六男、六女。盘瓠死，后自相配偶，因为夫妇。（《搜神记》卷一四）

注释

〔一〕**顶虫**：虫名，未详。

〔二〕**瓠篱**：瓠，音 hù，葫芦类的一种，供食用，果皮干燥后可为容器；瓠篱，大约就是用半边葫芦钻孔作的爪篱之属。

〔三〕**戎吴**：部族名；当即《后汉书·南蛮传》所记"犬戎吴将军"的讹变，后文有"戎吴将军"可证。

〔四〕**募**：广泛征求。

〔五〕**将造王阙**：奉送到王宫。将，音 jiāng，奉送；造，音 zào，至、到；王阙，王宫，古时天子所居叫阙。**诊视**：察看。**戎吴**：指戎吴将军。

〔六〕**奈何**：如何；如何是好的意思。

〔七〕**官秩**：官位。**施**：用。

〔八〕**以我许天下**：意谓以我应允给盘瓠而昭示天下。

〔九〕**伯者**：霸者；伯通霸。

〔一〇〕**仆竖之结，独力之衣**：《后汉书·南蛮传》作"仆鉴之结，独力之衣"，李贤注云："仆鉴、独力皆未详，流俗本或有改鉴字为竖者，妄穿凿也。"详其文义，当是劳动时操作之衣。

〔一一〕**遣往觅视**：派人前去探寻。

解说

盘瓠神话见诸记述的实比盘古神话略早。唐李贤注《后汉书·南蛮传》，于所记槃瓠故事之后，注云："已上并见《风俗通》也。"《风俗通》就是《风俗通义》，汉末应劭作，原本三十卷，大都佚亡，今只存十卷，这段文字亦不见于今本，但可信李贤尚犹及见原书，他的注是无误的。那么，这是一个汉时就有了的神话故事了，故说它经过改造而成为盘古神话乃是大有可能的，此已见"盘古"章"解说"，不再多赘。

盘瓠神话是一个民族的挃原神话，在这个神话中塑造了两个英雄的形象：一个是盘瓠，另一个是高辛帝的少女。

先说盘瓠。盘瓠又或写作槃瓠，"槃"是"盘【盤】"的本字；又或作槃护，"护"是"瓠"的音借：其实都是一样。他的来历，据《南蛮传》注引《魏略》（三国魏鱼豢撰，已佚）说，是高辛氏老妇耳内如茧"物"所变，不大清楚；《搜神记》本之，说是"顶上"，还是有些难懂，近代畲族民间传唱的《狗皇歌》（见《东方杂志》二十一卷七号沈作乾《畲民调查记》），则说是"金虫"，就非常清楚明白了：大约就是一条金蚕（畲民另有口头传述，说是"取出一虫，形状像蚕"）。并且《狗皇歌》把"老妇"径说为"皇后"，也是再清楚明白不过的。或许古代民间传述的此一神话本来就是"皇后"，后来记录此一神话的"搢绅先生"如鱼豢者嫌"皇后"的身份在这里不大"雅驯"，才含混其辞，将"皇后"改为"老妇"的。既然盘瓠是皇后耳内金虫所化，高辛帝的少女（《狗皇歌》说是"第三宫女""皇帝女"，口头传述说是"公主"）又是皇后所生，则盘瓠和高辛帝少女的结婚，仍留有原始时代血亲婚配的痕迹。至于神话的后段说，"产六男六女，自相配偶"，更是明白宣布为血亲婚配了。这是每个民族童年时期必经的发展阶段，通过神话的折射，把它反映了出来。

盘瓠是一个杀敌护国、智勇双全的英雄。这个英雄的形象，是在若干大同小异的传说记录中逐渐丰富起来的。当强敌压境、"遣将征讨、不能擒胜"的时候，盘瓠独能应募奋往杀敌，这是他的"勇"。根据别本（《汉魏丛书》本）《搜神记》的记叙，"其犬走投房王（即本文所叙的"戎吴将军"），房王见之大悦，谓左右曰：'辛氏其丧乎！犬犹弃主投吾，吾必兴也。'房氏乃大张宴会，为犬作乐。其夜房氏饮酒而卧，犬咬王首而还。"这又是他的"智"。单人独马前去杀敌的盘瓠，并不是仅仅凭了"匹夫之勇"，而是首先对他的敌手施了麻痹欺骗作用的，所以终于胜利奏凯而回。还有的画本（畬民《盘瓠王画传》——见《民族学研究集刊》第一期何联奎《畬民的图腾崇拜》）是这样地描绘着盘瓠的"神迹"：第六幅"龙将过番"，画着盘瓠化为龙形，腾云而去；第十幅"龙将回、过海"，画着盘瓠化龙浮海而回，后有追兵。神性英雄盘瓠的形象，就这样经过众手的塑造，逐渐变得完美了。而《汉魏丛书》本《搜神记》还这么记叙着："（帝）厚与肉糜饲之，竟不食；帝呼，犬亦不起。"为什么？因为主人说话不兑现，盘瓠在呕他主人的气。而当帝辛应允"今当依召募赏汝物"时，"盘瓠闻帝此言，即起跳跃"：这又是多么生动的性格描写啊！

盘瓠神话中表现得尤其动人的，乃是那个高辛氏少女（民间传说中的"公主"或"第三宫女"）的英雄形象。神话叙写她是一个识大体、顾大局的不同寻常的妇女。当高辛还在那里犹豫徘徊、不准备实践诺言时，她却挺身而出，请求高辛为了国家的利益，一定要昭大信于天下。这一点《蛮书》卷十引《后汉·南蛮传》（与今本《后汉书·南蛮传》文颇不同）说得更是明白，少女向高辛说："皇帝信不可失，深忧犬之为患。"神通本领这么大、能造福于国家的盘瓠，反过来当然也可为祸于国家，这就是高辛少女感到"深忧"的。为了国家的前途，她自请去匹配盘瓠，确实需要相当勇气。她毅然选择了一条艰难的道路。当盘瓠负她上南山时，她马上"解去衣裳，为仆竖之结，著独力之衣"，亲身操作，适应了山居生活的新环境。高辛少女和盘瓠一样，也是智勇兼全的。她不愧是一个民族所歌颂的英雄母亲的形象。

近代民间所传，盘瓠和公主结婚，还有金钟内变人的情节。"高辛王嫌其不类，颇有难色。龙期（盘瓠名）忽作人声曰：'你将我放在金钟内，七天七夜，就可变成人。'到了第六天，公主怕他饿死，打开金钟一看，则全身变成人形，只留一头未变。于是槃瓠着上大衣，公主戴了犬头冠，俩相结婚了。"（沈作乾《畲民调查记》）那么说明公主之于盘瓠，还是很有感情的。这喜剧性质的情节，更加符合原始神话的初相，而前面那些少女理智献身、敷陈大义的描述，或者不免又加上了一些阶级社会记录者的文饰。

但不管怎样，盘瓠神话里少女或公主的形象是崇高的、可爱的，和蚕马神话里那个小女的形象形成一个鲜明的对比。小女亲口许马，却只是一番戏言，终于违反自己的意愿，遭到惩罚仍和马皮结婚，变形为蚕，吐丝衣被人间。而智勇的少女却完全与之相反，得到的结果自然是两样。同是"推原"，它们的意义和所塑造的人物形象竟有这么的不同。

尧

一

尧为仁君,一日十瑞〔一〕。(《述异记》卷上)

尧为天子,冥荚生于庭,为帝成历〔二〕。(《绎史》卷九引《田俅子》〔三〕)

萐莆,瑞草也,尧时生于庖厨,扇暑而凉〔四〕。(《说文》一下)

尧时有屈佚草生于庭,佞人入朝,则屈而指之。一名指佞草〔五〕。(《博物志·异草木》)

注释

〔一〕**十瑞**:《述异记》于"十瑞"下云:"官中乌化为禾,凤凰止于庭,神龙见于宫沼,历草生阶,宫禽五色,鸟化白神,木生莲,萐莆生厨,景星耀于天,甘露降于地,是为十瑞。"以其多系无稽妄谈,故删略之。

〔二〕**冥荚**:一种神奇的草,传说它"夹阶而生",每月初一生一荚,到月半就生十五荚,十六日以后,每天落一荚,到月底就落完了。若是月小,就剩下一荚挂在那里,焦而不落。尧就拿它来当日历使用,故又叫"历荚",或叫"瑞草"。

〔三〕**《田俅子》**:书名,战国齐田俅撰,凡三篇,已佚,《玉函山房辑佚书》及孙诒让《墨子间诂》有辑录。

〔四〕**萐莆**:另一种神奇的草,音 shà pú。传说它生在厨房的门边,叶大而多,根细如丝,能转动生风,驱杀蚊蝇,使饮食清凉不腐败。

〔五〕**屈佚草**:佚一作轶。**佞人**:卑鄙谗谄的人。

解说

尧在传说中是一个有名的勤劳、节俭、顾念人民的好国君。人们对于尧的贤德,几乎绝无不同的意见。其实尧在最古的神话中,和其他历史化而为人王的天帝一样,本来也是天帝。《山海经·中次十二经》:"洞庭之山,帝之二女居之。"二女当然是娥皇、女英,作为天帝解的"帝"(《山海经》凡言"帝",均指神帝而非人帝),也只能是尧而非他人。从此可略知尧的神性。又按"尧"字的涵义,本来只是高的意思(见《说文》),最高莫过于天,故以"尧"表天而为天帝的名号。《论语》述孔子赞尧之辞云:"唯天为大,唯尧则之。"近于古神话中"尧"的初谊。后来古神话泯灭,"尧"才化为某一人间帝王的特称。现在选录的关于尧的一些神话,已多人话意味,非古神话之旧。尧的"十瑞",其他或者都是妄拟,唯冥荚和蓂莆,则汉以前已有此说,亦可算是"由来已古"了。冥荚、蓂莆和屈佚,都反映了古代劳动人民渴望使生活得到方便并且辨别善恶是非,它们虽然是幻想的物事,但已萌露了一些科学的幼芽,因而神话的基调是健康的。

二

当尧之时,夔为乐正,皋陶为大理〔一〕。(《说苑〔二〕·君道》)

夔一足。(《韩非子·外储说》)

夔曰:"於,予击石拊石,百兽率舞〔三〕。"(《书·舜典》)

夔放山川谿谷之音〔四〕,作乐《大章》,天下大和。(《帝王世纪集校》第二)

皋陶之状,色如削瓜〔五〕。(《荀子〔六〕·非相》)

皋陶鸟喙,是谓至信;决狱明白,察于人情〔七〕。(《白虎通·圣人》)

獬豸者,一角之羊也,性知有罪〔八〕。皋陶治狱,其罪疑者〔九〕,令羊触之,有罪则触,无罪则不触。故皋陶敬羊,起坐事之。(《论衡·是应篇》)

注释

〔一〕**乐正**:官名,掌管音乐。**皋陶**:陶,音 yáo。**大理**:官名,掌管刑法。

〔二〕**《说苑》**:书名,凡二十卷,汉刘向撰,所录皆轶闻琐事,体例与作者另撰的《新序》一书相同。

〔三〕**於**:音 wū,叹词。**拊**:拍;音 fǔ。

〔四〕**放**:同仿,仿效的意思。**谿**:同溪。

〔五〕杨倞注:"如削皮之瓜,青绿色。"

〔六〕**《荀子》**:书名,凡二十卷,周荀况撰。

〔七〕**乌喙**:或作鸟喙。**至信**:谓其出言必信。**决狱**:断决刑狱诉讼的事。

〔八〕**觟𧣾**:音 xiè zhì,即解豸、獬豸、解廌;据说这种神羊,又有点像山牛,吃的是荐【薦】草,所以名廌,"夏处水泽,冬处松柏"(见《说文》)。

〔九〕**罪疑者**:疑而未能定其罪者。

解说

《说苑·君道》云:"当尧之时,舜为司徒,契为司马,禹为司空,后稷为田畴,夔为乐正,倕为工师,伯夷为秩宗,皋陶为大理,益掌驱禽。"真是人才济济。究其实际,作为尧的贤臣如契、禹等,原都是天上的神或神性英雄。有关他们的神话,有的前面讲过了,有的以后还要讲,故只把夔和皋陶的神话选录在这里讲讲。

夔,在黄帝的神话中已经出现过一下,他原是东海流波山的一只形状像牛的独足怪兽,黄帝拿他的皮来蒙鼓,"声闻五百里,以威天下",因而战胜了蚩尤。可是在这里(《说苑·君道》),他又作为尧的乐官而出现了(《书·舜典》以为是舜的乐官,其实当先是尧的乐官,后来又作舜的乐官,《吕氏春秋·古乐篇》即如是说。《古乐篇》的"质"便是"夔",见"舜"章第三节)。独足怪兽的夔在历史的记叙中虽然已经人化,但是他的神性却没有完全消退,所以才能在充当乐官之际,"击石拊石,百兽率舞";也才能"放山川谿谷之音,作乐《大章》,天下大和"。

至于皋陶,经近人考证(杨宽《中国上古史导论》),实即伯夷(非后来传说的耻食周粟、饿死首阳山的伯夷)。《书·吕刑》与《墨子·尚贤》均有"伯夷降典,折民惟刑"语,可见伯夷原也是执掌刑法的神,与皋陶同。又据《世本》茆泮林辑本"伯夷作五刑",张澍稡集补注本则作"皋陶作五刑",皋陶之即伯夷,尤为明显。所不同者,古神话说:伯夷从天上带下法典,根据法典制定刑法来解决人们中的争端;而后起的历史化了的神话却说:皋陶治狱,全靠他那"性知有罪"的一角神羊。作为本当具有睿智聪明的神,遂一变而移其神性于兽了。所以皋陶在他法官的职位上,由于"敬羊"而"起坐事之"的情景,未免显得有些滑稽可笑,因为离开神的身份确实是太远了。

至于獬豸(解廌)这传说中的奇异神羊,则因有此一段神话而大大地著了名。据说汉代法官们戴的冠,即称为獬豸冠,就为其能别曲直,所以人倒反而要去摹仿兽了。

总之,獬豸的神话正如屈佚草的神话一样,反映了古代人们在生产水平不高、认识事物的能力也较低的情况下,企图借助于神物来帮助他们迅速提高认识事物的能力,以便于和坏人坏事作斗争,达到安定生活,进一步发展生产的目的。

三

尧在位七十年,有秖支之国,献重明之鸟,一名双睛,言双睛在目。状如鸡,鸣似凤,时解落毛羽,肉翮〔一〕而飞。能搏逐猛兽虎狼,使妖灾群恶〔二〕,不能为害。贻以琼膏〔三〕,或一岁数来,或数岁不至。国人莫不扫洒门户,以望重明之集。其未至之时,国人或刻木,或铸金,为此鸟之状,置于门户之间,则魑魅丑类,自然退伏。今人每岁元旦,或刻木铸金,或图画,为鸡于牖〔四〕上,此其遗象也。(《拾遗记》卷一)

注释

〔一〕**肉翮**:肉翅;翮,音 hé。
〔二〕**妖灾群恶**:为妖为灾的众恶物。
〔三〕**琼膏**:琼玉的膏。古人以为玉可食,故想象中以美玉的膏液为珍品。
〔四〕**牖**:窗,音 yǒu。

解说

重明鸟的神话始见于《拾遗记》。《拾遗记》虽然旧题晋王嘉撰,但很可能是梁萧绮的伪作而托之王嘉的。里面所叙神话,真赝参杂,极难分辨。即或有几分真实性,被记录者用浮华的文字一夸饰渲染,看来也像是捏造的了。本节所录即是一例。

这段神话,初看的确似乎荒诞无稽,但如果和舜的神话联系起来看看,那就不能不说是或者有些古神话的依据。何以知其然呢?由于重明鸟的状貌和行迹和舜相似之点太多了。重明鸟"双睛在目",故叫"重明",舜目重瞳,号曰"重华",自古相传,也屡屡见诸载籍。《太平御览》卷八一引《尸子》说:"昔者舜两眸子,是谓重明。""重明"二字全同。状貌、称号相合,这是一。重明鸟"状如鸡,鸣似凤";而舜也是玄鸟即凤凰的化身。凤凰鸡属,故《孝子传》云"舜父夜卧,梦见一凤皇,自名为鸡",实即舜。又与重明鸟的状貌相合,这是二。重明鸟尧时由祇支之国献至,"能搏逐猛兽虎狼",为民除害,备受人民欢迎;舜亦由四岳推荐与尧,继尧执掌国政,相传亦曾"流四凶族,以御魑魅"(《左传》文公十八年),又行其他善政,因而亦极受人民爱戴。行迹相合又是如此,这是三。有此三者,因此我疑心重明鸟的神话倒是较早的尧舜神话的本来面目,否则不至于这么巧合。若说是作伪者看了舜的神话再捏造重明鸟的神话,他捏造它有什么用意呢?他何不干脆从舜身上多造些"神话"而偏要将人化鸟造作出重明鸟的神话来呢?这是说不过去的。故只能说这段神话虽经渲染,看似荒诞,实际上可能有一些古神话的依据。

　　有关尧的神话,大约就是如上所录的这些了。另有仙人偓佺教尧服食松果的故事(见《列仙传》),属于仙话范围;尧让天下于许由,许由逃到箕山颍水边去洗耳朵的故事(见《高士传》),属于传说范围:均不录。

丹　朱

尧取散宜氏之子〔一〕，谓之女皇，女皇生丹朱。(《世本》张澍稡集补注本)

丹朱傲，惟慢游是好，傲虐是作，罔昼夜頟頟，罔水行舟，朋淫于家〔二〕。(《书·益稷》)

（丹朱）骜佷媢克，兄弟为阋。帝悲之，为制弈棋以闲其情〔三〕。(《路史·后纪十》)

尧教丹朱棋，以文桑为局，犀象为子〔四〕。(《金楼子》〔五〕卷一)

后稷放帝朱于丹水〔六〕。(《山海经·海外南经》郭璞注引《竹书纪年》〔七〕)

尧与有苗战于丹水之浦〔八〕。(《汉学堂丛书》辑《六韬》〔九〕) 尧杀长子〔一〇〕。(《庄子·盗跖篇》)

昔尧以天下让舜，三苗〔一一〕之君非之，帝杀之。有苗之民，叛入南海，为三苗国。(《山海经·海外南经》郭璞注) 三苗国在赤水东，其为人相随〔一二〕。(《山海经·海外南经》)

讙兜尧臣，有罪，自投南海而死，帝怜之，使其子居南海而祀之〔一三〕。(《山海经·海外南经》郭璞注) 讙头国在其（毕方鸟）南，其为人人面有翼，方捕鱼。或曰讙朱国〔一四〕。(《山海经·海外南经》)

柜山，有鸟焉，其状如鸱而人手，其音如痺，其名曰鴸，其名自号也，见则其县多放士〔一五〕。(《山海经·南次二经》)

注释

〔一〕**取**：娶。**散宜氏之子**：即散宜氏之女，古人对于所生男女都称子。《诗·桃夭》："之子于归，宜其室家。"

〔二〕**傲**：倨傲。**慢游**：即漫游；盲无目的之游叫漫游。**罔**：无。**頟頟【额额】**：

領，音é；領領，不休息貌。**朋淫**：朋比小人而为淫乱。大意是说，丹朱天性倨傲，只是喜欢漫游，漫游中傲狠暴虐齐作，昼夜为恶不肯休息，没有水也要陆地行舟，伙同一些坏朋友在家里胡作非为。

〔三〕**骜佷媢克**：骜，同傲；佷，同狠；媢：音mào，嫉妒；克，刻，残刻：四事都是丹朱的恶德。**阋**：弟兄不和、互相争吵叫阋；音xì。**弈棋**：围棋，弈，音yì。**闲其情**：防闲其邪恶之情。

〔四〕**文桑**：即桑；《格致镜原》卷六十四引《典术》："桑木者，箕星之精，神木也，虫食叶为文章，……"桑称文桑或以此。**犀象**：指犀角、象牙。意思是说，以文桑这种珍贵木料做棋局，以犀角、象牙这种贵重材料做棋子。

〔五〕**《金楼子》**：书名，凡六卷，梁萧绎（元帝）撰。原书久佚，今所存者，系四库自《永乐大典》录出，略有残阙。

〔六〕**丹水**：水名，源出陕西省商县冢岭山，东入河南，折西南至湖北入汉水，亦称丹渊，又名丹河。

〔七〕**《竹书纪年》**：书名，凡十三篇，晋太康二年汲郡人不準盗发魏襄王墓得之，盖魏国之史书。已佚，今本伪。近人范祥雍有《古本竹书纪年辑校订补》。

〔八〕**有苗**：部族名，即下文三苗。

〔九〕**《六韬》**：书名，亦称《太公六韬》，约成于汉代，《隋志》著录，已佚，今本伪。

〔一○〕**长子**：指丹朱。

〔一一〕**三苗**：部族名，即上文有苗，或称苗民。《淮南子·修务篇》高诱注谓系浑敦、穷奇、饕餮三族之苗裔，恐不可据。

〔一二〕**其为人相随**："相随"二字，自来诸家无释，推想起来，当是三苗兵败，相随远徙之象。详后"解说"。

〔一三〕**谨兜尧臣**：应读为"丹朱尧子"才对。详后"解说"。

〔一四〕**"谨头国"**或**"谨朱国"**，实均应作"丹朱国"。详后"解说"。

〔一五〕**其音如痹【痹】**：郭璞云："未详。"吴任臣云："《字汇》：痹音脾，鸟名，鹌鹑之雌者。"鹌鹑，即鹌鹑；鹌同鹌。**其名自号**：即自号其名的意思，鴸的鸣声就是"朱、朱……"的。丹朱本来只名"朱"，因为放逐到丹水，才叫"丹朱"。**放士**：放逐之士。

解说

关于尧的儿子丹朱的神话，从现有的材料推测，原来可能是相当丰富的。可惜经过历史化以后，原始的神话材料大都散亡不可见了，只还有一些带神话性质的传说片段，零零碎碎地散见在若干古书中。有些片段，表现的形式还相当隐晦，得经过仔细寻绎考究，才能知道确实是有关丹朱的。现在就把这些散碎的材料，略加整理，去其重复与无用，勉强缀集起来，成为一章，以见丹朱神话的大概。有的材料，本是一种告戒语气，例如所引《书·益稷》那几句，开头有"无若"两字，末尾有"用殄厥世"四字，都是禹以此告戒舜的，为了只需保存丹朱的事实，告戒吾不能不删去，结果就成了这样一种截头去尾的异状。在没有其他材料代替的时候，也只好权且如此了。

丹朱神话大概如下——

丹朱是尧的长子。尧娶散宜氏的姑娘，名叫女皇的，生了丹朱。丹朱为人骄傲暴虐，喜欢和伙伴们带了随从臣仆，到各地去漫游，稍不顺意，就大发脾气，虐待他的臣下。那时洪水为害，弥漫天下，丹朱出游，总是坐船。渐渐习惯于水上的生活，对于人民的痛苦无动于衷，倒是觉得坐着船东逛西荡很有意思。后来洪水给大禹治理平息了，有些地方水浅，不能通船，任性的丹朱却还要不分昼夜地叫人替他推着船走，谓之"陆地行舟"。有时他干脆就和一些坏朋友关起门来，在家里胡闹，闹得真不像话。他的弟弟们见当哥哥的这样任性胡为，也都不服他的管教，弟兄们时常内部起哄，纷争不休。尧看见丹朱性情太乖张，教育无效，暗中焦急。据说因此制作了围棋来教给丹朱，希望用棋道潜移默化丹朱的性情，使他终于能够改邪归正。哪知道丹朱对于围棋这玩意儿，起初还觉得新鲜有趣，曾专心致志去研究它。一旦玩得厌倦，终于扔开围棋，仍旧伙同着他的那些坏朋友胡闹去了。尧拿他也实在无法可想。

后来尧决定要把国君的位置禅让给舜，怕丹朱不服，便先颁下诏命，把丹朱放逐到南方的丹水去做诸侯，由后稷监督着，克日动身起程。那时住在中原的一个部族叫"有苗"、又叫"三苗"的，论戚谊是丹朱的近亲，和丹朱的关系很好。他们的首领对于尧把天下让给舜这件事，大不以为然，群众中也议论纷纷。丹朱来到，就像火堆里添了干柴，使火势燃烧得更猛。很快他们就互相勾结起来，揭起反叛的旗帜，企图进攻中原，推翻尧的统治，彼此平分天下。大公无私、智量高远并且勇敢坚毅的尧，早已料到有此一着。他决不因为三苗和丹朱的反对而改变他的政治主张。于是在得到确实情报之后，不慌不忙，调兵遣将，亲自挂帅，开赴南方去消灭乱事。丹朱和三苗不料尧的军队来得这么快，只好匆忙整顿旗鼓，迎住来敌。父子俩的军队就在丹水的战场上一场大鏖兵。人心所向，终于在尧的这面，尧的军队一举而击溃了丹朱和三苗的联盟军。虽然据说联盟军都操有用丹水所产丹鱼的血来涂足、在水上行走如履平地的邪术，究竟还是挽救不了溃败的命运。在这场大战当中，三苗的首领被杀了，丹朱呢，有说是战死了；有说是畏罪自杀，跳水死了：不管怎样，反正是他罪有应得。

　　像冰化雪消样地，一场声势浩大的乱子很快就平息了。剩余的三苗部众，便只好携儿带女，随同丹朱的溃军，远徙到南海去，在那里建立了一个国家，就叫三苗国。这国的人都生有翅膀，翅膀生在腋下，很小，只能点缀观瞻而不能飞行。《山海经》说"三苗国……其为人相随"，大约古时书上画的景象就是如此：一个跟随一个，作搬迁的状态。丹朱的子孙后代，也在三苗国的附近，建立了一个国家，叫讙头国，或叫讙朱国，其实应该称为丹朱国才对，因为讙头、讙朱，都是丹朱的音转。这国的人，相貌都长得很特别，人的脸，鸟的嘴壳，常用他们的鸟嘴在海滨捕鱼。背上也都生有翅膀，却不能飞，只能用它来作拐杖扶着走路。

　　以上是从极零碎的材料中清理出来的关于丹朱神话的大概。就连这一点"大概"，也是神话和历史传说杂糅，不完全是神话。在这里丹朱是被否定的。可是根据另外一些材料，却也透露出了人们对于丹朱的怀念与同情。《山海经》里所记的几处古帝的台观墓所，凡涉及丹朱的地方，都称"帝丹朱"，足见人们对他的尊崇。《南次二经》载："柜山有鸟焉，其状如鸱而人手，其名曰鴸，见则其县多放士。"据说此鸟即丹朱死后的灵魂所变化，它出现在哪里，哪里的"士"（有学问和本领的人）就将被放逐。陶潜《读山海经》诗云："鵷鹅（鵬鵝）见城邑，其国多放士。"一种感叹之情，油然表露在纸上，也可以隐约见到丹朱的被"放"恐怕实在是有些无辜。但因古神话的佚亡，详细情形我们已经不能知道了。

舜

一

舜，姚姓也，目重瞳，故名重华。（《帝王世纪集校》第二）

舜父瞽叟盲，而舜母死，瞽叟更娶妻而生象。象傲，瞽叟爱后妻子，常欲杀舜。（《史记·五帝本纪》）

舜去耕历山〔一〕。（《越绝书〔二〕·吴内传》）

舜耕历山，思慕父母。见鸠与母俱飞相哺食〔三〕，益以感思，因而作歌。（《琴操〔四〕·思亲操》）

舜耕历山，历山之人皆让畔；渔雷泽，雷泽之人皆让居；陶河滨，河滨器皆不苦窳〔五〕。一年而所居成聚，二年成邑，三年成都〔六〕。（《史记·五帝本纪》）

注释

〔一〕**历山**：传说中舜的耕地，今山东、山西、江苏、浙江各省均有之，已不可实指。

〔二〕**《越绝书》**：书名，凡十五卷，汉袁康撰。

〔三〕**哺**：含物以饲叫哺。

〔四〕**《琴操》**：书名，凡二卷，汉蔡邕撰。

〔五〕**畔**：田界。**渔雷泽、陶河滨**：雷泽、河滨均传说中地名，已不可实指。渔雷泽，在雷泽打鱼；陶河滨，在河滨作陶器。**苦窳**：粗陋；音 gǔ yǔ。

〔六〕**聚**：村落。**邑、都**：人民聚居的地方，小的叫邑，大的叫都。

解说

有关舜的神话的记叙，从《书经》到唐代的变文，从奴隶制社会到封建社会，一直不断地在演变着和丰富着。随着封建社会的发展，这一神话的中心内容也就以舜的"行孝"为主，给打上了阶级的烙印。而最早的舜的神话，却应当以作为猎人的舜和野象的斗争为主，绝不应当以"行孝"为主。舜称"虞舜"，"虞"字的涵义，当是《易·屯》"即鹿无虞，惟入于林中"的"虞"，是猎夫的意思，而非一般人所谓的朝代名或地名。舜的弟弟象也只是动物象，而非名叫"象"的人。虞舜这个生长在丛莽中的勇敢的猎人，在和野象的斗争中，由于野象的凶悍和狡谲，几番险遭它的毒手。后来靠了天女的帮助，才终于战胜和驯服了野象，使它开始在农业上为人类服役。而猎人舜也在人民的拥戴下成了他们的领袖。根据一些舜的神话的片段推想，古神话的本貌或许就是这样。但当然，也只是推想罢了，要想恢复其原状还是有很大困难的。由于材料的不足，以下所录各节，虽然尽可能以舜和象的斗争做为故事的中心，但是象已经历史化而为人，成为舜的弟弟象而不是山林里的野象了。

本节所录，是一些关于舜的家庭情况和舜早年生活情况的文字，多半已经历史化了，神话的因素很少。只有"舜目重瞳"一小段，略带神话意味。使我们想到《拾遗记》所记尧时秖支国贡献的"双睛在目"的重明鸟，或许和这里所录有些关系，已见"尧"章"解说"，此不多赘。又"舜耕历山"事，文字的记述大都比较平实，虽然也有"得玉历"（《搜神记》）、"梦眉与发等"（《尚书大传》）等叙写，但看得出来，是封建糟粕，不属于神话范围。倒是近代坊间所出的《二十四孝图说》，首绘历山大舜耕田图，却是饶有兴趣，很引人注目。因为耕田使用的牲畜，既不是牛，也不是马，而是长鼻大耳的巨象。我想这决不是画家想入非非，肯定是有古代民间传说的凭依。它使我们对于舜原是猎人、驯服野象的推想又得到一个有力的佐证。感谢这位民间艺术家，在这本宣扬封建道德的小册子上，竟用他朴质的艺术笔触的描写，来弥补了关于舜神话文字记录的一个重要空白——这才是真正的"舜耕历山"的景象啊！

二

有虞〔一〕二妃，帝尧二女也，长娥皇，次女英。（《列女传〔二〕·有虞二妃》）

舜年二十，以孝闻；三十，而帝尧问可用者。四岳〔三〕咸荐虞舜曰可。

于是尧乃以二女妻舜，以观其内；使九男与处，以观其外。舜居妫汭，内行弥谨。尧二女不敢以贵骄，事舜亲戚，甚有妇道。尧九男皆益笃〔四〕。尧乃赐舜絺衣与琴，为筑仓廪，予牛羊〔五〕。瞽叟尚复欲杀之。（《史记·五帝本纪》）

瞽叟与象谋杀舜，使涂廪〔六〕。舜告二女。二女曰："时唯其戕汝，时唯其焚汝〔七〕，鹊汝裳，衣鸟工往〔八〕。"舜既治廪，旋捐阶，瞽叟焚廪，舜往飞出〔九〕。

复使浚井〔一〇〕。舜告二女。二女曰："时亦唯其戕汝，时其掩汝，汝去裳，衣龙工往〔一一〕。"舜往浚井，格其入出，从掩，舜潜出〔一二〕。（《楚辞·天问》洪兴祖补注引《列女传》）

瞽叟、象喜，以舜为已死。象曰："本谋者象〔一三〕。"象与其父母分〔一四〕，于是曰："舜妻尧二女与琴，象取之；牛羊仓廪予父母。"象乃止舜宫居〔一五〕，鼓其琴。舜往见之，象愕不怿〔一六〕，曰："我思舜，正郁陶〔一七〕。"舜曰："然，尔其庶矣〔一八〕。"舜复事瞽叟，爱弟弥谨〔一九〕。（《史记·五帝本纪》）

瞽叟又速〔二〇〕舜饮酒，醉，将杀之。二女乃与舜药浴汪〔二一〕，遂往，舜终日饮酒不醉。舜之女弟敤手怜之〔二二〕，与二嫂谐。（《列女传·有虞二妃》）

注释

〔一〕**有虞**：旧说虞是舜的封地，因号有虞。实际上虞乃是掌山泽之官，舜曾任此官，因以为号。

〔二〕**《列女传》**：书名，凡七卷，撰人未详，汉刘向校。附续传一卷，亦不知谁作。

〔三〕**四岳**：四方诸侯之长。

〔四〕**妫汭**：妫水隈曲之处；音 guī ruì。**舜亲戚**：正义云："谓父瞽叟、后母、弟象、妹颗手等也。"**笃**：惇厚。

〔五〕**絺衣**：细葛布衣；絺，音 chī。**仓廪**：藏谷的所在叫仓，藏米的所在叫廪。**予**：通与。

〔六〕**涂廪**：拿泥土去补仓廪的漏洞。

〔七〕**戕**：杀害；音 qiāng。**时**：是"这"的意思；指涂廪事。《书·汤誓》："时日曷丧。"这两句大意是：这就将杀害你，这就将焚烧你。

〔八〕**鹊汝裳**：原作"鹊如汝裳"，《史记·五帝纪》正义引《通史》作"鹊汝衣裳"，鹊去音近，鹊当即去的借字，或当时方俗语。宋曾慥《类说》引《列女传》此文前作"鹊汝裳衣"，后作"去汝衣裳"，尤明显可证。如字疑衍。从改。**衣鸟工往**：鸟工未详；今本《竹书纪年》沈约（？）注作"鸟工衣服"，当即鸟形彩绣或彩画之衣。二女嘱舜去掉旧衣，穿了鸟形彩绣之衣前去。

〔九〕**治**：修缮。**旋捐阶**：原作"戕旋阶"，义不可通，疑戕字涉上下文而衍，捐字脱；各书记此故事多有捐字，因以意改。捐阶，去其阶梯。**舜往飞出**：原作"舜往飞"，出字据今本《列女传》补。

〔一〇〕**浚井**：淘井；浚，音 jùn。

〔一一〕**时其掩汝**：疑当作"时亦唯其掩汝"。掩，掩闭。**汝去裳**：疑当作"去汝裳"。

〔一二〕**格**：阻。**从掩**：从而掩闭之。

〔一三〕**本谋者象**：本来计谋暗害舜的是我象。

〔一四〕**与其父母分**：分舜的财物。

〔一五〕**宫居**：住室。

〔一六〕**愕**：惊异；音 è。**怿**：喜悦；音 yì。

〔一七〕**郁陶**：愁闷。陶，音 táo。

〔一八〕**然，尔其庶矣**：果然这样，你就像个当弟弟的样子了。庶，庶几于，近于。

〔一九〕**事**：侍奉。**弥**：更加。

〔二〇〕**速**：征召。

〔二一〕**汪**：池。意思是说，二女以药与舜，令浴于池，以解酒惑。

〔二二〕**舜之女弟敤手怜之**：原作"舜之女弟繫【系】怜之"，王照圆《列女传补注》云："舜女弟名'敤手'，俗书传写，误合为'擊【击】'字，又误为'繫'字。"是也，从改。

解说

舜和象的斗争，是舜的神话的中心内容，已如前述。本节所录，就是各书记载舜象斗争故事的最富于神话性的部分。但是这一故事，有的早已经历史化了，例如《尚书》《孟子》《史记》等书的记叙，还未完全历史化的另一分支，如《列女传》《论衡》《通史》《金楼子》等书的记叙，也在开始被人窜改，竭力使它走上历史化的道路。从古今本《列女传》的差异上，可以明显地看出这种迹象来——

> 瞽叟与象谋杀舜，使涂廪。舜归告二女曰："父母使我涂廪，我其往。"二女曰："往哉！"舜既治廪，乃捐阶，瞽叟焚廪，舜往飞出。象复与父母谋，使舜浚井。舜乃告二女，二女曰："俞，往哉！"舜往浚井，格其出入，从掩，舜潜出。

这是经过窜改的今本《列女传》所记述的井廪故事。再看看本节所录《楚辞·天问》洪兴祖补注所引的古本《列女传》，两相对照，窜改的痕迹就一目了然。在窜改后的今本里，二女叫舜服鸟工、龙工衣服以救井廪之难的话都没有了，自然从说话中表露出的那种焦急和关爱的情绪更是没有了，只是冷冰冰地叫舜"往哉"，或者还摹仿《尚书》的口吻："俞，往哉！"翻成现代话就是：好呀，去吧——去送死！舜既然"每事常谋于二女"，二女替舜出的主意，在这里只因为有"缙绅先生"们看来不大"雅驯"的地方，就给一笔勾消了。但是窜改者窜改的手法却是并不怎么高明的，从后面"舜往飞出""舜潜出"的语句看，二女曾经替舜出了神妙的主意，还是教人隐约猜想得到的，不然舜何由而能"飞出"或者"潜出"呢？今本《列女传》唯一存留下的神话意味的情节，只是"二女与舜药浴汪，……舜饮酒不醉"这一段，然而"舜之女弟敤手"，也还是讹作了"女弟繫"，两字合为一字，晦昧难明。敤手在舜神话中也是重要的一角，今从《汉书·人表》及王照圆《列女传补注》校改复元，神话的本来面貌才灿然可观了。

现在就来大略谈谈敤手。《世本》（张澍稡集补注本）说："敤首作画。"敤首《汉书·人表》作敤手，原注云："舜妹。"《说文》三下云："敤，研治也，从支，果声；舜女弟名敤首。"段注："首、手古同音通用。"从"敤"有"研治"之义这点看来，"敤手"应该是正名，"敤首"倒是同音通假了，《列女传》误将"敤手"二字合为"繫"字，正是根据她的正名，本来是不错的。其余或作颗手（《史记正义》）、或作媒首（《路史》注），都是假借字，非本义。"敤手作画"，道出了原始社会狩猎时期绘画起源的真相。丁山《中国古代宗教与神话考》页四三六说："……在刀笔尚未发明以前，画起图来，当然是徒凭两只手。在西班牙阿尔塔美拉洞穴所发现旧石器时代的壁画之中,曾发现两只红色的手像,可以证明那时缋画的艺术可能是徒手涂抹成功的。……敤手作画一语,正反映中国的图画在草昧时代,没有工具,是使用两只手创造出来的。"是的,神话传说中这个发明绘画的原始女画家,和她哥哥猎人舜的工作配合得多么紧密啊!当舜和其他猎手从山林猎取了野兽回来,洞窟中就再现了由妹妹敤手以其双手涂泥作成的野牛野马乃至大象的栩栩如生的壁画。"敤手作画",画的当然不是翎毛花卉,而是供氏族群体食用的兽畜。由这一点也可反证舜称虞舜真个就是猎人舜的意思。这样,我们就不难理解敤手和舜在心灵上是息息相通的,当舜遭到家人的迫害时,敤手终于会"怜之、与二嫂谐",完全站在舜的一边了。

三

(舜)既纳于百揆,宾于四门,选于林木,入于大麓〔一〕,尧试之百方,每事常谋于二女。(《列女传·有虞二妃》)

(舜)纳于大麓,烈风雷雨弗迷。(《书·舜典》)

舜以圣德入大麓之野,虎狼不犯,虫蛇不害。(《论衡·乱龙篇》)

舜之践帝位,载天子旗,往朝父瞽叟,夔夔唯谨〔二〕,如子道。封弟象为诸侯。(《史记·五帝本纪》)

舜立,命延乃拌瞽叟之所为瑟〔三〕,益之八弦,以为二十三弦之瑟。帝舜乃令质修《九招》《六列》《六英》,以明帝德〔四〕。(《吕氏春秋·古乐篇》)

帝舜弹五弦之琴,以歌《南风》。其诗曰:"南风之熏兮,可以解吾民之愠兮;南风之时兮,可以阜吾民之财兮〔五〕。"(《绎史》卷十引《尸子》)

注释

〔一〕**纳于百揆**:纳,入;百揆,官名,相当于后世的冢宰,揆,音 kuí;尧举舜,选舜入于此官。**宾于四门**:接待四方来到的贤士于国都的四门。**选于林木**,

入于大麓：二句义同，选即入，林木即大麓，即进入山林之意。

〔二〕**夔夔唯谨**：和悦恭敬，小心翼翼。

〔三〕**延**：舜的乐官。**拌**：音 bàn，调和的意思。旧注以为"分"，恐非，瑟的弦不能愈"分"而愈多，从五弦一直"分"到二十三弦。

〔四〕**质**：即夔，尧舜时代的乐官（因此文前段还有"尧立，质乃拊石击石，以致舞百兽"语，可知）。**修**：整理。**《九招》《六列》《六英》**：乐曲名。**以明帝德**：用以彰明上帝之德。

〔五〕**熏**：和煦。**愠**：怨、怒；音 yùn。**时**：及时。**阜**：生长。

解说

历史上说：尧在把天子的位置禅让给舜以前，"以二女妻舜以观其内，使九男与处以观其外"，主要看他的品行如何，考察不可谓不周到了。既后又"纳于百揆，宾于四门"，再试试他的才干，更是周到仔细。最后还要叫他"入于大麓"，让"烈风雷雨"和"虎狼虫蛇"来考验他的勇气。结果舜逐一通过了这些考试，用事实来证明他是智勇双全、品德又好的青年，堪以担当天下的重任。在这种种考试之中，最后一次考试——"入于大麓"——开始具有神话的意味了。这一次考试，把敢于和野象斗争的猎人舜的身份真实地表露出来。舜在大森林里行走，遇见虫蛇虎狼，竟一无所惧；遇见暴风雷雨，也毫不迷惑：这岂不是勇敢而又深有经验的猎人的行径吗？又从他"每事常谋于二女"，二女经常给他出主意这一点看，舜的身边可能还佩带有二女给他的解邪除祟的物事如玉佩之类，所以才能禽虫不犯，风雨不迷。总之，这次考试之所以能够顺利通过，是既有人的勇敢，又有神的帮助，因之是具有着神话意味的。

至于说舜作了国君以后，打着天子的旗号，去朝见他的父亲瞽叟，和悦恭敬，小心翼翼等，这都是历史的粉饰，用不着去说它了。独"封弟象为诸侯"一句话，里面又有神话性质的东西值得研究。

封象为诸侯，封到哪里去呢？《汉书·武五子昌邑哀王髆传》说："舜封象于有鼻。"《后汉书·袁绍传》也说："象傲终受有鼻之封。"《三国志·魏书·乐陵王茂传》也说："昔象之为虐至甚，而大舜犹侯之有鼻。"《史记·五帝本纪》集解也说："《孟子》曰：'封之有庳。'音鼻。"象封有鼻诸书无异辞。有鼻，是地名，可是恰恰又描写出了那个作为动物的象的特征。不仅此也，《史记·五帝本纪》正义引《括地志》转引王隐《晋书》还说："本泉陵县（故城在今湖南省零陵县北）北部东五里有鼻墟，象所封也。"《路史·发挥五·辨帝舜冢》罗苹注也说："始兴（故城在今广东省始兴县西北）有鼻天子冢，鼻天子城，……昔人不明为何人，乃象冢也。"都把作为动物象特征的鼻来作了舜的弟弟象的称号。因此不能不教人作这样的揣想：古代神话里舜的弟弟象，或许就真是一头凶猛难驯的野象，后来终于经殷民族的始祖——英雄而兼神的舜把它驯服了。驯服它之后，安顿它在一个固定的地方，为人服役，任人观览。从四面八方跑来参观野象的人们，就以象的特征给这个地方起了个名字叫"有鼻"或"鼻墟"。但是神话演变成为历史，"有鼻"或"鼻墟"就成了象的封地，舜服野象也一变而为"舜服厥弟"（《楚辞·天问》）了。

四

舜南巡狩，崩于苍梧之野〔一〕。（《史记·五帝本纪》）

苍梧之野，舜与叔均之所葬也，爰有文贝、离俞、鸱久、鹰贾、委维、熊、罴、象、虎、豹、狼、视肉〔二〕。（《山海经·大荒南经》）

舜葬苍梧，象为之耕。（《论衡·偶会篇》）

鼻亭神在营道县北六十里〔三〕。故老传云，舜葬九疑〔四〕，象来至此，后人立祠，名为鼻亭神〔五〕。（《史记·五帝本纪》正义引《括地志》〔六〕）

注释

〔一〕**崩**：天子死叫崩。**苍梧之野**：苍梧，山名，即九疑，在今湖南省宁远县东南。舜南巡，崩于此山之野。

〔二〕**叔均**：即商均，舜的长子；叔、商一声之转。**文贝**：紫贝。**离俞**：即离朱，一种赤色的神鸟。见"黄帝"章第二节"解说"。**鸱久**：即鸺鹠，为鸱鸺的最小种类。鸱同鸮。**鹰贾**：郭璞云："贾亦鹰属。"**委维**：即委蛇，一种两头怪蛇。**视肉**：一种能生长不已的奇怪的肉，见"黄帝"章第二节"解说"。

〔三〕**营道县**：古县名，汉置，故城在今湖南省宁远县西。

〔四〕**九疑**：山名；即苍梧。以其山九峰相似，疑莫能辨，故称九疑。疑又作嶷。

〔五〕**名为鼻亭神**：名为鼻亭神祠。

〔六〕**《括地志》**：书名，凡八卷，唐李泰撰，已佚，清黄奭、孙星衍均有辑录。

解说

本节所录，又有关于舜的弟弟象的神话。

"舜葬苍梧，象为之耕"，这里的象，当然是作为动物的象，而不是作为人的舜的弟弟象，但是却又这么凑巧地和舜的神话关联起来了。而且，后人为舜的弟弟象立神祠，又把那长鼻大耳的野生象的鼻的特征举了出来，更可见人的象和动物的象实在是一而非二。古神话本貌应当是舜服野象，信有征矣。

其次略谈谈关于叔均。《大荒南经》郭璞注云："叔均，商均也；舜巡狩，死于苍梧而葬之，商均因留死，亦葬焉。墓在九疑之中。"说得这样清楚明白，想必有所依据，当无可疑。这个叔均，传说中又成了几个：一个是建言于黄帝妥善处置旱魃、后来作了田祖的（见"黄帝与蚩尤之战"章第一节）；一个是后稷的孙子发明牛耕的（见"后稷"章第一节）；还有一个是后稷的侄子也是发明牛耕并播种百谷的（见"帝俊"章）：其实都是同一个人，只因为传闻各异，便成了纷歧。不但此也，叔均又还是那个"始作下民百巧""是始为巧倕"的义钧（见"帝俊"章）。《路史·后纪十二》说："女嫈（英）生义钧，义钧封于商，是为商均。"叔均既然是商均，当然也就是义均了。而这个义均，却是有过许多创造发明的神性英雄人物。《世本》（张澍稡集补注本）说："倕作钟。垂作规矩准绳。垂作铫。垂作耒耨。垂作耨。"义均之称"巧倕"，说他作了"下民百巧"，不是没有缘故的。叔均也好，义均也好，神话上都是大有功于民的人，可是历史化而为舜子商均以后，史传却多以其"不肖"为说，而又没有多少"不肖"的事实根据，未免给人以诬罔的感觉罢？

五

尧之二女，舜之二妃，曰湘夫人。帝崩，二妃啼，以涕挥竹，竹尽斑〔一〕。（《博物志·史补》）

大舜之陟方也，二妃从征，溺于湘江，神游洞庭之渊，出入潇湘之浦〔二〕。（《水经注·湘水》）

洞庭之山，帝之二女居之〔三〕。是常游于江渊——澧、沅之风，交潇湘之渊，是在九江之间——出入必以飘风暴雨〔四〕。是多怪神，状如人而载蛇〔五〕，左右手操蛇。多怪鸟。（《山海经·中次十二经》）

帝子降兮北渚，目眇眇兮愁予；嫋嫋兮秋风，洞庭波兮木叶下〔六〕。
（《楚辞·九歌·湘夫人》）

注释

〔一〕**涕**：泪。

〔二〕**陟方**：古时天子巡其所守土叫陟方；陟，音 zhì。**洞庭**：湖名，在今湖南省境。**潇湘**：湖南省境的湘水，在零陵县西合潇水，世称潇湘。

〔三〕**洞庭之山**：洞庭湖中的君山，亦名洞庭山。**帝之二女**：帝，指尧，或说指天帝，从神话观点看，尧本是天帝，二说并不矛盾；帝之二女就是尧的两个女儿娥皇、女英。

〔四〕**江渊**：江水（长江）的回曲处。**澧、沅**：二水名，均在今湖南省境；澧，音lǐ。**九江**：江名，郭璞云："在浔阳南，江自浔阳而分为九，皆东会于大江。"浔阳，今江西省九江县。

〔五〕**载蛇**：即戴蛇，载、戴古字通。

〔六〕**帝子**：指娥皇、女英。**北渚**：湘水北岸的水渚。**眇眇**：忧愁而细视之貌；音 miǎo。**愁予**：王逸释作"愁我"，非是；姜亮夫《屈原赋校注》以为予为忏的借字，《说文》云："忏，忧也。"愁予即忧愁之意，说较洽。**嫋嫋**：同袅袅，长弱貌；音 niǎo。**下**：音 hù。

解说

《群芳谱》云："斑竹即吴地称湘妃竹者，其斑如泪痕，世传二妃将沉湘水，望苍梧而泣，洒泪成斑。"根据这个传说，二妃的死，似乎又是为了殉情，有意自杀，而不是溺死。这又是传说演变进了一步。不管怎样，挥泪洒竹，竹竟成斑的这种设想，可见古代人们对于二妃的爱重。但是居住在洞庭之山的二妃，据《山海经》所记，似乎又是天帝——尧——的女儿，原就在此山为神，管辖一方，而不是溺死才去为神的。死去为神的观念，应当是比较后起的。二女的神性，从舜和象的斗争，教他服鸟工龙裳以救井廪之患，又教他以药浴池、以御酒惑诸事中，已可以看得出来。这样的人，是不会因风波便危害到生命的安全的。或者古神话正是这么说：作为猎人和英雄的舜，在驯服野象的艰巨的斗争中，因娶了天帝的女儿，靠了她们的帮助，才终于战胜种种困难，胜利地完成了他所肩负的使命。这里给我们留下一段神话的空白，因文献无征，也只能作如此推想罢了。

六

舜妻登比氏，生宵明、烛光，处河大泽〔一〕，二女之灵能照此所方百里。（《山海经·海内北经》）

舜有子八人，始歌舞。（《路史》后纪一一注引《朝鲜记》〔二〕）

帝舜生戏，戏生摇民。（《山海经·大荒东经》）

载国在其东〔三〕，其为人黄，能操弓射蛇。（《山海经·海外南经》）帝舜生无淫，无淫降载处，是谓巫载民〔四〕。巫载民盼姓，食谷，不绩不经，服也；不稼不穑，食也〔五〕。爰有歌舞之鸟，鸾鸟自歌，凤鸟自舞。爰有百兽，相群爰处。百谷所聚。（《山海经·大荒南经》）

注释

〔一〕**河大泽**：黄河附近的大泽。泽，郭璞云：河边溢漫处。

〔二〕**《朝鲜记》**：书名，撰人及时代均不详，吴任臣谓即《山海经·大荒经》以下五篇，疑是。

〔三〕**载国在其东**：载，音 zhí。在其东，在三苗国东。

〔四〕谓无淫被责下降，居于载这个地方，子孙聚而成国，叫巫载民。

〔五〕**盼姓**：姓盼；盼，音 bān。宋本作盼。巫载民得天独厚，既不绩麻，又不织布，可是一样有衣穿；既不耕种，又不收获，可是一样有饭吃。

解说

也像其他许多人而兼神的古帝一样，舜也有不少具有神性的子孙。舜的两个"处河大泽"、其灵"能照此所方百里"（《淮南子·地形篇》作"方千里"）的名叫宵明、烛光的女儿就是一个显著的例证。但它却使我们联想到帝俊的两个妻子羲和和常羲，她们是日月之神，光照大千世界，和宵明、烛光的能照"百里"或"千里"，范围大小虽是不同，其性质则是一样的，二者当出于同一传说的分化，帝舜之即帝俊，于此又得一证。至于《朝鲜记》所说的"舜有子八人，始歌舞"，那简直就是《山海经·海内经》所记的"帝俊有子八人，是始为歌舞"的翻本，舜之为俊，更无疑义。更推远一点，帝喾不是也有邹屠氏替他生的八个被称为"八元"或者"八神"的儿子么（《拾遗记》）：舜、俊、喾之为一人的化身，单这一点，也可明瞭。舜的这八个创制发明歌舞的儿子，当然和古代别的许多创制发明者一样，是神性的英雄。

舜的子孙见诸记载的，除此而外，还有下方的两个国族：一是摇民，另一是巫䰩民。巫䰩民得天独厚，可以"不绩不经，不稼不穑"，换句话说，就是无须依靠劳动，就能穿衣吃饭。这和《列子·汤问篇》所记的终北国的神话有些相仿佛，大约是没落的小有产者处在阶级社会阶级的巨变中，谋生无计，发而为遁世的乌托邦的幻想，然后渗入在神话中的，可以存而不论。现在单说摇民。摇民当即《山海经·海内经》所记的那有着"鸟足"的嬴民（见吴其昌《卜辞所见殷之先公先王三续考》——《古史辨》第七册下编），实际上恐怕也就是殷民。摇、嬴、殷都是一声之转。"天命玄鸟，降而生商（殷）"，殷民族传说本是玄鸟（帝俊、帝喾和舜都是此鸟的化身）的子孙后代，故摇民即嬴民的具有"鸟足"，正无足怪。不但摇民具有鸟足，就是戏，考察起来，即另一传说中的秦之先祖伯翳（伯益）的五世孙孟戏（《史记·秦本纪》），也是"鸟身人言"的。《山海经·海外西经》所记的"灭蒙鸟"，《海内西经》所记的"孟鸟"，《博物志》所记的"孟舒国"，都是孟戏即戏的演变，后面还要谈到，这里不再多说。

羿与嫦娥

一

东海之外,甘水之间,有羲和之国。有女子名曰羲和,方浴日于甘渊。羲和者,帝俊之妻,是生十日〔一〕。(《山海经·大荒南经》)

汤谷上有扶桑〔二〕,十日所浴——在黑齿北——居水中。有大木,九日居下枝,一日居上枝〔三〕。(《山海经·海外东经》)一日方至,一日方出,皆载于乌〔四〕。(《山海经·大荒东经》)

日出于旸谷,浴于咸池,拂于扶桑〔五〕,是谓晨明;登于扶桑,爰始将行,是谓朏明〔六〕;至于曲阿,是谓旦明〔七〕;至于曾泉,是谓蚤食〔八〕;至于桑野,是谓晏食〔九〕;至于衡阳〔一〇〕,是谓隅中;至于昆吾〔一一〕,是谓正中;至于鸟次〔一二〕,是谓小还;至于悲谷,是谓铺时〔一三〕;至于女纪〔一四〕,是谓大还;至于渊虞,是谓高舂〔一五〕;至于连石,是谓下舂〔一六〕;至于悲泉,爰止羲和,爰息六螭,是谓县车〔一七〕;至于虞渊,是谓黄昏;至于蒙谷〔一八〕,是谓定昏。日入于虞渊之汜,曙于蒙谷之浦〔一九〕,行九州七舍有五亿万七千三百九里〔二〇〕。(《淮南子·天文篇》)

东北有地日之草,西南有春生之草,三足乌数下地食此草〔二一〕。羲和欲驭,以手掩乌目,不听下也〔二二〕。食草能不老,他鸟兽食此草,则美闷不能动矣。(《洞冥记》〔二三〕卷四)

注释

〔一〕**东海之外**:原作"东南海之外",南字衍,从王念孙、郝懿行校删。此文亦当在《大荒东经》,误简在此。**浴日**:原作"日浴",从宋本乙正。**是生**

十日：原作"生十日"，从王念孙校增。

〔二〕**汤谷**：即旸谷；以谷中水为十日所浴，热如汤，故名。**扶桑**：神木名；两干同根，互相倚依而生，故名扶桑。

〔三〕**大木**：指扶桑。**九日居下枝，一日居上枝**：居下枝的大约是运行天空回来休息的太阳，居上枝的大约是轮到值班刚要出发的太阳。

〔四〕**皆载于乌**：传说日中有踆乌，即三足乌，为太阳精魂的化身。皆载于乌，意即太阳为乌所载而运行于天空。

〔五〕**旸谷**：或又作阳谷，即汤谷；旸，音 yáng。**拂**：音 fú，掠过的意思。

〔六〕**朏明**：将明；朏，音 fěi。

〔七〕**曲阿**：山名。**旦明**：平旦；天刚亮时。

〔八〕**曾泉**：曾，重；音 céng。曾泉就是重泉。早食在东方多水之地，故叫曾泉。**蚤食**：即早食；蚤通早。

〔九〕**晏食**：晚食；比早食稍晚的饭食，大约相当于四川所谓的小晌午。

〔一〇〕**衡阳**：传说中地名，未详所在。今湖南省有衡阳县，地望或者近之。

〔一一〕**昆吾**：南方山名。

〔一二〕**鸟次**：西南山名，鸟所宿至之处。

〔一三〕**悲谷**：西南方的大壑，因其深峻，登临其上，令人悲思，故名。**铺时**：申时（即午后三至五时）进食叫铺；铺时，当铺之时。铺，音 bū。

〔一四〕**女纪**：西北阴地。

〔一五〕**高舂**：日至渊虞，光尚未冥，民犹碓舂，故曰高舂。

〔一六〕**连石**：西北山名，连，音 lǎn。**下舂**：日至连石，光将欲冥，民已息舂，故曰下舂。

〔一七〕**爰止羲和，爰息六螭**：二句原作"爰止其女，爰息其马"，据《楚辞·天问》洪兴祖注引改。螭，龙属；音 chī。**县车**：同悬车，停车的意思。太阳轮班出巡，母亲羲和驾了六龙挽的车子载送她的爱儿，太阳到这里就进入虞渊，羲和到这里便驾着空车转去。

〔一八〕**蒙谷**：北方山名。

〔一九〕**汜、浦**：均水滨的意思；汜，音 sì。

〔二〇〕自旸谷至蒙谷（按旧注作自旸谷至虞渊，恐非，因仅十五所），凡十六所，计其程途有九州七舍，计其道里有五亿万七千三百九里。"舍"，行旅所休止的地方叫舍。"亿"，古以十万为亿。

〔二一〕**地日草、春生草**：均仙草名，吃了可以长生不老。**三足乌**：即太阳中的踆乌，又称阳乌、金乌。

〔二二〕**驭**：同御，使马叫驭。**揞**：同掩。

〔二三〕**《洞冥记》**：书名，凡四卷，旧题汉郭宪撰，实当系六朝人伪托。

解说

  羿的神话和十个太阳的神话是紧密关联着的。羿之所以成为广大人民爱戴的英雄，主要的就为他当"十日并（字原作代，据闻一多《楚辞校补》改）出、流金砾石"（《楚辞·招魂》）的传说中的尧时候，凭着他勇敢的精神和神妙的射技，仰天控弦，一口气射落九个太阳，只留下一个太阳，替人民解除了严重的旱灾威胁。然后又去诛妖擒怪，为民除害。单说"射十日"，这十个太阳的来历就很不简单。本节所录，就是关于十个太阳的神话。

  十个太阳，他们都是天帝帝俊的儿子。他们住在东方海外汤谷的扶桑树上。这扶桑树，据说，长有好几千丈，大有一千多围，两干同根，互相倚靠而生长，故名扶桑（《十洲记》）。十个太阳，九个住在扶桑树下面的枝条，一个住在上面的枝条，轮流出去值班，运行天空。他们出去值班的时候，他们的妈妈羲和每天总要驾了车子，护送她的爱儿出去巡行，一直送到悲泉，这才停下车来，目送爱儿单独进入虞渊，然后自己驾着空车回去。在护送的途程中，行经九州七舍，共是十六所，每一个暂停憩息的地方，都有一个表示一天从朝到晚的不同时刻的名目。十个太阳就是这样在母亲的伴送下做完一天的运行工作。

  "日中有踆乌"（《淮南子·精神篇》），踆乌即三足乌，又称阳乌、金乌，为太阳精魂的化身。《楚辞·天问》："羿焉彃日？乌焉解羽？"王逸注："《淮南》言尧时十日并出，草木焦枯，尧命羿仰射十日，中其九日，日中九乌皆死，堕其羽翼，故留其一日也。"日中有乌的想法，早在屈原时代（或者还要更早）就已经有了。三足乌之称"踆乌"，并不是偶然，这和帝俊之名"俊"想必是有关的。只是关系究竟怎样，现在还弄不十分清楚。至于《洞冥记》所记的三足乌在驾着日车，由羲和驭车，做运行天空的工作的时候，好几番偷着下地去吃地日草和春生草，以致要劳烦羲和用手去遮住它们的眼睛不让下去的神话，那又是较后起的。在这里三足乌已成了驾车的鸟，比于普通"鸟兽"，而非复日中神禽了。

二

帝俊赐羿彤弓素矰，以扶下国，羿是始去恤下地之百艰〔一〕。（《山海经·海内经》）

尧之时，十日并出，焦禾稼，杀草木，而民无所食。猰貐、凿齿、九婴、大风、封豨、修蛇，皆为民害〔二〕。尧乃使羿诛凿齿于畴华之野，杀九婴于凶水之上，缴大风于青丘之泽，上射十日而下杀猰貐，断修蛇于洞庭，禽封豨于桑林〔三〕。万民皆喜，置尧以为天子。于是天下广狭、险易、远近，始有道里〔四〕。（《淮南子·本经篇》）

注释

〔一〕**彤弓素矰**：红色的弓，白色的带绳的箭。彤，音 tóng，矰，音 zēng。**扶**：扶助。**恤**：拯救。**百艰**：指十日之患及猰貐、凿齿、九婴、大风、封豨、修蛇诸害。

〔二〕**猰貐**：兽名，即窫窳，其形各说不一：或说如牛而赤身，人面马足（《山海经·北山经》）；或说蛇身人面（《海内西经》）；或说龙首（《海内经》）；或说类貙虎爪（《尔雅·释兽》）。原本天神，为贰负神所杀害，化而为此怪物。见前"伏羲"章第二节注。**凿齿**：半人半兽的怪物，齿如凿，长五六尺，故名。**九婴**：水火之怪，能喷水也能吐火。**大风**：即大凤、大鹏，亦即那"北溟有鱼，其名为鲲，化而为鸟，其名为鹏"（《庄子·逍遥游》）的海神而兼风神的禺强。**封豨**：大野猪；豨，音 xī。**修蛇**：长蛇，即吞象的巴蛇。

〔三〕**畴华**：南方泽名。**凶水**：旧注：北狄之地有凶水。**缴**：音 zhuó，以绳系矢而射谓之缴。**青丘**：东方泽名。**禽**：通擒。**桑林**：桑山之林；成汤祷雨的地方。

〔四〕大意说，尧命羿诛除害恶之后，万民都欢喜而感念尧的功德，因而拥戴尧做了天子。于是人民这才各安生业，天下不论广狭、险易、远近，才开始互通往来，有了道路里程。

解说

十个太阳一齐出现天空，原因安在？从现有的古神话的片段资料里还找不到说明。《山海经·海内经》说："帝俊赐羿彤弓素矰，以扶下国，羿是始去恤下地之百艰。""百艰"当中首要的当然是十日的为患，作为十日父亲的天帝帝俊当然也不能既命十日惩罚世人又命天神羿下凡除患，这二者是矛盾的。

十日的出现天空，当只是由于神国这帮贵公子骄纵任性，不守轮流值班的规定，暗中商量好，忽然一下子跑出来胡闹罢了。正由于他们一齐出现在天空，造成了自然界的大灾变，以至猰貐、凿齿、大风、九婴、封豨、修蛇……种种恶禽猛兽，都纷纷从山林水泽跑出来残害世间。作为宇宙统治者的帝俊，见事情闹得太不像话，无计可施，这才"赐羿彤弓素矰"，派他去"扶下国""恤百艰"的。推想起来，大约如此。

这里需要说明一点：羿这个人物，的的确确是天神，而不是具有神性的英雄。羿和后羿是两个人物，不是一个人物，可是在历史传说中每每将他们的故事混淆了。高诱注《淮南子》，犹知把他们加以区分。《泛论篇》："羿除天下之害死而为宗布。"注云："此尧时羿，非有穷后羿。"《俶真篇》："是故虽有羿之知而无所用之。"注云："是尧时羿，善射，能一日落九乌、缴大风、杀窫窳、斩九婴、射河伯之智巧也，非有穷后羿也。"可是《汉书·古今人表》却只载有羿而无后羿，列之于夏代的有扈氏之后，当然是以羿为后羿了。故颜师古注云："有穷君也。"其实是弄错了的。不过二人的行迹，在屈原作《离骚》《天问》时，已混淆不清。《离骚》云："羿淫游以佚畋兮，又好射夫封豬【猪】（字原作狐，据闻一多《楚辞校补》改）；固乱流其鲜终兮，浞又贪夫厥家。"《天问》云："帝降夷羿，革孽夏民，胡躲（射）乎河伯而妻彼雒嫔？……浞娶纯狐，眩妻爰谋，何羿之躲（射）革而交吞揆之？"是均以羿为后羿。在神话和历史不分、以为神话即是历史的古代，这种混淆，是难于避免的。现在用神话的眼光研究神话，却实在应该加以区别，断定尧时"射十日"的羿是天神下凡为民除害的，而夏代的有穷后羿，则不过是具有神性的英雄，起初还能符合人民的愿望，以一方"诸侯"的身份领导人民起来推翻暴君的统治，代夏而有天下，及至自己做了"天子"，渐渐也就忘记过去，荒淫骄暴起来，终于重蹈覆辙，因此败亡。两人的故事基本上是两回事，不能因为他们名字的相同和某些情节的类似（如二人俱以善射著名；羿信任逢蒙，逢蒙终于杀羿；后羿信任寒浞，寒浞亦杀后羿等）便混淆起来。

羿射十日和诛妖除怪的故事，先秦典籍中就已经记载有了。《楚辞·天问》："羿焉彃日？乌焉解羽？"就是记述羿射日故事的。《山海经·海外南经》："羿与凿齿战于寿华之野，羿射杀之。在昆仑虚东。羿持弓矢，凿齿持盾。一曰持戈。"《大荒南经》："大荒之中，有山名曰融天，海水南入焉。有人曰凿齿，羿杀之。"就是记述羿与诸怪之一的凿齿战斗的故事的。《楚辞·离骚》："羿淫游以佚畋兮，又好射夫封豬。"《天问》："冯珧利决，封豨是射，何献蒸肉之膏而后帝不若？"就是记述羿与诸怪之另一的封豨即大野猪战斗的故事的，虽然有点把羿和后羿的传说混在一起了。至于羿与其他诸怪的斗争，虽不直接见于先秦典籍，诸怪之名以及它们的性行亦常为这些典籍所称述。例如修蛇，《山海经·海外南经》作"巴蛇"，说"巴蛇食象，三岁而出其骨，君子服之，无心腹之疾"。《楚辞·天问》也有"一蛇吞象，厥大何如"的记叙。大风，即《庄子·逍遥游》所说的鲲化为鹏的大鹏，亦即《山海经·海外北经》所记的那个"人面鸟身"的北海海神而兼风神的禺强。猰貐，《山海经》有多处记叙到它，原本是天神，为贰负神所杀，才化为龙头虎爪的怪物的。由此可见，本节所录《淮南子》记述的这段神话，实有古神话的凭依，非向壁虚造。

但是有一点却不能不使人感到奇怪：羿射十日，诸书无异辞，唯《论衡》各篇记叙的却有些不同，都一致地说射日者是尧。《感虚篇》云："'儒者传书'言：尧之时，十日并出，万物焦枯。尧上射十日，九日去，一日常出。"《说日篇》云："《淮南书》又言：烛十日。尧时十日并出，万物焦枯。尧上射十日，以故不并一日见也。"《对作篇》云："《淮南书》言：尧时十日并出，尧上射九日。"都是以尧为射者。其所根据则是《淮南书》或"儒者传书"，所谓"儒者传书"，恐怕也还是《淮南书》。可是查今本《淮南子》，射十日确又是羿而非尧，是"尧使羿上射十日"而不是"尧上射十日"。或作者凭记忆引此故事，偶然误记欤？但各篇引述都是如此，就不能不使人疑心作者所见《淮南子》版本，与今不同。但就今本所叙故事的上下文意看，下文既云"万民皆喜，置尧以为天子"，则射日和诛妖除害，似乎说成是尧本人直接为人民建立的功业而不是"尧使羿"更要近情理些。因疑射日除害原有两种民间传说，一属之羿，一属之尧。而属之羿的一种更占优势，后人因改属之尧的古本《淮南子》使属之羿而成今本的状态。

在羿射日的神话中，又还有这么一段传说。《锦绣万花谷》前集卷五云：

> 沃焦在碧海之东，有石阔四万里，厚四万里，居百川之下，故又名尾闾。《山海经》：尧时十日并出，尧使羿射九日，落为沃焦。

原来羿所射的九日，都落在大海里面，变成沃焦了：指出了九日的下落。沃焦是什么，这里虽略有说明，还不详细，最好参看《玄中记》所说："天下之强者，东海之沃焦焉，水灌之而不已。沃焦者，山名也，在东海南方三万里，海水灌之而即消，故水东南流而不盈也。"（见鲁迅《古小说钩沉》）这又是解释百川归海、"东流不溢"（《楚辞·天问》）现象的有以异于归墟神话的另一推原神话。而所引《山海经》，《庄子·秋水篇》成玄瑛疏亦早引之，云"羿射九日，落为沃焦"。惟二书所引均不见于今本，疑都系把郭璞注误作经文，今郭注又脱去之。略述如此，作为羿射日神话的补充。

三

羿淫游以佚畋兮，又好射乎封豨〔一〕。（《楚辞·离骚》）

冯珧利决，封豨是射，何献蒸肉之膏而后帝不若〔二〕？（《楚辞·天问》）

奚禄山坏，天赐玉决于羿，遂以残其身，以此为福而祸〔三〕。（《太平御览》卷八〇五引《随巢子》〔四〕）

注释

〔一〕**佚畋**：佚，逸。畋、猎；音 tián。佚畋，就是逸乐于畋猎。**封豨**：大猪。豨原作狐，据闻一多《楚辞校补》改。

〔二〕**冯珧**：冯，挟；音 píng。珧，弓名，以蜃饰其两头；音 yáo。**利决【抉】**：决，射箭时用以钩弦的搬【扳】指，以象骨为之，戴在右手大拇指上；利，未详。**射**：同射。**蒸肉之膏**：蒸，冬祭叫蒸；膏，肉酱：以封豨的肉做成肉酱冬祭于天帝。**后帝**：天帝。**若**：顺悦。这几句大意说：羿挟着珧弓，戴着搬指，去射猎大野猪，为民除害。及至猎到野猪，将野猪肉做成肉膏，献祭天帝，为什么天帝反而不满意羿的所作所为呢？

〔三〕**奚禄山**：传说中的山名，未详所在。**玉决**：玉搬指。这几句大意说：天因为奚禄山的崩坏而赐美玉于羿，使羿得而以为搬指，助其射猎。本以福之，不料反因此残害羿身，成了灾祸。

〔四〕**《随巢子》**：书名，凡一卷，墨子弟子随巢子撰，已佚，孙诒让《墨子间诂》有辑录。

解说

关于羿的神话,有些地方已和后羿的传说混在一起,又有些地方因记录不全或因古籍散佚留下了空白,要想整理成为一个完整的故事是比较困难的。

例如本节所录的三段羿的神话,前二段见诸《离骚》和《天问》,但已和后羿的传说混在一起了。第一段末二句说:"固乱流其鲜终兮,浞又贪夫厥家。"第二段末二句说:"浞娶纯狐,眩妻爰谋,何羿之躬革而交吞揆之?"都是以羿当作了后羿,叙写后羿的家臣寒浞如何用计私通了后羿的妻子,又和后羿的妻子同谋,暗中聚众杀害了后羿。在不得已的情况下,我们只得节取了两段记叙的前半,以为羿的神话。至于第三段,开头原有"幽厉之时"四字,又把羿这个人扯到西周时代去了,不知作者是误记时代还是所记的是另一羿?看那光景,倒是与羿的神话的情节大体相同,想来误记时代的成分较大,因此也就删去了前四字,径作为羿的神话。

混淆的地方可以区别,倒是空白的地方较难索解。例如本段所录,其实就有大片空白。羿受天帝命下凡射日除害之后,下文如何,古籍的记叙就有些不大明白了。以致当我们遇见"羿请不死之药于西王母,姮娥窃以奔月"(《淮南子·览冥篇》)这样的记叙时,就会感到困惑不解:羿既然是天神下凡,何以又会去向西王母请求不死之药以解除死的威胁呢?这与作为天神的羿的身份当然是互相矛盾的,在材料缺乏的情况下,我们只得根据现有的材料试行推度。

例如《离骚》说:"羿淫游以佚畋兮,又好射乎封狐。""射封狐"是羿的英雄行迹,那是为民除害,而不是"淫游佚畋"。"淫游佚畋"是把后羿的帐(《左传·襄公四年》:"昔有夏之方衰也,后羿自𨘶迁于穷石,因夏民以代夏政。恃其射也,不修民事,而淫于原兽。")挂在羿的身上了,已申述如前,可不详论。下面《天问》问:"冯珧利决,封豨是射,何献蒸肉之膏而后帝不若?"倒有仔细研究的价值。羿是天帝差他下凡为民除害的,现在诸害并除,最后在桑林生擒活捉了大野猪,将这野猪来做成肉膏,奉献给天帝,为什么天帝反而不高兴,不以羿的所行所为为然呢?这就是屈原在《天问》中表示怀疑的,也正是神话记叙散佚留下的一段空白。要将这段空白填补起来,首先必须弄清《楚辞》中所谓"后帝"究竟指谁。王逸注《楚辞》这么说:"后帝,天帝也。"不错,的确是天帝,但天帝只是泛称。中国古代有许多天帝,各个民族各有不同的奉祀。羿的神话是以殷民族为首的东方民族所传述的神话,故此处天帝确应该是指帝俊而不该是指别的谁。明白了这,问题就好解答了。羿受帝俊旨命下凡为民除害，何以在大功告成，献野猪肉膏于帝俊而帝俊反不高兴羿之所为呢？推想起来，或许和羿射日的事有关。十日既然都是帝俊的儿子，羿射日一旦而落其九，那就不能不使作父亲的帝俊伤心愤怒。帝俊虽然曾经"赐羿彤弓素矰，使扶下国"，这也恐非"使扶下国"之旨。正直的羿把他的使命完成得太彻底了，以至于伤舠到了给他以使命的天帝身上，帝俊不满意羿的所为，恐即因此。至于《随巢子》所叙的"天赐玉决于羿，遂以残其身，以此为福而祸"的神话，恐怕也就是"帝俊赐羿彤弓素矰，使扶下国"，本以"福"之，不料给羿用得不当，反闹出"祸"来的神话的异闻。总之，羿既然因射日闯祸，得罪了天帝，此后似乎就被贬谪而为凡人，住在凡间，乃至才有因逃死而"请不死之药于西王母"的神话流传。推想起来，或是如此。

四

　　帝降夷羿，革孽夏民，胡躲夫河伯而妻彼雒嫔〔一〕？（《楚辞·天问》）
　　雒嫔，水神，谓宓妃也〔二〕。（《楚辞·天问》王逸注）宓妃，伏羲氏之女，溺死洛水，为神。（《文选·洛神赋》〔三〕李善〔四〕注）其形也，翩若惊鸿，婉若游龙。远而望之，皎若太阳升朝霞；迫而察之，灼若芙蕖出渌波〔五〕。（《文选·洛神赋》）
　　冯夷以八月上庚日渡河溺死，天帝署为河伯〔六〕。（《楚辞·九歌》注引《抱朴子〔七〕·释鬼篇》）河伯化为白龙，游于水旁，羿见，射之，眇其左目〔八〕。河伯上诉天帝，曰："为我杀羿！"天帝曰："尔何故得见射？"河伯曰："我时化为白龙，出游。"天帝曰："使汝深守神灵〔九〕，羿何从得犯汝？今为虫兽，当为人所射，固其宜也，羿何罪欤？"（《楚辞·天问》王逸注）

注释

　　〔一〕**夷羿**：即羿；羿而称"夷"，明系东夷系统民族的神话传说。**革孽夏民**：革，除；孽，忧；夏民，同下民。**雒嫔**：雒，水名，同洛；雒嫔，即洛水水神宓妃。大意说：天帝派遣大神羿下凡，本是为了解除下方人民的忧患，为什么他反去射伤河伯而霸占河伯的妻子雒嫔做妻子呢？

〔二〕**宓妃**：宓，音 fú。

〔三〕**《洛神赋》**：魏曹植作。

〔四〕**李善**：唐高宗时人，官崇贤馆直学士，为《文选》注，以渊洽称于时。

〔五〕**翩若惊鸿，婉若游龙**：翩翩如像惊飞的鸿雁，婉转如像游漾的蛟龙。**皎**：洁白光明。**迫**：近。**灼**：鲜明。**芙蕖**：荷花；亦作芙渠、扶渠。**渌波**：清波；渌，音 lù。

〔六〕**冯夷**：冯，音 píng。**署**：摄官叫署；署为河伯，谓天帝命其摄河伯之官。

〔七〕**《抱朴子》**：书名，即《抱朴子》。所引今本无。

〔八〕**眇其左目**：偏盲叫眇，音 miǎo。眇其左目，使其左目受创而盲。

〔九〕**神灵**：谓神灵的分位。

解说

本段所录，是写羿和河伯宓妃（雒嫔）之间关于爱情的纠纷的。看《天问》所问，那语气，雒嫔即宓妃，确实应该是河伯的妻子而为射河伯的羿所占有了的。有人说雒嫔自是洛水女神，与河伯无关，羿射河伯、妻雒嫔亦是两回事，不应拉在一起。我却以为不然。若照这样说，那么"妻彼雒嫔"的"彼"字究竟指谁就难于索解了。其实很明显地可以看出："彼"应指河伯。射河伯、妻雒嫔既然作为一个问题提出，那就该是一回事而不该是两回事。"妻彼雒嫔"者，妻彼河伯之妻雒嫔也。为民除害的英雄羿，为什么竟做出射河伯占有河伯的妻雒嫔的这种不义的行为来，这就是《天问》作者所引为苦恼而发为疑问的。这里又给我们留下相当大一段神话的空白，教我们也无从确切地解答这个疑问。

在资料不足的情况下，还是只有出之以推想。先从河伯谈起。河伯是怎样一个人物呢？

河伯是黄河的水神，是中国古代神话中有名的人物。大约黄河水患，自古已然，作为黄河水神的河伯就成了一位显赫重要的神，人们对于能够作威作福的他是敬而畏之的，虽然尽管心里有所不满。从殷墟卜辞开始，就常见有"褰于河""祊于河"的记载，那就是人们对于河伯的祭祀。到周代，人们祭祀河伯仍然不衰，并且还拿人和牲畜沉河来祭祀他。《庄子·人间世》："牛之白颡者，与豚之亢鼻者，与人有痔病者，不可以适河。"适河，释文引司马彪云："谓沉人于河祭也。""河伯娶妇"的民间传说，大约就是由此而来的。《史记·六国表·秦灵公八年》："初以君主妻河。"索隐："谓初以此年取他女为君主，君主，犹公主也;妻河,谓嫁之河伯。"连当时的国君也开始把冒充的公主"嫁"给河伯,可见"河伯娶妇"传说的盛行。褚少孙补《史记》,在《滑稽列传》的后面补了一段西门豹治邺的故事。战国魏文侯时,邺地豪绅利用"河伯娶妇"的传说做幌子,于每年拿少女沉河,聚敛民财,残害民命,终于给西门豹来好好地收拾了一顿,革除了这种恶劣的风习。从这段记叙,使我们注意到两点:一、河伯是淫荡的,以其淫荡,才有"娶妇'的传说产生。关于这,《楚辞·九歌·河伯》已有很好的描写;那"与女(旧读汝,谓指河伯,闻一多《楚辞九歌古剧悬解》谓指与河伯同游的少女,今从之)游兮九河,冲风起兮横波;乘水车兮荷盖,驾两龙兮骖螭"的河伯,确实是一个风流浪荡的花花公子的形象。二、河伯又是恶毒的,记叙中引当地"俗语"说:"即不为河伯娶妇,水来漂没,溺其人民。"河伯的报复手段可真是毒辣。除此而外,还有这样的记叙:《史记·仲尼弟子列传》正义引《括地志》,说澹台子羽渡河,河伯想劫夺他的千金之璧,使两蛟夹船,子羽斩蛟登岸,三投其璧于河,河伯三跃而归之,子羽不受,毁璧而去。可见河伯还有欺软怕硬的卑怯性格。总之,河伯在古代神话里,是一个反面角色,人民并不喜欢这样一个角色。

明白了这一点,可以来讨论羿射河伯、妻雒嫔究竟是怎么一回事了。

羿射河伯,《楚辞》的注释者之一王逸说:河伯化为白龙出游,羿不知是河伯而射河伯。但是同一故事,高诱注《淮南子》却直截了当地这么说:"河伯溺杀人,羿射中其左目。"可见河伯"化为白龙出游",原是为了兴波作浪,溺杀无辜。为什么要"溺杀人",恐怕还是和"娶妇"的传说有关:人民不遂其所求,他就施此毒辣手段以作报复。羿射河伯,原是给横暴者以打击,而不是为了遂占有河伯的妻子的私欲。

但是据《天问》所问,羿和河伯的妻子雒嫔(宓妃)之间,似乎确也还有一些爱情的关系。这关系究竟怎样,由于神话资料缺乏(据王逸注,只有这么一句:"羿又梦与宓妃交接也"),今天我们还不十分了解。不过根据已有的材料推想,羿和宓妃双方的家庭生活都是有些问题的。河伯既是那么一个放荡无行、见异思迁的人,宓妃和他相处,必然深深感到痛苦。而羿和他的妻子嫦娥之间的感情,或者也并不十分谐和,从"羿请不死之药于西王母,姮(嫦)娥窃以奔月"的记叙上可以窥知。有人说嫦娥奔月,正是为了对羿和宓妃的爱情的愤恨和妒嫉,或许是的。但是除此而外,可能还有别的原因,由于材料缺乏,只能作某些推想(参看下节"解说"),而无从确切知道了。总之,双方家庭既然都有些问题，这就造成他们在偶然相遇当中的彼此同情和接近。羿射河伯、妻雒嫔的神话传说也许就是由于这样而来的。

五

羿请不死之药于西王母，姮娥窃以奔月，怅然有丧，无以续之〔一〕。（《淮南子·览冥篇》）

西王母其状如人，豹尾虎齿而善啸，蓬发戴胜。是司天之厉及五残〔二〕。（《山海经·西次三经》）其南有三青鸟，为西王母取食。（《山海经·海内北经》）三危之山〔三〕，三青鸟居之。（《山海经·西次三经》）三青鸟赤首黑目，一名曰大鵹，一名少鵹，一名曰青鸟〔四〕。（《山海经·大荒西经》）

嫦娥，羿妻也，窃西王母不死药服之，奔月。将往，枚占于有黄〔五〕，有黄占之，曰："吉。翩翩归妹，独将西行，逢天晦芒，毋惊毋恐，后且大昌〔六〕。"嫦娥遂托身于月，是为蟾蜍〔七〕。（《全上古三代秦汉三国六朝文》辑《灵宪》〔八〕）

旧言月中有桂，有蟾蜍。故异书言〔九〕：月桂高五百丈，下有一人，常斫之，树创随合。人姓吴名刚，学仙有过，谪令伐树。（《酉阳杂俎〔一〇〕·天咫》）

注释

〔一〕**姮娥**：即嫦娥；原作恒娥，汉文帝名恒，避讳改恒作姮，或作常、嫦。**怅然有丧，无以续之**：丧，失；怅然如有所失，无法再去求得不死之药。

〔二〕**蓬发**：乱发。**胜【勝】**：玉胜，古时妇女首饰。**厉**：同疠，疫疠。**五残**：五刑残杀之气。

〔三〕**三危之山**：《史记·五帝本纪》正义引《括地志》云："三危山有三峰，故曰三危。"其地或云在今甘肃省敦煌县。

〔四〕**大鵹、少鵹**：鵹，音lí。

〔五〕**枚占**：枚，筹；枚占，以筹而占。**有黄**：古巫师或史官之名，生平未详。

〔六〕**翩翩**：轻疾貌。**归妹**：卦名，（☷）兑下震上；这里又指将有所归往而来占卜的嫦娥。**行**：音 háng。**晦芒**：天晦其光芒，昏暗不见；指月尽之时。**昌**：盛。

〔七〕**蟾蜍**：动物名，亦作蟾蠩、詹诸，一名癞虾蟆。

〔八〕**《灵宪》**：书名，张衡著；张衡，字平子，善术学，作浑天仪、地动仪，为我国古代著名天文学家。《灵宪》，为衡所著有关天文学的专门著述，已失；清严可均《全上古三代秦汉三国六朝文》有辑录，该书凡七百四十七卷。

〔九〕**异书**：奇异罕见的书。

〔一〇〕**《酉阳杂俎》**：书名，凡二十卷，续集十卷，唐段成式撰。书中多诡异不经之谈，然唐以前的某些神话传说，往往赖以保存。

解说

嫦娥这个神话人物是从古到今我国民间最熟悉的人物，只要抬头望月，就能想起月里住着这么一个嫦娥。"月里嫦娥"竟成了古时人们形容女性美的最高修辞。"嫦娥奔月"的神话，也为无数人所艳称，在遥远的古代，人们的幻想的翅翼就飞腾于宇宙，翱翔到月宫里去了，不能不令人衷心赞叹。

但是很可惜，存留下来的"嫦娥奔月"的神话，却是"语焉而不详"，较之其他同样"语焉而不详"的古神话似乎还更甚些。因为见于记载的，最早有《归藏》（约成书于战国初年，已佚）里所记的"昔常娥以西王母不死之药服之，遂奔月为月精"（《文选·祭颜光禄文》注引）二语，稍后才有《淮南子·览冥篇》里的这么几句，如本段所录。至于张衡《灵宪》记叙的嫦娥在奔月以前枚占于有黄一节，可能仍是《归藏》的旧文，增加的内容不多。自此以后，嫦娥神话就没有什么发展了。直到元伊士珍撰《嫏嬛记》，又才引了《三余帖》嫦娥故事一条：

嫦娥奔月之后，羿昼夜思惟成疾。正月十四夜忽有童子诣宫求见，曰："臣，夫人之使也，夫人知君怀思，无从得降。明日乃月圆之候，君宜用米粉作丸，团团如月，置室西北方，呼夫人之名，三夕可降耳。"如期果降，复为夫妇如初。

《三余帖》已佚，百二十卷本《说郛》辑有之，撰人及时代均不详，疑是宋人。这段故事，显然可见是仙话而非神话，是道家方士的任意编造而非流行于民间的民间传说。其实就以"嫦娥奔月"神话本身而论，"请不死之药"云云，恐怕也羼入了些仙话的成分在内。因为记录"嫦娥奔月"神话的那个时代（战国—西汉初年），正是神仙家言昌盛的时代，于神话中渗入仙话的成分，正无足怪，暂且不用去管它了。现在要讨论的是：如何理解这段语焉不详的神话所留下的大段空白。

至少有这样两个问题须要讨论：一、嫦娥为什么要窃食羿向西王母请求的不死之药？二、窃药奔月之后为什么又变了形体丑恶的蟾蜍即癞虾蟆而不复为人？

要细致地讨论这两个问题一时还不可能，现在只能笼统地谈谈。这段神话是阶级社会形成已久一直进入到初期封建社会才最后完成的，窃药奔月的情节可能是为求长生而不择手段的统治阶级自私心理在神话上的反映，但不能完全归之于这种心理。从神话的本身而论，窃药的事说明了羿和嫦娥之间，本来就有矛盾。矛盾之一或者和宓妃的故事有关，但主要的矛盾恐怕还当联系到羿射十日的故事上去。羿是天神下凡，作为羿的妻子的嫦娥必当也是天神下凡。羿得罪天帝不能上天，可能连累到嫦娥也不能上去。嫦娥怨恨羿的鲁莽，加上宓妃问题的影响，因而促使她走上窃药奔月的道路。

奔入月宫之后，据张衡《灵宪》所叙，还有化为蟾蜍的情节，其实这本是《淮南子》书中原有的。《初学记》卷一引本文，于"姮娥窃之奔月"之下，尚有"托身于月，是为蟾蜍，而为月精"十二字，今本并脱去之（其实《归藏》所说的"为月精"即已有"为蟾蜍"的意思）。可见嫦娥化为蟾蜍的传说，是由来已古的了。蟾蜍即癞虾蟆，其形体是相当丑恶的，不但如今的人对于此物没有好的观感，就连古人亦然。《诗·新台》说："鱼网之设，鸿则离（罹）之；燕婉之求，得此戚施。"鸿即蟾蜍，经闻一多先生研究发明出来以后，现在差不多已经成为定论了。郭沫若先生译此诗云："鱼网张来打鱼虾，打到一个臭虾蟆；心想配上多情哥，配上一个驼背爷。"（《雄鸡集·释"鱼雁丑"》）以蟾蜍形容丑人之丑，非常形象生动，可见古人对于此物的观感。嫦娥是古今同誉的美人（张衡《灵宪》已云："翩翩归妹"），却化为这种丑恶的动物，推想起来，必定是有谴责的意思存于其中。初期有关嫦娥的神话大约就是如此。

更进一步，还可见得窃药遭谴的嫦娥竟与"药"结了不解缘，就说明着人们对嫦娥谴责更甚了。

如今所存汉代石刻画像里，伏羲和女娲手里所托的日月轮，恒以月轮中的蟾蜍，配日轮中的金乌。月中有蟾蜍的说法，实较月中有玉兔的说法为早。《楚辞·天问》云:"夜光何德,死则又育?厥利维何,而顾菟在腹?"夜光,自然是指月;顾菟,旧以为即兔,经闻氏解释,又是蟾蜍。晋傅玄诗云:"月中何有?白兔捣药。""白兔捣药"云者,盖已经是魏晋时代人们的拟想了。考之汉代石刻画像,月中捣药的乃是蟾蜍。常任侠《沙坪坝出土之石棺画像研究》(《说文月刊》第二卷第十、十一期)云:"……较小一棺,前额刻一人首蛇身像,一手捧月轮。后刻两人一蟾,蟾两足人立,手方持杵而下捣。中立一人,手持枝状,疑为传说中之桂树。右侧一人,两手捧物而立。……"手捧月轮的人首蛇身像,无疑是女娲;持杵下捣的两足人立之蟾,推想起来,当即变形以后的嫦娥;所捣者,当是不死药。至于中立一人所持枝状之物,常氏以为是传说中的桂树,恐怕不是的,应是不死树,所以供人立之蟾捣以为药者。至于捧物而立的右侧一人所捧之物,盖即以盛不死药的器皿。这样解释,这幅石刻画像才有其独立的完整意义,否则就不知所云。以灵蟾捣不死药的图像而施于死者之棺,无非表示生者对死者回生的祈望罢了。神话题材被表现为艺术运用到宗教迷信上,往往类此,并不足异。

现在问题是:何以知道画像中捣药的蟾就是变形的嫦娥呢?答道:这也是有所根据的。唐李商隐诗云:"嫦娥捣药无穷已,玉女投壶未肯休。"陈陶诗云:"孀居应寂寞,捣药青冥愁。"都径言嫦娥捣药;则画像中捣药的蟾,自是变形的嫦娥无疑。嫦娥窃不死药弃月,不仅化身为蟾蜍,且罚做捣不死药的苦工,这就是人们进一步对嫦娥所抱的态度:谴责的意思更是相当明显。但是,这种惩罚施之于一个偶有小错的妇女,未免是太重了:说明随着封建社会的巩固,封建统治者对妇女的压力也就更重,这当然是不公平的。如果说,化蟾蜍还有一点来自民间的天真烂缦的幻想,则蟾蜍捣药就该是封建统治者的恶毒的诅咒了。

所幸这种诅咒并没有长时期保存下去。大约在六朝以后,嫦娥的地位便又渐渐升高。六朝宋谢庄写了一篇《月赋》,中有"引玄兔于帝台,集素娥于后庭"句,嫦娥被位置在天帝的宫庭,虽是一般泛写,至少足见诗人对她没有恶感。同样的情形,也见于宋颜延之《为织女赠牵牛》诗:"婺女俪经星,姮娥栖飞月,惭无二媛灵,托身侍天阙。"织女以不得像婺女、姮娥那样能"托身侍天阙"为"惭",足见诗人是把嫦娥看得比织女更高。可惜这也还只是泛写。到唐代以后,诗人和文人的笔下,才对嫦娥寄予了深厚的同情。如李白《把酒问月》说:"白兔捣药秋复春,姮娥孤栖与谁邻?"杜甫《月》说:"斟酌姮娥寡,天寒耐九秋。"等等，都可略见一斑。李商隐《常娥》一诗，虽然对嫦娥略有微辞："常娥应悔偷灵药，碧海青天夜夜心。"但是看得出来，也并不纯粹是谴责，还是寄有相当的同情。嫦娥这种地位的变化，诗文的描写和颂歌固然有其原因，但我看主要恐怕还是由于人们对于月的印象。月是美的，可爱的，而嫦娥是住居在美丽可爱的月里；渐渐，人们就把可爱的月的形象和住居在可爱的月里的嫦娥的形象联系起来，合二者而为一。因而嫦娥化蟾之类的古老传说便慢慢从记忆里遗落了去，和可爱的月紧密结合的"月里嫦娥"的印象便逐渐产生起来。时间愈久，嫦娥在人们的心目中，愈就有了温柔、美丽、聪明、善良……种种美的属性，和天上的月一样，占有着一个相当崇高的地位了。这就是嫦娥奔月神话的演变，也就是《淮南子》所记嫦娥"托身于月、是为蟾蜍、而为月精"十二个字终于被刊落去和月中白兔捣药终于代替月中蟾蜍捣药的缘由。

六

羿、蠭门〔一〕者，天下之善射者也。(《荀子·正论》)百发〔二〕之中，必有羿、逄蒙之巧。(《淮南子·说林篇》)

逄蒙学射于羿，尽羿之道，思天下惟羿为愈〔三〕己，于是杀羿。(《孟子〔四〕·离娄下》)

羿死于桃棓〔五〕。(《淮南子·诠言篇》)棓，大杖，以桃木为之，以击杀羿，由是以来鬼畏桃也。(《淮南子·诠言篇》许慎注〔六〕)

羿除天下之害，死而为宗布〔七〕。(《淮南子·泛论篇》)今人室中所祀宗布也。(《淮南子·泛论篇》高诱注)

注释

〔一〕**蠭门**：即逄蒙；蠭，音 fēng。

〔二〕**百发**：箭每射一次叫一发，百发，指射艺。

〔三〕**愈**：胜。

〔四〕**《孟子》**：书名，凡七篇，战国邹人孟轲著。

〔五〕**桃棓**：桃木大杖；棓，即棒的本字。

〔六〕**《淮南子》许慎注**：已佚，尚有少数注文保存于今本《淮南子》中，与高诱注相溷，本节所录，即是其一。

〔七〕宗布：本祭典名，即《周礼·党正》之祭禜，《族师》之祭酺，二祭并禳除灾害之祭，羿能除害，故托食于彼，遂为神名。

解说

羿的神话当中又有羿和逢蒙的故事。这个故事神话的气味已经很少，只能算是传说故事罢了。这段传说故事以逢蒙杀羿的悲剧性的收场结束了英雄羿的一生。但是也和其他有关羿的故事一样，这段故事也是曾经和后羿的故事混在一起过。朱熹注《孟子》，在这段故事的下面就这么注释道："羿，有穷后羿也，逢蒙，羿之家众也；羿善射，篡夏自立，后为家众所杀。"完全是主观臆测，毫无根据。《左传·襄公四年》述后羿故事，有"羿犹不悛，将归自田，家众杀而亨（烹）之"这么几句，并未指明家众即是逢蒙。很明显，这里所谓的家众，是一群奴隶，不是某个单独的个人，和《孟子》记叙的学射于羿的逢蒙因嫉妒羿而杀羿的情景大不相类。因此，以为逢蒙即家众而羿即后羿，是错误的。

逢蒙杀羿，是怎么杀的？《孟子》未写明。若干年后《淮南子》这部书上又有零星的记叙："羿死于桃棓"，是有人用桃木大棒击杀羿的。这人可能是逢蒙，可能又是另一传说中的另一谁何，弄不清楚了。总之，这死于桃棓的羿，当即射日的英雄羿，故许慎始有"由是以来鬼畏桃也"这样的注释。因为羿既生除民害，死亦当为鬼雄，桃棓杀羿，鬼乃畏桃，正是顺理成章的逻辑，自不足异。

羿死于桃棓与死而为宗布的神话和后世传说的钟馗神话也有相当关系。钟馗，字又写作钟葵，其实就是《考工记·玉人》所说的"终葵"。"终葵"是什么呢？就是"椎"的合音。椎以杀鬼，把这东西人化了，就成了统领万鬼，诛除恶鬼的钟馗。同样，羿死于桃棓，死后也托食于宗布，为除害之神，与钟馗义正相应。高诱注以为即"今人室中所祀宗布也"，可见宗布已成了当时民间普遍信奉的驱妖除怪的神祇，尤与后代人们崇奉钟馗的情景相似，故钟馗神话可能即羿死桃棓而为宗布神话的演变。

鲧禹治水

一

洪水滔天。鲧窃帝之息壤〔一〕以堙〔二〕洪水，不待帝命。帝令祝融杀鲧于羽郊〔三〕，鲧復〔四〕生禹。帝乃命禹卒布土〔五〕以定九州〔六〕。（《山海经·海内经》）

注释

〔一〕**鲧**：古天神名；音 gǔn。**帝**：天帝。**息壤**：能生长不息的土壤。

〔二〕**堙**：填塞；音 yīn。

〔三〕**羽郊**：羽山之郊。羽山，传说中地名，大约在北方荒野的阴黯处。

〔四〕**復【复】**：腹的借字。

〔五〕**布土**：布，分散；土，指息壤。

〔六〕**九州**：见前"女娲"章第三节注。

解说

鲧、禹治水的神话，本节所录，便是它的提纲。文字虽然简短，大体上故事的轮廓却已经具备了，因此把它作为概述摆在前面。其中有些问题，现在暂不讨论，将于以下各节中分别涉及之。

二

当尧之时，天下犹未平，洪水横流，泛滥于天下。草木畅茂，禽兽繁殖，五谷不登，禽兽偪人〔一〕。兽蹄鸟迹之道，交于中国。（《孟子·滕文公上》）

当尧之时，水逆行，泛滥于中国，蛇龙居之，民无所定，下者为巢，

上者为营窟〔二〕。（《孟子·滕文公下》）

昔上古龙门〔三〕未开，吕梁未发〔四〕，河出孟门〔五〕，大溢逆流〔六〕，无有丘陵、沃衍、平原、高阜，尽皆灭之，名曰鸿水〔七〕。（《吕氏春秋·爱类篇》）

舜之时，共工振滔洪水，以薄空桑〔八〕。（《淮南子·本经篇》）

注释

〔一〕**登**：谷熟叫登。**偪**：同逼。

〔二〕**营窟**：营累其土而为窟穴。尧时洪水泛滥，龙蛇蟠踞陆地，人民迁徙流离无定，处低地的，便在树上作巢；处高地的，便累土为窟，以避龙蛇之害。

〔三〕**龙门**：山名，在今山西省河津县西北，陕西省韩城县东北，分跨黄河两岸，形如门阙，相传为禹治水所凿。《三秦记》："江海鱼集龙门下，登者化龙，不登者点额暴腮。"因名。或云即吕梁山。

〔四〕**吕梁**：山名，在今山西省境内，其脉北起管涔山，蜿蜒南下，行黄河与汾水之间，南与龙门山接。至此龙门、吕梁，遂不复别。龙门未开，吕梁未发，均指二山未凿时情景。发，与开同义。

〔五〕**河出孟门**：黄河的水越过孟门。孟门，山名，在今山西省吉县与陕西省宜川县之间，位于龙门山之北，绵亘于黄河两岸。

〔六〕**大溢逆流**：河水漫溢出两岸，逆流而行。

〔七〕**沃衍**：沃野。**灭**：没。**鸿水**：洪水。

〔八〕**共工**：水神；见前"女娲"章第四节注。**振滔**：振荡。**薄**：迫。**空桑**：古地名，在今山东曲阜县南。

解说

本节所录，是传说中尧舜时代洪水泛滥的情况，把前节《山海经·海内经》记叙的鲧禹治水神话的"洪水滔天"四个字具体化了。至于洪水是怎样泛滥起来的，古籍中却还没有明确的记载。《淮南子·本经篇》虽然说是由于共工"振滔"起来的，但共工又是受了谁的差遣，仍旧没有叙明。推想起来，洪水的泛滥，乃至于遍及九州，必定不是仅仅因为水神共工的一怒，共工还没有这样大的包天斗胆，必定还有主使共工干这件"冒天下之大不韪"的事情者。这人是谁？曰：上帝；只有上帝的怃忿才可以使生灵涂炭，民无噍类。希伯来洪水神话说：耶和华见人在地上罪恶很大,心中忧伤,便使洪水泛滥在地上,毁灭天下有血肉有气息的活物。中国古代神话中洪水泛滥的缘由,或与此相近。《书·大禹谟》:"帝(舜)曰:'来禹,洚水儆予。'"——舜帝向大禹说:"来啊,禹呀,洪水在向我发出警告了。"——从中可以略窥消息。洪水的泛滥,确实是上天的意旨,施此以警告世人的为"恶"的。因此我们就可以知道,大神鲧为什么只因为没有等待天帝的旨命,盗窃了天帝的宝物息壤去平治洪水,就惹得天帝发作了那么大的怒气,要叫火神祝融去把鲧杀死在羽山的缘故了。

三

黄帝生骆明,骆明生白马,白马是为鲧。(《山海经·海内经》)

滔滔洪水,无所止极,伯鲧乃以息石息壤〔一〕,以填洪水。(《山海经·海内经》注引《开筮》〔二〕)

昔者鲧违帝命,殛之于羽山,化为黄能,以入于羽渊〔三〕。(《国语·晋语八》)

鲧死三岁不腐,剖之以吴刀〔四〕,化为黄龙。(《山海经·海内经》注引《开筮》)

大副之吴刀,是用出禹〔五〕。(《初学记》〔六〕卷二二引《归藏》〔七〕)

鸱龟曳衔,鲧何听焉〔八〕?顺欲成功,帝何刑焉〔九〕?永遏在羽山,夫何三年不弛〔一〇〕?伯鲧腹禹,夫何以变化〔一一〕?

阻穷西征,岩何越焉?化为黄熊,巫何活焉〔一二〕?咸播秬黍,莆雚是营;何由并投,而鲧疾修盈〔一三〕?(《楚辞·天问》)

注释

〔一〕**无所止极**:无边无际的意思。**息石**:生长不息的石头;功能与息壤同。

〔二〕**《开筮》**:书名,即《归藏·启筮》,汉景帝名启,以避讳改"启"为"开"。余详注〔七〕。

〔三〕**殛**:诛;音jí。**黄能**:原作黄熊,非,熊不可以入渊。《国语考异》三:"公序本作黄能。"作黄能是也。能，音 néng，字又作熊，即三脚鳖，下三点为其三脚。据改。**羽渊**：羽山之渊。

〔四〕**吴刀**：宝刀名。

〔五〕**大副**：大劈；副，音 bī，字又作疈，即以刀劈物的意思。**是用**：于是、因而。

〔六〕**《初学记》**：书名，凡三十卷，唐徐坚等奉敕撰。

〔七〕**《归藏》**：三易之一（所谓三易，即《连山》《归藏》《周易》，为古代卜筮之书），汉初已佚，今所存于各书中者疑亦有伪作。

〔八〕**曳衔**：曳，牵引；衔疑当作衒（与《天问》后文"妖夫曳衒"的"衒"同——参看"褒姒"章注〔一〕），自媒求进叫衒。言鸱龟互相牵引衒卖于鲧前，鲧何为而听从鸱龟的献计乎？

〔九〕大意谓鲧依从众人的心愿治水刚要成功，天帝为何加以刑戮？**欲**：愿望。

〔一〇〕**遏**：禁压；音 e。**弛**：坏，音 shǐ；原作施，从王逸所见别本改。大意谓天帝将鲧永远禁压在羽山，为何三年他的身体都不坏？即《启筮》所谓"鲧死三岁不腐"的意思。

〔一一〕**伯鲧腹禹**：原作伯禹愎鲧，从闻一多《楚辞校补》改。"伯鲧腹禹"者，即《山海经·海内经》所谓"鲧復（腹）生禹"（鲧同鲧）——从鲧的肚子里孕育、化生出禹来的意思。**夫何以变化**：言鲧的肚子里孕育着禹，如何使他变化而出？

〔一二〕**穷**：古传说中山名，在西方轩辕国附近。四句大意谓鲧被诛戮，化为黄熊，西征前往诸巫师所在的昆仑山，请求他们将他治活。可是阻于穷山的冈岩，鲧用何术以越过？到了诸巫所在之地，诸巫又怎样将鲧治活？

〔一三〕**秬黍**：黑黍，即黑小米；秬，音 jù。**藿莆**：原作莆藿，据王逸注改。藿莆，即莞蒲，一名白蒲，又名苻离，是一种生在水滨的草。**营**：耕。四句大意说，鲧叫大家在莞蒲之地耕作，播种黑小米，以救洪水初退的穷困，但为什么许多人又交口谤鲧，把鲧恨得这么厉害？

解说

鲧禹治水的神话中，鲧盗窃天帝息壤去平治洪水，触怒了天帝，被杀死在羽山的情节，和希腊神话里普洛米修斯因把天上火种盗去给人间遂被宙斯锁禁在奥林帕斯山上叫岩鹰终年啄食他的心肝的情节非常类似，而鲧死三年尸身不腐，又从肚子里孕育、化生出能秉承他的遗志继续去做平治洪水工作的禹来的这一点，那博大坚忍的心志，较之普洛米修斯似乎又有所超过。可是普洛米修斯在欧洲各国文学艺术的表现里，早已成为光辉灿烂的形象了；而鲧则在我国神话历史化的特殊情况下，给封建统治者涂改污损得面目全非，背了几千年的恶名。直到"五四"以后，神话研究的工作兴起，又才逐渐恢复其本来面貌。可说是有幸有不幸了。

说到鲧的出身，据《山海经·海内经》"黄帝生骆明，骆明生白马，白马是为鲧"的记叙，白马并不像是人名，而的的确确是一匹作为动物的白马。这使我们想起《大荒北经》的记叙："黄帝生……弄明，弄明生白犬，白犬有牝牡，是为犬戎。肉食。有赤兽，马状无首，名曰戎宣王尸。"郭璞注："犬戎之神名也。"似乎即同一传说的分化：骆明就是弄明的音转，白马也就是白犬的形变。而那"马状无首"的作为"犬戎之神"的戎宣王尸，分明是遭受刑戮以后的景象，和鲧被殛于羽山的情景也很相似。鲧恐怕就是古时犬戎族神话传说中的祖宗神，而具有着白马或白犬的形躯的罢（故事的另一分支，又成了苗瑶民族传说中的盘瓠，见前"盘瓠"章）？在朴野的上古时代，人们设想神而具有着动物的形躯，是并不足怪的。

就是这匹白马，他是天帝黄帝的嫡亲孙子，只为他同情受洪水灾祸的下方人民的痛苦，用行动来帮助了人民，于是他便遭到了天帝最严厉的惩罚。天帝派火神祝融去把他杀死在羽山。羽山是神话传说中的地名，已不可指实，或云在东裔，那是历史上的附会，难于凭信。《墨子·尚贤中》："昔者伯鲧，帝之元子，废帝之德庸，既乃刑之于羽之郊，乃热照无有及也。"孙诒让云："此似言幽囚之，日月所不照。"正是这样："热照无有及"即"日照无有及"。而《淮南子·地形篇》云："烛龙在雁门，北蔽于委羽之山，不见日。"又云："北方曰积冰，曰委羽。"高诱注："北方寒冰所积，因以为名，委羽，山名，在北极之阴，不见日也。"是传说中鲧遭受刑戮的羽山，当即《淮南子》所记的委羽之山。这地方的附近，有烛龙，常衔了一枝蜡烛，用来照耀北极的阴暗。又有可怕的幽都，属于土神后土统治，那里所有的人和动物全是一片漆黑。我们可以想象羽山是怎样的荒凉黯惨：那就是大神鲧为人民牺牲生命的地方。

"鲧死三岁不腐，剖之以吴刀，化为黄龙。"（《归藏·开筮》）这是鲧死后化身的一种说法。此外还有化为黄能（即三足鳖，《国语·晋语》），化为黄熊（《左传》昭公七年），化为玄鱼（《拾遗记》）几种说法。几种说法中化为黄龙之说或者更近于古，因为鲧原是天上的一匹白马，而天马化为龙，乃是古人原有的概念，何况鲧的儿子禹也正是一条虬龙（说见杨宽《中国上古史导论》第十四篇第二节）呢。至于化为黄能、化为黄熊、化为玄鱼等说法，或是纷歧的异说，或是有意的诬蔑，因传说久远，已不可深究了。倒是《楚辞·天问》的一说：鲧化了黄熊，越过穷山的冈岩，到西方去请求诸巫师拿不死之药将他救活，沿途看见洪水初退、遭了灾害无以为生的人民，还劝大家努力在水滨莞蒲之地耕作，播种黑小米以救穷饿，最为奇特。但这一说因系以疑问的口气表现出来，也是语焉而不详，只能揣测如此，究竟怎样，还是弄不十分清楚。

　　《天问》记叙鲧的神话，不仅化黄熊求医的事为奇，就是听鸱龟献计平治洪水的事也很奇。但是"鸱龟曳衔，鲧何听焉？顺欲成功，帝何刑焉"几句，至今还无确解。注《楚辞》的王逸说："鲧治水绩用不成，尧乃放杀之羽山，飞鸟水虫曳衔而食之，鲧何能复不听乎？"似乎是说鲧死以后飞鸟水虫曳食鲧的尸体，鲧只好听之任之。郭沫若先生于《屈原赋今译》中则说："'鸱龟曳衔'疑是伯鲧筑堤时，禽鱼的破坏作用。"我以为二说均有所未妥。如说飞鸟水虫曳食鲧的尸体，则与下文言鲧尸变化事抵牾；如说鲧听任禽鱼破坏筑堤工程，又与下文言鲧"顺欲成功"抵牾。因疑衔字或衔字之讹。"鸱龟曳衔"的"曳衔"即后文所说"妖夫曳衔"的"曳衔"，洪兴祖补注云："曳，牵也，引也；衔，荧绢切，行且卖也，曳衔，言夫妇相引，行卖于市也。"解释是不错的。衔，就是衔卖，也有自媒求进的意思。"鸱龟曳衔"当即鸱龟互相牵引，献计于鲧，鲧听从鸱龟的献计，顺了众人的心愿，治水方将成功，忽遭天帝刑戮。这样解释，与下文言鲧尸三年不坏、腹中生禹的事就不矛盾了。至于鸱龟所献计于鲧的，或与窃息壤事有关，因鲧遭受刑戮，主要是为了这个。当然，具体的内容究竟怎样，我们也无从知道了。

四

　　禹始也忧民救水，到大越，上茅山大会计，爵有德，封有功，更名茅山曰会稽〔一〕（《越绝书·外传记地》）

　　昔禹致群神于会稽山，防风氏后至，杀而戮之，其骨节专车〔二〕。（《国语·鲁语下》）

　　禹有功，抑下鸿，辟除民害逐共工〔三〕。（《荀子·成相篇》）

　　禹尽力沟洫，导川夷岳，黄龙曳尾于前，玄龟负青泥于后〔四〕。（《拾

遗记》卷二）

洪泉极深，何以窴之〔五〕？地方九则，何以坟之〔六〕？应龙何画？河海何历〔七〕？鲧何所营？禹何所成〔八〕？（《楚辞·天问》）

注释

〔一〕**大越**：即古时越国，相传夏少康封其庶子于此，有今浙江省杭县以南东至于海之地，治会稽，即今绍兴县治。**会计**：会合算计。**爵有德，封有功**：赏有德者以爵禄，封有功者以土地。**会稽**：山名，在今浙江省绍兴县东南。稽，计；会稽，与会计同义。

〔二〕**致**：招致。**防风氏**：古神话中的巨人族之一，和夸父、蚩尤等巨人族均相类。**杀而戮之**：既已杀之，而又戮其尸体。**骨节专车**：其骨的一节须用整部车子始能装载。贺循《会稽记》（鲁迅《会稽郡故书杂集》辑）说："防风氏长三丈，刑者不及，乃筑高塘临之，名曰刑塘。"则又是此一神话的演绎。

〔三〕**下鸿**：下方的洪水；鸿通洪。**辟除**：扫除；辟通闢。

〔四〕**洫**：田间水道叫洫；音 xù。**导川夷岳**：疏导河川，平夷山岳。**黄龙曳尾于前**：黄龙，指应龙，《楚辞·天问》"应龙何画？河海何历"句下王逸注云："有神龙以尾画地，导水所注，当决者因而治之也。"即此。**玄龟负青泥于后**：按后文谓："玄龟，河精之使者也，禹所穿凿之处，皆以青泥封记其所，使玄龟印其上，今人聚土为界，此其遗像也。"云云，恐非古神话之朔。青泥当是息壤之属，使龟负之，以埋洪水。相传禹治水所以成功，缘疏导与埋塞并施，龙与龟所做的工作，应即是此。

〔五〕**洪泉**：洪水的渊泉。**窴**：同填；填塞。

〔六〕**地方九则**：九州之地。**坟之**：旧注坟为分，非；坟之，当是使土加高而隆起的意思。

〔七〕**应龙何画？河海何历？**：原作河海应龙，何尽何历，据一本改。言应龙如何以尾画地？禹治水如何因应龙之画而导河海使之经历诸州？

〔八〕**鲧何所营？禹何所成？**：鲧，同鯀；营，经营、筹画；成，成就。意思是说，鲧是怎样经营、筹画的？禹又是怎样因此而有所成就的？

解说

我国最早的一篇说唱文学——《荀子》的《成相篇》里就记叙着禹抑洪水、逐共工的神话，禹和水神共工的斗争，想必是一场艰巨的斗争。《国语·鲁语》记叙的禹会群神、杀防风氏，《越绝书·外传记地》记叙的禹到大越、上茅山大会计的故事，想必和这一场斗争也都有关系，否则就用不着这样兴师动众了。当然，这也只是揣想，一时还无法找出文献来证明它们之间的必然联系。古神话片段犹如碎金散玉，难于将它们黏合起来复其本貌，往往类此。

禹战胜、逐走了共工，下一步的工作就是治理洪水。历史上禹治洪水是惩于他父亲鲧用埋塞即防堵方法的失败，而改用了疏导的方法，神话上禹其实是埋塞和疏导二法并用，并且似乎还侧重于埋塞的。《山海经·海内经》说："帝乃命禹布土以定九州。""布土"就是埋塞。《楚辞·天问》说："洪泉极深，何以窴之？""窴（填）"也是埋塞。《诗·长发》说："洪水茫茫，禹敷下土方。"更显明可见，用的是埋塞之法。《淮南子·地形篇》说："禹乃以息土填洪水，以为名山。"这就说得非常明白，原来禹还是和他的父亲鲧一样，用息壤来埋塞洪水，因而把洪水平治了的。差别的是：鲧因盗窃息壤，遂被天帝所杀；禹取得了天帝的认可，于是治水成功。实际上毋宁说是天帝对鲧禹父子坚决斗争的让步，禹从鲧那里继承的息壤，得到了天帝正式然而是被迫的批准使用罢了。

"兵来将挡，水来土掩。"——这谚语流传在民间大约已经相当古老了。以土掩水在一段长时间中还认为是治水的妙法，它反映了原始社会时期生活在一小块一小块土地上各自为政的氏族公社的人们，遇见像洪水这样的大灾难，无计对付，只有出此"下策"的真实情况。甚而幻想中的英雄人物如鲧、禹者所持的治水宝物也只是能够生长不已、堆积加多的息石息壤，除此以外，似乎便想不出更好的治水方法了。疏导——这个聪明而有效的治水方法的被发现，恐怕是当历史的车轮已经进入了阶级社会，有了国家的组织，合诸小部族而为大的国族，人们的地域的视野扩展了，一方面知道水流东注、归于大海的这个真理，另方面也确实可以采取一些措施来疏导河川使归于海，因而才发现并肯定了这个方法的。这在较后的神话里的反映就是：禹在做疏江导河的工作的时候，有条名叫应龙的神龙，拿它的尾巴画地，在前面开路，应龙尾巴指引的地方，禹所开凿的河川道路也就跟着它走。故《楚辞·天问》于"洪泉极深，何以窴之"的问语之下，又有"应龙何画，河海何历"的一问，禹就是用埋塞与疏导这两种方法来平治了洪水的。但后者较之前者，根据诸书所记，似乎确实又是次要的了。没有别的原因可以解释，不过是主要产生于文化发展低阶段的治水神话，只有息石息壤之类才能显示其重要的作用罢了。

五

禹理水,观于河。见白面长人鱼身出,曰:"吾河精也〔一〕。"授禹河图〔二〕,而还于渊中。(《尸子辑本》卷上)

禹凿龙关之山,亦谓之龙门,至一空岩,深数十里,幽暗不可复行,禹乃负火而进〔三〕。有兽状如豕,衔夜明之珠,其光如烛。又有青犬,行吠于前〔四〕。禹计可十里,迷于昼夜。既觉渐明,见向来豕犬,变为人形,皆著玄衣〔五〕。又见一神,蛇身人面。禹因与语,神即示禹八卦之图,列于金板之上。又有八神侍侧。禹曰:"华胥〔六〕生圣子,是汝耶?"答曰:"华胥是九河〔七〕神女,以生余也。"乃探玉简授禹,长一尺二寸,以合十二时之数,使量度天地〔八〕。禹即执持此简,以平定水土。蛇身之神,即羲皇〔九〕也。(《拾遗记》卷二)

注释

〔一〕**理水**:本作治水,避唐高宗李治讳改。**河**:黄河。**白面长人鱼身**:指河伯;河伯的形貌即如此。**河精**:河伯自称。

〔二〕**河图**:治水地图。

〔三〕**龙门**:山名,在今山西省河津县西北、陕西省韩城县东北,分跨黄河两岸,形如门阙,相传夏禹导河至此,凿以通流。**负火**:抱着火把。

〔四〕**青犬**:黑犬。**行吠**:且行且吠。按《太平御览》卷八六九引此数句作:"有黑蛇长十丈,头有角,衔夜明之珠,以导于禹。"

〔五〕**向来**:原来。**玄衣**:黑衣。

〔六〕**华胥**:伏羲母名;见"伏羲"章。

〔七〕**九河**:谓徒骇、大使、马颊、覆釜、胡苏、简、絜、钩盘、鬲津。其道已不能尽考,大约在今山东省德县以北至河北省天津*河间一带数百里地。

〔八〕**十二时**:古分一日为子、丑、寅、卯、辰、巳、午、未、申、酉、戌、亥十二时。**量度天地**:即量度大地,天字是陪衬地字的修辞用语。

〔九〕**羲皇**:伏羲。

---

* 天津于 1967 年 1 月恢复直辖市。——编者注

解说

禹治洪水除了有息壤填渊，神龙画地，还有各方神灵，赠以宝物，助其成功。本节所录，即是河伯与伏羲赠禹河图与玉简助其平治水土的事例。当然，这已是较后起的神话了。

关于河伯，已见"羿与嫦娥"章第四节解说。河伯多行不义，为古代神话传说中的反面形象，只有这里所录赠禹河图事尚觉可爱。不过这一神话，恐已经过相当大的修饰，最初不一定就是河伯自动献图，或者为了治水需要，禹以神力索图，河伯被迫呈献，也未可知，因为代表阴暗的水神，不一定就能这么慷慨的。

至于伏羲赠玉简的神话，始见于《拾遗记》的记叙。《拾遗记》作于六朝，文尚浮华，其中所记古神话传说，真赝杂糅。这里的玉简云云，或者是作者根据《山海经·海外东经》所记的竖亥把筭，丈量大地的伪拟也有可能。不过因其去古未远，而古神话中又有伏羲兄妹尝遭洪水之祸的传说，则回想创痛，赠禹玉简以助其治水，亦在情理中，故并录之以供参考。

六

禹理水，三至桐柏山，惊风走雷，石号木鸣，土伯拥川，天老肃兵，功不能兴〔一〕。

禹怒，召集百灵，授命夔龙，桐柏等山君长稽首请命〔二〕。禹因囚鸿濛氏、商章氏、兜卢氏、犁娄氏，乃获淮涡水神名无支祁〔三〕。善应对言语，辨江淮之浅深，原隰之远近；形若猿猴，缩鼻高额，青躯白首，金目雪牙，颈伸百尺，力踰九象；搏击腾踔疾奔，轻利倏忽，闻视不可久〔四〕。

禹授之童律，不能制；授之乌木由，不能制；授之庚辰，能制〔五〕。鸱脾、桓胡、木魅、水灵、山妖、石怪奔号聚绕，以数千载，庚辰以戟逐去〔六〕。颈锁大索，鼻穿金铃，徙淮阴之龟山足下，俾淮水永安流注海也〔七〕。（《太平广记》〔八〕卷四六七"李汤"条〔九〕）

注释

〔一〕**桐柏山**：在河南省桐柏县西南，与湖北省随县、枣阳县两县接界处。**土伯**：后土的侯伯，为幽都之门的守卫者。**拥**：壅。**天老**：黄帝臣。**肃**：进。本段大意谓：禹治水到桐柏山，遇无支祁作怪，霎时大风大雷，满山木石俱号，土伯天老之类鬼神，亦或壅川、或进兵，助其威虐，使禹不能动工治水。

〔二〕**百灵**：百神。**夔龙**：神名，即夔，《文选·东京赋》薛综注："夔，木石之怪，如龙有角，鳞甲光如日月，见则其邑大旱。"因又名夔龙。这几句大意说：禹召集百神，授旨命于夔龙，令其清扫妖孽，桐柏山以及附近诸山的山神恐祸及于己，皆惧而请禹恕罪饶命。

〔三〕**鸿濛氏、商章氏、兜卢氏、犁娄氏**：皆诸山山神之名。**淮涡**：淮水和涡河；涡，音 guō。禹不从诸山山神所请，怒而囚之，因获为彼等所包庇的淮水和涡河的水神无支祁。无支祁或又作巫支祈。祁，音 qí。

〔四〕**原隰**：土地高者为原、低者为隰。隰，音 xí。**踰【逾】**：过。**腾踔**：跳跃；踔，音 chuō。**轻利倏忽**：轻捷便利，往来迅速；倏，音 shū。**闻视不可久**：猴性浮躁之故。

〔五〕**童律、乌木由、庚辰**：皆禹所属天神名。

〔六〕**鸱脾、桓胡**：未详，疑是禽兽成精的妖怪。**木魅、水灵、山妖、石怪**：山水木石的妖怪。**载**：计。**戟**：有枝的兵器。庚辰欲制无支祁，形形色色的妖怪以数千计，均来捣乱，庚辰以戟逐之使去。

〔七〕**淮阴**：秦置县名，故城在今江苏省淮阴县东南。庚辰逐去诸妖，遂制伏无支祁，于其颈锁以大索，于其鼻穿以金铃，迁徙之于淮阴的龟山脚下而镇压之，使不能再兴妖作怪，让淮水从此安流注海。

〔八〕**《太平广记》**：书名，凡五百卷，宋李昉等奉敕撰。所采书达三百四十五种，古来轶闻琐事，尽在其间，实为小说家的渊海。

〔九〕按《太平广记》此条多有讹字，土伯原作五伯，童律原作章律，桓胡原作桓，从《路史余论》九引改；授命原作搜命，山君长原作千君长，以戟逐去原作以战逐去，从鲁迅《中国小说史略》第九篇引改。

解说

禹擒水怪无支祁的神话仅见于《太平广记》"李汤"条。这神话是唐李公佐撰的小说里的一段。小说大意说：有李汤者，永泰（唐代宗年号）楚州刺史，闻渔人见龟山下水中有大铁锁，乃以人牛曳出之。霎时风涛陡作，有一兽形如猿猴，高五丈许，白首长鬐，雪牙金爪，闯然上岸，张目若电，顾视人群，欲发狂怒。观者畏而奔走，兽亦徐徐引锁曳牛入水去，竟不复出。当时李汤与楚州知名之士,皆错愕不知其旨。其后李公佐访古东吴,泛洞庭,登包山,入灵洞,探仙书,得《古岳渎经》第八卷,乃得其故。本段所录神话即是李公佐所见的所谓"《古岳渎经》第八卷"中文字,当然,可以看得出来,这不过是文人的幻设虚构,即胡应麟所谓"作意好奇,假小说以寄笔端"(《少室山房笔丛》三十六)的就是。但这一虚构的神话,后来竟流被于民间,演为僧伽或泗州大圣降伏无支祁或水母的神话。以至朱熹《楚辞辨证》尝斥之为俚说,罗泌《路史余论》有"无支祁"条,亦以为伏无支祁者是禹而非僧伽。其后元吴昌龄《西游记》杂剧中写孙行者,有"巫支祁是他姊妹"语,明吴承恩著《西游记》,更把无支祁的神变奋迅的状貌移之于孙悟空,于是孙悟空的神话逐渐昌盛起来,而禹服无支祁的神话便慢慢湮昧了。

这段神话虽是文人的虚构,但神话的前半段,关于李汤命人牵引形若猿猴的异兽出水事,亦有古民间传说的凭藉。刘义庆《幽明录》云:

> 巴丘县自金冈以上二十里,名黄金潭,莫测其深。上有濑,亦名黄金濑。古有钓于此潭,获一金镖,引之,遂满一船。有金牛出,声貌莽壮。钓人被骇,牛因奋勇跃而还潭。镖乃将尽,钓人以刀斫得数尺。潭、濑因此取名。

刘敬叔《异苑》卷二亦载之而文较简,只云:"晋康帝建元中,有渔父垂钓,得一金锁,引锁尽,见金牛,急挽出,牛断,犹得锁,长二尺。"考二刘同时(六朝宋时),或所记即系根据同一民间传说。李公佐记李汤事,大约也是这一传说流传到唐代的演变。其所以或为牛或为猴者,或者又该推源上溯到古代有关夔的神话去。夔在《山海经》的记叙里,是牛形的一足怪兽,可是韦昭注《国语》,却又说:"夔一足,越人谓之山缲(獟),人面猴身能言。"知古夔兼具牛猴二形,故金牛的神话和猴形怪兽无支祁的神话,无非又都是夔的神话的演变。以其并非全无根据,且有影响于民间,故亦录之以供参考。

七

禹三十未娶,恐时之暮,失其制度〔一〕。乃辞云:"吾娶也,必有应矣〔二〕。"乃有白狐九尾,造〔三〕于禹。禹曰:"白者吾之服也,其九尾者，王者之证〔四〕也。涂山之歌〔五〕曰：'绥绥白狐，九尾庞庞〔六〕。我家嘉夷，来宾为王〔七〕。成家成室，我造彼昌〔八〕。天人之际，于兹则行〔九〕。'明矣哉！"禹因娶涂山〔一〇〕，谓之女娇。（《吴越春秋〔一一〕·越王无余外传》）

禹行水，窃见涂山之女〔一二〕，禹未之遇。而巡省〔一三〕南土。涂山氏之女乃令其妾候禹于涂山之阳〔一四〕。女乃作歌，歌曰："候人兮猗〔一五〕！"实始作为南音〔一六〕。（《吕氏春秋·音初篇》）

禹娶涂山氏女，不以私害公，自辛至甲四日〔一七〕，复往治水。（《楚辞·天问》洪兴祖补注引《吕氏春秋》〔一八〕）

禹治鸿水，通𫐄辕山〔一九〕，化为熊。谓涂山氏曰："欲饷〔二〇〕，闻鼓声乃来。"禹跳石，误中鼓〔二一〕，涂山氏往，见禹方作熊，惭而去。至嵩高山〔二二〕下，化为石，方生启。禹曰："归我子！"石破北方而启生。（《汉书〔二三〕·武帝纪》颜师古注引《淮南子》〔二四〕）

注释

〔一〕古礼男子三十而娶，禹三十未娶，故云"恐时之暮，失其制度"。

〔二〕辞：祝告。应：征兆。

〔三〕造：至；音 zào。

〔四〕证：证验。

〔五〕**涂山之歌**：涂山，地名，在今浙江省绍兴县西北，亦氏族名。涂山之歌，涂山民间的歌谣。

〔六〕**绥绥**：寻求配偶的光景；绥，音 suí。**庞庞**：充实、强盛的光景。

〔七〕**嘉夷**：未详；古称东方之人曰夷，嘉夷，或即后世所谓的好人儿、佳客之类。意思是说，我家的好人儿来做宾客，因而为王。

〔八〕**我造彼昌**：我，指白狐；彼，指禹；白狐一至，禹就昌盛。

〔九〕**天人之际，于兹则行**：天，指白狐出现的征兆；人，指禹；在此天示祥瑞感应于人的大好时机，就不要犹豫，赶快前去罢。行，音 háng。

〔一〇〕**娶涂山**：娶涂山氏之女。

〔一一〕**《吴越春秋》**：书名，凡十卷，汉赵晔撰。

〔一二〕**禹行水，窃见涂山之女**：窃原作功，属上读，无水字，据许维遹《吕氏春秋集释》引日人盐田说改。又《文选·南都赋》《吴都赋》注并引作禹行水，今两存之。

〔一三〕巡省：巡阅视察。

〔一四〕妾：婢女。涂山之阳：涂山的南面。

〔一五〕候人兮猗：猗，音 yī，语助词，通兮；此句或引无兮字，大意只是说等候人啊，（是多么长久哟）。

〔一六〕南音：南方的音乐。

〔一七〕自辛至甲四日：从辛日到甲日，共计四日。古以天干纪日，甲、乙、丙、丁、戊、己、庚、辛、壬、癸，凡十日，周而复始，轮续下去。自辛至甲为辛、壬、癸、甲，故云。《书·益稷》："予（禹自称）娶于涂山，辛、壬、癸、甲，惟荒度土功。"说本此。后世且以辛、壬、癸、甲四日为嫁娶吉日。

〔一八〕所引今本无。

〔一九〕轘辕山：在今河南省偃师县东南，登封县西北。《元和志》云："道路险阻，凡十二曲，将去复还，故曰轘辕。"

〔二〇〕饷：送饭食给人叫饷；音 xiǎng。

〔二一〕跳石：踏石；他书或引作排石，意跳石当更近于古。《荀子·非相》："禹跳，汤偏。"高亨曰："跳、偏皆足跛也。"《广博物志》卷二十五引《帝王世纪》："世传禹病偏枯，步不相过，至今巫称禹步是也。"就是"禹跳"的很好说明。此处称"跳石，误中鼓"，或当是化为熊的禹，尚保留其为人时的旧疾，因跛而踏石中鼓，故曰误也。

〔二二〕嵩高山：在河南省登封县北，又名嵩山，为五岳中的中岳。嵩，音 sōng。

〔二三〕《汉书》：书名，凡百二十卷，东汉班固撰。

〔二四〕今本无。

解说

禹的神话的一部分，随着他治水的故事深入民间，渐渐演变而为传说，作为天神的禹的身上，逐渐有了更多的人的气味，因而在若干古籍中，也就有了关于禹的恋爱、婚姻、家庭等故事的记叙。

禹和涂山氏姑娘的恋爱，在屈原的《天问》里就有所描述了。《天问》云："禹之力献功，降省下土〔匹〕方，焉得彼崏山女而通之于台桑？闵妃匹合，厥身是继，胡为嗜不同味而快朝饱（闻一多说，饱与继不押韵，当是饲字之误；朝饲即朝食、朝饥，均男女情事的隐语）？"郭沫若先生译作：夏禹尽力治水，是天叫他来观看下方的情景，怎么又找到涂山氏的女子，在台桑和她通淫？相怜相爱而成配偶，是为生儿育女以延后嗣，为什么彼此的嗜好不同，而只图一时的安逸（见《屈原赋今译》）？从这几句诗歌中，我们可以看得出来，关于禹和涂山氏姑娘的恋爱，在受了封建意识洗礼的战国时代的人们，就开始对它表示不以为然了，因此屈原才发而为此疑问。稍后一点，《吕氏春秋·当务篇》更直接说"禹有淫湎之意"，大约即是指此而言。其实都不过是把产生于原始社会或奴隶社会的神话传说律以封建社会的礼法罢了。禹即使是天神下凡平治洪水，和人间一个女子恋爱结婚，又有什么可以非议？《吕氏春秋·音初篇》所记叙的涂山氏女命其妾候禹于涂山之阳因而作歌的故事就比较近于传说的初相。从这个故事可以见到两人起初是怎样的彼此倾慕，涂山氏姑娘候禹不至又是怎样的情意缠绵。这种感情完全是正常的、健康的，无论如何也说不上"通淫"或"淫湎"。即使是《吴越春秋·越王无余外传》所记叙的禹因有九尾白狐的瑞应便娶了涂山氏姑娘的故事，也还是表现得正正当当，并不涉及于"淫"之一字，虽说是又打上了一些别的封建思想的烙印。

　　倒是《天问》所叙这段故事的下半"相怜相爱而成配偶，是为生儿育女以延后嗣，为什么彼此的嗜好不同，而只图一时的安逸"为值得研究。问语的意思，似乎是说禹和涂山氏姑娘本来志趣不合，只是为了一时的感情冲动，匆促结合，终于分裂，于禹的择偶不当，略有微辞。故事的内容究竟怎样，已不可得而详了。但是从《淮南子》佚文所载（《随巢子》亦载之而文较简，无跳石中鼓事）禹通轘辕山化为熊、涂山氏见之惭而去、化为石生启的故事看，《天问》所说的"嗜不同味"（志趣不同），竟然真是有所依据。化熊化石的故事，表现得这么朴野，可以肯定是一个古老的神话传说未经多少修改的，然而两个人的不协和从这个朴野的故事里已经透露出一些端倪了。"涂山氏往，见禹方作熊，惭而去"，这个"惭"字就说明了问题的症结。是"惭"而不是"惧"。按照普通的情况，应该是一见就"惧"才对，但她却"惭"。那就是说，她早知道禹为了治水，不惜变化做各种奇形怪状的动物的模样，以凿山通路，疏江导河的，这对于作为一个"王者"的禹说来，是太失身份了，故尔始而她"惧"，终于她"惭"。并且可能还"惭"之已屡，因此在禹化熊通轘辕山的这一遭上才不顾一切，拔腿就跑。禹追她到嵩高山的脚下，见她已化为石，完全不理他了，自己也就情急，喊道一声"归我子"（大约就是为了如《天问》所说的"厥身是继"吧），于是石人才破开肚子，生出禹的儿子启来。这情景确实是显得夫妇俩的感情非常别扭生硬，以至于到了决裂的程度，和涂山氏作"候人兮猗"歌词时的感情比较起来，相去天渊了。再从《水经注·涑水》所记"安邑，禹都也，禹娶涂山氏女，思恋本国，筑台以望之，今城南门，台基犹存"的话看，虽是更后起的传说，也可略见两人婚后的关系并不是很融洽的。故《天问》所问"胡为嗜不同味而快朝饱"，对禹说来虽然略有微辞，却实在是问得有些道理。

八

共工臣名曰相繇，九首蛇身自环，食于九土〔一〕。其所歍所尼，即为源泽〔二〕。不辛乃苦，百兽莫能处〔三〕。禹湮洪水，杀相繇，其血腥臭，不可生谷；其地多水，不可居也〔四〕。禹湮之，三仞三沮〔五〕。乃以为池，群帝是因以为台，在昆仑之北〔六〕。（《山海经·大荒北经》）

注释

〔一〕**相繇**：繇，音 yóu；《海外北经》作相柳。**自环**：蛇身蟠旋之状。**九土**：九山之土；《藏经》本九土作九山。

〔二〕**所歍所尼**：歍，心有所恶而吐，音 wū；尼，止；所歍所尼，言其呕吐之处。

〔三〕意思是说，相繇所喷吐而成的源泽，其气酷烈，故"不辛乃苦"；百兽畏之，故"莫能处"。

〔四〕郭璞注："言其膏血滂流成渊水也。"

〔五〕**三仞三沮**：仞，测量深浅叫仞。沮，坏，音 jǔ。意思是说，禹多次以土湮塞之地，多次都陷坏下去了。

〔六〕意思是说，禹见湮塞不成，索性掘以为池，池旁积土，众帝因来在此共作台。《海内北经》云："帝尧台、帝喾台、帝丹朱台、帝舜台，各二台，台四方，在昆仑东北。"即此。

解说

关于禹治洪水的神话，各地都有流传，见于方志所载者，多不胜纪，大都出于后起，且非常零星片段，不过是因景物以成附会，只可以想见禹在人们心目中的地位，对古神话的研究却无多大助益，故一概摒而不录。本节所录禹杀相繇的神话，详其文意，大约是禹治洪水神话的尾声了。禹治洪水，起初和水神共工作了一场严重的斗争，在赶走了共工之后，然后亲身经历各地，采取或堙塞或疏导的办法，将洪水平息。洪水虽然大体上平息了，但还有余患未尽：那就是共工的臣子相繇，那个九首蛇身、食于九山的怪物，还蟠踞在昆仑山的北边，继续作怪。禹又运其神力，把这怪物来杀了，可是怪物尸血所浸润的地方，五谷不生；喷吐之处，又多水泽。禹又掘而塞之，几次掘塞，几次都陷坏下去。禹就干脆把那里挖掘成一个大池子，池旁垒土，众帝就用这些土来建筑了好几座台，以镇压邪祟。到这里禹治水的功业才基本上算是完成了。关于相繇，《海外北经》又略有不同的记叙，录出之以供参考。——

  共工之臣曰相柳氏，九首，以食于九山。相柳之所抵，厥为泽溪。禹杀相柳，其血腥，不可以树五谷种。禹厥之，三仞三沮。乃以为众帝之台，在昆仑之北，柔利之东。相柳者，九首人面，蛇身而青。不敢北射，畏共工之台。台在其东，隅有一蛇，虎色，首冲南方。

九

  帝命竖亥步自东极至于西极，五亿十选九千八百步〔一〕。竖亥右手把筭，左手指青丘北〔二〕。一曰禹令竖亥。一曰五亿十万九千八百步〔三〕。（《山海经·海外东经》）

  禹乃使太章〔四〕步自东极至于西极，二亿三万三千五百里七十五步；使竖亥步自北极至于南极，二亿三万三千五百里七十五步。凡鸿水渊薮，自三仞以上，二亿三万三千五百五十有九〔五〕。禹乃以息土填洪水，以为名山〔六〕。（《淮南子·地形篇》）

注释

  〔一〕**帝**：指禹。**竖亥**：天神，禹臣，善走。**选**：万。

  〔二〕**筭**：原作算，从宋本及《藏经》本改。筭是计数所用的筹，长六寸。**青丘**：国名，产九尾狐。禹娶涂山，出而为瑞应的即此狐。此言"竖亥右手把筭，左手指青丘北"者，《山海经》的图画如此也。

  〔三〕**一曰禹令竖亥……**：校书人所记一本的异文，以知帝即禹，选即万也。

〔四〕**太章**：天神，亦禹臣，善走。

〔五〕**渊薮**：深渊；薮，音 sǒu。**仞**：古以八尺或七尺为仞。这几句原文是："凡鸿水渊薮，自三百仞以上，二亿三万三千五百五十里有九渊。"百字、里字、渊字俱衍文，从王念孙校删。

〔六〕**名山**：大山。

解说

禹叫竖亥和太章两人度量大地的神话，看光景，也还是洪水平息了以后的事。虽然《淮南子·地形篇》还说"凡鸿水渊薮，自三仞以上，二亿三万三千五百五十有九。禹乃以息土填洪水，以为名山"的话，想来已不是泛滥的洪水，而是洪水初退还潴聚在低洼地方的余水所成的大大小小的湖泊和沼泽。这些所谓"鸿水渊薮"的沼泽，在古人的想象中，数量是相当多的，乃至于有了二亿三万数千余个，故禹仍不得不用息壤将它们埋塞起来。息壤堆积加高，就成了四方的名山。《诗·信南山》说："信彼南山，维禹甸之。"《韩奕》说："奕奕梁山，维禹甸之。"南山和梁山都是禹所"甸"起来的。"甸"就是"敶"，也就是"陈"，即陈列铺放的意思，可见禹"以息土填洪水，以为名山"的神话传说，是由来已古的了。

禹不仅"以息土填洪水，以为名山"，《地形篇》紧接着还写他"掘昆仑虚以下地，中有增城九重，其高万一千里百一十四步二尺六寸，上有木禾，其修五寻……"等等。那么昆仑虚竟是禹从天上掘下来安置在地面上的，禹的神力之大，于此可见。为什么要"掘昆仑虚以下地"？《地形篇》无说明。推想起来，大约也还是"以息土填洪水，以为名山"之意：干脆把天上的神山搬到下方来镇压洪水。这也是有关昆仑山神话传说的异闻之一，以其稍涉枝蔓，因而没有录出。

鲧禹治水的神话传说，主要就是以上选录的这些。除此而外，关于鲧的神话，尚有一段见于《吕氏春秋·行论篇》——

> 尧以天下让舜，鲧为诸侯。怒于尧曰："得天之道者为帝，得地之道者为三公。今我得地之道，而不以我为三公。"以尧为失论。欲得三公，怒甚猛兽，欲以为乱。比兽之角，能以为城；举其尾，能以为旌。召之不来，仿佯于野，以患帝。舜于是殛之于羽山，副之以吴刀。

殊为可异。看这段神话（当然是已经历史化了的）的意思，鲧的被殛于羽山，并不是由于治水无功，而是由于居功争位。鲧所谓"今我得地之道，而不以我为三公"，就是自以为治水有功，倖倖然争位置的表现。这种居功争位的性行和不计一身安危、敢于盗窃天帝息壤来平治洪水、以拯民困的性行当然是不相符合的，可以说这是鲧神话初步历史化以后，鲧的形象从正面到反面的第一次转化。像这样历史化的神话，其有损于古神话本貌，自是毋庸讳言。但如果拨去其历史的灰尘，从神话中对鲧"怒甚猛兽"等等描写看，则鲧的反抗性格还是表现得非常鲜明凸出的。所谓"怒甚猛兽"者，其实应当就是在治水问题上和天帝斗争，愤怒的鲧变化做了一只庞然巨兽，这兽并角可以为城，举尾可以为旌，当他徘徊在原野上为天帝之"患"的时候，甚至连统治宇宙、威权极盛的天帝也拿着这个神国的逆子没有办法。——如果推想不错，那么这段神话就应当占有一个适当的地位，作为鲧、禹神话的可贵的补充。

　　关于禹的神话，除所选录的以外，各书所载还有不少，但也极为驳杂。《墨子·非攻下》和《随巢子》佚文谓禹奉上帝之命，亲征三苗，有人面鸟身的神（当即是伯益），为禹之佐，终于战胜三苗，而后"神民不违，天下乃静"。这个神话和黄帝战蚩尤的神话以及颛顼"绝地天通"的神话都比较相近，似乎就是同出一源。它固然反映了原始社会部族与部族间严酷的斗争，然而秉承天命、攻伐人国的禹和治水的禹，其性行终于是不侔的。《左传·宣公三年》和《汉书·郊祀志》更记叙禹铸九鼎，在九鼎上雕画着各种奇禽怪兽和山林川泽间鬼神的图像，使人民看了这些图像，牢牢谨记心中，以免出门旅行碰到邪祟。即使不幸碰到，也因早作了准备，有禁御之方，可以消灾免害。这类记叙，涉及到古代人民的风俗习惯，有原始的迷信因素存于其中，已不全是神话了。至于《吕氏春秋·知分篇》所记禹南巡狩、"黄龙负舟"的神话，禹已脱却天神的身份，化而为一个普通的人王；《吴越春秋·越王无余外传》所记禹登宛委山、梦元夷苍水使者指示、发金简之书、得通治水之理的神话，其形象又很近于一个道流羽客；《列子·汤问篇》所记禹入终北国、见到终北国那些"不耕不稼"、以"神瀵"充饥、其乐陶陶的人民的神话，禹又俨然是一个哲学家，在那里做哲学的考察和研究工作。总之，这些书籍的作者对禹的记叙，无非皆随其所欲宣传的事物，在禹身上涂上一些适合他们自己口味的不同的色彩，以期达到宣传的目的罢了。以其猥芜，有损于古神话中禹的本来面貌，略述如此，文俱不录。

伯 益

帝颛顼之孙,曰女脩,女脩织,玄鸟陨〔一〕卵,女脩吞之,生子大业。大业取少典之子〔二〕曰女华,女华生大费。与禹平水土,已成,佐舜调驯〔三〕鸟兽,鸟兽多驯服。是为柏翳(伯益)。(《史记·秦本纪》)

伯益知禽兽〔四〕,(《汉书·地理志》)综声于鸟语〔五〕。(《后汉书〔六〕·蔡邕传》)

帝(舜)曰:"畴若予上下草木鸟兽〔七〕?"佥〔八〕曰:"益哉!"帝曰:"俞,咨益,汝作朕虞〔九〕。"益拜稽首,让于朱〔一〇〕、虎、熊、罴。帝曰:"俞,往哉!汝谐〔一一〕。"(《书·舜典》)

当尧之时,天下犹未平。洪水横流,泛滥于天下。草木畅茂,禽兽繁殖;五谷不登,禽兽逼人。兽蹄鸟迹之道,交于中国。尧独忧之,举舜而敷治〔一二〕焉。舜使益掌火,益烈山泽而焚之〔一三〕,禽兽逃匿。禹疏九河〔一四〕,瀹济、漯而注诸海,决汝、汉,排淮、泗而注之江,然后中国可得而食也〔一五〕。(《孟子·滕文公上》)

注释

〔一〕陨:堕;音 yǔn。

〔二〕少典之子:少典氏的姑娘。古子女俱得称子。

〔三〕调驯:调教驯服。

〔四〕知禽兽:了解禽兽的性情脾气。

〔五〕综声于鸟语:综,总聚;总聚鸟语之声,即能鸟语的意思。

〔六〕《后汉书》:书名,凡一百二十卷,南朝宋范晔撰。

〔七〕畴:谁。若:本义为顺、驯,引申之有管理、主管的意思。上下:上谓原,下谓隰。这句大意是说:谁替我去管理原野和沼泽的草木鸟兽?

〔八〕佥：皆。

〔九〕俞：表示认可之辞，犹今言好、好的。咨：嗟叹声。虞：掌山泽禽兽之官。

〔一〇〕朱：豹；《汉书人表考》卷二："江东语豹为朱。"

〔一一〕谐：通偕。大意说，好啦，去罢，你同他们一道去罢。意思是叫朱、虎、熊、罴四臣做益的辅佐，共同去管理原隰的草木鸟兽。

〔一二〕敷治：分治；言尧不能一人独治，故使舜分治之。

〔一三〕烈：火焰熊熊的光景。益焚烧山泽，使山泽燃烧起一片大火。

〔一四〕九河：见"鲧禹治水"章第五节注〔七〕。

〔一五〕瀹、决、排：均疏治之意；瀹，音yuè。济、漯、汝、汉、淮、泗：均水名。江：长江。

解说

在古代有关洪水的神话传说中，做平治洪水工作的人，除了鲧、禹之外，还有一个很重要的人物，那就是益。

益或又称伯益、柏翳，据说是秦民族的先祖，而秦民族，本系东方民族而迁居于西土的，故和东方若干民族一样，也有玄鸟降生的神话。《史记·秦本纪》说，伯益是"玄鸟陨卵"所生的后代，这已经是开始历史化了的神话，其实在更古老的神话中，伯益本人就是天上的玄鸟即燕子。益同嗌，嗌籀文作益，描绘的就是一只张口分尾的燕子的形象。不能认为只是伯益的名字偶然和燕子相关，更有其他神话的片段来做佐证。《汉书·地理志》说"伯益知禽兽"，说他了解禽兽的性格；《后汉书·蔡邕传》更说伯益"综声于鸟语"，并说他能为百鸟之声：他有这样一些特殊的本领，因此才能"佐舜调驯鸟兽"。不仅此也，在《书·舜典》里，他还是"上下草木鸟兽"之长，而朱、虎、熊、罴四个臣子都是他的辅佐。"上下"二字在《舜典》里意义固然是"原隰"，朱、虎、熊、罴的确也是舜的四臣之名。但是推想起来，古神话"上下"必当是指上天下地，而朱、虎、熊、罴四臣也必当是豹、虎、熊、罴四兽（见"帝俊"章解说）。益（燕）和它们的关系，当不是那么彬彬有礼地互相谦让而取得统领的地位，必是豹、虎、熊、罴四兽和益（燕）争神不胜而只好臣服于益（燕）。从这些神话或历史化的神话的片段，我们相信伯益在古神话里，当就是天上的玄鸟即燕子。后来逐渐历史化了，才一变而为勇敢机智的猎手，继承了舜的事业，以一个虞人的身份和禹一同去平治洪水，担当着焚烧山泽、驱逐鸟兽的重要任务。

伯益之为富有经验的猎手，从有关他"作井"的传说中也可看得出来。《吕氏春秋·勿躬篇》说："伯益作井。"《淮南子·本经篇》也说："伯益作井，而龙登玄云，神栖昆仑。"旧释井为水井，是不对的。闻一多说伯益所作的井，当即《易·井》"旧井无禽"的井，即阱，穿地以陷兽者，这解释才是对了。对于一个"掌山泽之官"的伯益说来，他所发明创制的，正应该是陷阱而不该是水井。

伯益在后世民间或又称为"百虫将军"。《水经注·洛水》说："（九山九山庙）又有《百虫将军显灵碑》，《碑》云：'将军姓伊氏，讳益，字隤敳，帝高阳之第二子伯益者也。'"云云，"将军"而号"百虫"，想必就是舜使益作"上下草木鸟兽"之长传说的演变。从这朴质而亲切的称号，可见他在人民的心目中，是占着一个相当高的地位的。

可是旧时代的文人士大夫对他却并不是这样尊崇，具体表现在关于他和禹的儿子启斗争的议论上。这些人不了解"尧舜传贤，禹独传子"是标志着社会制度的改变，而以为只是伯益和启两人之间的明争暗斗。更由于启是大名鼎鼎的禹的儿子，又是继承禹而为国君者，故多偏袒启而贬毁伯益。最突出的，是《竹书纪年》（古本）的说法："益干启位，启杀之。"仿佛伯益是一个野心家，想去篡夺别人的位置，力不能胜，自己触了霉头，终于丢掉性命；而启把他杀掉，倒是理直气壮似的。《孟子》于此说得比较委婉一些，《万章上》说："禹荐益于天，七年，禹崩。三年之丧毕，益避禹之子于箕山之阴，朝觐讼狱者，不之益而之启，曰：'吾君之子也。'讴歌者，不讴歌益而讴歌启，曰：'吾君之子也。'"人民的怀思，都在禹的身上，以至都去拥戴禹的儿子启，而把相形见绌的伯益冷冷清清地搁在一旁不理。显然看得出来：这是儒家之徒为了要证成其"天命"之说的文饰。战国时期别有一种异说，值得我们注意。《战国策·燕策》说："禹授益而以启为吏，及老，而以启为不足任天下，传之益也；启与支党攻益而夺之天下。"根据这种说法，禹还是传贤，而并不是传子，符合禹的那种治水"居外十三年"（《史记·夏本纪》）、"三过其门而不入"（《孟子·滕文公上》）的大公无私的精神。此其一。"启与支党攻益而夺之天下"，横暴恣睢的是启不是益，也符合到天上做宾客，"窃《辩》与《九歌》以国于下"（《归藏·启筮》），终于因为"淫溢康乐"，"天用弗式"（《墨子·非乐上》）的启的荒唐性格。此其二。故这种说法，大体上是接近于古传说的本来面貌的。屈原《天问》也说："启代益作后，卒然离孽【蠥】，何启惟忧而能拘是达?皆归射鞠,无害厥躬,何后益作革而禹播降?"(郭沫若译:夏启代替伯益做了国王,而终于杀死了伯益,从失意的情况中,启为什么又能转入得意?未行征诛,同受禅让,为何伯益失败,夏禹繁昌?)也是以启为不直而寄同情于伯益的。但总之,伯益在文人士大夫们纷纭的议论中,声望确实有些下降,不如自古以来民间相传的高,却是可以断言的。

殊方景物

一

禹东至榑木之地〔一〕，日出九津、青羌之野，攒树之所，㨉天之山，鸟谷〔二〕、青丘之乡〔三〕，黑齿之国〔四〕；南至交阯、孙朴、续樠之国，丹粟、漆树、沸水漂漂、九阳之山〔五〕，羽人〔六〕、裸民之处〔七〕，不死之乡〔八〕；西至三危之国〔九〕，巫山之下〔一〇〕，饮露吸气之民〔一一〕，积金之山〔一二〕，其肱、一臂三面之乡〔一三〕；北至令正之国〔一四〕，夏晦之穷〔一五〕，衡山之上〔一六〕，犬戎之国〔一七〕，夸父之野，禺强之所，积水、积石之山〔一八〕：不有懈堕，忧其黔首〔一九〕，颜色黎黑，窍藏〔二〇〕不通，步不相过〔二一〕。（《吕氏春秋·求人篇》）

注释

〔一〕**榑木**：即扶木、扶桑；榑，音 fú。

〔二〕**九津、青羌、攒树、㨉天、鸟谷**：均传说中东方地名。㨉，音 mín，扪抚的意思。

〔三〕**青丘**：传说中国名，详本章第五节"解说"。

〔四〕**黑齿**：传说中国名，详本章第五节"解说"。

〔五〕**孙朴、续樠、丹粟、漆树、沸水漂漂、九阳**：均传说中南方地名。

〔六〕**羽人**：即羽民，传说中国名，详本章第二节"解说"。

〔七〕**裸民**：传说中国名，即裸国；《吕氏春秋·贵因篇》说，禹到裸国，解衣而入，著衣而出，为的是尊重其国的风俗习惯。

〔八〕**不死**：传说中国名，即不死民，详本章第二节"解说"。

〔九〕**三危**：传说中国名，亦山名，在今甘肃省敦煌县，相传是为西王母取食的三青鸟所居之地。参看"羿与嫦娥"章第五节。

〔一〇〕**巫山**：山名，大约即今四川省巫山县东南的巫山；或系传说中西方山名，未详。

〔一一〕**饮露吸气之民**：不食五谷，只喝露水、吸空气以为生，盖亦南方的不死民之类。

〔一二〕**积金**：传说中西方山名。

〔一三〕**其肱、一臂三面**：均传说中西方国名。其肱即奇肱，详本章第三节"解说"；一臂三面，即三面一臂，颛顼之裔，见"颛顼"章第二节"解说"。

〔一四〕**令正**：北方国名，原作人正，据《淮南子·时则篇》改。庄逵吉云："《太平御览》令正作令止，注云，令止、丁令，北海胡地。"

〔一五〕**夏晦之穷**：原作夏海之穷，晦字据《淮南子·时则篇》改。注云："夏，大也；晦，瞑也。"夏晦就是大瞑的意思。穷，极；夏晦之穷，就是大瞑之极：泛指北方幽暗少日之地。

〔一六〕**衡山**：旧注，北极之山。

〔一七〕**犬戎**：传说中古国名，即犬封国，详本章第六节"解说"。

〔一八〕**积水、积石**：传说中北方山名。

〔一九〕**黔首**：黎民。古者民以黑巾蒙首，故称黔首。

〔二〇〕**窍藏**：窍，眼、耳、口、鼻等孔窍；藏，同脏【臟】，心、肝、脾、肺、肾等脏腑。

〔二一〕**步不相过**：相传禹为治水辛劳，患半身不遂之症，跛于行，后步不跨前步。过，音 guō。

解说

　　禹为平治洪水，曾经游历了九州土地，见过不少奇人、奇事、奇物，据说，他和他的助手伯益因此写了一部《山海经》，留传给后世。这当然是并不可靠的附会之谈。但是在保存神话资料最丰富的《山海经》上，确有相当大一部分篇幅是记叙奇人、奇事、奇物的。这表现了古代人们幼稚的世界观：把根据口耳传闻的不经之谈，加以幻想，夸张地描写记录下来，于是本来意图当作地理教科书的，实际上只好算是神话了。其中一部分又和原来的神话相结合（如贯胸国传说是防风氏的后代，讙头国传说是讙兜即丹朱的后代），更是成了新神话。这些神话虽然把殊方异域的人们都设想为奇形怪状或具有特殊禀赋，但看来却只是表明古代人们对于广大世界的一种迫切的求知欲望，而并不存有民族歧视的偏见：证据之一就是这些异形异禀的人往往据说都是我们的老祖宗——某个古帝传下来的子孙。这就和后世民族歧视的谰言应当是有区别的。就从《山海经》质朴的叙写文字中我们也只能得出这么一种印象而不能得出其他。故这一部分基本上是健康有趣的神话，自然应当归入于我们总的神话的宝库。因而假定禹治洪水确曾游历了这些地方，把它们择其要者，录为一章，以供参考。

本节所录，大意说禹为了"忧其黔首"，"欲尽地利"，乃周历四方，求贤人以为辅佐，结果得到了陶（皋陶）、化益（伯益）、真窥、横革、之交五个大贤。禹游殊方异域正式见于古籍的记叙者仅此，然而却说是为了求贤。据我们看来，求贤恐怕只是次要的目的，平治洪水才是主要的，禹不会于平治洪水以后又到辽远的各地去访求贤人的，定是一面平治洪水，一面随时留心访贤。"窍藏不通，步不相过"，就是禹因治水得下的症候，其他古书也有记载。可是记录者在将这段民间传说写入著作时，为了符合他的论证，却将次要的求贤方面强调了而将主要的治水方面略去了。这是古代哲学家或文学家的惯技，他们在记录保存古代神话传说的时候，往往有意无意地修改涂饰了古代神话传说的面貌，以适合他们本身的需要，并不足怪。现在则去其次要的求贤之说，复其因治洪水而游历远方遐域的本貌，冠于开端，以为本章的缘起。

二

结匈国在其西南，其为人结匈。比翼鸟在其东，其为鸟青赤，两鸟比翼〔一〕。

羽民国在其东南，其为人长头，身生羽。一曰其为人长颊〔二〕。

讙头国在其南，其为人人面、有翼、鸟喙，方捕鱼。或曰讙朱国。

厌火国在其南，其为人兽身、黑色，火出其口中〔三〕。

三苗国在赤水东，其为人相随〔四〕。一曰三毛国。

臷国在其东，其为人黄，能操弓射蛇〔五〕。

贯匈国在其东，其为人匈有窍〔六〕。

交胫国在其东，其为人交胫〔七〕。

不死民在其东，其为人黑色，寿，不死。

反舌国在其东，其为人反舌。一曰支舌国在不死民东〔八〕。

三首国在其东，其为人一身三首。

周饶国在其东，其为人短小，冠带〔九〕。一曰焦饶国在三首东。

长臂国在其东，捕鱼水中，两手各操一鱼。一曰捕鱼海中。（《山海经·海外南经》）

注释

〔一〕**结匈**：匈同胸，结匈，就是胸部前面的骨头凸出一块，好像人的喉结。按其形状，当即我们所谓的鸡胸。**青赤**：青中带赤。

〔二〕**颊**：颜面的两旁叫颊；音 jiá。

〔三〕**厌火国在其南**：原作厌火国在其国南，国字衍，据王念孙校删。厌【餍】，音义同餍【餍】，饱足的意思。**其为人兽身、黑色**：原只作兽身、黑色，其为人三字据王念孙校增。**火出其口中**：原作生火出其口中，于义不顺，生字据王念孙、郝懿行校删。

〔四〕**赤水**：传说源出昆仑山东南隅、西南流注于南海的一条神水。**相随**：见前"丹朱"章注及"解说"。

〔五〕**䟃国**：䟃，音 zhí。**为人黄**：谓其肤色黄。

〔六〕**窍**：孔。

〔七〕**交胫**：脚胫弯曲相交。

〔八〕**反舌国在其东，其为人反舌。一曰支舌**：原只作"岐舌国在其东，一曰在不死民东"，从郝懿行校改。反舌，就是舌根生在前面，舌端倒向咽喉。支舌，就是岐舌、枝舌，舌头分叉的意思。《淮南子·地形篇》海外三十六国自西南至东南方有反舌民。《吕氏春秋·功名篇》高诱注云："一说南方有反舌国。"据此，则以作反舌为是。

〔九〕**周饶**：即焦饶、侏儒的声转。**短小，冠带**：谓其人形躯短小，穿衣戴帽，彬彬有礼。

解说

本节及以下三节所录，悉以《山海经》海外各经所记为主，其缺略者，始以海内各经及《荒经》的记叙补充于最后一节。凡是不见于《山海经》而见于他书的，则虽饶有兴趣，也一概摒而不录，没有别的原因，不过是毋流于滥罢了。

南方的国家，从西南到东南，头一个国家是结胸国；结胸国已如正文及注释所述，没有再可补充的。倒是此国附近的比翼鸟，可以补充说说。《山海经·西次三经》说:"崇吾之山,有鸟焉,其状如凫,而一翼一目,相得乃飞,名曰蛮蛮,见则天下大水。"蛮蛮就是比翼鸟的异名。或名鹣鹣,见《周书·王会篇》孔晁注。《博物志·异鸟》说:"虫(蛮)乘之寿千岁。"那么这鸟更是庞然大鸟,也可算是异闻了。

东南是羽民国。郭璞说:"能飞不能远,卵生,画似仙人也。"又引《(归藏)启筮》说:"羽民之状 鸟喙赤目而白首。"此国人的异禀和异形便大略可见了。《文选·鹦鹉赋》注引同书说:"金水之子,其名羽蒙,是生百鸟。"当就是羽民;民、蒙声相转。《博物志·外国》也记有羽民国,说此国"多鸾鸟,民食其卵,去九疑四万三千里":竟把它推到海外老远的地方去了。

往南是讙头国。讙头国是丹朱的后裔聚居于此而成国的,已见"丹朱"章解说。再南是厌火国。吴任至《山海经广注》引《本草集解》说:"南方有厌火之民,食火之兽。"又引《集解》注说:"国近黑昆仑,人能食火炭。食火兽名祸斗。"厌火国人的情况大概就是这样。现在要特别提出来说说的,是名叫"祸斗"的这种食火怪兽。

明邝露《赤雅》卷下说:"祸斗,似犬而食犬粪,喷火作殃,不祥甚矣。"它在唐皇甫氏的《原化记》里已有记述。《原化记》写了一段白螺天女的故事。大略说,吴堪少孤,得一白螺归。白螺变为美女,助其炊爨。县宰欲图其妻,先索虾蟆毛及鬼臂二物。后乃索祸斗,妻牵一兽形如犬者以致之。兽食火而粪火,"宰身及一家,皆为煨烬,乃失吴堪及妻"。祸斗干的事真是痛快,严惩了苛虐的贪官,看得出来,确实是古代优秀的民间传说。不过到冯梦龙《情史》转载此一故事时,"祸斗"却成了"蜗牛",两字俱误了。

东去是三苗国。三苗国已见"丹朱"章,不用多说。再东是戬国,又叫戬民国,或叫巫戬民,据说是舜传下来的后代,已见"舜"章第六节,亦不多说。

再东就是贯胸国。贯胸国的来历,相传有一段神话故事。《博物志·外国》说:"穿胸国。昔禹平天下,会诸侯会稽之野,防风氏后到,杀之。夏德之盛,二龙降之。禹使范成光御之,行域外,既周而还。至南海,经防风。防风氏之二臣,以涂山之戮,见禹〔使〕,怒而射之。迅风雷雨,二龙升去。二臣恐,自贯其心而死。禹哀之,乃拔其刃,疗以不死之草,是为穿胸民。"《淮南子·地形篇》海外三十六国有穿胸国,即贯匈国。元周致中《异域志》说:"穿胸国,在盛海东,胸有窍,尊者去衣,令卑者以竹木实贯匈抬之。"清李汝珍《镜花缘》就是这么描写的。

再东去是交胫国。郭璞注云:"言脚胫曲戾相交。"止此而已。《地形篇》有交股民,即交胫国。《太平御览》卷七百九十引《外国图》说:"交股民长四尺。"

东去是不死民。郭璞注云:"有员丘山,上有不死树,食之乃寿;亦有赤泉,饮之不老。"《大荒南经》说:"有不死之国,阿姓,甘木是食。"郭璞注:"甘木即不死树,食之不老。"《海内经》说:"流沙之东,黑水之间,有山名不死之山。"郭璞注:"即员丘也。"看来郭璞对这些好像是很熟悉的。但甘木是否不死树,不死山是否员丘,却未可知。那么郭璞注"员丘、赤泉"为不死民饮食之所,也不知何所依据。郝懿行说:"魏晋间人祖尚清虚,旧有成语,郭氏述之云尔。"可能就是这样。

再东去是反舌国。《吕氏春秋·功名篇》"蛮夷反舌"高诱注说:"一说南方有反舌国,舌本在前,末倒向喉,故曰反舌。"又注《淮南子·地形篇》"反舌民"说:"语不可知而自相晓。"前一条注有些意思,后一条却是白说。因为每个国家或民族对于别的国家或民族说来,都是"语不可知而自相晓"啊。

再东去是三首国。《淮南子·地形篇》有三头民,即此国;《海内西经》有"三头人伺琅玕树",亦此之类。

东去是周饶国。周饶国又叫焦侥国,《国语·鲁语》说:"僬侥氏长三尺,短之至也。"就是此国。其实周饶、焦侥,当都是侏儒的音转。侏儒,短小人的意思;那么周饶国、焦侥国,就是所谓小人国了。《史记·大宛列传》正义引《括地志》说:"小人国在大秦南,人才三尺,短之至也。其耕稼之时,惧鹤所食,大秦卫助之。即焦侥国,其人穴居也。"就说得非常明白。《法苑珠林》卷八引《外国图》说:"僬侥国人长尺六寸,迎风则偃,背风则伏,眉目具足,但野宿。"更把此国人的狼狈情况描摹尽致,其身量也缩短了将近一半:这都是神话传说发展演变自然的结果。《大荒东经》说:"有小人国,名靖人。"《大荒南经》说:"有小人,名菌人。"靖人、菌人,也就是这里所说的周饶国、焦侥国。《神异经》有鹄国,男女长七寸;《洞冥记》有勒毕国,人长三寸:都是所谓的小人国,只是人的身体愈来愈小了。

再东是长臂国,长臂国是南方海外最后一个国家。郭璞注:"旧说云,其人手下垂至地。"已经是够长的了。而高诱注《淮南子·地形篇》"修臂民"却说:"一国民皆长臂,臂长于身。"比郭璞所说的还要长。郭璞注又引了一段《三国志·魏志·东夷传》记叙的民间传说,说有人曾在沃沮国(朝鲜地方所属古国之一）海边水中"得一布褐，身如中人衣，两袖长三丈"：这才真可算是"长臂"。可惜一个在东北，一个在东南，地望稍不侔。《穆天子传》卷二说："天子乃封长肱于黑水之西河。"郭璞注："即长臂人也，见《山海经》。"那么传说中西方也有此异形人，东北海外出现长臂人衣，就不足怪了。《大荒南经》说："有人名曰张弘，在海上捕鱼。海中有张弘之国，食鱼，使四鸟。"张弘就是长肱，也就是这里所说的长臂国。从"使四鸟"的记叙看，它很可能还是某个古帝（帝俊、帝喾或舜）传下的后代聚居于此而成国的。

三

三身国在夏后启〔一〕北，一首而三身。

一臂国在其北，一臂一目一鼻孔。有黄马，虎文，一目而一手〔二〕。

奇肱之国在其北，其人一臂三目，有阴有阳，乘文马〔三〕。有鸟焉，两头，赤黄色，在其旁。

丈夫国在维鸟〔四〕北，其为人衣冠带剑。

巫咸国在女丑北，右手操青蛇，左手操赤蛇。在登葆山，群巫所从上下也〔五〕。并封在巫咸东，其状如彘，前后皆有首，黑。

女子国在巫咸北，两女子居，水周之〔六〕。一曰居一门中。

轩辕之国在穷山之际〔七〕，其不寿者八百岁。在女子国北。人面蛇身，尾交首上。

诸沃之野，沃民是处。鸾鸟自歌，凤鸟自舞。凤皇卵，民食之；甘露，民饮之：所欲自从也〔八〕。百兽相与群居。在四蛇〔九〕北。其人两手操卵食之，两鸟居前导之。

白民之国在龙鱼〔一○〕北，白身被发。有乘黄〔一一〕，其状如狐，其背上有角，乘之寿二千岁。

肃慎之国在白民北，有树名曰雒棠，圣人代立，于此取衣〔一二〕。

长股之国在雒棠北〔一三〕，被发。一曰长脚。（《山海经·海外西经》）

注释

〔一〕**夏后启**：即启，禹的儿子；见后"启"章。

〔二〕**手**：指马的前脚。

〔三〕**奇肱**：音ㄐㄧgōng；奇，单数叫奇；肱，臂；奇肱，就是独臂的意思。**有阴有阳**：谓其三目有阴有阳。郭璞注："阴在上，阳在下。"以意度之，或当是额中别有一目，常闭，所谓阴也；余两目常开，所谓阳也。**文马**：即吉良；详后"解说"。

〔四〕**维鸟**：鸟名，又名鸉鸟，䴉鸟，似枭，其色青黄，所经国亡。

〔五〕**女丑**：即女丑之尸，十日所炙杀者。**上下**：指上下于天。

〔六〕**周**：绕。

〔七〕**轩辕之国在穷山之际**：原作轩辕之国在此穷山之际，此字王念孙、郝懿行均校衍，从删。

〔八〕**诸沃之野**：原作"此诸夭之野"，此字郝懿行校衍，从删。夭乃沃的缺损，《大荒西经》作沃之野，《博物志》作诸沃，《淮南子·地形篇》有沃民，字均作沃，是诸夭之野即诸沃之野，据改。**沃民是处**：四字据《大荒西经》经文补入，以完足语意。**所欲自从**：言凡是人类所想望尝到的滋味，尽都在甘露和凤凰蛋中。

〔九〕**四蛇**：指环绕轩辕之丘的四蛇。

〔一〇〕**龙鱼**：鱼名，又叫龙鲤，似鲤，一角，陆居，曾有神圣乘此以行九域之野。

〔一一〕**乘黄**：异兽名，即飞黄，又即訾黄。《汉书·礼乐志》应劭注云："訾黄一名乘黄，龙翼而马身，黄帝乘之而仙。"与此小异。

〔一二〕**有树名曰雒棠**：雒棠原作雄常，从郝懿行校改。《淮南子·地形篇》云："雒棠、武人在西北陬。"与此方位正相应。又雄常的雄字，郭璞注："或作雒。"以知雄常当为雒棠。**圣人代立，于此取衣**：原作"先入伐帝，于此取之"，义不可通，从王念孙、孙星衍校改。郭璞注云："其俗无衣服，中国有圣帝代立者，则此木生皮可衣也。"正谓此。

〔一三〕**在雒棠北**：雒棠原亦作雄常，据前校改。

解说

西方的国家，从西南到西北，头一个国家，是三身国。《大荒南经》说："帝俊妻娥皇，生此三身之国，姚姓，黍食，使四鸟。"《海内经》说："三身生义均，义均是始为巧倕，是始作下民百巧。"就是这个国家的来龙去脉。

往北是一臂国。一臂国不是奇肱国（独臂国），它是"一臂、一目、一鼻孔"。这是怎么回事呢？《尔雅·释地》说："北方有比肩民焉，迭食而迭望。"郭璞注："此即半体之人，各有一目、一鼻孔、一臂、一脚。"看得出来，是本此经为说。那么此经的一臂国，就是《尔雅》所说的比肩民，也就是郭璞所说的半体人了。不但人是半体人，连这奇怪的虎文黄马，"一目而一手"，也是半体马。

再往北是奇肱国。奇肱国就是独臂国。郭璞注："其人善为机巧，以取百禽；能作飞车，从风远行。汤时得之于豫州界中，即坏之不以示人。后十年东（东原作西，讹，从《博物志》改）风至，复作遣之。"这个神话故事使我们发生极大兴趣，却又不能不感到十分怀疑："三目"对于"为机巧""作飞车"自然是有用的，可是"一臂"又怎么能够担负这些重任呢？查一查《淮南子》，《地形篇》有奇股民而无奇肱国。高诱注："奇，只也；股，脚也。"那么奇股就是独脚了。较之独臂，似乎独脚于义为长。正唯独脚，痛感行路之难，翱翔云天之想或许更容易产生，故"奇肱"不如从《淮南子》作"奇股"更恰当些。至于这国的人所乘的"文马"，却是古时一种极名贵的宝马，它的名称很多，郭璞注云："文马即吉良也。"这只是文马的众多的名称之一，除此而外，还有吉量、吉黄、吉皇、鸡斯之乘、腾黄、吉光等，都是这文马的异名。《海内北经》说："犬戎国有文马，缟身朱鬣，目若黄金，名曰吉量，乘之寿千岁。"即此。它又曾经在殷、周之交，被散宜生寻求了去解免了文王羑里之难，详后"周文王"章。

再往北就是丈夫国。郭璞注："殷帝太戊使王孟探药，从西王母至此，绝粮，不能进。食木实，衣木皮。终身无妻而生二子，从形中出，其父即死。是为丈夫民。"传为郭璞所作的《玄中记》也记了这段神话而略有异文："王孟"作"王英"，"从形中出"作"从背胁间出"，末又多"去玉门二万里"语。

往北是巫咸国。巫咸国是一群巫师所组织的国家。《大荒西经》说："大荒之中，有灵山。巫咸、巫即、巫肦、巫彭、巫姑、巫真、巫礼、巫抵、巫谢、巫罗十巫，从此升降，百药爰在。"当即指此。所说"十巫"，就是这里所谓的"群巫"；"升降"，就是这里所说的"上下"，实当就是"上下于天"的意思：均见"伏羲"章第二节"解说"。又巫咸，也是中国古代神话传说中一个有名的人物。《太平御览》卷七九引《归藏》说："昔黄神与炎神争斗涿鹿之野，将战，筮于巫咸，曰：'果哉而有咎。'"巫咸是黄帝时人。张澍稡集补注本

《世本》说:"巫咸作筮。——宋衷注:巫咸,不知何时人。"《路史·后纪三》乃谓神农使巫咸主筮,那么巫咸该是神农时人。而《太平御览》卷七二一引《世本》宋注说:"巫咸,尧臣也,以鸿术为帝尧医。"巫咸又该是尧时的人。同书卷七九〇引《外国图》说:"昔殷帝太戊使巫咸祷于山河。"王逸注《楚辞·离骚》也说:"巫咸,古神巫也,当殷中宗之世。"殷中宗就是殷帝太戊,那么这巫咸又该是殷时人了。巫咸究竟是何时人,终莫可究诘。从神话观点论,说为黄帝时人要比较洽当些。

巫咸国东边的这种"状若彘、前后皆有首"的怪兽并封,《大荒西经》和《周书·王会篇》也都有记载。《大荒西经》说:"有兽,左右有首,名曰屏蓬。"《王会篇》说:"区阳以鳖封;鳖封者,若彘,前后皆有首。"看得出来,并封、屏蓬、鳖封,都是一声之转,实在就是一种物事。闻一多《伏羲考》说,并封、屏蓬本字当作"并逢","并"与"逢"皆有合义,乃兽牝牡相合之象。其说甚是。推而言之,蛇之两头、鸟之二首者,也都是并封、屏蓬之类,神话化就成了异形之物了。《汉唐地理书钞》辑《盛弘之荆州记》说:"武陵郡西有阳山,山有两头兽如鹿,前后有头,常以一头食一头行,山人时有见之者。"岂不是极生动的并封、屏蓬的状写么?

再往北就是女子国。郭璞注:"有黄池,妇人入浴,即怀妊矣。若生男子,三岁辄死。"这就是女子国存在并传续下去的原因。本来是神话传说,不料后来史书也有记叙。《三国志·魏志·东夷传》说:"有一国亦在海中,纯女无男。"《后汉书·东夷传》说:"或传其国有神井,窥之即生子。"无非都是女子国神话的翻板:连史书也把传说当作事实了。

再往北是轩辕国。轩辕是黄帝的称号;国名轩辕,当即黄帝的子孙聚居于此而成国的。古天神多人面蛇身,这国的人亦作此态,知为神的苗裔。《大荒西经》说:"有轩辕之国。江山之南栖为吉。不寿者乃八百岁。"就是前面所录《海外西经》记叙的异文。只是"江山之南栖为吉"一语则殊不可解,疑是巫师的咒诅词渗入其中的(还有《大荒南经》所说的"南极果,北不成,去痓果"也是一样)。鲁迅说《山海经》是"古之巫书"(见《中国小说史略》第二篇),从这些地方也看得出一些迹象来。

往北是沃民部族所居的沃野。《大荒西经》说:"有西王母之山、壑山、海山。有沃之国,沃民是处;沃之野,凤皇卵是食,甘露是饮。凡其所欲,其味尽存。爰有甘华、甘柤、白柳、视肉、三骓、璇瑰、瑶碧、白木、琅玕、白丹、青丹。

多银铁。鸾鸟自歌，凤鸟自舞，是谓沃之野（此引文是经过校改的）。"把沃民、沃野的景象叙写得更是如火如荼，热闹非常，看来简直像是人间的乐园。《淮南子·地形篇》有沃民，又说"西方曰沃野"，就是此经的沃民、沃野。

再往北就是白民国。这是西方的白民国。东方也有白民国。《大荒东经》说："有白民之国。帝俊生帝鸿，帝鸿生白民。白民销姓，黍食，使四鸟：虎、豹、熊、罴。"东方的白民国，看来和西方的白民国情景不大一样。首先是方位迥异。其次役使的动物，东方的是"虎、豹、熊、罴"，西方的则只是"乘黄"。再说状貌，东方的只是说是"销姓，黍食"，普普通通，西方的则是"白身被发"，怪模怪样。故说两个同名称的白民国可能不是一国。但传说演变情况复杂，究竟怎样，仍当阙疑。倒是此国出产的异兽乘黄，却是很有名气，可以大略说说。乘黄早见于《周书·王会篇》。《王会篇》说："白民乘黄。乘黄者，似骐，背有两角。"与此经略异。不过根据郭璞注引《周书》："乘黄似狐，背上有两角。"仍与此经同。《初学记》卷二十九引《周书·王会》亦同郭注，唯"两角"作"肉角"，是其异。乘黄即飞黄。《淮南子·览冥篇》说："青龙进驾，飞黄伏皁【皂】。"高诱注："飞黄，乘黄也。"又即訾黄。《汉书·礼乐志》说："訾黄何不徕下？"应劭注："訾黄，一名乘黄，龙翼而马身，黄帝乘之而仙。"形貌又有新的变化；今本《周书·王会篇》"乘黄似骐（骏马）"之说大约就是由此而来。

往北就是肃慎国。肃慎本是古代中国北方的一个实有的国家，周初已经和中国有文化上的交流往来，这里却也杂在神话传说的国家之中了。所谓"有树名雒棠，圣人代立，于此取衣"，自然是不足取的"神话"。郭璞注《大荒北经》"有肃慎氏之国"说："今肃慎国去辽东三千余里，穴居无衣，衣猪皮，冬以膏涂体，厚数分，用却风寒。其人皆工射，弓长四尺，劲强；箭以楛为之，长尺五寸，青石为镝：此春秋时隼集陈侯之庭所得矢也。"叙写他们的生活和英雄气概，生动、翔实，较之经文所记，倒多可取，虽然它是根据《三国志·魏志·东夷传》。

再往北，就到西方海外最后一个国家：长股国。长股国就是长脚国。《大荒西经》说："西北海之外，赤水之北，有长胫之国。"即此国。《淮南子·地形篇》有修股民，亦此。郭璞注"长股国"云："国在赤水东也。长臂人身如中人而臂长三丈，以类推之，则此人脚过三丈矣。黄帝时至。或曰，长脚人常负长臂人入海捕鱼也。"真是美妙的设想！郭注"黄帝时至"者，《路史·后纪五》注引《尸子》云："四夷之民有贯胸者，深目者，长股者，黄帝之德皆致之。"说当本此。

四

无启之国在长股东，为人无启〔一〕。

一目国在其东，一目中其面而居〔二〕。一曰有手足〔三〕。

柔利国在一目东，为人一手一足，反卶，曲足居上〔四〕。一云留利之国，人足反折。

深目国在其东，为人深目，举一手〔五〕。

无肠之国在深目东，其为人长而无肠。

聂耳之国在无肠国东，使两文虎，为人两手聂其耳〔六〕。县居海水中，及水所出入奇物〔七〕。两虎在其东。

夸父国〔八〕在聂耳东，其为人大，右手操青蛇，左手操黄蛇。邓林〔九〕在其东，二树木。一曰博父。

拘瘿之国在其东，一手把瘿。寻木长千里，在拘瘿南，生河上西北〔一〇〕。

跂踵国在拘瘿东，其为人两足皆支。一曰反踵〔一一〕。（《山海经·海外北经》）

注释

〔一〕**无启**：启【启】原作启，从毕沅校改。无启，即无继，没有后嗣的意思。

〔二〕**一目中其面而居**：谓一目生于其面之中。

〔三〕**一曰有手足**：郝懿行云，有手足三字疑有讹。

〔四〕**柔利国**：即《大荒北经》的牛黎国，牛黎、柔利声相近。卶，同膝。

〔五〕**为人深目，举一手**：原作为人举一手一目，郭璞于"目"字下注云："一作曰。"则一曰应属下读，故删去一目二字。但为人举一手，仍不成文义，疑"举一手"上，当脱去"深目"二字："为人深目"，是其形禀（与本经"无启之国，为人无启"、《海外南经》"交胫国为人交胫"等同例）；"举一手"，说其图象——这样就畅通无碍了。因以意补。

〔六〕**聂**：通摄，持也。

〔七〕**县居海水中，及水所出入奇物**：县，同悬，《初学记》卷六引此经正作悬；言此国孤悬而居于海水中，水所出入奇物，亦尽在此中。《初学记》引海水作赤水，义尤洽。因为这个处在西北方的聂耳国,说它居于昆仑以北的赤水中,更适当些。

〔八〕**夸父国**:原作博父国,因后文有"一曰博父",系校书人所校别本异文,那么这里就不应当再作博父。而《淮南子·地形篇》有"夸父耽耳在其北方"语,此处文字又紧接于夸父逐日文字下,后复记有夸父弃杖所化的邓林,知原文的博父国实应作夸父国,始无抵牾,因据改。

〔九〕**邓林**:毕沅云:"邓林即桃林也,邓桃音相近,盖即《中山经》所云夸父之山北有桃林矣。"是也。**二树木**:郝懿行云:"谓邓林二树而成林,言其大也。"

〔一〇〕诸夭字原均作缨,据郭璞注"或曰缨宜作瘿"改。缨正宜作瘿,瘿,瘤也,而缨则冠缨也,《海经》所记诸国非异禀即异形,无为手持冠缨而列为一国之理,故作瘿是也。**寻木**:长木。**河**:黄河。

〔一一〕**其为人两足皆支。一曰反踵**:原作其为人大,两足亦大,一曰大踵,义不可通。《太平御览》卷三七二引作"其为两足皆六",卷七九〇引作"其人两足皆大","其为""其人",各脱一字,文字近之矣,然而以足大释跂踵,犹有扞格,疑大字当是支字之讹,则两足皆支正所以为跂踵也,因以意改。至于后文"一曰大踵",则毕沅已云:"大踵疑当为反踵之字误。"郝懿行亦云:"大踵疑当为支踵或反踵,并字形之讹。"然支踵与上文跂踵义同,则作反踵是也,亦犹支舌国或又作反舌国也;支反形近,易致混淆,匡亦改之。

解说

北方的国家,从西北到东北,头一个是无启国。"无启【启】"经文原作"无䏿",䏿就是小腿肚,说这国的人没有小腿肚,那是错的。《广雅》引作"无启",无启就是无继,没有后嗣的意思。《淮南子·地形篇》有无继民,即此。没有后嗣为什么又居然能成国呢?郭璞注云:"其人穴居,食土,无男女,死即薶(埋)之,其心不朽,百二十岁乃复更生。"原来这些人都是活了又死、死了又活,实际上是长生不死的奇人,所以国家能存在下去。《大荒北经》说:"有无继民。无继民(二"无继"原均作继无,从王念孙、郝懿行校乙)任姓,无骨子,食气鱼。"这国人原都是无骨人的后裔。所谓无骨人,就是后面要讲到的柔利国人。"食气鱼"者,郝懿行说:"言此人食气兼食鱼也。《大戴礼·易本命篇》云:'食气者神明而寿。'"这个解释是不错的:那么这个国家的人对食物营养和身体锻炼都很重视啊。

往东是一目国。《大荒北经》说:"有人一目,当面中生,一曰是威姓,少昊之子，食粟。"即此国。《海内北经》说："鬼国在贰负之尸北，为物人面而一目。"疑亦此国，因鬼、威声相近。《论衡·订鬼篇》引《山海经》（今本无）说："北方有鬼国，说螭者谓之龙物也。"何谓"龙物"，则因其"语焉而不详"，实在弄不清楚，只好"阙疑"了。

再东是柔利国。这国的人，观其形状，"一手一足"，有点像西方海外一臂国即半体人的形状。不过半体人只有"一目、一鼻孔"，此则头面五官和躯体是齐全的。《大荒北经》说："有牛黎之国。有人无骨，儋耳之子。"即柔利国；牛黎、柔利音皆相近。柔利国人"反卻（膝），曲足居上"的图像，确实是"无骨"的光景。儋耳，即聂耳，后面便要讲到。

再往东是深目国。《大荒北经》说："有人方食鱼，名曰深目之国，盼姓，食鱼。"《尸子》说这国的人黄帝时候就曾来过中国（见前节"解说"），可见其传说渊源之古。

往东是无肠国。郭璞注："为人长大，腹内无肠，所食之物直通过。"郝懿行说："《神异经》云：'有人知往，有腹无五藏，直而不旋，食物径过。'疑即斯人也。"《淮南子·地形篇》有无肠民，即此国。《大荒北经》说："又有无肠之国，是任姓，无继子，食鱼。"说它是无继国即无启国的后裔。既"无继"矣，无肠国却又是它的"继"，这真如郭璞注《海外东经》"十日所浴"所说："搜（揆）之常情，则无理矣。"然而神话传说，确又是如此记叙的，这里只好套用一句旧来注家的惯语："所未详也。"

再东是聂耳国。《大荒北经》说："有儋耳之国，任姓，禹号子，食谷。"即此国。禹号，是东海的海神；《大荒东经》说："黄帝生禺貗，禺貗处东海，是为海神。"郭璞注："一本作号。"就是这个禺号。《淮南子·地形篇》无聂耳国，却说："夸父、耽耳在其北方。"耽耳就是儋耳，也就是此经的聂耳。郭璞注云："言耳长，行则以手聂持之也。"这就是"聂耳国"之所由得名。而唐李冗《独异志》却说："《山海经》有大耳国，其人寝，常以一耳为席，一耳为衾。"则传说演变，夸张愈甚了。

再往东是夸父国。夸父国又叫博父国；郝懿行说："博父，大人也。"可说就是大人国。它是追日的夸父的后代子孙聚居于此而成国的，所以经文下有"邓林在其东，二树木"的记叙，邓林，毕沅说就是桃林，是夸父临死，"弃其杖"化而为此林的。

往东是拘瘿国。拘瘿国特征就是一国的人颈上都生有瘿瘤，须把持其瘿而行。《淮南子·地形篇》有句婴民，高诱注云："句婴读为九婴，北方之国。"当即此国。但是此读为"九婴"的"句婴"，不应和《淮南子·本经篇》所记羿"杀九婴于凶水之上"的"水火之怪"（高诱注语）的九婴相混。

再往东就到北方海外最后一个国家：跂踵国。郭璞注："其人行，脚跟不著地也。"《淮南子·地形篇》有跂踵民，高诱注："跂踵民，踵不至地，以五指行也。"即此国。但《文选·王元长〈曲水诗序〉》引高注却云："反踵，国名，其人南行，迹北向也。"与此异义。大约跂踵本作支踵，支反形近易讹，所以经文有"一曰反踵"语。究竟是"支（跂）踵"还是"反踵"，反正不过是神话传说，也不必去深究了。

五

大人国在其北，为人大，坐而削船〔一〕。

君子国在其北，衣冠带剑，食兽，使二文虎，在旁。其人好让不争。有薰华草，朝生夕死〔二〕。

青丘国在其北，其狐四足九尾。

黑齿国在其北，为人黑齿。食稻啖蛇，一赤一青，在其旁〔三〕。一曰为人黑首，食稻使蛇，其一蛇赤。

雨师妾〔四〕在其北，其为人黑，两手各操一蛇，左耳有青蛇，右耳有赤蛇。一曰为人黑身人面，各操一龟。

玄股之国在其北，其为人股黑，衣鱼食鸥，两鸟夹之〔五〕。

毛民之国在其北，为人身生毛。

劳民国在其北，其为人黑。或曰教民〔六〕。一曰为人面目手足尽黑。

（《山海经·海外东经》）

注释

〔一〕**削船**：郝懿行云："削当读若稍，削船谓操舟也。"

〔二〕**使二文虎**：文虎原作大虎，据王念孙、郝懿行校改。**薰华草**：即木槿，又叫木芙蓉，一名舜华，《诗·有女同车》："有女同车，颜如舜华。"即此。

〔三〕**为人黑齿**：原作为人黑，齿字据王念孙、郝懿行校增。**啖蛇**：食蛇，啖音淡。

〔四〕**雨师妾**：郭璞云："雨师，谓屏翳也。"只释雨师，未释妾字，这是文不对题。郝懿行云："雨师妾盖是国名，即如《王会篇》有姑妹国矣。"观其"为人黑、操龟操蛇"等语，确当是国名。

〔五〕**其为人股黑**：原无股黑二字，据高诱注《淮南子·地形篇》引此经补。**衣鱼**：以鱼皮为衣。**鸥**：水鸟，同鸥。**两鸟夹之**：原作使两鸟夹之，使字据高诱注《淮南子·地形篇》引此经删。

〔六〕**教民**：郝懿行云："教、劳声相近。"

解说

东方海外的国家，从东南到东北，头一个是大人国。大人国《山海经》多有记叙。《大荒东经》说："东海之外，有波谷山者，有大人之国。有大人之市，名曰大人之堂。有一大人踆其上，张其两臂（臂原作耳，从王念孙、郝懿行校改）。"所谓"大人之市""大人之堂"，据郭璞注说："亦山名，形状如堂室耳；大人时集会其上作市肆也。"或者郭璞所见的古《山海经》图像就是如此的。《海内北经》（应移在《海内东经》）说："大人之市在海中。"当就是此经所记东海波谷山的大人之市。而《大荒北经》又另记有一个大人国："有人名曰大人。有大人之国，釐姓，黍食。有大青蛇，黄头，食麈。"北方荒野的这个大人国，情景看来和东方海外的大人国有些不同，不得混而为一。大人国除《山海经》所记而外，《博物志·外国》也说："大人国，其人孕三十六年，生白头；其儿则长大，能乘云雨而不能走，盖龙类。去会稽四万六千里。""龙类"之说，大约是本于龙伯国大人神话而来；"孕三十六年，生白头"，又有点像神话中老子诞生的情景：大约是一个混血儿式的产品。《博物志·异人》又引《河图玉版》说："龙伯国人，长三十丈，生万八千岁而死；大秦国人，长十丈；中秦国人，长一丈；临洮人，长三丈五尺。"把各个大人国人的身量长短，都调查出来，展示在这里了。

往北是君子国。《大荒东经》说："有东口之山，有君子之国，其人衣冠带剑。"即此国。"衣冠带剑"，自然是彬彬有礼的光景，所以此经说"其人好让不争"。可是李汝珍《镜花缘》里写的君子国，却是"让"得过分了些，竟使买卖的双方都"因让而争"了起来，仍然不可开交。再有一个寿夭的问题。《说文》四说："东夷从大，大，人也；夷俗仁，仁者寿，有君子，不死之国。"可是《博物志·外国》却说："君子国……土千里，多熏华之草。民多疾风气，故人不蕃息。"所说恰又与之相反。大抵或因传闻不同，或因想象夸张，对同是一个君子国便有了不同的叙写。

再往北就是青丘国。郭璞注："其人食五谷，衣丝帛。"这条注很有点像是经文误作郭注的光景，姑且存疑。《大荒东经》说："有青丘之国，有狐九尾。"几乎和此经所记一个样，没有减少，也没有增加。青丘国的情况就是这么平平常常，它赖以知名于世的，是所出产的九尾狐。《南山经》说："有青丘之山，有兽焉，其状如狐而九尾，其音如婴儿，能食人，食者不蛊。"九尾狐的本来面貌——"食人"——原来是这样的。可是郭璞注《大荒东经》"有狐九尾"却说："太平则出而为瑞。"此物又成为祯祥之物了。在"鲧禹治水"章第七节我们已经见到《吴越春秋》记叙的"有九尾白狐，造于禹，……禹因娶涂山"的故事，大约就是郭注所谓的"为瑞"之意。《吴越春秋》汉代赵晔作，采取的可能就是当时流行的民间传说。考汉代石刻画像及砖画中，常见有九尾狐和白兔、蟾蜍、三足乌之属并列于西王母座旁以示祯祥，九尾狐则象征子孙繁息（《白虎通·封禅篇》），也就是"禹娶涂山"的取义。九尾狐从"食人"到"为瑞"，足见神话传说每每由野蛮演变到文明，就像西王母从凶神渐变为吉神，即其另一例一样。

再往北是黑齿国。《大荒东经》说："有黑齿之国。帝俊生黑齿，姜姓，黍食，使四鸟。"黑齿国原来是神的苗裔。然而它又见于史籍的记载。《周书·王会篇》说："黑齿白鹿白马。"周成王时代它已到过中国来了。《三国志·魏志·东夷传》说："去女王〔国〕四千余里，又有裸国、黑齿国，复在其东南。"大约古时我国东南海外确有这样一个文化较低的民族，后来被神话化了，说它是帝俊之裔，这也还是平等对待的意思。

往北是雨师妾国。关于这国的解说，已见注〔四〕，别无可说。

再往北是玄股国。郭璞注："髀已下尽黑，故云。"大约是见了古经图像作的注释，那么此国的人两条腿全是黑的了，译为今语可称为"黑腿国"。《大荒东经》说："有招摇山，融水出焉。有国曰玄股，黍食，使四鸟。"即此国。看光景也像是帝俊的子孙。

再往北是毛民国。《淮南子·地形篇》有毛民，高诱注云："其人半体生毛，若矢镞。"即此国。《大荒北经》说："有毛民之国，依姓，食黍，使四鸟。禹生均国，均国生役采，役采生修鞈，修鞈杀绰人，帝念之，潜为之国，是此毛民。"这是关于毛民立国的神话历史。郝懿行说："毛民依姓，禹之裔也。"

按《国语·晋语四》载,黄帝之子二十五宗,其得姓者十四人,其中就有依姓。那么毛民当是黄帝裔,非禹裔。但禹也是黄帝族人,毛民虽非他的直接裔属,也是同族子孙。所以当禹的曾孙修鞈把绰人杀死以后,禹哀念绰人,潜密用其子孙以为国,就成了这毛民国。

再往北就到了东方海外最后一个国家:劳民国。郭璞注:"食果草实也。有一鸟两头。"这也可能是经文误作郭注的。《淮南子·地形篇》有劳民,高诱注云:"劳民,正理躁扰不定。"说他们慌慌张张,精神不安。李汝珍《镜花缘》第十四回写劳民国,却说:"海外传说,'劳民永寿,智佳(国名)短年。'"以劳民的"劳"为劳动的"劳",正确理解了劳动对健康的关系:这可算是一百五六十年前进步文学家*解释神话焕发出来的新思想。

六

枭阳国在北朐之西,其为人人面长唇,黑身有毛,反踵,见人则笑,左手操管〔一〕。(《山海经·海内南经》)

有蜮山者,有蜮民之国,桑姓,食黍,射蜮〔二〕是食。有人方扞弓〔三〕射黄蛇,名曰蜮人。(《山海经·大荒南经》)

有寿麻之国。南岳〔四〕娶州山女,名曰女虔,女虔生季格,季格生寿麻。寿麻正立无景〔五〕,疾呼无响。爰有大暑,不可以往。(《山海经·大荒西经》)

犬封国曰犬戎国,状如犬。有一女子,方跪进杯食〔六〕。有文马,缟身〔七〕朱鬣,目若黄金,名曰吉量,乘之寿千岁。(《山海经·海内北经》)

列姑射在海河州中。姑射国在海中,属列姑射,西南,山环之〔八〕。大蟹,在海中。陵鱼,人面、手足、鱼身,在海中〔九〕。……蓬莱山在海中〔一〇〕。(《山海经·海内北经》)

---

*李汝珍(约1763—1830年),清代小说家。——编者注

注释

〔一〕**北朐**：国名，朐，音 qú。郝懿行云："疑即北户也。"近是。按北户，又叫北户孙，见"炎帝"章第二节注〔四〕。**见人则笑**：原作"见人笑亦笑"，据王念孙、郝懿行校改。**管**：竹筒。

〔二〕**蜮**：虫名，音 yù，一名射工，一名射影，长三四寸，似鳖，三足，居水旁，口中有物如角弩，能以气射人，中之者则疮病，甚者至死。

〔三〕**扞弓**：挽弓；扞，音 yǔ。

〔四〕**南岳**：神名，余未详。据吴任臣《山海经广注》引《冠编》云："黄帝鸿初为南岳之官，故名南岳。"寿麻神话或者和黄帝神话有些关系，详后"解说"。

〔五〕**景**：同影。

〔六〕**桮食**：桮，同杯，盛酒之具；桮食，酒食。

〔七〕**缟身**：言其身色白如缟；缟，白色生绢。

〔八〕**列姑射**：山名；即《东次二经》所说的姑射之山、北姑射之山、南姑射之山。"列姑射"的"列"（众），取义就在于此。此经这段文字，据吴承志说，本当在《海内东经》而错简在此的。若如所说，方位就完全相合了。**姑射国**：仙人之国。原作射姑国，据《藏经》本及吴宽本改。射均音 yì。**海河州**：州，岛；海河州，即海河中的小岛。

〔九〕**大蟹**：郭璞云：盖千里之蟹也。**陵鱼**：一作鲮鱼，即人鱼。

〔一〇〕**蓬莱山**：神话传说中的五神山或三神山之一；见"女娲"章第五节注〔七〕。

解说

以上各节所录的《山海经·海外经》所记叙的殊方景物，是主要的部分；本节所录，则是散见于其他各经的择其要者。现在就所录的几个国家，大略补充、介绍情况如后。

首先是南方荒野的枭阳国。《海内经》说："南方有赣巨人，人面长唇，黑身有毛，反踵，见人则笑，唇蔽其目，因可逃也（内数字与今本略异，从王念孙、郝懿行诸家校改）。"赣巨人就是此经的枭阳国人。枭阳又作枭羊。《文选·吴都赋》刘逵注引《异物志》说："枭羊善食人，大口，其初得人，喜笑，则唇上覆额（额），移时而后食之。人因为筒贯于臂上，待执人，人即抽手从筒中出，凿其唇于额（额）而得擒之。"这就把所谓"赣巨人"的"赣（戆）"清楚地叙写出来了。所谓枭羊或枭阳，无非都是狒狒的神话化。《周书·王会篇》

称之为费费。《王会篇》说："州靡费费，其形人身反踵，自笑，笑则上唇翕其目。食人。北方谓之吐喽。"除了没有"操管"的叙写，其余就和《山海经》所记枭阳国、赣巨人的情景完全一样。郭璞《图赞》说："髴髴怪兽，被发操竹；获人则笑，唇蔽其目；终亦号咷，反为我戮。"可谓善于概括。

其次是蜮民国。蜮民国之所以得名，就因为此国的人"射蜮是食"。蜮是一种可怕的毒虫，郭璞注云："蜮，短狐也，含沙射人，中之则病死。"《诗·何人斯》说："为鬼为蜮，则不可得。"《楚辞·大招》也说："魂乎无南，蜮伤躬只。"蜮之为害，可以想见。《说文》十三说："蜮，短狐也，似鳖，三足，以气欶（射）害人。"解释得更是清楚。不过短狐《汉书》作短弧，《五行志》说："蜮在水旁，能射人，射人有处，甚者至死，南方谓之短弧。"颜师古注云："即射工也，亦呼水弩。"既名"射工""水弩"，看来作短弧是对的，狐当是弧的借字。《博物志·异虫》说："江南山溪中，水射工虫，甲类也，长一、二寸，口中有弩形，气射人影，随所著处发疮，不治则杀人。"其余说蜮的大同小异，多难悉举，真是可怕。惟《古小说钩沉》辑《玄中记》说："蜮长三四寸，蟾蜍、鹫鹭、鸳鸯悉食之。"幸而还是见制于物。而蜮民乃"射蜮是食"，也可算是除害的异人了。

其次是西方荒野的寿麻国。《吕氏春秋·任数篇》说："西服寿靡，北怀阔耳。"高诱注："靡一作麻。"当然就是这里所说的寿麻。至于寿麻的先祖南岳呢，吴任臣注引《冠编》说："黄帝鸿初为南岳之官，故名南岳。"又引《路史（后纪六）》说："帝鸿生白民及嘻，嘻生季格，季格生帝魁。"又引罗苹注说："嘻其南岳也。"吴所引《冠编》《路史》虽然都是晚出的书，未足为据，但在古神话传说中，南岳想必是黄帝系的人物。观于寿麻"正立无景，疾呼无响；爰有大暑，不可以往"的情景，很有点和黄帝女魃的情景相像，因疑寿麻神话可能就是黄帝女魃神话的分化。

还有北方的犬封国即犬戎国也可以补充说说。郭璞注："昔盘瓠杀戎王，高辛以美女妻之，不可以训，乃浮之会稽东南海中，得三百里地封之，生男为狗，女为美人，是为狗封之国也。"郭璞此注意在说明本节所录这段神话乃是盘瓠神话最早的雏型，这是对的，因为古经图画上画有"状如犬"的犬戎国人，有"方跪进杯食"的"女子"，这就说明它是盘瓠神话的雏型了。至于《大荒北经》说："有人名曰犬戎。黄帝生苗龙，苗龙生融吾，融吾生弄明，弄明生白犬，白犬有牝牡，是为犬戎。"白犬自相牝牡而成国，则是此一神话的异闻。但盘瓠神话流布在东南,此经(《海内北经》)及《大荒北经》方位都在北,《伊尹四方令》(见《周书·王会篇》)说:"正西昆仑、狗国。"《淮南子·地形篇》说:"狗国在其(建木)西。"方位都在西。从这里可以知道有关盘瓠神话传说是先由西北渐及东南的。至于犬戎国人所乘的文马吉量,奇肱国人亦乘之,已见本章第三节"解说"。

最后还讲讲东海中列姑射岛上的姑射国。关于此国,《庄子·逍遥游篇》有一段美丽的神话寓言:"藐姑射之山,有神人居焉,肌肤若冰雪,绰约若处子,乘云气,御飞龙,而游乎四海之外,其神凝,使物不疵疠而年谷熟。"说的就是此国。郭璞注本节所录"列姑射在海河州中"句也说:"山有神人,《庄子》所谓藐姑射之山也。"可见是一个共同的神话,《庄子》又加上了一些哲理的玄想。那么所谓的姑射国,就该是仙人国了。此国的附近,有大蟹、陵鱼种种奇物。关于大蟹,传说很多,姑举其一。《古小说钩沉》辑《玄中记》说:"天下之大物,北海之蟹,举一螯能加于山。"其大可知。陵鱼,就是人鱼,神话传说也多。其中一个这么说:"南海之外有鲛人,水居如鱼,不废织绩;其眼泣,则能出珠。"(见《搜神记》卷十二)设想也很美丽。何况蓬莱仙山,也在此国的附近。说姑射国就是仙人所居之国,当无多大疑问。

启

　　西南海之外，赤水之南，流沙之西，有人珥两青蛇，乘两龙，名曰夏后开〔一〕。开上三嫔于天，得《九辩》与《九歌》以下〔二〕。此大穆之野，高二千仞，开焉得始歌《九招》〔三〕。(《山海经·大荒西经》)

　　启《九辩》与《九歌》兮，夏康娱以自纵〔四〕，不顾难以图后兮〔五〕，五子用夫家巷〔六〕。(《楚辞·离骚》)

　　启乃淫溢〔七〕康乐，野于饮食〔八〕，将将锽锽，筦磬以方〔九〕，湛浊〔一〇〕于酒，渝食于野〔一一〕，万舞翼翼〔一二〕，章闻于天，天用弗式〔一三〕。(《墨子·非乐上》)

　　夏后启之臣曰孟涂，是司神于巴〔一四〕。巴人讼于孟涂之所〔一五〕，其衣有血者执之〔一六〕，是请生〔一七〕。居山上，在丹山西〔一八〕。(《山海经·海内南经》)

注释

　　〔一〕**流沙**：地名，在古弱水附近，弱水据说即今内蒙古自治区额尔济纳旗境内的黑河。**夏后开**：即夏后启，汉景帝名启，汉人避讳改启为开。

　　〔二〕**三嫔于天**：三次到天帝处作客；嫔通宾。《九辩》《九歌》：皆天帝乐名；所谓得《九辩》《九歌》，实在就是窃《九辩》《九歌》；《归藏·启筮》："不得窃《辩》与《九歌》以国于下。"即指此。

　　〔三〕**大穆之野**：原作"天穆之野"，大字从王念孙、毕沅校改。《海外西经》作"大乐之野"，又作"大遗之野"，乐、遗、穆声皆相近。《九招》：乐曲名，《藏经》本作九韶；想当是启摹仿《九辩》《九歌》而制成的新曲。

　　〔四〕**夏康娱以自纵**：旧以夏康为人名，即启的儿子太康，非也。夏同下，康娱当连读，康娱自纵，乃指启窃得天乐《九辩》《九歌》，下地而以之康娱自纵，即《墨子·非乐上》所谓"启乃淫溢康乐"是也。

〔五〕**不顾难以图后**：不顾眼前的艰难，也不图谋后世的安康。

〔六〕**五子用夫家巷**：原作"五子用失乎家巷"，失字衍，乎当作夫，从闻一多校删改。五子用夫家巷者，五子谓启的五个儿子；巷，王引之说当读为鬨，家巷即内讧，谓五子因而内讧也。

〔七〕**溢**：同泆，放恣的意思。

〔八〕**野于饮食**：即饮食于野。

〔九〕**将将锽锽，筦磬以方**：原作"将将铭，苋磬以力"，从孙诒让《墨子间诂》校改。将将锽锽，乐声也；筦同管；方，并也；筦磬以方，谓管磬之声并作也。

〔一○〕**湛浊**：沉湎。

〔一一〕**渝食于野**：孙诒让云："渝当读为偷，……偷，苟且也，谓苟且饮食于野外燕游之所。"

〔一二〕**万舞翼翼**：万舞，乐舞名，为祀高禖之舞，颇涉邪淫；翼翼，万舞盛大之貌。

〔一三〕**章闻于天**：原作"章闻于大"，从孙诒让《墨子间诂》校改。章，显；谓万舞之盛，显闻于天。**天用弗式**：用，因；式，用；谓天因而遂弃之弗用。

〔一四〕**司神于巴**：巴，地名，在今四川省巴县（重庆）一带。司神于巴，为巴地的神主。

〔一五〕**巴人讼于孟涂之所**：原作"人请讼于孟涂之所"，巴字脱，请字衍，据《水经注·江水》引经文增删。

〔一六〕**其衣有血者执之**：郭璞注："不直者则血见于衣。"

〔一七〕**是请生**：郭璞注："言好生也。"意思是说孟涂断狱明察公平，有好生之德。

〔一八〕**居山上，在丹山西**：丹山，在湖北省巴东县西。居山上，山指巫山；郦道元《水经注·江水》云："巫山在丹山西。"

解说

启在神话里是天神禹和人间的女儿女娇生的儿子，并且还有"石破北方而生"（见《绎史》卷十二引《随巢子》）的特异记载，他虽然不能算是神，身上却具有充分的神性。最显明的例证就是传说他好几次到天帝那里去作宾客，把天乐《九辩》《九歌》偷窃下来，根据这两只乐曲剖成新曲《九招》，叫他的歌童舞女在高二千仞的大穆之野歌舞起来。关于这，《海外西经》有更具体的描写——

> 大运山高三百仞,在灭蒙鸟北。大乐之野,夏后启于此儛《九代》,乘两龙,云盖三层。左手操翳,右手操环,佩玉璜。在大运山北。一曰大遗之野。

地名虽然小有异同,事情却是一回:就是启曾把天乐偷窃下来加以改制,在人间歌舞自娱。我们看他那状貌:耳朵上挂着两条青蛇,驾着两条龙,三层云盖簇拥着他;他的左手拿了一把羽伞,右手握着一个玉环,还有一只玉璜佩在身上,正在云烟山树的缥缈间观看歌舞,这光景是多么神气!想必他还会不知不觉地拿握在手里的玉环,敲着佩在身上的玉璜,用以代替乐曲的节拍呢。但正因为他这样不恤国事,只是"康娱自纵"(《离骚》),他死之后,他的五个儿子马上就内讧起来,以至为后羿所乘,终于失国。这也就是《天问》所说的"启棘(急)宾商(帝),《九辩》《九歌》,何勤子屠母,死分竟(境)地":这个剖母胁而生的荒淫的启,刚一闭上眼睛,他的国家的境地马上就为之分剖。《墨子·非乐上》更明明说他"淫溢康乐,野于饮食""湛浊于酒,渝食于野",还兼以"万舞翼翼"。万舞,大约是摹仿蝎形的独足跳舞,多用之于祭祀高禖,其内容是表现男女欢爱情状的。启只知道征逐酒食声色,宜其过恶"章闻于天,天用弗式"。

关于启的淫纵,诸书所记,并无异辞,足见确有古传说的凭依。惟独《孟子》的说法有些特殊。《孟子·万章篇》说,"启贤,能敬承继禹之道",故能"继世以有天下"。《史记》因《孟子》之文,也在《夏本纪》中说:"禹子启贤,天下属意焉。"这两部书在中国的影响是相当大的,因而"启贤"之说遂取得了统治地位而几乎成为定论。乃至有人(惠栋、江声)据此以怀疑《墨子·非乐》所说的"启乃淫溢康乐",认为"启乃"当作"启子","启是贤王,何至淫溢"?其实都是受了正统派儒家任凭己意修改古代传说的欺骗的。

启虽然因淫佚而败德,未足称贤,却传说他有贤臣孟涂,司神于巴,巴人来讼于孟涂之所的,只要血见于衣,立刻就会被执定罪。正为孟涂断案略施小术,曲直立辨,不至于枉屈无辜,故说他有好生之德。实际上这种传说,也不过就是如像皋陶神羊之类,表明在生产水平低下、认识事物能力也较低的古代人们,渴望辨别善恶是非;现实生活中既然难于办到,只好寄幻想于神迹,而统治者也正好利用人们的这种宗教心理以遂其统治。然而断案要凭血见于衣或神羊的抵触以定罪疑,它的反面也就说明着在古代社会,无辜被冤的人实在是较为普遍了。

孔甲

一

夏后氏孔甲，田于东阳萯山，天大风晦盲，孔甲迷惑，入于民室〔一〕。主人方乳〔二〕。或曰："后来，是良日也，之子是必大吉〔三〕。"或曰："不胜也，之子是必有殃〔四〕。"后乃取其子以归，曰："以为余子，谁敢殃之？"子长成人，幕动，坼橑〔五〕，斧斫斩其足，遂为守门者。孔甲曰："呜呼有疾，命矣乎！"〔六〕乃作为《破斧之歌》，实始为东音〔七〕。（《吕氏春秋·音初篇》）

注释

〔一〕**夏后氏**：禹受禅为天子，国号夏，亦称夏后氏，其后子孙遂以为氏族之名。**孔甲**：夏王，不降的儿子，启的九世孙。**田**：猎。**东阳萯山**：即东首阳山，其地在今河南省孟津县界，为吉神泰逢之所司，见《山海经·中次三经》。郭璞云：萯音 bèi。**晦盲**：晦冥。

〔二〕**乳**：产子。

〔三〕**后**：国君。**之子**：此子。

〔四〕**不胜**：命不胜福。胜，音 shèng。**殃**：灾祸。

〔五〕**幕动，坼橑**：帷幕牵动，屋橼崩塌。坼，裂，音 chè；橑，橼。

〔六〕大意说，唉唉，原本是好好的，偏偏却出了毛病，看来真是命中注定了。

〔七〕**东音**：东方的乐音。

解说

见后。

二

帝孔甲立，好方鬼神事〔一〕，淫乱。夏后氏德衰，诸侯畔〔二〕之。天降龙二，有雌雄，孔甲不能食〔三〕，未得豢龙氏〔四〕。陶唐〔五〕既衰，其后有刘累，学扰龙〔六〕于豢龙氏，以事孔甲。孔甲赐之姓曰御龙氏〔七〕，受豕韦之后〔八〕。龙一雌死，以食夏后，夏后使求，惧而迁去〔九〕。（《史记·夏本纪》）

师门者，啸父〔一〇〕弟子也，食桃李花〔一一〕，亦能使火〔一二〕，为夏孔甲龙师〔一三〕。孔甲不能顺其意〔一四〕，杀而埋之外野。一旦，风雨迎之，讫〔一五〕，则山木皆焚。孔甲祠而祷之〔一六〕，还而道死。（《列仙传》卷上）

注释

〔一〕方：通仿，仿效的意思。

〔二〕畔：通叛，背叛。

〔三〕食：饲养叫食，以食与人也叫食，见下文"以食夏后"；音 sì。

〔四〕豢龙氏：豢，养，音 huàn。传说帝舜时有董父好龙，以豢龙服事帝舜，帝舜使任豢龙之官，其后子孙遂以为氏族之名。

〔五〕陶唐：尧的称号。

〔六〕扰龙：驯龙。

〔七〕御龙氏：御，也是养的意思。

〔八〕受豕韦之后：《史记》集解引贾逵云："祝融之后，封于豕韦，殷武丁灭之，以刘累之后代之。"按豕韦，古国名，春秋时为卫地，在今河南省滑县东南。

〔九〕以食夏后：见前注〔三〕。夏后使求，惧而迁去：《史记》集解引贾逵云："夏后既飨，而又使求致龙，刘累不能得而惧也，《传》曰：'远于鲁县。'"按鲁县，即今河南省鲁山县；《传》，即《左传》。

〔一〇〕啸父：古仙人，在曲周市上补履，数十年人不识。弟子梁母得其作火法，临上三亮山，与梁母别，列数十火而升。见《列仙传》。

〔一一〕食桃李花：据说吃了桃李花有使人长生不老的功效。

〔一二〕使火：又称"作火""行火"，即入火自烧，是古仙人由凡登仙的重要手段之一，参见"炎帝诸女"章第三节"解说"。

〔一三〕**龙师**：驯龙的官的称号。
〔一四〕**孔甲不能顺其意**：不能顺适师门驯龙的心意。大约在驯龙问题上，孔甲自有一套主张，与师门意见不合。
〔一五〕**讫**：完毕；音 qì。
〔一六〕**祠、祷**：祭祀、祈祷。

解说

孔甲是启的九世孙，是夏王朝快要结束时的一个昏暴的国君，关于他，有一些神话传说。最著名的，是作《破斧之歌》和畜龙。作《破斧之歌》，仅见于《吕氏春秋·音初篇》。但《音初篇》所记有关音乐创始的传说，如简狄燕卵，涂山候人之类，均可以和先秦古籍所记的传说互相印证，则作《破斧之歌》的传说，亦必本于先秦古籍，自无可疑。这一段传说，牵连着一段有关吉神泰逢的神话。《山海经·中次三经》云：

> 和山，其上无草木而多瑶碧，实为河之九都。是山也五曲，九水出焉，合而北流，注于河，其中多苍玉。吉神泰逢司之，其状如人而虎尾（郭璞注：或作雀尾），是好居于萯山之阳，出入有光。泰逢神动天地气也（郭璞注：言其有灵爽能兴云雨也。夏后孔甲田于萯山之下，天大风晦冥，孔甲迷惑，入于民室，见《吕氏春秋》也）。

原来孔甲在萯山打猎所遇到的大风，就是能兴云雨的吉神泰逢所鼓起来的。吉神本来是赐福于人的（例如《太平广记》卷二九一引《汲冢琐语》记叙晋平公在浍水上遇见狸身而狐尾的首阳山神，即吉神泰逢，师旷就向他贺喜），但在特殊的情况下，却也能予人以祸殃。萯山的大风就是吉神给孔甲的淫游的一次严重警告。孔甲不自儆省，反而以国君之尊，大言不惭地要作他人命运的支配者。最后少年的足被斧子斩断，不能担任其他重要职务，还是只能做一个看门人。孔甲这才理会到国君的威权不是万能，到底支配不了人的命运，因此才在作《破斧之歌》之前感慨地发出"呜呼有疾，命矣乎"的叹声。孔甲所说的"以为余子，谁敢殃之"的少年的终于受到祸殃，这祸殃大约也正是吉神泰逢所施为的，其目的就是要打击暴君的骄横。

关于孔甲畜龙，有刘累和师门两段传说。刘累的传说始见于《左传》昭公二十九年,就是本节所录《史记》的记叙所本。《史记》说"天降龙二",《左传》且说:"孔甲扰于有帝,帝赐之乘龙,河汉各二,各有雌雄。""扰"是顺的意思,"有帝",旧于此无释,我看还是应该释为上帝。意思是说,孔甲敬顺上帝,上帝赐以乘龙,黄河、天汉各有二头,二头中又有雌雄之分。这大约就是《史记》所说孔甲"好方鬼神事"的结果。上帝赐乘龙于像孔甲这样的淫昏之君,足见上帝也还是昏闇不明。孔甲得到龙而不能驯养,没落的贵家公子刘累为孔甲驯养龙,驯养不久就死掉一头雌的,其手段的不高明由此可知。但是他居然异想天开,"潜醢以食夏后"(《左传》),把死掉的雌龙暗中做成肉酱给孔甲奉献上去,冀图投其口腹之好,邀功取赏。哪知孔甲吃了雌龙的肉,忽然想起雌龙,叫人向刘累索取,刘累无计可施,只得举家搬迁,逃走了事。这是孔甲畜龙的一种情况。另一种情况,就是关于师门替孔甲畜龙的传说。这传说虽然比较后起,但和刘累的传说比照起来,也不失为有其意义。传说描述了一个有骨气的古仙人,用他死后的精魂来抗击了暴君的专横。师门为孔甲驯龙,"孔甲不能顺其意",那就是说,孔甲自有一套驯龙的办法,不能顺适师门的心意;反过来说,正直的师门更是顺适不了孔甲的心意,因此他才被"杀而埋之外野"。神话的奇迹在这时候发生了:"一旦,风雨迎之,讫,则山木皆焚":固然可以解释为师门死后的冤魂作怪,但也可解释为古仙人虽然身遭杀害,也用法术采取了自焚自烧的重要步骤以由凡登仙。至于孔甲"祠而祷之,还而道死"的遭遇,与其说是由于仙人的报复,毋宁说是由于暴君自己的惊恐。报复也罢,惊恐也罢,就无烦我们仔细去查究了。

王 亥

胲作服牛〔一〕。（《世本》张澍稡集补注本）

有困民国，勾姓而食〔二〕。有人曰王亥，两手操鸟，方食其头。王亥托于有易、河伯仆牛〔三〕。有易杀王亥，取仆牛。河伯念有易，有易潜出，为国于兽，方食之，名曰摇民〔四〕。帝舜生戏，戏生摇民。（《山海经·大荒东经》）

殷王子亥宾于有易而淫焉，有易之君緜臣〔五〕杀而放之〔六〕，是故殷上甲微〔七〕假师于河伯以伐有易，灭之，遂杀其君緜臣也。（《山海经·大荒东经》郭璞注引古本《竹书纪年》）

王子夜之尸，两手、两股、匈、首，皆断异处〔八〕。（《山海经·海内北经》）

该秉季德，厥父是臧，胡终弊于有扈，牧夫牛羊〔九〕？
干协时舞，何以怀之？平胁曼肤，何以肥之〔一〇〕？
有扈牧竖，云何而逢？击床先出，其命何从〔一一〕？
恒秉季德，焉得夫朴牛？何往营班禄，不但还来〔一二〕？
昏微遵迹，有狄不宁，何繁鸟萃棘，负子肆情〔一三〕？
眩弟并淫，危害厥兄，何变化以作诈，而后嗣逢长〔一四〕？（《楚辞·天问》）

注释

〔一〕**胲**：音 gāi，即王亥。**服牛**：驯牛。

〔二〕**困民国**：困民的困字，吴其昌《卜辞所见殷之先公先王三续考》谓当是因字之误，因民，即后文所谓的摇民，疑是。**勾姓而食**：郝懿行云："勾姓下，而食上，当有阙脱。"这句话的确语意不完。但我疑心"而"或是"黍"字的缺损。黍，篆书作㤅，缺其禾字的上半，即与而形近易讹。"勾姓黍食"，意义就很明显了。

〔三〕言王亥以所驯服的牛（自然也包括羊）寄托于有易族人与河伯。此处的"仆牛"，即《世本》所说的"服牛"，亦即《楚辞·天问》所说的"朴牛"，仆、服、朴音皆相近。有易，古氏族名，其居地在今河北省易县一带。

〔四〕**河伯念有易**：原作"河念有易"，伯字从王念孙校增。言河伯哀念有易族人，使之潜化而出，为国于荒野禽兽之中，方食此禽兽，名曰摇民。

〔五〕**緜臣**：緜，同绵，宋本作绵。

〔六〕**杀而放之**：既杀戮而又放逐之。之，指王亥统率的一群人，其中包括王亥的弟弟王恒，大约王亥被杀之后，王恒乃被放逐。

〔七〕**殷上甲微**：原作"殷主甲微"，上字从宋本改。

〔八〕**王子夜**：疑即王子亥，"夜""亥"形近易讹；王亥史称"殷王子亥"，又惨遭杀戮，与此尸象相合。**两手、两股、匈、首，皆断异处**：原作两手、两股、匈、首、齿皆断异处，江绍原《殷王亥惨死及后君王恒上甲微复仇之传说》（见一九三六年十一月二十八日《华北日报》副刊"中国古占卜术研究"）谓齿字与首字形近而衍，是也，从删。如此则王亥惨遭杀戮，系尸分为八（胸首各二，加上两手、两股凡八），合于"亥有二首六身"（《左传·襄公三十年》）的古代民间传说。

〔九〕**该**：即王亥。**季**：即王亥之父冥。《国语·鲁语》："冥勤其官而水死。"韦昭注云："冥，契后六世孙根圉之子，为夏水官，勤于其职而死于水。"即此。**臧**：善。**弊**：败。**有扈**：即有易。四句郭沫若译：王亥承受着季的基业，学习着他父亲的善良，为什么终于死在有易，还失掉了仆夫与牛羊？

〔一〇〕四句大意说，王亥初到有易，有易国君以曼妙歌舞，怀来远人；出丰盛饮食，接待贵宾；以至王亥兄弟到后不久，即身体肥泽，胁为之平，肤理为之轻细。曼肤的曼，就是轻细的意思。

〔一一〕**牧竖**：牧童。四句大意说，有易的牧童，在什么地方发现王亥和绵臣妻子的奸情？发现之后，在床上杀死了王亥，当先跑出，这又是出于谁的指使、命令？

〔一二〕**焉**：于是。**朴牛**：服牛，驯牛。四句郭沫若译：王恒也承受着季的基业，于是乎得到了牧牛；为什么还要到有易去请求恩情，不想替兄报仇？近是。"**往营班禄**"，四字不甚可解，当即是到有易去请求恩情，惟"**不但还来**"，疑是说王恒在有易有所留恋，不即回来：自然，这当中也就有"不想替兄报仇"之意了。

〔一三〕**昏微遵迹**：昏微，即上甲微，昏同昬。史传以为上甲微为王亥之子，惟据卜辞，王亥与上甲微之间，尚有王恒一世，又据《天问》诗意，上甲微实当为王恒之子，不当为王亥之子。则所谓昏微遵迹者，乃遵王恒之迹，向有易求索牛羊也。**有狄不宁**：有狄，即有易；上甲微既兴问罪之师，有易因而为之不得安宁。
繁鸟萃棘：繁鸟，众鸟，萃，止：众鸟止于荒野的荆棘，是有易已惨遭屠戮的景象。
负子肆情：负，读为娠，即妇；负子肆情，谓上甲微肆情于有易族的妇子，言其任意屠戮也。

〔一四〕**眩弟**：眩，当是胲字之讹，胲弟，即亥弟，指王恒。**而后嗣逢长**：原作"后嗣而逢长"，从王逸注引一本改。逢长，繁昌。四句大意说，王恒与兄同为淫乱之行，因而危害到其兄的生命，为什么像这样善于拿变化来从事欺诈的人，他的后代子孙反而会繁昌？据此诗意，上甲微说成是王恒的儿子当更可信。

解说

　　当夏民族逐渐走向衰弱道路的时候，东方的殷民族开始强大兴盛起来。殷民族的兴盛，是以王亥被有易族人杀害、上甲微兴师复仇、灭了有易的传说故事为其标志的。这一传说故事，含有相当浓厚的神话因素。惜乎因为年代久远，材料不足，所可凭依的仅有《山海经》、古本《竹书纪年》、《楚辞·天问》等书的几段记叙，或者语焉而不详，或者文字有缺夺讹衍，要想据此以勾画出它的本来面貌，是困难的。现在根据学者们研究的成果，和本人的粗浅理解，略述故事的情节如次——

　　在东方草原上过着游牧生活的殷民族，从玄鸟降生的祖先契开始，传了六七代，传到王亥手上，由于王亥对于驯养牛羊特有研究，使畜牧事业进一步发展起来，牛羊成群，铺山盖野。王亥和他的弟弟王恒，决定亲自率领牧夫们，赶一大群牛羊到北方有易族高爽的地方去畜牧，并且和那里的人进行些交易。有易族大约是殷民族的一个旁支，和殷民族有着亲属的关系，两族人一向往来密切。他们中间隔着一条黄河，黄河的水神河伯和两族人都很友善，时常给他们以济渡的方便。这一回王亥赶了牛羊到有易去畜牧并做生意，也是靠了河伯的帮忙，才平安地渡过了波涛汹涌的惊险的黄河。

　　有易的国君绵臣，听说贵宾赶了牛羊到来，万分高兴，热情地接待着他们，又是曼妙的歌舞，又是丰盛的饮食。弟兄俩在有易一住就是好几个月，异国的舒适生活，使他们都长养得肥胖胖的，连胸脯两边的肋骨都隐没在肥肉当中，看不见了。

　　健壮的王亥更是一个大食客。他常两手捧着一只煮得半熟的硕大的野鸟，津津有味地吃着它的头，可见他的食欲是多么旺盛。

王恒虽然也还是喜欢吃，可是他更喜欢美貌的女人。有易国君绵臣的妻子年轻貌美，王恒来到不久就把她当做追求的对象，后来终于追求到手。绵臣的妻因对绵臣的年老不满，王恒来到之前她已和绵臣手下一个青年卫士有些暧昧关系，现在和王恒交往还不上算，又对稳重的王亥发生了兴趣。由于她主动向王亥表示好感，王亥就做了爱情的俘虏，却不知道弟弟已经比他占先了。

这一来关系更复杂了：王恒愤恨哥哥抢夺他的所爱，敢怒而不敢言；青年卫士愤恨两个异国王爷的淫纵无礼，更是怒火中烧；但是由于王恒的失意，青年卫士和王恒之间，暂时又以利害关系互相勾结。

终于有一次，王亥去赴绵臣妻的幽会，王恒觑着了个实在，便暗中把这消息告诉了青年卫士。青年卫士正找机会要杀人报仇，得到这消息，马上怀着锋利的斧子跟踪前去。这时，酒醉的王亥正在酣眠，绵臣的妻却已应绵臣之召先去了。正是下手的好机会，青年卫士不顾一切，举斧便砍。可怜的王亥便毫无知觉地被杀死在床上了。杀他之后，为了泄愤，还将尸身分解为八：两手、两腿，加上脑袋和胸脯各横断为二——共是八块。后世民间传说的"亥有二首六身"，大约指的就是这回事。

青年卫士杀死王亥，气势汹汹，当先跑出，却不知道业已被人发觉，因此一出来便被捉住。人们把他押送到老王绵臣那里，一问情由，真相大白。老王大怒，登时发下命令，除了将死者王亥带来的牧夫和牛羊全部没收，还把王恒驱逐出境。至于卫士擅自杀人和王后所犯的过错，则由于种种原因，终于被宽恕了。

王恒狼狈不堪地回到东方草原，把王亥被杀经过作了歪曲报导，草原上的人们愤恨有易族人残暴无礼，当即拥戴王恒做了新王，急忙兴师整旅，图谋报仇。

王恒怕问罪之师一兴，自己的马脚难免就要暴露，便自告奋勇前去有易索还牛羊。

王恒到了有易，有易族人知道殷民族的实力雄厚，王恒又新登大位，未可小视，只得仍照先前的礼数款待迎接他。当他一开口，先前没收的牧夫和牛羊就马上发还给了他。但是浪荡子的王恒这回在有易终于坠欢重拾，有所留恋，却迟迟不想回国了。这样一住就是好些时间，有易君臣拿着这个老无赖委实也没有办法。

东方草原上的人们，见王恒久去不回，以为又有什么变故，便又拥立王恒的儿子上甲微做了新王。上甲微虽然年轻，却是个贤王，见有易族人杀害了伯父，现在又把父亲扣留起来,实在太骄横无礼,决心统领军队,去和有易族人见个高下。

大军浩浩荡荡到了黄河边上。上甲微找水神河伯商量,请求把他的军队渡过黄河。河伯对于这项请求,真也感到为难,因为他和有易族人也是好朋友,怎忍心让好朋友去吃苦头呢?但是托他帮忙的这边也是好朋友,受了这么大的委屈,又这么义正辞严,最后还是只得勉勉强强把上甲微统领的大军平安地渡过了黄河。

有易王听说上甲微带领军队杀来,心里着慌,想是为了王恒久留不归,赶紧派遣使臣去说明事实的真相,上甲微听了,半信半疑。但是箭已离弦,势难收住,于是仍旧指挥大军,继续向有易前进。

可怜年老的有易王,对于战争,素无准备,敌人来了,只好匆忙应战。杂凑的军马,怎能当草原上骠悍的铁骑,不消几仗,就杀得有易族的军队瓦解土崩,最后小小的一座王城也被攻破,老王绵臣则被杀死在城破后的一场混战中。大军一进城,上甲微就赶紧差人去寻觅父亲王恒,可是遍寻无着,想来这个老浪子,也是在混乱中给愤恨的有易族人杀死了。上甲微在悲痛和怒恼之下,更相信父亲被扣留是真,于是纵容军队,在城里城外,大肆屠杀、奸淫、掳掠。只杀得小小一个国家,几乎连人烟都快断绝了。到处只见一些怪模怪样的野鸟,站在树梢或荒野的荆棘丛中,望着地面上的死人,张开翅膀,哑哑地叫。

上甲微灭了有易,意气扬扬,奏凯班师回还。水神河伯对于这个正在得势的朋友,更是不敢得罪,仍旧小心地帮助他把全部的人马、战利品和俘虏都平安地渡过了黄河。等上甲微带领人马回去了,水神河伯才悄悄地去看看他那个失败的老朋友。一看之下,景象果然教人伤心:田野里长满了杂草和荆棘,繁华的都城早已经成了一片瓦砾,只有几个半死不活的老弱男妇还在废墟里艰难地生活着。

河伯在哀悼老朋友的灭亡之余,于心不忍,就暗中把有易族的孑遗集合起来,变化做另外一种民族,搬迁到别一个地方去居住。这个民族,就叫摇民,或叫嬴民,据说人人都长着一双鸟的脚,成为后来秦国人的祖先。

这就是王亥故事的大略,它的资料解说部分,请参看拙著《中国古代神话》第九章第三节注释,这里就不多赘了。

王亥故事的意义在于:故事的主角虽然有过创造发明的贡献,却终于因为骄惰淫逸丧亡了身子,留给后人以极大的儆省和无限的感慨。《易·大壮》

六五爻辞说：“丧羊于易，无悔。”又《旅》上九爻辞说：“鸟焚其巢，旅人先笑后号咷，丧牛于易，凶。"——就是此一故事最早见于记录者，从简单的几句话中已可见到故事的粗略轮廓以及作者对于它的观感了。

夏 桀

桀之力制觡伸钩，索铁歙金，椎移大牺，水杀鼋鼍，陆捕熊罴〔一〕。（《淮南子·主术篇》）

夏王率遏众力〔二〕，率割夏邑〔三〕，有众率怠弗协〔四〕，曰："时日曷丧？予及女皆亡〔五〕！"（《书·汤誓》）

桀既弃礼义，淫于妇人，求美女，积之于后宫，收倡优、侏儒、狎徒能为奇伟戏者，聚之于旁〔六〕。造烂漫之乐，日夜与末喜及宫女饮酒〔七〕，无有休时。为酒池，可以运舟，一鼓而牛饮者三千人，鞭〔八〕其头而饮之于酒池，醉而溺死者，末喜笑之以为乐。（《列女传·夏桀末喜》）

后桀命扁伐岷山，岷山女于桀二人，曰琬，曰琰〔九〕。后爱二女，斲其名于苕华之玉〔一〇〕，而弃其元妃于洛，曰妹喜氏。以与伊尹交，遂以夏亡〔一一〕。（《绎史》卷一四引《竹书纪年》）

夏桀宫中有女子化为龙，不可近；俄而复为妇人，甚丽，而食人。桀命为蛟妾，告桀吉凶。（《述异记》卷上）

夏桀之时，为长夜宫于深谷之中，男女杂处，十旬不出听政，天乃大风扬沙，一夕填此宫谷。（《博物志·异闻》）

夏桀之时，费昌之河上，见二日，在东者烂烂将起，在西者沈沈将灭，若疾雷之声〔一二〕。昌问于冯夷〔一三〕曰："何者为殷？何者为夏？"冯夷曰："西夏东殷。"于是费昌徙族归殷。（《博物志·异闻》）

注释

〔一〕制觡：觡，角；音 gé，这里指带角的野兽；制觡，言力足以制服带角之兽。

索铁：绞铁。**歙金**：敛金；歙，音shè。**椎移大牺【犧】**：义未详。大牺或作大戏【戲】，许慎注：戏，大旗也；则椎移大牺或即推移大旗之意。然《晏子春秋·内篇谏上》云："昔夏之衰也，有推侈大戏，……足走千里，手裂兕虎。"又以为是人名，疑终莫明。**鼋鼍**：鼋，大鳖；音yuán。鼍，一名鼍龙，又名猪婆龙；音tuó。

〔二〕**夏王率遏众力**：夏王，指桀。率，音yù，语辞，无意义；以下二率字同。遏，通竭，尽的意思。夏王用繁重的徭役来竭尽了人民的力量。

〔三〕**率割夏邑**：割，宰割。夏邑，夏都。又用严刑峻法来宰割夏都的人民。

〔四〕**有众率怠弗协**：有众，群众；怠，懈怠；协，和。群众都仇视其君，怠于劳作，与桀离心离德，不一条心。

〔五〕**时日曷丧？予及女皆亡**：时日，是日，犹言你这个太阳；曷，何不；予，我们；女，同汝，指夏桀；皆亡，俱亡。大意说：你这个可恶的太阳，为什么还不灭亡？如果你灭亡，我们都愿意和你一同灭亡。群众作此誓言，盖夏桀尝云："吾有天下，如天之有日也，日有亡乎？日亡，吾亦亡。"（《新序·刺奢》）"皆亡"云云，可见群众憎恨他之深。

〔六〕**倡优**：倡，乐人；优，优伶。**侏儒**：矮人。**狎徒**：亲昵而至于可以狎玩的人。**奇伟戏**：奇妙而壮观的各种玩乐游戏。

〔七〕**烂漫之乐**：放浪的音乐。**末喜**：即妹喜，亦作妹嬉。

〔八〕**鞿**：音jī，同羁，络的意思。

〔九〕**扁**：人名，桀臣。**岷山**：即岷山氏，以居于岷山，遂以为氏族之名。岷山在今四川省松潘县北。**女于桀**：进女于桀。

〔一〇〕**斫**：雕刻；音zhuó。**苕华之玉**：美玉。

〔一一〕**遂以夏亡**：遂以此而亡夏。《御览》一三五引此作遂以间夏，谓以此离间夏国君臣，使之终至于败亡也。

〔一二〕**费昌**：人名，桀臣，为桀的宗族。**之河上**：到黄河岸上。**烂烂**：日初出光华闪动貌。**若疾雷之声**：在二日之一出一入之间，又闻空中有霹雳之声。

〔一三〕**冯夷**：水神河伯之名，又作冰夷；冯，音píng。

解说

夏桀是中国历史上第一个荒淫暴虐的国君，由于淫虐和剥削、压迫人民，引起人民群众的仇视和反抗，终于自己作了自己王朝的掘墓人，为一个比较弱小的东方的殷民族所乘，而颠覆于殷民族之手。在夏代和殷代的交替之间，有一些关于夏桀、伊尹和成汤的神话传说，来描绘这个变动的历史时代。这些神话传说，在古书的记载里，往往也就成了历史的组成部分，和历史交织、糅混在一起，乃至于难于分辨了。

关于夏桀，《书·汤誓》首先记叙了那个有名的"时日曷丧？予及女皆亡"的人民的诅咒，于以见他压榨人民之酷和人民对他的嫉恨之深，至于具体叙写到他的淫行暴政的种种，那就书传累累，举不胜举；这里所录《列女传》的叙写，只不过是略见他荒淫残暴的一斑罢了。

《列女传》所写的末喜，即妹喜，正如夏桀之为中国历史上第一个荒淫的暴君一样，她也被当作是中国历史上第一个败国亡家的"女宠"，因此列之于"孽嬖"之首，以为鉴戒。但这只不过是封建社会文人士大夫的偏见，其实是不公正的。姑且不论别的，单是揆诸他书所记的同类传说，妹喜也还是和一般处于奴隶地位的女人一样，由于玩弄她们的男性的喜新厌旧，而有着由得宠到失宠的不幸遭遇，并不是一直得宠。可是妹喜的性格是刚强的，受了非人的虐待，她会报复。《楚辞·天问》："桀伐蒙山，何所得焉？妹嬉何肆，汤何殛焉？"记的就是这回事。伐蒙山，就是伐岷山；所得，得到的就是岷山氏的名叫琬、琰的两个美貌姑娘；妹嬉何肆，就是遭到抛弃，肆志于报复；汤何殛，就是汤使伊尹与妹喜交，得到妹喜的帮助，终于灭亡夏国。证以本节所录《竹书纪年》的记叙，意思是很明白的。王逸释为"夏桀征伐蒙山之国而得妹喜"云云，那是错误。如此说来，则妹喜的"败国亡家"，不是由于得宠，而是由于失宠；并且也不是败自己的国，亡自己的家，而是败征服者的国，亡征服者的家：因为妹喜也像琬、琰一样，原是被征服国国君的女儿，是作为战利品而被虏掠去的。《国语·晋语一》说："昔夏桀伐有施，有施人以妹喜女焉。"就是证明。《列女传》说妹喜"女子行，丈夫心"，从她的不堪一再受辱，决计用行动来报仇雪耻的果毅来说，倒是十分恰当的，然而已经应当是褒辞，不应当是诛语了。

至于《述异记》所记的蛟妾和《博物志》所记的长夜宫等神话，当然是较后起的神话，无非说明桀的荒淫以及上天对这淫昏之君所施的"以示儆戒"的薄惩而已，意义并不很大；并且它们是否真正出自民间也还是值得怀疑，因此这里仅仅录供参考，不仔细讨论了。

倒是《博物志》所记的费昌见二日并出的神话有些意思。《路史》后纪十三注引《论衡》（今本无）云："（夏桀）时两日并出，东者焰，西者沉，费昌问冯夷，答云：'东若（者）为商，西为夏。'乃徙族之商。"如果所引无误，那么此说至少在东汉以前就已经流传而为《博物志》所本了。这段神话之所以还有些意思者，缘桀尝以日之不亡喻其天下之巩固，而此则西日将沉，东日方升,从这里也表现出了与"时日曷丧"性质相同的人民的怨毒,此其一;水神河伯原和殷人是旧交,其答费昌的问询,虽然不过是解释天象,而右殷左夏之意也可以从中看出,足见它和"王亥托于有易、河伯仆牛"的古神话是一脉贯通的,此其二;费昌原是夏的宗族,听了河伯的解说,就赶紧"徙族归殷",后来且为汤御以伐夏(《史记·秦本纪》),可见暴君的末日,直弄得众叛亲离,此其三。有此三者,故仍录出以供研究。

伊 尹

成汤东巡，有莘爱极〔一〕，何乞彼小臣，而吉妃是得〔二〕？水滨之木，得彼小子〔三〕，夫何恶之，媵有莘之妇〔四〕？（《楚辞·天问》）

有侁氏女子采桑，得婴儿于空桑之中，献之其君，其君令烰人养之〔五〕。察其所以然〔六〕，曰：其母居伊水之上，孕，梦有神告之曰："臼出水而东走，毋顾。"明日，视臼出水，告其邻，东走十里，而顾其邑，尽为水，身因化为空桑。故命之曰伊尹。（《吕氏春秋·本味篇》）

伊尹黑而短，蓬头而髯，丰上兑下，偻身而下声〔七〕。（《晏子春秋〔八〕·内篇谏上》）

伊尹为莘氏女师仆，使为庖人〔九〕。（《墨子·尚贤下》）

汤思贤，梦见有人负鼎抗俎〔一〇〕对己而笑。寤〔一一〕而占曰："鼎为和味，俎者割截天下，岂有人为吾宰〔一二〕者哉？"初，力牧之后曰伊挚，耕于有莘之野，汤闻，以币聘〔一三〕，有莘之君留而不进。汤乃求婚于有莘之君，有莘之君遂嫁女于汤，以挚为媵臣，至亳，乃负鼎抱俎见汤也〔一四〕。（《太平御览》卷三九七引《帝王世纪》）

汤得伊尹，祓之于庙，薰以萑苇〔一五〕，爟以爟火，衅以牺豭〔一六〕，明日设朝而见之，说汤以至味。（《吕氏春秋·本味篇》）

注释

〔一〕**有莘爱极**：有莘，东方国名，亦氏族名，即《吕氏春秋》所谓有侁氏；爱，于是；极，到：于是到了有莘国。

〔二〕**小臣**：谓伊尹。**吉妃**：谓有莘氏女。王逸云："言成汤东巡狩，从有莘氏乞匄（丐）伊尹，因得吉善之妃以为内辅也。"

〔三〕**小子**：亦谓伊尹；传说伊尹生于空桑，故云。

〔四〕**媵**：送女适人叫媵，音 yìng，即陪嫁；言有莘氏何所恶于伊尹，而使伊尹为陪嫁之臣陪嫁其女于汤。

〔五〕**有侁氏**：即有莘氏；侁、莘音同。**烰人**：庖人；烰，音 fú。

〔六〕**察其所以然**：考察婴儿所以生于空桑之故。

〔七〕**蓬头而髯**：原作蓬而髯，于义不顺，头字据孙星衍校补。髯，颊毛。**丰上兑下**：丰，广；兑，通锐：言其头上广下锐。**偻身而下声**：偻身，曲背；下声，语声低沉。

〔八〕**《晏子春秋》**：书名，凡八篇，旧题晏婴撰，实后人摭集婴遗事而成。

〔九〕**师仆**：师而兼仆，当即担任教师职务的宫廷奴隶。**庖人**：厨师。

〔一〇〕**鼎、俎**：鼎，古烹饪之具，三足两耳。俎，切肉之荐，今称砧板。

〔一一〕**寤**：醒；音 wù。

〔一二〕**宰**：辅弼之臣。

〔一三〕**力牧**：人名，相传为黄帝臣。**伊挚**：伊尹名挚，故亦称伊挚。**以币聘**：币，玉、马、皮、圭、璧、帛，古皆称币，言汤以币为礼，聘伊尹于有莘。

〔一四〕**亳**：音 bó，成汤所都之地，一作薄，在今河南省偃师县西。**负鼎抱俎见汤**：缘伊尹本为庖人，今为媵臣送女，乃仍操其旧业，故负鼎抱俎见汤，非如他书所云，伊尹欲干汤而无由，乃以割烹要之也。

〔一五〕**祓**：音 fú，一种除灾求福的祭典。**庙**：太庙，祭祀祖宗的地方。**薰以萑苇**：四字原无，从毕沅校增。薰，灼。萑苇，荻苇；萑，音 huán。

〔一六〕**爝以爟火**：爝，音 jué，烛照的意思；爟火，爟，音 guàn，祭祀时所举火叫爟火。**衅【衈】以牺豭**：衅，音 xìn，杀牲取血以涂器物的罅隙叫衅。牺豭，宗庙祭祀所用的牲畜叫牺，牛壮大有力叫豭，豭，音 jiā。

解说

　　《楚辞·天问》："帝乃降观，下逢伊挚，何条放致罚而黎服大说？"郭沫若译：上帝走到人间观察下情，碰到那位小臣伊尹，把夏室灭了，把夏桀赶了，老百姓为什么高兴？（《屈原赋今译》）这段神话的具体内容究竟怎样，现在已经不可得而知了，但是在夏代和殷代的交替之间，伊尹是关系着历史车轮运转的重要人物，却是没有疑问的。因之，也和历史上有些著名人物一样，有关于他的不平凡的降生的神话传说。《天问》所说"水滨之木，得彼小子"，记叙的就是伊尹生于空桑的这事。这当然也还是感生神话的变体，它之不同于感生神话者,是神话里又加入了新的成分,使故事的情节更曲折了,看来也不像是感生了,实际上还是感洪水而生的。这段神话,《天问》王逸注所述的和《吕氏春秋》又稍微有些不同:作为洪水征兆的,《吕氏春秋》是"臼出水",王逸注所述的是"臼黿【灶】生鼃"。鼃就是蛙的本字。蛙是水族动物,臼和灶都生了蛙,当然也就预兆着洪水快要到来。除此而外,其余大体上都是相同的。

关于伊尹的状貌,也有些传闻的歧异。《晏子春秋》作"蓬头而髯",《荀子·非相》却作"面无须麋(眉)","无须眉"和"髯"当然是正相反的,不过《古文琐语》亦作"赤色而髯",三占从二,则"髯"之说或者更近于古罢。

非独此也,就连伊尹和成汤的关系,也有不同的说法。《楚辞·天问》说:"成汤东巡,有莘爰极,何乞彼小臣,而吉妃是得?"是成汤因求贤而得吉善之妃。《吕氏春秋·本味篇》和《帝王世纪》均同此说。而《史记·殷本纪》却说:"阿衡(伊尹)欲干汤而无由,乃为有莘氏媵臣,负鼎俎,以滋味说汤,致于王道。"是伊尹因欲干汤而自请为有莘氏媵臣。两种不同的说法,当然也是有些互相矛盾的。考较起来,成汤求贤之说,或者更近于古。这和殷武丁访求傅说,周文王访求吕尚都是同一类型的传说。至于伊尹干汤的说法,则或者是受了战国时代游说博辩风气影响而产生的。它始于《孟子·万章篇》,《万章篇》说"伊尹以割烹要汤",盖是战国时有为此说而孟子力辩其无的。而《韩非子·难言篇》乃继之说,伊尹说汤"七十说而不受,身执鼎俎为庖宰,昵近习亲,而汤乃仅知其贤而用之",把"割烹要汤"之说似乎竟证实了。《淮南子·泰族篇》则比以上所说更进一步:"伊尹忧天下之不治,调和五味,负鼎俎而行,五就桀,五就汤。"完全把伊尹描写做一个游说之士的模样,显然是以今度古的臆说,是不足为据的。故本篇所录,仍取求贤之说。至于《帝王世纪》说伊尹"负鼎抱俎见汤",则固是其庖人的本色,非有意为之,并不足异。只是前面所说"耕于有莘之野"云云,恐不足信。此说当是本诸《孟子·万章篇》,而《万章篇》所说,或者也是信口开河的臆说,因为作奴隶(宫廷奴隶)的伊尹,是不会像《万章篇》所描写的那么潇洒自由的。

本节最后所录的一段"汤得伊尹、祓之于庙……"的传说,很有意思。它说明奴隶的进身是多么艰难:即使是号称为"贤王"的成汤,在把奴隶伊尹提拔到一个生活的新的梯级(哪怕是微小的梯级)的时候,也要郑重其事,采取种种麻烦的手段,像"薰以萑苇、爁以爟火、釁以牺猳"等,来祓除他身上的不祥。而初"见"成汤的伊尹呢,也不敢侈口便论天下事,而是以"至味"说汤,仍不离他庖人的本行,然后才在说"至味"中寓其劝说成汤进取天下的意思。这段传说既不同于"割烹要汤"之说,也不同于"耕于有莘之野"之说,倒颇反映了一些历史的真实,所以说它很有意思。

成 汤

一

汤皙而长,颐以髯,兑上丰下,倨身而扬声〔一〕。(《晏子春秋·内篇谏上》)

夏桀无道,皋〔二〕谏者,汤使人哭之。(《帝王世纪集校》第三)桀怒汤,以谀臣赵梁计,召而囚之均台,寘之种泉,嫌于死〔三〕。汤乃行赂,桀遂释之。(《绎史》卷一四引《太公金匮》〔四〕)

桀为无道,汤乃惕惧。忧天下之不宁,欲令伊尹往视旷夏〔五〕。恐其不信,汤由〔六〕亲自射伊尹。伊尹奔夏,三年,反报于亳,曰:"桀迷惑于末嬉,好彼琬、琰,不恤其众,众志不堪,上下相疾,民心积怨〔七〕。皆曰:'上天弗恤,夏命其卒〔八〕。'"汤谓伊尹曰:"若告我旷夏尽如诗〔九〕。"汤与伊尹盟,以示必灭夏。伊尹又复往视旷夏,听于末嬉。(《吕氏春秋·慎大篇》)

汤乃兴师,率诸侯,伊尹从汤,汤自把钺〔一〇〕,以伐昆吾〔一一〕,遂伐桀。(《史记·殷本纪》)

注释

〔一〕皙【晰】:人色白叫皙;音 xī。颐:面颊。倨身:倨,傲;倨身,言其身常仰,作倨傲不逊状。

〔二〕皋:即罪的本字。

〔三〕均台:即钧台,亦曰夏台,夏代狱名,在今河南省禹县南。寘:同置。种泉:《楚辞·天问》作"重泉",王逸注:"地名也。"疑即钧台内设置的地下水牢。嫌:近的意思。

〔四〕《太公金匮》:书名。凡二卷,撰人及时代均不详(《隋书经籍志》已著录,成书当在隋以前),已佚,清马国翰《玉函山房辑佚书》及严可均《全上古三代秦汉三国六朝文》均有辑录。

〔五〕**旷夏**：义未详。卢文弨云："旷夏似言间夏。"疑是。意思就是叫伊尹去夏作间谍。

〔六〕**由**：于是。

〔七〕**恤**：顾。**疾**：憎恶。

〔八〕**命**：年命。

〔九〕**若**：汝。**诗**：志；心中所豫想的。这句话大意说，你告诉我为间于夏的情形，和我所豫料的完全符合。

〔一〇〕**钺**：大斧；音 yuè。

〔一一〕**昆吾**：古国名，夏伯昆吾封于此，地在今河北省濮阳县东。

解说

见后。

二

缘鹄饰玉，后帝是飨，何承谋夏，桀终以灭丧〔一〕？（《楚辞·天问》）

有人无首，操戈盾立，名曰夏耕之尸。故成汤伐夏桀于章山〔二〕，克之，斩耕厥〔三〕前。耕既立，无首，走厥咎〔四〕，乃降于巫山〔五〕。（《山海经·大荒西经》）

逮〔六〕至乎夏王桀，天有酷命〔七〕，日月不时，寒暑杂至〔八〕，五谷焦死，鬼呼于国〔九〕，鹳〔一〇〕鸣十夕余。天乃命汤于镳宫〔一一〕，用受夏之大命。汤焉敢奉率其众，是以乡有夏之境〔一二〕。帝乃使阴暴毁有夏之城〔一三〕。少少〔一四〕，有神来告曰："夏德大乱，往攻之，予必使汝大堪〔一五〕之。予既受命于天，天命融隆〔一六〕火于夏城之间西北之隅。"汤奉桀众，以克有夏〔一七〕，属诸侯于薄〔一八〕。（《墨子·非攻下》）

汤受命而伐之，战于鸣条〔一九〕；桀师不战，汤遂放桀，（桀）与末喜嬖妾同舟流于海，死于南巢之山〔二〇〕。（《列女传·夏桀末喜》）

注释

〔一〕这四句意义难明，王逸释为伊尹负鼎俎以滋味说汤，汤承用伊尹之谋以伐夏，桀终以灭亡，恐非。"后帝"实当是上帝，不当是汤。郭沫若译："夏桀用鸿鹄的羹，玉铉的鼎，来飨祀上皇，他承受着夏代的基业，为什么终于灭亡？"近之，应从此释。

〔二〕**章山**：传说中地名，未详何在。

〔三〕**厥**：其，指章山。

〔四〕**走厥咎**：逃避其罪；咎，罪过。

〔五〕**降于巫山**：郭璞云："自窜于巫山。"

〔六〕**遝**：及，音 tà。

〔七〕**鞈命**：孙诒让云："鞈疑当为酷，谓严命也。"

〔八〕**寒暑杂至**：杂至，乱至；言寒暑错乱而至，失其常节。

〔九〕**鬼呼于国**：原作鬼呼国，于字从孙诒让《墨子间诂》校增。

〔一〇〕**鹳**：同鹤。

〔一一〕**镳宫**：传说中地名，未详所在；镳，音 biāo。

〔一二〕**焉**：于是。**众**：人民。**乡【鄉】**：同向。

〔一三〕**帝**：上帝；言上帝乃使祝融暗中暴毁有夏之城。

〔一四〕**少少**：少时。

〔一五〕**堪**：毕沅云："堪，《艺文类聚》、《文选》注引作戡。"按作戡是也；戡有胜、克的意思，见《尔雅·释诂》。

〔一六〕**融**：祝融。**隆**：降。

〔一七〕**以克有夏**：原作"以克有"，苏时学云"有下脱夏字"，是也，从补。

〔一八〕**属**：聚。**薄**：同亳，汤都。

〔一九〕**鸣条**：古地名，在今山西省安邑县北。

〔二〇〕**南巢**：古地名，在今安徽省巢县东北。

解说

比较起伊尹来，有关成汤的神话传说倒是相当一致，没有那么些分歧。大家都公认他是一个贤王。首先表现在他的网开三面，德及禽兽的故事上。《吕氏春秋·异用篇》说："汤见祝网者置四面，……汤收其三面，置其一面，更教祝曰：'昔蛛蝥作网罟，今之人学纾，欲左者左，欲右者右，欲高者高，欲下者下，吾取其犯命者。'汉南之国闻之，曰：'汤之德及禽兽矣！'四十国归之。"从《吕氏春秋》记叙了这个故事以后，《新书·谕诚》《新序·杂事》等都纷纷记叙之，可见人们对它的兴趣。除此而外，还有"汤献牛荆之伯"（《越绝书·吴内传》）、"葛伯仇饷"（《孟子·滕文公下》）等故事，在一再美化着他的"仁德"。这些故事的见诸记述，虽然可能有一些民间传说的依据，但无疑也有许多夸大增饰的成分。作为一个新兴奴隶主的成汤能够领导群众起来推翻旧的奴隶主的统治而建立新的统治，除了所谓"仁德"，更多的当是计谋，才能使其目的得以实现。《吕氏春秋·慎大篇》所记叙的成汤叫伊尹到夏王朝去做谍报工作，为了取信于敌方，还扮演了一出"亲自射伊尹"的苦肉计，这就是成汤的计谋。当伊尹从夏王朝带了情报回来报告成汤时，成汤还说："你告诉我的和我心中所豫想的完全符合。"更足见他的老于谋算。《管子·轻重篇》也说："女华者，桀之所爱也，汤事之以千金；曲逆者，桀之所善也，汤事之以千金：内则有女华之阴，外则有曲逆之阳，阴阳之议合，而得成其天子，此汤之阴谋也。"因而所谓"仁德"的成汤其实是计谋的成汤。

《山海经·大荒西经》所记的成汤伐夏桀于章山、斩夏耕的神话是很奇特的，看光景，颇有点近似于刑天断首的神话。故郭璞于其下注云："亦刑天尸之类。"是不错的。所不同者，一个是斗志昂扬、虽遭杀身而犹不懈的英雄，一个却是"走厥咎"——逃避罪过的脓包货。这段神话的详细内容已不可得而知了，不过从成汤所斩的能够以无首而逃罪的夏耕看，成汤身上所具有的神异本领却是可以想见的。如果和刑天的神话相比，成汤几乎就居于天神的地位了。

更从《墨子·非攻下》所记的火神祝融助殷灭夏的神话看，成汤的天神性更是明显：成汤伐夏，是亲受上帝之命于镳宫的。《诗·玄鸟》说："宅殷土芒芒，古帝命武汤，正域彼四方。"也是说成汤征取疆域于四方，曾亲受上帝之命。这些地方，显然就带有奴隶主阶级的天命思想，虽然也是神话，已经要算是神话的末流了。

成汤伐夏取得胜利，统有天下之后，又有大旱七年（或说五年）、桑林祷雨的传说。这个传说是很著名的，许多古籍都有记叙。例如《文选·思玄赋》李善注引《淮南子》（今本无）说："汤时，大旱七年，卜，用人祀天。汤曰：'我本卜祭为民，岂乎自当之（此处文字疑有脱误）。'乃使人积薪，剪发及爪，自洁，居柴上，将自焚以祭天。火将然，即降大雨。"从这个传说，我们可以看出上古时代民智未开，确有以人祭天、将人放在柴堆上活活烧死的野蛮风习，而成汤的"以身为牺牲、用祈福于上帝"（《吕氏春秋·顺民篇》）的行为，揆诸实际，与其说是出于主动，毋宁说是出于被动倒更近情理些。正如郑振铎在《汤祷篇》里说："汤之将他自己当作牺牲，这乃是他的义务，这乃是他被逼着不能不去而为牺牲的。他是君，他是该负起这个祈雨的严重的责任的！除了他，别人也不该去。他却不去不成！"至于去了以后而果降大雨，当然也只能说是偶然的幸遇，并不是什么"至诚格天"。像这类和宗教迷信关系较密的"神话"，我们就只好"割爱"，不再选录了。

傅 说

傅说之状，身如植鳍〔一〕。（《荀子·非相》）

傅说居北海之洲，圜土之上，衣褐带索，庸筑于傅岩之城，武丁得而举之，立为三公〔二〕。（《墨子·尚贤下》）

武丁夜梦得圣人，名曰说，以梦所见，视群臣百吏，皆非也。于是乃使百工营求之野，得说于傅险中〔三〕。是时说为胥靡〔四〕，筑于傅险，见于武丁。武丁曰："是也。"得而与之语，果圣人，举以为相，殷国大治。（《史记·殷本纪》）

傅说得之，以相武丁，奄有天下，乘东维，骑箕、尾，而比于列星〔五〕。（《庄子·大宗师》）

注释

〔一〕**傅说**：说，音 yuè。**植鳍**：梁启雄《荀子柬释》引郝懿行云："鳍在鱼之背，立而上见，驼背人似之，然则傅说亦背偻欤？"其说是也。鳍，音 qí。

〔二〕**圜土**：狱城；狱形圜，故叫圜土；疑当是地窨、土牢之类，故云"圜土之上"。**衣褐带索**：褐，粗布衣；索，绳；以粗布衣为衣，以绳为带，是贱者的服饰。**庸**：通佣，被雇于人叫庸。**筑**：筑土。**傅岩**：地名，亦称傅险，在北海之洲的狱城附近，傅说的得姓以此。**武丁**：殷王；即高宗，成汤的十世孙。**三公**：官名；周以太师、太傅、太保为三公，此云三公，盖是以后世官制拟前古也。

〔三〕**百工**：百官。**营求**：谋求。**傅险**：即傅岩。

〔四〕**胥靡**：胥，相；靡，随；把犯人拘缚起来，使他们相随而服役，谓之胥靡，盖是轻罪施刑的囚徒之称。

〔五〕**傅说得之**：之，指道。**奄**：覆。**东维**：维，隅；谓箕宿和斗宿之间，天汉津的东隅。**箕、尾**：二星宿名，箕谓箕星，尾谓尾星，均二十八宿中东方的星宿。**列星**：星之有列位者称列星，按即恒星，就是古人所说的二十八宿。

解说

人化为星的神话，在我国，是不多的。前有高辛氏的两个儿子阏伯、实沈，因兄弟阋墙，被化为参商二星，东出西没，永不相见；后有这里所说的傅说，却是因为贤能，死后其精神"乘东维，骑箕尾"，在箕星和尾星之间，化做了一颗小小的星宿，就叫傅说星。箕尾，或作辰星，《楚辞·远游》："奇傅说之托辰星兮，羡韩众之得一。"或作龙尾，《庄子·大宗师》陆德明音义引崔譔说："傅说死，其精神乘东维，托龙尾，……今尾上有傅说星。"辰星，就是房星；龙尾，就是尾星：都是属于二十八宿中东方的星宿。大约相传傅说死后化作东方天边的一颗小星，或在房星、或在箕星和尾星之间，故记述略有参差不一。陆德明音义又说，崔本此下更有"其生无父母，死，登假三年而形遁……"等二十二字。无父母，那么就是作为一个遗腹子而母亲也死于产育的可怜的孤儿；登假三年而形遁，是说他死后三年就消遁了他的形骸，化身为天上的星宿。总之，傅说化星的传说已带有一些仙话的气味，故《楚辞·远游》才以之比于赤松子、韩众等仙人的行迹。这当然已是较后起的传说了。其初大约只是如像成汤得伊尹于媵臣，文王得吕尚于屠钓，是一个求贤得贤的故事，后来才有了化星神话的附会。然而就连这较后起的化星神话，由于古书的记叙简略，其内容究竟如何，如今也不可得而详了。

关于傅说版筑于傅岩的传说，诸书所记，亦小有异同。一说傅说是以胥靡即囚徒的身份而筑于傅岩（《吕氏春秋·求人篇》《史记·殷本纪》），一说是庸筑即受雇而筑于傅岩（《墨子·尚贤下》、《拾遗记》卷二）。《书·说命》孔安国传云："傅氏之岩，在虞虢之界，通道所经，有涧水坏道，常使胥靡刑人筑护此道。说贤而隐，代胥靡筑之，以供食也。"更把后一说的情景叙写得极其清楚明白。但是揆诸实际，恐怕仍当以胥靡之说为是，而代胥靡之说则不免因其贤而有所讳饰，失其本真了。

纣

帝纣资辨〔一〕捷疾，闻见甚敏，材力过人，手格〔二〕猛兽，知〔三〕足以距谏，言足以饰非，矜人臣以能，高天下以声〔四〕，以为皆出己之下。好酒、淫乐，嬖于妇人〔五〕，爱妲己〔六〕，妲己之言是从。于是使师涓〔七〕作新淫声，北里〔八〕之舞，靡靡〔九〕之乐。厚赋税以实鹿台之钱，而盈钜桥之粟〔一〇〕。益收狗马奇物，充仞〔一一〕宫室；益广沙丘〔一二〕苑台，多取野兽蜚鸟〔一三〕置其中。慢于鬼神〔一四〕，大最〔一五〕乐戏于沙丘，以酒为池，县肉为林，使男女倮相逐其间〔一六〕，为长夜之饮。百姓怨望，而诸侯有畔〔一七〕者。（《史记·殷本纪》）

纣乃为炮格〔一八〕之法，膏铜柱〔一九〕，加之炭，令有罪者行其上，辄堕炭中，妲己乃笑。（《列女传·殷纣妲己》）

淇水出朝歌城西北，东南流〔二〇〕。老人晨将渡水而沈吟难济，纣问其故。左右曰："老者髓不实，故畏寒也〔二一〕。"纣乃于此斫胫〔二二〕而视髓也。（《水经注·淇水》）

（比干）逎强谏纣，纣怒曰："吾闻圣人心有七窍。"剖比干观其心〔二三〕。（《史记·殷本纪》）

九侯有好女，入之纣。九侯女不憙淫，纣怒，杀之，而醢九侯〔二四〕。鄂侯争之彊，辨之疾，并脯鄂侯〔二五〕。西伯昌〔二六〕闻之，窃叹。崇侯虎〔二七〕知之，以告纣，纣囚西伯羑里〔二八〕。（《史记·殷本纪》）

注释

〔一〕**资辨**：资，资质；辨，辨别，指辨别事物的能力。

〔二〕**格**：击。

〔三〕**知**：通智。

〔四〕以自己的才能来矜夸于群臣百官，以自己的声誉来显耀于天下诸侯。

〔五〕**好酒、淫乐**：好，爱好；言爱好酒与淫乐之事。**嬖**：宠爱；音 bì。

〔六〕**妲己**：有苏氏美女，纣伐有苏，有苏氏以妲己进于纣，有宠。

〔七〕**师涓**：纣时乐师名叫涓的。

〔八〕**北里**：地名，未详。孙棨《北里志》云："平康里入北门，东回三曲，即诸妓所居之聚也。"后世遂谓娼妓所居之处为北里。

〔九〕**靡靡**：淫靡。

〔一〇〕**鹿台**：台名，在纣都朝歌城中，其大三里，高千尺。**钜桥**：仓名。

〔一一〕**充仞**：充满。

〔一二〕**沙丘**：地名，在今河北省平乡县东北，纣作宫苑于此。

〔一三〕**蜚鸟**：蜚同飞。

〔一四〕**慢于鬼神**：怠慢于敬事鬼神。

〔一五〕**冣**：聚；音 jù。

〔一六〕**县**：悬的本字。**倮**：同裸，裸体。

〔一七〕**畔**：通叛，背叛。

〔一八〕**炮格**：原作炮烙，格字据王照圆《列女传补注》改。炮格之刑乃是"膏铜柱，加之炭，令有罪者行其上"，明系横放如格，非直竖如柱，后人不明古义改格为烙，炮烙之刑就成了传说地狱中抱铜柱的情景（《封神演义》第六回便是如此描写的），当然是错的。《汉书·谷永传》"榜棰瘝【僭】于炮格"，字正作格。

〔一九〕**膏铜柱**：以油涂铜柱。

〔二〇〕**淇水**：水名，亦名淇河，在今河南省境。**朝歌**：纣都，故城在今河南省淇县北。

〔二一〕**故畏寒也**：原作故晨寒也，畏字据杨守敬《水经注疏》校改。

〔二二〕**斫**：斩；音 zhuó。

〔二三〕**比干**：殷王子，纣的叔父。**迺**：同乃。

〔二四〕**九侯**：纣时诸侯，一作鬼侯。**憙**：古喜字。**醢**：肉酱；音 hǎi，此处作动词用，即以人作肉酱的意思。

〔二五〕**鄂侯**：纣时诸侯。**彊**：同强。**脯**：干肉；音 fǔ，此处作动词用，即以人作干肉的意思。

〔二六〕**西伯昌**：即周文王。周文王名昌，为西伯，故称西伯昌。

〔二七〕**崇侯虎**：纣之佞臣。

〔二八〕**羑里**：殷狱名，一作牖里，今河南省汤阴县有牖城，即其地。闻一多《周易义证类纂》云："古狱凿地为窖，故牖在室上，如今之天窗然，书传称殷狱曰牖里，或以此欤？"其说可供参考。

解说

《论语·子张》载："子贡曰：'纣之不善，不如是之甚也，是以君子恶居下流，天下之恶皆归焉。'"这几句话比较真实地道出了关于纣的传说的底蕴。作为一个暴君，纣确实是最典型的。有人曾经统计古籍所载纣所为的荒淫暴虐诸事，为数乃至于七十（见顾颉刚《纣恶七十事的发生次第》——《古史讨论集》），可谓是洋洋大观了。这当中一部分固然是有着古代民间传说的依据，而大部分则必然是出于臆想，将暴君可能发生的罪恶全部推在纣的身上。不惟如是，就连桀、纣的传说看来也有互相模仿、展转钞袭的地方。《路史·发挥六·关龙逄》说："大抵书传所记桀纣之事，多出模仿。如《世纪》等倒曳九牛，抚梁易柱，引钩伸索，握铁流汤，倾宫瑶室，与夫璿【璇】台三里，金柱三千，车行酒、骑行炙，酒池糟丘，脯林肉圃，宫中九市，牛饮三千，丘鸣鬼哭，山走石泣，两日并出，以人食兽，六月猎西山，以百二十日为夜等事，纣为如是，而谓桀亦如是，岂其俱然哉？"罗泌以历史的眼光看待神话，议论常多迂执，惟独这段议论，却有独到之处，虽然也还未达于一间。桀、纣传说看来之所以有互相模仿的地方者，只因为二人同为暴君，同是被诛伐的箭垛式的人物，每枝诛伐的箭可以射在这个箭垛上，也可以射在那个箭垛上，不必一定真个互相模仿，自然就会形成彼此的类同。自然，这当中因为纣毕竟去古未远，人们对他坏的印象保存犹新，兼以战胜民族夸大宣传他的罪恶，所以他身上被射的箭也就最多，《论语》所记子贡的那番慨叹，实际的情况就是如此。

在有关纣的传说中，倒是妲己的传说值得探讨。《书·牧誓》说："今商王受，惟妇言是用。"《楚辞·天问》也说："殷有惑妇何所讥？"又说："彼王纣之躬，孰使乱惑？"其中有人，呼之欲出，注解者以为即是妲己，照史传的记叙看，恐怕应该是的。妲己之名始见于《国语·晋语一》："殷辛伐有苏，有苏氏以妲己女焉，妲己有宠，于是乎与胶鬲比而亡殷。"妲己原来也和妹喜一样，是被大国所战败的小国国君的女儿，被当作女奴隶进奉去赎罪而为纣所看中因而"有宠"的。但据《周书·克殷篇》，纣似乎以后又别有新欢，妲己也曾由"有宠"到"失宠"。《周书·克殷篇》说："武王乃适二女之所，既缢。"孔晁注："二女，妲己及嬖妾。"这注多半是出于臆想，靠不大住。《克殷篇》所说"既缢"的"二女"，应当只是纣的不包括妲己在内的"嬖妾二女"，如传说中桀所嬖幸的琬、琰然。《史记·周本纪》正作："（武王）已而至纣之嬖妾二女，二女皆经，自杀。武王又射，三发，击以剑，斩以玄钺，县其头小白之旗。"未言妲己，明妲己不是殉情自杀而与二女同列。妲己的下落，见于《殷本纪》。《殷本纪》说："周武王遂斩纣头，县之白旗，杀妲己。"妲己的死乃是被杀。《列女传·殷纣妲己》乃谓"武王遂致天之罚，斩妲己，头县于小白旗，以为亡纣者是女也。"是把二女事移之于妲己。孔晁注的附会也可能是由此而来。据以上所说，那么曾经"有宠"的妲己后来也还是不得不像妹喜那样失宠而让位于纣所另外嬖幸的二女了（桀、纣传说很多类同，在这一点上竟也这么相似，真是教人诧异）。奴隶有奴隶的怨恨，于是正像妹喜的"与伊尹比而亡夏"一样，妲己也"与胶鬲比而亡殷"（《晋语一》）。胶鬲，韦昭注："殷贤臣也，自殷适周，佐武王以亡殷也。"贤臣不见容于昏君，也只好是"弃暗投明"。但所谓"比而亡"云云，恐怕真是有计画地朋比勾结、里应外合以达到最后覆亡殷国的目的，非仅如韦氏注所说"其功用同"而"比功"的意思。至于达到目的、有功于周而仍被武王所杀者，这当中自然有传说的纷歧抵牾，主要恐怕还是由于后来封建统治者对于女性的偏见，所以虽有功而仍旧传说她是被杀了。纣的灭亡，首先应当是荒淫暴虐的纣的自取灭亡，其次才是作为女奴隶而一再受辱的妲己的怨恨报复，因而促使了纣的加速灭亡，而不是如像《书·牧誓》说的什么"牝鸡无晨，牝鸡之晨，惟家之索"等等鬼话为其灭亡原因的。

周文王

（文王）黯然而黑，几然而长，眼如望羊，心如王四国〔一〕。（《史记·孔子世家》）

纣既囚文王，文王长子曰伯邑考，质于殷，为纣御〔二〕，纣烹以为羹，赐文王。曰："圣人当不食其子羹。"文王得而食之。纣曰："谁谓西伯圣者？食其子羹，尚不知也。"（《帝王世纪集校》第五）

文王囚于羑里，太颠、闳夭、南宫括、散宜生之属，往见文王〔三〕。文王为瞋右目者，言纣之好色；柎桴其腹者，言欲得其宝也；蹀躞其足者，使迅疾也。于是周流求之以献纣〔四〕。（《绎史》卷一九引《古今乐录》〔五〕）

散宜生乃以千金求天下之珍怪，得驺虞〔六〕、鸡斯之乘〔七〕，玄玉百工〔八〕，大贝百朋〔九〕，玄豹黄罴，青豻〔一〇〕白虎，文皮千合〔一一〕，以献于纣。（《淮南子·道应篇》）

闳夭之徒患之，乃求有莘氏美女〔一二〕，骊戎之文马〔一三〕，有熊九驷〔一四〕，他奇怪物，因殷嬖臣费仲而献之纣。纣大说，曰："此一物〔一五〕足以释西伯，况其多乎？"乃赦西伯。（《史记·周本纪》）

注释

〔一〕黯：黑貌。几：长貌；通颀。望羊：近视的意思。《史记》集解引王肃曰："望羊，望羊视。"按望羊即罔象，罔象，模糊不清的光景；望羊视，谓视物模【模】糊不清，即近视也。心如王四国：王，音 wàng，君临的意思。四国，四方之国。言其心志广大，有如君临四方之国。

〔二〕质于殷：为人质于殷。御：驾车。

〔三〕太颠、闳夭、南宫括、散宜生：四人俱文王贤臣，号称文王四友。

〔四〕瞋：通瞚，蹙眉叫瞚，眉蹙目必动，谓向其眹眼示意。柎桴其腹：柎，弓把，音 fú；枹，击鼓杖，音 fú，这里用作动词，就是敲打的意思：文王拿弓把敲打自己的肚子。蹀躞：小步貌，音 dié xiè。周流：周游。

〔五〕**《古今乐录》**：书名，六朝陈释智匠撰，已佚，《说郛正续合刊》有辑录。

〔六〕**驺虞**：传说中的义兽，白虎黑文，尾长于身，不食生物，不履生草，应信而至。《山海经·海内北经》："林氏国有珍兽，大若虎，五采毕具，尾长于身，名曰驺吾。"即驺虞也。

〔七〕**鸡斯之乘**：犬戎文马名，一名吉量，一名吉黄，赤鬣白身，目若黄金，项若鸡尾，乘之寿千岁。

〔八〕**玨**：三玉为一玨。

〔九〕**朋**：五贝为一朋。

〔一〇〕**豻**：胡地野犬；音 àn。

〔一一〕**文皮**：美皮。合：义未详，疑当是两张皮合为一双的意思。《古史考》："伏羲制嫁娶以俪皮为礼。""俪皮"或即所谓"合"也。

〔一二〕**有莘氏**：氏族名，姒姓，夏禹之后，即成汤求婚娶妇因得贤臣伊尹之族。

〔一三〕**骊戎之文马**：骊戎，犬戎；文马，即鸡斯之乘。

〔一四〕**有熊九驷**：有熊，氏族名；四马为驷，九驷，即三十六匹马。

〔一五〕**此一物**：指有莘氏美女。

解说

和传说中的成汤一样，文王也是一个以"仁德"著称的君王。关于称述他"仁德"的故事，有什么断虞芮狱（《诗·绵》毛苌注）呀、梦许槁骨（《新书·谕诚》）呀等等，以其多半出于美饰增益，文俱不录。文王的"仁德"不但有类成汤，就连他的处境也和成汤相似：成汤被桀囚于钧台，由于行赂，才被释放；文王被纣囚于羑里，也是多亏他的臣子太颠、闳夭之徒周游四海去求得美女珍宝来献之于纣，才获得同样的结果。文王和成汤的传说似乎就是同一传说的分化，而前者的某些地方（行赂被释），倒有钞袭后者的可能：因为后者具体，各书均有大同小异的记叙；前者抽象，仅见于晚出的《太公金匮》，使人不能不作这么想。

关于文王被囚的羑里，唐封演《封氏见闻记》卷八有较详细的记叙："相州汤阴县北有羑里城，周回可三百步，其中平，实高于城外地丈余，北开一门，相传文王演《易》之所。曹子建《诘纣文》云：'崇侯何功？乃用为辅；西伯何辜？囚之囹圄。囹圄既成，负土既盈。兴立炮烙，贼害忠贞。'观此意，见文王见囚之地,纣使负土,实成此城也。未详子建所据。"按所据或者就是当时的民间传说,这也是纣囚文王的一段异闻,是可以补充史传记叙的阙佚的。

文王囚羑里的传说,很富于戏剧意味。《帝王世纪》说他的大儿子伯邑考在殷做人质,替纣驾车子,暴虐的纣无凭白故杀了伯邑考,烹以为羹,赐给拘囚中的文王。文王不知就里吃了儿子的肉羹,惹得纣心花怒放,说:"谁说西伯是圣人,吃了儿子的肉羹居然还不知道!"因而放松了对于文王的警戒,就富于戏剧意味。这传说以后又有所发展。一说"文王食子羹,佯不知,非甘也"(《抱朴子》外篇佚文——《意林》引),是替纣对文王是"圣者"的怀疑作了辨解性的诠释。另一说更谓文王佯不知而食其子肉、逃出羑里城之后,"下马用手探之,物吐在地,其肉尽化为兔儿,至今有吐子冢,在荡阴四里地"(《武王伐纣平话》卷中),是把这一段传说神话化了;《封神演义》第二十二回"西伯侯吐子成兔"就是本此为说。

至于《古今乐录》所记太颠、闳夭等人去羑里见到文王,文王向他们使眼色,拿弓把敲肚子等等,那戏剧性就更是明显。这段故事实本于蔡邕《琴操·拘幽操》,连文字也大同小异,为其所叙放在此处较顺适,故选录了它。大约文王被囚、行赂获释的传说,确为秦汉民间所艳称,以至后来增饰渐多,因而才有如《琴操》等书所描写的情状。司马迁著《史记》,亦将行赂获释的传说采入书中,非仅"好奇",实缘古代历史,大部分都是传说;又兼古籍丧亡,文献难征,有不得已而为之的苦衷。而归有光乃讥评之云:"文王所以得免,当不在以美女文马,此史公之陋也。"实际上倒并非"史公"的"陋",而是后世俗儒拘于一偏未识其全的陋。因为神话传说也可以反映历史,流传于民间口头的传说,常使古代历史栩栩如生地再现出来,事实虽不一定完全符合,而其精神却是能够与本来面貌一致的。这就是司马迁采传说入历史以恢复历史旧观的巨眼卓识,而《史记》一书多保存古代民间传说,也是它可贵的一端。

姜太公

　　太公望吕尚者，东海上人〔一〕。其先祖尝为四岳〔二〕，佐禹平水土，甚有功。虞、夏之际，封于吕，从其封姓，故曰吕尚〔三〕。(《史记·齐太公世家》)

　　太公望齐之逐夫，朝歌之废屠，子良之逐臣，棘津之雠不庸〔四〕。(《战国策〔五〕·秦策》)

　　吕望尝屠牛于朝歌，卖饭于孟津〔六〕。(《古史考》辑本)

　　吕望年七十，钓于渭渚〔七〕，三日三夜，鱼无食者，望即忿脱其衣冠。上有农人者，古之异人也，谓望曰："子姑复钓，必细其纶，芳其饵，徐徐而投，无令鱼骇〔八〕。"望如其言，初下得鲋，次得鲤，刺鱼腹得书，书文曰："吕望封于齐。"望知其异。(《史记·齐太公世家》正义引《说苑》〔九〕)

　　文王梦天帝服玄禳以立于令狐之津，帝曰："昌，赐汝望〔一〇〕。"文王再拜稽首，太公于后亦再拜稽首。(《全上古三代秦汉三国六朝文》辑《周志》〔一一〕)

　　文王将田，史编布卜〔一二〕，曰："田于渭阳，将大得焉，非龙非彲，非虎非罴，兆得公侯，天遗汝师〔一三〕。"文王乃乘田车，驾田马，田于渭阳，卒见太公，坐茅以渔〔一四〕。(《六韬》〔一五〕)

　　周西伯猎，果遇太公于渭之阳，与语，大说〔一六〕。曰："自吾先君太公曰：'当有圣人适周，周以兴。'子真是邪〔一七〕？吾太公望子久矣！"故号之曰"太公望"。载与俱归，立为师。(《史记·齐太公世家》)

　　文王以太公望为灌坛令，期年，风不鸣条〔一八〕。文王梦一妇人，甚丽，当道而哭。问其故，曰："吾泰山之女，嫁为东海妇〔一九〕，欲归，今为灌坛令当道，有德，废我行。我行必有大风疾雨，是毁其德也〔二○〕。"文王觉，召太公问之。是日，果有疾风暴雨，从太公邑外而过〔二一〕。文王乃拜太公为大司马〔二二〕。（《搜神记》卷四）

注释

〔一〕**吕尚**：即姜太公；有各种不同的异名：又叫吕望，又叫师望，又叫太公望，又叫师尚父，又叫姜牙或姜子牙，又叫太公涓，等等。**东海上人**：吕尚齐人，地近东海，故云。

〔二〕**四岳**：官名，主管四时及四方诸侯之事。

〔三〕**虞、夏**：虞舜、夏禹。**吕**：地名，在今河南省南阳县西。

〔四〕**齐之逐夫**：吕尚因家贫为妻所逐，故云逐夫。**朝歌之废屠**：朝歌，纣都；吕尚尝卖肉于此，肉臭不售，故云废屠。**子良之逐臣**：子良，人名，事述未详；意似谓吕尚尝臣于子良，后为所逐，故云逐臣。**棘津之雠不庸**：棘津，古水名，又名南津，或名济津，在今河南省延津县东北，已湮。雠，通仇，憎恶的意思。庸，通佣【傭】，受雇于人的意思。大意说吕尚为棘津的人所憎恶，虽自售而不见雇于人。

〔五〕**《战国策》**：书名，凡三十三卷，汉刘向集先秦诸所记战国时事而成。

〔六〕**孟津**：地名，在河南省孟县南十八里。周武王伐纣，与诸侯盟于此，亦称盟津。

〔七〕**渭渚**：渭，渭水；渚，水中小洲。

〔八〕**古之异人也**：也字原无，从《群书拾补》辑《说苑逸篇》补。**纶**：钓鱼线。

〔九〕今本《说苑》无。

〔一○〕**穰**：或作襄，衣属，音未详。**令狐之津**：传说中地名，未详所在。**昌**：文王名。

〔一一〕**《周志》**：书名，大约是战国时人撰，已佚。

〔一二〕**田**：田猎。**史编**：名叫编的太史。**布卜**：布，陈；卜，灼剥龟。陈龟而灼剥之，视龟兆的纵横以定吉凶，叫布卜。

〔一三〕**渭阳**：渭水的北岸；水北叫"阳"，和山南叫阳恰相反。**螭**：螭的或字，音chī，龙子的无角者。**兆**：灼龟以卜，观其坼裂之文，以验吉凶，叫做兆。

〔一四〕**田车、田马**：田猎的车、田猎的马。**茅**：草名，有白茅、青茅之别。

〔一五〕**《六韬》**：书名，凡六篇，旧题太公撰，其实撰人及时代均不详（或系汉人），已佚。今本《六韬》又系后人缀辑改造，非复旧观。此处所录即今本《六韬》。

〔一六〕**说**：同悦。

〔一七〕**先君太公**：去世之父称先君，父称太公；此处先君太公连称，即文王自称其去世的父亲。**适**：至。**子**：尔、汝；今言你。

〔一八〕**灌坛**：传说中地名，未详所在。**期年**：周年；期，音ㄐㄧ。**风不鸣条**：条，枝条；无使枝条鸣动的风，意即和风。这一句又常和雨不破块对文连用，谓太公之德，常使风调雨顺。

〔一九〕**泰山、东海**：泰山山神、东海海神。

〔二〇〕意思是说，太公之德，常使风调雨顺，而我则非大风疾雨不能成行。若大风疾雨而行，则有损太公之德；如其不忍，则又废行：处两难之间，故哭。

〔二一〕泰山女乘文王召问太公的间隙，驱疾风暴雨从太公邑外经过，表明不敢废太公之德的意思。

〔二二〕**大司马**：周时官名，六卿之一，掌军政。

解说

姜太公的传说是古代颠沛穷困的贤士晚遇明主传说的典型。不仅《战国策》记其未遇前困厄的种种，屈原《离骚》也说："吕望之鼓刀兮，遭周文而得举。"《天问》也说："师望在肆昌何识？鼓刀扬声后何喜？"（郭沫若译：姜太公在朝歌做屠户，文王何以知道而喜欢？）都记叙了关于他在纣都朝歌屠牛得遇的传说。大约有关他的传说，在战国中年，已经相当流行。那时由于豪强兼并，"王纲"解体（从奴隶社会进入到初期封建社会），整个社会处在动乱不安的状态中。遭受痛苦最深的当然是各国的农民，而作为封建统治阶级的依附者的"士"，在这种局面下，也会有他们的坎坷的遭遇。多数或者就坎坷以至于沉沦下去，少数在"用人唯贤"的政治路线下，或者也能得到提拔，登上一定的政治地位。那些登上一定政治地位的人，由于他们出身微贱，多少知道民间的疾苦，因而在他们的政治措施中，能适当地照顾到人民的利益，为人民作些好事。而人民对于才士的身世遭遇也极容易同情。姜太公故事（包括伊尹、傅说等人的故事）在战国时代传播于民间，正反映了人民对身世坎坷的才人贤士所抱的同情的态度。

这故事到了后世，又增加了神话的因素。《说苑》所记姜太公钓鱼得书的故事，就已有了这种因素。这一故事，又大同小异地见于晋苻朗所著的《苻子》，《苻子》说：

太公涓钓隐溪，五十六年矣，不得一鱼。季连往见之。太公涓跽石隐崖，不饵而钓，仰咏俯吟，暮则释竿。其膝所处，石皆成臼，其跗触石若路。季连曰："钓本在鱼，无鱼何钓？"公曰："不见康王父之钓乎，涉蓬莱，钓巨海，投纶五百年矣，未尝得一鱼，方吾犹一朝耳。"果得大鲤，有兵钤在其中。

——《绎史》卷一九引

　　把这位太公描写得神韵飘逸而为后来《水经注》的记叙所本。"不饵而钓"，传到后来就成了姜太公钓鱼用直钩，《封神演义》第二十三回的叙写就是如此，说是"宁在直中取，不向曲中求，不为锦鳞设，只钓王与侯"。"只钓王与侯"云云，大约就是"刺鱼腹得书""有兵钤在其中"的演化了。

　　至于《搜神记》所载（亦见于《博物志》而文较简）文王梦泰山女的故事更是把姜太公写得近于神奇：仅仅为了他的"有德"，连山神的女儿也得回避而不敢触犯他。究其实际，"有德"恐怕只不过是他一个次要的方面，更重要的，是他原本是具有神性的人物。故《太公金匮》既记述他有画丁侯图形射之使病又拔之使愈的本领，又记述他有当七神雪天远来助周灭殷时设计探知其名而使诸神惊叹拱服的智谋（详下章"解说"）。"姜太公在此，百无禁忌。"——这句民间流传的谚语也正说明了作为具有驱神役鬼能力的他的特殊身份。因而如《封神演义》所写的关于他的种种道法和神力，虽经渲染，亦有所本，并不足异了。

武王伐纣

一

武王伐纣，都洛邑，未成〔一〕。阴寒雨雪十余日，深丈余。

甲子平旦〔二〕，不知何五大夫乘车马从两骑止王门外，欲谒武王〔三〕。

武王将不出见，尚父〔四〕曰："不可，雪深丈余，而车骑无迹，恐是圣人。"

太师尚父乃使人持一器粥出，开门而进五车两骑，曰："王在内未有出意，时天寒，故进热粥以御寒，未知长幼从何起？"

两骑曰："先进南海君，次东海君，次西海君，次北海君，次河伯、雨师、风伯〔五〕。"

粥既毕，使者具告尚父。

尚父谓武王曰："客可见矣。五车两骑，四海之神与河伯、雨师、风伯耳〔六〕。南海之神曰祝融，东海之神曰句芒，北海之神曰玄冥，西海之神曰蓐收，河伯名冯夷，雨师名咏，风伯名姨，请使谒者〔七〕各以其名召之。"

武王乃于殿上，谒者于殿下门外引祝融进，五神皆惊，相视而叹。祝融拜。武王曰："天阴远来，何以教之？"皆曰："天伐殷立周，谨来受命，愿勑〔八〕风伯雨师，各使奉其职。"（《北堂书钞》〔九〕卷一四四引《太公金匮》）

周武王东伐纣，夜济河，时云明如昼，八百之族〔一〇〕，皆齐而歌。有大蜂状如丹鸟，飞集王舟。因以鸟画其旗，翌日而枭纣〔一一〕；名其船曰蜂舟。（《拾遗记》卷二）

注释

〔一〕**洛邑**：古地名，即今河南省洛阳市。**未成**：欲筑王都于洛邑，一时尚未成就。此二字原无，从严可均《全上古三代秦汉三国文·全上古三代文》辑《太公金匮》补。

〔二〕**甲子平旦**：古以干支纪日，甲子，即甲子日；平旦，鸡鸣以后，天将明时。

〔三〕**两骑**：骑，音jì；马军叫骑。**不知何五大夫**：大夫，古官名，位在卿之下，士之上；不知何五大夫，不知来自何许的五个大夫。**谒**：请见叫谒。

〔四〕**尚父**：姜太公的尊称，亦即后文的太师尚父。

〔五〕两骑先介绍了乘车马的五个大夫：南海君、东海君、西海君、北海君、河伯，然后自我介绍：雨师、风伯。

〔六〕"风伯"二字原无，从《全上古三代秦汉三国六朝文》辑《太公金匮》补。

〔七〕**谒者**：官名，掌宾赞受事。

〔八〕**勑**：本作敕，告诫的意思。

〔九〕**《北堂书钞》**：书名，凡一百六十卷，唐虞世南撰。

〔一○〕**八百之族**：相传武王伐纣，诸侯不期而会于孟津者，凡八百；此云八百之族，即八百诸侯之族。

〔一一〕**翌日**：明日；翌，音yì。**枭纣**：枭纣首的意思；枭首，古极刑名，杀人斩其首而悬于木上，叫枭首。

解说

武王伐纣的故事，大概说来，可以分为神话和传说两个部分。神话的部分，记叙诸神助周灭殷的事迹，而姜太公则表现为一个具有神通和法力的人物。传说的部分，主要是叙写武王和姜太公在异常艰困的自然条件下，排除万难，统率大军向纣都朝歌奋勇前进，终于取得最后胜利。其中姜太公尤其表现得刚毅果断，有不信天命、不畏灾变、不怕鬼神的精神。就其思想内容和给人的教育启发而论，后者较之前者，更是高出许多。

武王伐纣，诸神助周灭殷的神话，始见于《墨子·非攻下》。《非攻下》说："武王践功(阼)，梦见三神曰：'予既沈渍殷纣于酒德矣，往攻之，予必使汝大堪之。'武王乃攻狂夫，反商之周，天赐武王黄鸟之旗。"本来《书·武成》也有"惟尔有神，尚克相予，庶济兆民，无作神羞"的话，是武王统率大军会师牧野之前向神的祝辞（大意说：请求神赐予我以帮助，使我能济渡广大人民出于危难，而不至于给神带来羞辱），或当是诸神助周灭殷神话的所本。但一般以为《武成》

晚出,恐不足据。可据的还是如上所引《墨子·非攻下》的记叙。正如同篇所记夏殷之交有火神祝融助殷灭夏一样,殷周之交也有不知名的"三神"助周灭殷。神的佑助一方而惩罚另一方,并非是"天意"如此,实际上乃是体现着人心的向往——人民对于暴君的憎恨,乃至设想有神来帮助正义的"王师"打倒他。

记叙诸神助周灭殷和姜太公的神通智谋的神话,有《太公金匮》和《六韬》。二书不详成于何代,亦不详撰人,惟《隋志》已有著录,则成书当在隋前。惜均亡佚(今本《六韬》伪),仅可于各书的征引中,略见一斑。

《太公金匮》所记叙的七神雪天远来助周灭殷,太公使人持粥、预先侦知其名,因而使诸神叹服、甘心勤力王事的神话(这段神话又见于卢文弨辑录的《尚书大传续补遗》,只是文字较简,大约就是《太公金匮》所本,足见秦末汉初它已经开始流传了),不仅充分表现着太公的智谋,更重要的,还传达出了这样一个主题思想:人比神聪明,可以驾驭神,使神供人役使。神话因为有了这个进步的主题思想而显得生动有趣和精神焕发了。可是同书和《六韬》所记的另一神话却具有着不同的情调——

> 武王伐殷,丁侯不朝,尚父乃画丁侯射之。丁侯病,遣使请臣。尚父乃以甲乙日拔其头箭,丙丁日拔目箭,戊己日拔腹箭,庚辛日拔股箭,壬癸日拔足箭,丁侯病乃愈。四夷闻之乃惧,越裳氏献白雉。
>
> ——《艺文类聚》卷五九引《太公金匮》

是太公用巫术来制胜桀傲不驯的诸侯使之驯服,同举吊民伐罪的义旗。在这里,太公固然被表现为一个具有神通和法术的神性人物,但也正如鲁迅先生在《中国小说史略》里评《三国志演义》写诸葛亮说"状诸葛之多智而近妖",《太公金匮》等书写太公的神通和法术,实在也就有点妖气。其后《封神演义》本此而又加以渲染,那妖气就更是显然。《论衡·恢国篇》云:"书传或称武王伐纣,太公阴谋,食小儿以丹,令身纯赤长大,教言殷亡。殷民见儿身赤,以为天神。及言殷亡,皆谓商灭。"也是"状诸葛之多智而近妖"之类的。以其封建性的糟粕较多,文俱不录。

至于《拾遗记》所记的武王伐纣,有丹鸟飞集王舟,因以此鸟画其旗的神话,大约是本于《墨子·非攻下》所记的"天赐武王黄鸟之旗"的神话而又加以扩充的结果,就无需多说了。

二

周武王伐纣，卜筮之，逆，占曰："大凶"〔一〕。太公推蓍蹈龟〔二〕而曰："枯骨死草，何知吉凶！"（《论衡·卜筮篇》）

武王伐纣，雨甚雷疾，武王之乘〔三〕雷震而死。周公曰："天不祐周矣！"太公曰："君秉德而受之，不可如何也〔四〕。"（《太平御览》一三引《六韬》）

武王伐殷，乘舟济河，兵车出，坏船于河中。太公曰："太子为父报仇，今死无生〔五〕。"所过津梁〔六〕，皆悉烧之。（《太平御览》四八二引《六韬》）

武王伐纣，渡于孟津，阳侯之波〔七〕，逆流而击，疾风晦冥，人马不相见。于是武王左操黄钺，右秉白旄〔八〕，瞋目而撝之〔九〕，曰："余任天下，谁敢害吾意者〔一〇〕？"于是风济而波罢〔一一〕。（《淮南子·览冥篇》）

武王伐纣，到于邢丘，楯折为三，天雨三日不休〔一二〕。武王心惧，召太公而问曰："意者纣未可伐乎？"太公对曰："不然。楯折为三者，军当分为三也；天雨三日不休，欲洒吾兵也〔一三〕。"武王曰："然何若矣〔一四〕？"太公曰："爱其人及屋上乌；恶其人者，憎其胥馀〔一五〕：咸刘厥敌，靡使有余〔一六〕！"（《韩诗外传》〔一七〕卷三）

甲子昧爽〔一八〕，武王朝至于商郊牧野，乃誓〔一九〕。誓已，诸侯兵会者车四千乘〔二〇〕，陈师牧野。帝纣闻武王来，亦发兵七十万人距〔二一〕武王。（《史记·周本纪》）

纣将与武王战，纣陈其卒，左臆右臆，鼓之不进，皆还其刃，顾以嚮纣也〔二二〕。（《新书〔二三〕·连语》）

武王左操黄钺，右执白旄以麾〔二四〕之，（纣军）则瓦解而走，遂土崩而下。（《淮南子·泰族篇》）

纣走，反入登于鹿台之上，蒙衣其珠玉，自燔于火而死〔二五〕。武王持大白旗以麾诸侯，遂入，至纣死所。武王自射之，三发而后下车。

以轻剑〔二六〕击之，以黄钺斩纣头，县大白之旗。已而至纣之嬖妾二女，二女皆经〔二七〕，自杀。武王又射，三发，击以剑，斩以玄钺〔二八〕，县其头小白之旗。(《史记·周本纪》)

注释

〔一〕**卜筮**：灼龟取兆叫卜，用蓍草占卦叫筮，古人往往两者并用之。**逆**：不顺，言龟兆和卦象俱不顺。**占**：视龟兆、卦象以定吉凶叫占。

〔二〕**蓍**：植物名，多年生草本，高二三尺，古人取其茎为占筮之用；音 shī。**蹈**：踏。

〔三〕**乘**：御者。

〔四〕**秉**：持。**受**：取。大意说，只要你秉持其德去取伐纣的胜利成果，则虽天亦对你无可如何。

〔五〕**今死无生**：如今大家只有去和敌人拚死奋战，不可存侥幸生还之意。今原作令，令就是武王所令，意思不佳，从《玉函山房辑佚书》辑《六韬》改。

〔六〕**津梁**：津，渡口；梁，桥梁；架桥于渡口以济渡，故称津梁。

〔七〕**阳侯之波**：阳侯，古之诸侯，有罪，自投于江，作了大波之神；阳侯之波，就是大波的意思。

〔八〕**黄钺**：铜斧。**白旄**：旄，音 máo，悬牦牛尾于竿头，军中持以指挥的。

〔九〕**瞋目**：张目；瞋，音 chēn。**抆**：同挥。

〔一〇〕大意说，我如今担当着天下的重任，谁敢违犯我的意旨。

〔一一〕**风济波罢**：风过波息。

〔一二〕**邢丘**：古地名，在今河南省温县东。**楯**：通盾。

〔一三〕**洒【灑】**：同洗。**兵**：甲兵，指甲仗军器等。

〔一四〕**然何若矣**：那么又怎样呢？

〔一五〕**胥馀**：里落中的屋壁。

〔一六〕**咸刘厥敌，靡使有余**：咸、刘，均训杀。咸字在金甲文中作斧砧相连之形，故可训杀。二句意为全部杀光敌人，不要剩下一个。

〔一七〕**《韩诗外传》**：书名，凡十卷，汉韩婴撰。

〔一八〕**甲子昧爽**：甲子，甲子日；昧爽，义同平旦，即鸡鸣以后，天将明时。

〔一九〕**朝**：朝晨。**牧野**：古地名，在今河南省淇县南。**誓**：誓师。

〔二〇〕**乘**：音 shèng；一车四马谓之一乘。

〔二一〕**距**：抵御。

〔二二〕**左臆右臆**：臆，翼的借字，左臆右臆，谓纣军的左翼右翼。**嚮**：同向。

〔二三〕**《新书》**：书名，凡十卷，旧题汉贾谊撰，实当是原本散佚，后人割裂《汉书》谊本传之文而成。

〔二四〕**麾**：音义同挥。

〔二五〕**蒙衣其珠玉**：意谓以珠玉联缀为衣而衣之。**燔**：焚烧；音 fán。

〔二六〕**轻剑**：《周书·克殷篇》作轻吕，注云，轻吕，剑名，则此轻剑当即轻吕之剑。

〔二七〕**经**：缢；今谓之上吊。

〔二八〕**玄钺**：铁斧。

解说

在关于武王伐纣的传说中，姜太公和武王都表现为明决果断的人，其中姜太公的这种性格尤其鲜明、突出，好些古籍都大同小异地记叙着它。在迷信神权的古代，卜筮曰凶，姜太公却敢于推蓍蹈龟，骂道"枯骨死草，何知吉凶"，这是何等的胆识！武王的御者在大雷大雨中受震死了，连周公都害了怕，太公却说"只要你一心去夺取胜利，天也把你无可如何"，又是何等的坚毅！武王乘舟渡河，兵车刚上岸，太公即命人将船毁坏于河中，并焚毁所过的桥梁，说"太子为父报仇，今死无生"，又是何等的刚勇！至于《韩诗外传》所记叙的武王兵到邢丘，遇见大雨，太公解释说这是天洗兵，又说什么"咸刘厥敌，靡使有余"等等的话，更是活写出了一个勇敢坚定的人物形象。

传说中"吊民伐罪"的武王的形象也很可爱，和姜太公相像，他也是极果敢坚毅的，本节所录武王师渡孟津遇风波事即其一例。此外如《说苑·权谋篇》所记武王伐纣，遇大风折旆，大雨平地，武王均释以"天落兵""天洒兵"等辞；《淮南子·兵略篇》所记武王伐纣遇诸艰厄，卒以果敢精神胜之而终于成功等，都可说明古代人们对武王的崇爱。然而武王也有表现软弱的时候，本节所录邢丘遇雨"心惧"，即是一例。此外还有类似的传说，见于他书的记载，而太公则无之，是武王实在又不及太公了。

至于武王伐纣，会师牧野，纣军不战而溃，前徒倒戈（奴隶起义），则诸书无异辞，本节所录《新书·连语》记叙的"纣陈其卒，左臆右臆，鼓之不进，皆还其刃，顾以嚮纣"的情景，就正是如此。

成问题的是关于纣的死。《楚辞·天问》说："伯林雉经，维其何故？何感天抑墜（地），夫谁畏惧？"郭沫若先生译作"纣王和他的妃嫔为何吊死，以衣蒙面，怕见天地？"有注云：

> 原作"伯林雉经"，旧注均以晋太子申生事为解，殊不适。《史记·周本纪》："纣走反入，登于鹿台之上，蒙衣，其珠玉自燔于火，而死。……嬖妾二女皆经自杀"。细读此文，纣王系自焚其珠玉，蒙衣而死。后人误读，故有"纣赴火死"之说。纣之死，当亦如二女之自经，故"武王亲咋（斮）纣头，手污于血"（见《尸子》）。如系焚死，便无从再见血。鹿台所在必为林园，疑"伯林"本作柏林，园中多松柏也。
>
> ——《屈原赋今译》页七九

郭沫若先生以"伯林"本作柏林而以纣王曾于此林上吊身死，颇有创见。《墨子·明鬼下》云："武王逐奔入宫，万年梓株，折纣而系之赤环。"旧于"万年梓株"无释，今据此注，则"万年梓株"实松柏之类，武王之所以"折纣（折绝纣首）而系之赤环（朱轮）"者，当是纣于此自缢而死遗下的尸身也，与郭说适可以印证。但是纣王上吊身死之说即使成立，也不过是关于纣死的传说中的一种，不能因此而便否认了更流行的"纣赴火死"之说。"纣赴火死"之说，实见于《周书·克殷篇》："商辛奔内，登于鹿台之上，屏遮而自燔于火。"又见于《世俘篇》："甲子夕，商王纣取天智玉琰璲身厚以自焚。"《史记·殷本纪》亦云："甲子日，纣兵败，纣走入登鹿台，衣其宝玉衣，赴火而死。"可见《周本纪》的"（纣）蒙衣其珠玉，自燔于火而死"的记叙，实在本当如此读，并非"后人误读"而致误。

关于纣死的传说，除上所举自缢、赴火二说之外，还有被杀之一说。《荀子·仲尼篇》注引《尸子》说："武王亲射恶来之口，亲斫殷纣之颈，手污于血，不温（盥）而食，当此之时，犹猛兽者也。"郭沫若先生据此以否定赴火说，谓"如系焚死，便无从再见血"，亦未为是。盖两种传说，本各不相谋，殊不必将它们混为一谈。被杀之说，不仅《尸子》载之，亦见于他书。《淮南子·本经篇》说："武王甲卒三千，破纣牧野，杀之于宣室。"高诱注云："宣室，纣宫名；一曰，宣室，狱也。"《泛论篇》："汤武有放弑之事。"高诱注更明白地说："周武弑纣宣室。"惟《史记》褚先生《补龟策列传》说："纣不胜，败而还走，围之象郎；自杀宣室，身死不葬；头悬车轸，四马曳行。"所叙虽略有不同，而其结局则一。

除此而外,还有斗死之一说。《新书·连语》说:"纣走,还于寝庙之上,身斗而死,左右弗肯助也。纣之官位与纣之躯,弃之玉门之外,民之观者皆进蹴之,蹈其腹,蹶其肾,践其肺,履其肝。周武王乃使人帷而守之,民之观者,攓帷而入,提石之者,犹未肯止。"虽然也可见到暴君结局的悲惨和人民对暴君怨愤的深切,但却未免夸张形容,过甚其辞,关系到对历史人物的正确评价问题。所以本书选录,还是只选赴火死之说。事实上这一说既有《史记》记载于前,又有《封神演义》宣扬于后,二书在各阶层群众中均有较大的影响,因此其他诸说自然湮而不彰了。

伯夷叔齐

伯夷、叔齐，孤竹君〔一〕之二子也。父欲立叔齐，及父卒，叔齐让伯夷。伯夷曰："父命也。"遂逃去。叔齐亦不肯立而逃之。国人立其中子。

于是伯夷、叔齐闻西伯昌善养老，盍〔二〕往归焉。及至，西伯卒。武王载木主〔三〕，号为文王，东伐纣。伯夷、叔齐叩马〔四〕而谏曰："父死不葬，爰〔五〕及干戈，可谓孝乎？以臣弑君，可谓仁乎？"左右欲兵之〔六〕。太公曰："此义人也。"扶而去之。武王已平殷乱，天下宗周，而伯夷、叔齐耻之，义不食周粟，隐于首阳山〔七〕，采薇〔八〕而食之。（《史记·伯夷列传》）

伯夷、叔齐隐于首阳山，采薇而食之，野有妇人谓之曰："子义不食周粟，此亦周之草木也。"于是饿死。（《古史考》辑本）

武王伐纣，夷、齐不从，隐于首阳山，采薇而食。王摩子〔九〕入山，难之曰："君不食周粟，而隐周山，食周薇，奈何？"二人遂不食薇。经七日，天遣白鹿乳之。二人私念：此鹿食之必美。鹿知其意，不复来，二子遂饿而死。（《绎史》卷二〇引《列士传》〔一〇〕）

注释

〔一〕孤竹：殷时国名，其地大约在今河北省卢龙县至辽宁省朝阳县一带。
〔二〕盍：何不。
〔三〕木主：木头做的神主牌位。
〔四〕叩马：手挽其马，使之停止。
〔五〕爰：于是。
〔六〕兵之：以兵器击之。
〔七〕首阳山：传说中地名，其说不一，未详所在。

〔八〕**薇**：羊齿科植物，即大巢菜，茎叶皆似小豆，蔓生，可作羹，亦可生食。

〔九〕**王摩子**：传说中人名，事迹不详。

〔一〇〕**《列士传》**：书名，凡二卷，汉刘向撰，已佚。

解说

在殷王朝覆亡，周武王领导的人民解放战争取得了胜利，代殷而统有天下的新旧交替的大变革时代，又有伯夷、叔齐耻食周粟，饿死首阳山的传说，作为这部长篇史诗的一支小小插曲而收场。它自然带着一些悲剧的性质，但悲剧当中也有着喜剧的意味，因为两个老人的此举，本来就是不懂得历史发展动向即所谓"不识时务"而偏要逆流行事自以为清高的。《论语》和《孟子》这两部儒家经典著作里，屡屡称引伯夷叔齐的行事，孔子说伯夷叔齐是"古之贤人也"（《论语·述而》），《孟子》也说："伯夷，圣之清者也。"（《孟子·万章下》）用奴隶主或封建领主的道德尺度来衡量他们，给以赞扬。然而即使是这样，孟子也还是不得不说："伯夷隘。"隘就是狭隘，不具有开旷的胸襟，不能高瞻远瞩，从黑暗中看出光明，只是一味逃避现实而终于做了无情现实的牺牲，这就是狭隘，也就是迂阔。这种人在变动的大时代中注定是会八方碰壁、没有出路的。毛主席斥他们为"对自己国家的人民不负责任，开小差逃跑，又反对武王领导的当时的人民解放战争，颇有些'民主个人主义'思想"（《毛泽东选集》第四卷《别了，司徒雷登》），指出了伯夷叔齐的病根，可以作为今天某些知识分子的儆省。

关于他们的传说并不多，《史记·伯夷列传》的记叙可说是已经勾画出了一个故事的轮廓，《古史考》和《列士传》的记叙不过是这一轮廓的补充，然而这寥寥几笔的补充，却使故事犹如颊上加三毫，变得异常精采而生动了。隐居首阳山、采薇而食的伯夷叔齐，对于山野妇女和士大夫如王摩子之流的异口同声的诘难，的确无辞以对，只好是走向饿死之途。然而最妙的却是在这存亡俄顷之际，又有传说中的"天遣神鹿"来向他们献奶，吃着鹿奶的他们又想着要吃鹿肉，以至"鹿知其意，不复来"，两人终于饿死。《楚辞·天问》说"惊女采薇鹿何祐"，记的就是这回事情。旧注以为"昔有女子采薇菜，有所惊而走，因获得鹿，其家遂昌炽，乃天祐之"，这是望文生义的臆说，是不对的。闻一多《楚辞校补》说，"惊女"二字当互易，惊【驚】读为警，警就是戒的意思，言女戒之勿采薇也，鹿何祐即天遣白鹿乳之，这才是说对了。《天问》此问正是二书所记传说的初貌,从此也可见这一传说在民间流传的古老。野女或士大夫的诘难,固然是人民对于狭隘迂阔的二老的讽刺,即使是白鹿献乳的记叙,何尝又非人民对于他们的嗤谑呢:证明纵然"清高"如夷齐,也有不断上升的物质欲望,吃了鹿奶想鹿肉,是不能靠吸风饮露以求生的,那么所谓"耻食周粟"而又不得不"食周薇"的"清高",也就有些成问题,未免近于矫揉造作了。

周穆王

夸父之山，其北有林焉，名曰桃林〔一〕，是广员三百里，其中多马。（《山海经·中次六经》）造父取骥之乘匹〔二〕，与桃林盗骊、骅骝、绿耳〔三〕，献之缪王〔四〕，缪王使造父御，西巡狩。（《史记·赵世家》）。

穆王巡行天下，驭八龙之骏〔五〕：一名绝地，足不践土；二名翻羽，行越飞禽；三名奔霄，夜行万里；四名超影，逐日而行；五名踰辉，毛色炳耀；六名超光，一行十影；七名腾雾，乘云而奔；八名挟翼，身有肉翅〔六〕。（《拾遗记》卷三）

戊寅，天子西征，鹜行至于阳纡之山，河伯无夷之所都居〔七〕。（《穆天子传》〔八〕卷一）

吉日辛酉，天子升于昆仑之丘，以观黄帝之宫〔九〕，而封丰隆之葬〔一〇〕。……甲申，至于黑水，……天子乃封长肱于黑水之西河〔一一〕。……癸亥，至于西王母之邦。（同前书卷二）

吉日甲子，天子宾于西王母，乃执白圭玄璧以见西王母，好献锦组百纯，□组三百纯，西王母再拜受之〔一二〕。

□乙丑，天子觞西王母于瑶池之上〔一三〕。西王母为天子谣〔一四〕曰："白云在天，山陵自出。道里悠远，山川閒之。将子无死，尚能复来〔一五〕。"天子答之曰："予归东土，和治诸夏。万民平均，吾顾见汝。比及三年，将复而野〔一六〕。"西王母又为天子吟曰："徂彼西土，爰居其野。虎豹为群，於鹊与处。嘉命不迁，我惟帝女。彼何世民，又将去子。吹笙鼓簧，中心翔翔。世民之子，唯天之望〔一七〕。"

天子遂驱升于弇山，乃纪名迹于弇山之石而树之槐，眉曰西王母之山〔一八〕。（同前书卷三）

周穆王西巡狩，越昆仑，下至弇山，反还，未及中国，道有献工人名偃师，穆王荐〔一九〕之。问曰："若〔二〇〕有何能？"偃师曰："臣惟命所试；然臣已有所造，愿王先观之。"穆王曰："日以俱来〔二一〕，吾与汝俱观之。"

翌日，偃师谒见王，王荐之，曰："若与偕来者何人邪？"对曰："臣之所造能倡者〔二二〕。"穆王惊视之，趣步俯仰，信人也〔二三〕。巧夫！鎭其颐则歌合律，捧其手则舞应节〔二四〕，千变万化，惟意所适。王以为实人也，与盛姬〔二五〕内御并观之。

技将终，倡者瞬其目而招王之左右侍妾，王大怒，立欲诛偃师。偃师大慑，立剖散倡者以示王，皆傅会革、木、胶、漆、黑、白、丹、青之所为〔二六〕。王谛料之：内则肝、胆、心、肺、脾、胃、肠，外则筋骨、支节、皮毛、齿发，皆假物也，而无不毕具者〔二七〕。合会复如初见。

王试废其心，则口不能言；废其肝，则目不能视；废其肾，则足不能步〔二八〕。穆王始悦而叹曰："人之巧乃可与造化者〔二九〕同功乎！"诏贰车〔三〇〕载之以归。（《列子·汤问篇》）

徐偃王作乱，造父为缪王御，长驱归周，一日千里以救乱〔三一〕。（《史记·秦本纪》）

徐偃王反，缪王日驰千里马，攻徐偃王，大破之。（《史记·赵世家》）

周穆王南征，一军尽化，君子为猨〔三二〕为鹤，小人为虫为沙。（《太平御览》卷九一六引《抱朴子》〔三三〕）

注释

〔一〕**夸父之山**：山名，郝懿行云一名秦山，与太华相连，在今河南灵宝县东南。**桃林**：古地名，称为桃林塞，其中多野马；今河南省灵乡县以西，至陕西省潼关县以东皆其地。

〔二〕**造父**：人名，古之善驭者。**骥**：千里马。**乘匹**：配偶；乘，音 shèng。言造父取千里马之可以为配偶者。旧释乘匹为并四曰乘，两曰匹，非；乘匹连文，当即"止巢乘匹"的乘匹之意,即互为配偶也。

〔三〕**盗骊、骅骝、绿耳**:周穆王所乘八骏中的三骏。

〔四〕**缪王**:缪,同穆,缪王,即周穆王。周穆王名满,是周昭王的儿子。

〔五〕**八龙之骏**:号称八龙的骏马;《周礼·夏官·廋人》:马八尺以上为龙。

〔六〕所记八骏之名,皆与《穆天子传》及《列子·周穆王篇》八骏之名不合,或者是传闻异辞而又加上文人渲染的结果。

〔七〕**戊寅**:戊寅日。**骛行**:驰行,骛,音 wù。**阳纡之山**:山名,亦泽薮名,亦名阳纡泽,或阳华薮,在陕西省华阴县东,南至潼关皆其地。**河伯无夷**:无夷,河伯名,又作冯夷、冰夷。

〔八〕**《穆天子传》**:书名,凡六卷。晋太康二年,汲县人不準盗发魏襄王墓,得此书。所叙为周穆王西游见西王母故事,大约是战国时人撰,含有相当神话成分,详后"解说"。

〔九〕《山海经·西次三经》云:"昆仑之丘,实惟帝之下都。""帝"即黄帝。故此处乃云:"天子升于昆仑之丘,以观黄帝之宫。"二书记叙,可以互相印证。

〔一〇〕**而封丰隆之葬**:原作而封□隆之葬,丰字据《山海经·西次三经》郭璞注及《水经注·河水》引补。丰隆,或以为云师(《楚辞·九歌》王逸注);或以为雷公(《水经注·河水》)。封丰隆之葬,谓增高其坟墓的土以标显之。或说此处丰隆即指黄帝,因黄帝曾"为云师而云名"(《左传·昭公十七年》),又说他是"主雷雨之神"(《北堂书钞》卷一五〇引杨泉《物理论》)。其说近是。

〔一一〕**长肱**:传说中的种族名,即《山海经·海外南经》所记的长臂国。**黑水西河**:传说中的水名,已不可详知其所在,或谓大约在今甘肃省西北敦煌附近,久已堙涸。

〔一二〕**圭、璧**:圭,瑞玉,上圆下方,音 guī。璧,圜形瑞玉,孔与边各均三寸。**好献**:献之以结恩好。**锦组**:组,绶之属,织丝成绦,用来系帷幕、结印环的;锦组,即彩色丝绦。**纯**:匹端名,凡丝绵布帛等一段叫一纯。**□组**:组字上文有阙脱,以□标志之;□或代表一字,或代表数字不等,下同此。

〔一三〕**觞**:音 shāng,酒器的总名;此用作动词,即进酒劝饮的意思。**瑶池**:仙池,据说本在昆仑山,这里似乎又在弇山即崦嵫山的附近,大约也是传闻不同而各异其辞。

〔一四〕**谣**:徒歌而无乐器伴奏叫谣。

〔一五〕**陜**:古陵字。**閒**:阻隔;同间。**将**:愿望。**尚**:庶几。大意说:白云在天,大地上自然形成山陵,风物是这样美好。只因道里长远,山川阻隔,我俩虽然互相倾慕已久,会晤却有困难。愿望你身体健康,长生不死,庶几今后还有再度重来的机会。

〔一六〕**和治诸夏**：和治，平治。诸夏，谓中国；古称中国曰夏，又冠之以诸者，因奴隶制时代及封建时代国于此者非一也。**顾**：还。**比**：与及同义；音 bì。**而**：尔，汝。大意说：我回到东方的土地去，定把中国治理得好好的，使天下万民都能得到平均，然后再回来见你。只消待上三年，准就能回到你所统辖的疆土。

〔一七〕**徂**：往。**於鹊**：於，音 wū，於鹊即乌鹊。**嘉命不迁**：嘉命，善命；谓我秉此善命，守我之土，而不迁移。**帝**：天帝。**世民**：未详，疑即指奴隶制时代有世爵禄位的"百姓"。**吹笙鼓簧**：簧是笙中薄叶，吹笙则簧鼓动，故云。**翔翔**：翱翔。**望**：瞩望。大意说：自从我到了西方的土地，就在这里的原野安居下来，老虎和豹子和我结伴，乌鸦和喜鹊与我共处。只因我是天帝之女，故尔我才秉着我父的善命，谨守此土，而不迁移。可惜我的那些善良的人民呀，他们现在又要离开你了。乐师们吹笙鼓簧，婉扬的乐音使我不安的心神翱翔于天空。"世民之子"（此四字不甚可解）呀，只有你是上天所瞩望的。

〔一八〕**驱升**：驱车而升。**弇山**：弇，音 yǎn，即崦嵫山，传说是太阳所入的地方。**纪名迹**：为铭以纪"宾于西王母"的事迹；名，同铭。**眉**：题额于石的意思。

〔一九〕**荐**：同进。

〔二〇〕**若**：汝，你。

〔二一〕**日以俱来**：日，另日；以，以所造作的物事；俱来，同来。改日带上你所制作的东西和你同来。

〔二二〕**能倡者**：能作俳优之戏的。

〔二三〕**趣**：同趋。**步**：行。**信**：诚。

〔二四〕**巧夫**：夫，音 fú，叹辞。**頜颐**：頜，音 qīn，低头叫頜；頜颐，曲颐。**律**：律吕。**节**：节拍。

〔二五〕**盛姬**：周穆王的宠姬。

〔二六〕**慑**：恐惧。**傅会**：同附会，即黏附会合的意思。**革**：皮革。

〔二七〕**谛料**：审量。**支节**：支同肢，肢节，肢体关节。**毕具**：尽具。

〔二八〕**原注**："此皆以机关相使，去其机关之主，则不能相制御。"所谓机关之主，即心、肝、肾等，去之则机关不能相制御，即不能视听言行了。

〔二九〕**造化者**：谓大自然。

〔三〇〕**贰车**：天子所属的车称贰车，或称副车。

〔三一〕**徐偃王**：古徐国国君，事迹详后章。

〔三二〕**猨**：同猿。

〔三三〕按今本《抱朴子·释滞篇》作："三军之众，一朝尽化，君子为鹤，小人成沙。"

解说

  周穆王西巡狩见西王母的故事，是西周时代的一大传说故事，出于汲冢的《穆天子传》，即是记载这一传说故事的最早的文献。它并非周穆王西征的实录，而是根据传说加以渲染的结果，故其中颇含神话的因素。有人以为是实录，且逐一考证彼时穆王西征的山川地理，求与今之山川地理相吻合，那就未免牵强附会，近于胶柱鼓瑟了。

  《穆传》含有神话的因素，可从下举数事见之。

  一、《传》称穆王"鹜行至于阳纡之山"，见到"河伯无夷"的子孙"河宗柏夭"。考河伯无夷，即《山海经·海内北经》所说的"冰夷"。《海内北经》说："从极之渊，深三百仞，维冰夷恒都焉。冰夷人面，乘两龙。一曰中极之渊。阳纡之山，河出其中；凌门之山，河出其中。"很明显，这里的人面、乘两龙、住在深三百仞的从极之渊里的冰夷，是神而非人，那么穆王至阳纡之山所见到的河宗柏夭，乃是河神冰夷的子孙后代。

  二、《传》称穆王"升于昆仑之丘，以观黄帝之宫"。而《山海经·西次三经》却说："昆仑之丘，实惟帝之下都"。"帝"既然是指天帝，则穆王所"观"的"黄帝之宫"，实在就是天帝宫阙之在下方者。

  三、《传》又称穆王"封长肱于黑水之西河"。考长肱即《山海经·海外南经》所记的长臂国。《海外南经》说："长臂国在其（僬侥国）东，捕鱼水中，两手各操一鱼。"郭璞注："旧说云，其人手下垂至地。"又云："（有人）尝在海中得一布褐，身如中人衣，两袖长三丈，此即长臂人衣也。"显然是神话传说中人的形象，世间安得有此异形的人呢？

  四、《传》又称穆王"乃钓于河，以观姑繇之木"。而《山海经·海外北经》说："寻木长千里，在拘瘿南，生河上西北。"此"姑繇之木"，实即"在拘瘿南"的寻木，姑繇、拘（读钩）瘿，音皆相近，而又同生河上，是二者属于同一物事。

  五、《晋书·束晳传》说："《穆天子传》五篇，言周穆王游行四海，见帝台、西王母。"是晋时束晳所见《穆天子传》，除有穆王见西王母事外，尚有见帝台事（今本无）。考帝台亦是《山海经》所记的一个神人。《中次七经》说："苦山之首，曰休与之山，其上有石焉，名曰帝台之棋，五色而文，其状如鹑卵，帝台之石，所以祷百神者也，服之不蛊。……东三百里，曰鼓钟之山，帝台之所以觞百神也。"《中次十一经》说："高前之山，其上有水焉，甚寒而清，帝台之浆也，饮之者不心痛。"穆王能与神人的帝台会晤，则《穆传》非实录可知。

六、《穆传》最含神话因素的，当然无过于传中所叙穆王"宾于西王母"，和西王母赋诗交欢的事。考西王母在《山海经》中，本是西方一个著名的神人。《西次三经》说："西王母其状如人，豹尾虎齿，善啸，蓬发戴胜，是司天之厉及五残。"《海内北经》说："西王母梯几而戴胜〔杖〕，其南有三青鸟，为西王母取食。"三青鸟也不是什么娇小玲珑的依人小鸟，而是居住在三危之山的"赤首黑目"、多力善飞（《西次三经》《大荒西经》）的猛禽，和它们主人的形貌正相适应。从这类记叙看，西王母的性别是男是女，实在还难于断定。《穆传》所写的西王母，已经经过一番演化，自然是文雅多了。首先从西王母的自述："我惟帝（天帝）女"，道出了她原来是天帝之女，这以后见于诸书的西王母的性别才算是确定了。又从她和穆王赋诗交欢的叙写看，也是雍雅和平，大有"王者"的气象。但从诗里所说的"虎豹为群，於（乌）鹊与处"的话看，却无形流露出了先前那一个"豹尾虎齿"、穴居野处的怪神西王母的本质，说明着还有演化的痕迹蜕而未尽。

从上举诸事，可见《穆传》确非实录而只能算是含有神话因素的小说，旧列于史部的起居注或别史、杂史类，都不稳妥，清纪昀总《四库全书》，始以之径入于子部小说类，才算是比较恰当了。

有关穆王的神话传说，除《穆天子传》所记叙的而外，主要就是本章所录《列子·汤问篇》的偃师故事和本章所未录《列子·周穆王篇》的化人故事。《列子》伪书，其所记叙的中国古代神话传说，有的可能有所凭依，有的却也不可尽信。例如这两个故事，就应当分别对待。其中偃师故事，有古神话传说凭依的成分，就比较大些。因为传说中的巧倕、公输班即鲁班、墨翟等，都是中国古代有名的巧人，能用他们的聪明智慧制造出各种灵巧的机械，乃至到了"巧夺天工"的惊人程度。人民喜爱这些匠师，故往往有关于他们的传说在民间广泛流传，偃师故事虽不见于先秦古籍，但就其性质而论则是巧倕、鲁班之比，故说有古神话传说凭依的成分，要比较大些。至于化人故事，则故事中所叙写的化人那种能"入水火、贯金石、反山川、移城邑"、神变无方的幻化手段，实非中国古代所经见，多半是受了佛经故事的影响而造作出来的。又今本"西极之国有化人来"，《北堂书钞》一二九和《太平御览》一七三、六二六并引"西极"

作"西域",则伪造的痕迹更是明显。以系伪造,又意义不大,文俱不录。

穆王的神话传说,其零星点滴,尚见于先秦史乘和魏晋六朝小说。《十洲记》说:"周穆王时,西胡献昆吾割玉刀及夜光常满杯。刀长一尺,杯受三升。刀切玉如切泥,杯是白玉之精,光明夜照。冥夕出杯于中庭以向天,比明而水汁已满于杯中也。汁甘而香美,斯实灵人之器。"大约是本之《孔丛子·陈士义》的"周穆王大征西戎,西戎献锟铻之剑、火浣之布",不过易火浣布为夜光杯罢了。但是所写的这两件宝物,的确是写得细致生动,读之不禁令人神往。《述异记》上说:"东海岛龙川,穆天子养八骏处也,岛中有草,名龙刍,马食之,一日千里。古语云:一株龙刍,化为龙驹。"把八骏的牧养处作了交代,并且让我们知道,八骏之所以日行千里,原来是吃了名叫"龙刍"的这种神异的草。《述异记》上又说:"周穆王时,天下连雨三月,穆王乃吹笛,其雨遂止。"原来穆王还有吹笛止雨的本领,可谓是近乎神了。穆王的神性,不仅于此见之,且见于先秦史乘。《文选》江淹《恨赋》注引古本《竹书纪年》:"周穆王三十七年,伐越,大起九师,东至于九江,叱鼋鼍以为梁。"居然能够役使鱼鳖为之架桥以渡军旅。又《国语·周语上》说:"昔昭王娶于房,曰房后,实有爽德,协于丹朱,丹朱凭身以仪之,生穆王焉。"穆王原来是那"漫游是好"的丹朱之神的儿子,这或许就是他具有某些神性的缘故吧。

徐偃王

徐偃王之状，目可瞻焉〔一〕。（《荀子·非相》）

徐偃王有筋而无骨。

徐偃王好怪，没深水而得怪鱼，入深山而得怪兽者，多列于庭。（《尸子辑本》卷下）

徐君宫人娠而生卵〔二〕，以为不祥，弃之水滨。独孤母〔三〕有犬名鹄苍，猎于水滨，得所弃卵，衔以东归。独孤母以为异，覆煖之，遂蚨成儿〔四〕。生时正偃〔五〕，故以为名。徐君宫中闻之，乃更录取〔六〕。长而仁智，袭〔七〕君徐国。

偃王既袭其国，仁义著闻。欲舟行上国，乃通沟陈、蔡之间，得朱弓矢〔八〕。以己得天瑞〔九〕，遂因名为号〔一〇〕，自称徐偃王。江淮诸侯皆伏从〔一一〕，伏从者三十六国。周王闻，遣使乘驷，一日至楚，使伐之〔一二〕。偃王仁，不忍斗害其民〔一三〕，为楚所败，逃走彭城武原县东山下，百姓随之者以万数。后遂名其山为徐山〔一四〕。山上立石室，有神灵，民人祈祷，今皆见存〔一五〕。（《博物志·异闻》）

注释

〔一〕**目可瞻焉**：原作目可瞻马，焉字据梁启雄《荀子柬释》改；云：焉借为颜，颜，额也。徐偃王目能视额。就是荀子所谓的"非相"——非比寻常的异相。

〔二〕**徐君**：徐国的国君，生平未详；徐国的故城在今安徽省泗县北。**娠**：孕；音 shēn。

〔三〕**独孤母**：既丧夫又丧子的孤独无依的老母。

〔四〕**覆煖之**：以物覆而使之温暖；煖同暖。**蚨**：此字字书不载，疑是孵的借字。

〔五〕**偃**：仰。

〔六〕**宫中**：宫中的人。**录取**：收取。

〔七〕**袭**：继承。

〔八〕**上国**：指周天子之国。**通沟**：开运河。**陈、蔡**：古国名，陈国的故城在今河南省淮阳县，蔡国的故城在今河南省上蔡县。大意说，偃王以诸侯的身份而对天子之国有所图谋，藉行舟为名，在陈国和蔡国之间开通运河，以为他日进兵之用。

〔九〕**天瑞**：天赐的祥瑞。

〔一〇〕**遂因名为号**：号原作弓，据《指海》本《博物志》卷八改。意思是说：徐偃王本名叫"偃"，因开运河得到了朱弓朱矢，自以为得到了天赐的祥瑞，于是便自号"偃王"。

〔一一〕**伏从**：同服从。

〔一二〕**周王**：周穆王。**遣使乘驷**：派遣使者坐了四匹马拉的车子。**使伐之**：使楚伐徐。

〔一三〕**不忍斗害其民**：不忍因为战争的缘故使人民受到伤害。

〔一四〕**彭城**：古地名，故城在今江苏省铜山县。**武原县**：汉置县，故城在今江苏省邳县西北。**徐山**：山名，在江苏省邳县西南。

〔一五〕**民人**：人民。**见存**：现存；见同现。

解说

徐偃王的名字，不见于先秦史乘，始见于《尸子》和《荀子·非相》，大概是一个传说中的人物，故《史记》以他和周穆王同时，而《韩非子》却以他和楚文王同时。《五蠹篇》说："徐偃王处汉东，地方五百里，行仁义，割地而朝者，三十有六国，荆文王恐其害己也，举兵伐徐，遂灭之。"荆文王即楚文王，《史记·秦本纪》正义说："按《年表》，穆王元年去楚文王元年，三百一十八年。"徐偃王假如没有彭祖的寿数，当然不能同时生于这两个不同的时代，则其为传说中的人物可知。

单就《尸子》和《荀子·非相》所记叙的他的"非相"而论："徐偃王有筋而无骨"、"目可瞻焉（颜）"（眼睛能够看见自己的额头），就已经具有着神话的意味了；这个怪人又兼"好怪"，常叫人钻进深水里去捉些怪鱼，进入深山去捕些怪兽，用来"列之于庭"，以供赏览，更见得战国末年流传的有关他的传说的神话意味相当充足。然而可惜都是片段零星的。

徐偃王的传说，直到晋代以后才有比较完整的记叙出现，就是本章所录《博物志》所记的这一段。这一段从它的内容看，可以肯定是有古民间传说的根据而非向壁虚造的。单从徐偃王是卵生这一点就可以作为证明。徐本嬴姓，据说即是那佐禹治水有功的伯益的子孙后代，是中国古代东夷民族的一分支。在古代中国东方民族中普遍流传的，是关于鸟和鸟卵生人的神话，故《左传》昭公十七年记叙有少昊氏"以鸟名官"的神话，《诗·玄鸟》记叙有"天命玄鸟，降而生商"的神话，《史记·秦本纪》也记叙有"女脩织，玄鸟陨卵，女脩吞之"，生子后遂为"秦之先"的神话，《论衡·吉验篇》《后汉书·扶馀传》等也均记叙有扶馀王东明卵生的神话，等等。这里徐偃王的神话也说他是由于神犬衔徐君宫人所生弃卵回家，遂覆煖成儿，足见确实是有古神话传说的根据的。不过从后面"鹄苍临死，生角而九尾，寔黄龙也"（未录入）的叙写看，大约是又加上了些后世民间的讹传或者甚而是文人笔下故神其辞的渲染，可以看得出来，就很含着些封建迷信的糟粕了。

　　徐偃王传说之所以为人称道，大约因为在春秋战国时代，当大大小小的奴隶主和封建领主各俱野心勃勃、争王图霸、不惜残害人民、以遂他们的私欲的时候，传说中的偃王还能够"行仁义著闻"，这就有以别于残暴贪欲的大小奴隶主和封建领主，而为民间所乐道了。

　　至于邀游在外、乐而忘返的周穆王，据说当他一听到徐偃王"作乱"，就赶紧坐了造父替他驾的八匹骏马拉的车子，"长驱归周，一日千里以救乱"（《史记·秦本纪》），说明着周穆王并不是只知道玩乐的昏庸等闲之辈，而也是一个雄心和魄力兼而有之的干练的君主，故能一回来就击败有几十国归附的强大敌人。这里《史记》说是穆王自伐偃王，《博物志》却说是穆王遣使至楚，使楚伐偃王，大约也是传闻异辞，故记叙略有不同。或者后一说竟是把《史记》的记叙和《韩非子》的记叙（楚文王伐徐，灭之）综合而成的也未可知。

褒姒

妖夫曳衒，何号于市〔一〕？周幽谁诛，焉得乎褒姒〔二〕？（《楚辞·天问》）

褒姒者，童妾〔三〕之女，周幽王之后也。初，夏之衰也，褒〔四〕人之神，化为二龙，同〔五〕于王庭，而言曰："余，褒之二君也。"夏后卜杀之与去之，莫吉〔六〕，卜请其漦〔七〕藏之而吉。乃布币焉，龙忽不见，而藏漦椟中〔八〕。乃置之郊〔九〕，至周，莫之敢发也。及周厉王〔一〇〕之末，发而观之，漦流于庭，不可除也。王使妇人裸而譟之〔一一〕，化为玄蚖〔一二〕，入后宫。宫之童妾未毁而遭之，既笄而孕〔一三〕。当宣王之时，产；无夫而乳〔一四〕，惧而弃之。

先是，有童谣曰："檿弧箕服〔一五〕，实亡周国。"宣王闻之，后有人夫妻卖檿弧箕服之器者，王使执而戮之〔一六〕。夫妻夜逃，闻童妾女遭弃而夜号〔一七〕，哀而取之，遂窜于褒。长而美好，褒人姁〔一八〕有狱，献之以赎。幽王受而嬖之，遂释褒姁；故号曰褒姒。

既生子伯服，幽王乃废后申侯〔一九〕之女而立褒姒为后，废太子宜咎而立伯服为太子。幽王惑于褒姒，出入与之同乘，不恤国事，驱驰弋猎不时，以适褒姒之意〔二〇〕。饮酒流湎，倡优在前，以夜续昼〔二一〕。褒姒不笑，幽王乃欲其笑，万端〔二二〕，故不笑。幽王为烽燧大鼓〔二三〕，有寇至则举；诸侯悉至，而无寇，褒姒乃大笑。幽王欲悦之，数为举烽火，其后不信，诸侯不至。忠谏者诛，唯褒姒言是从，上下相谀〔二四〕，百姓乖离。申侯乃与缯、西夷、犬戎〔二五〕共攻幽王，幽王举烽燧征兵，莫至，遂杀幽王于骊山〔二六〕之下，虏褒姒，尽取周赂〔二七〕而去。（《列女传·周幽褒姒》）

注释

〔一〕**妖夫**：指在周都鄗京市上叫卖山桑弓和萁草箭袋的怪人夫妇。**曳衒**：《楚辞·天问》洪兴祖补注说："曳，牵也，引也；衒，行且卖也：言夫妇相引，行卖于市也。"这解释是不错的。两句所问的大意就是：贩卖山桑弓和萁草箭袋的怪人夫妇，在鄗京市上是怎样号呼的？

〔二〕大意说，周幽王想要诛戮的是谁？为何因此而得到褒姒？按史传：褒人姁有罪，幽王欲诛之，姁献褒姒以赎罪，因得释。

〔三〕**童妾**：年幼的女奴。

〔四〕**褒**：古国名，在今陕西省褒城县东南。

〔五〕**同**：通；意指通淫。说见闻一多《伏羲考》。

〔六〕**夏后卜杀之与去之，莫吉**：言夏王占卜，或杀之，或驱逐之，均不吉。按此句"与去之"下原无之字，不成句读，据《国语·郑语》补，因以下大段全袭《郑语》文也。

〔七〕**漦**：音 chí，旧释为龙所吐沫，似非，当是龙的精液。

〔八〕**布币**：布，陈；币，玉帛之属：陈其玉帛，用以享神。**椟**：柜；音 dú。

〔九〕**乃置之郊**：古者立禖宫于郊，称郊禖，亦称高禖（参见"女娲"章第二节注解）；乃置之郊，即置藏漦之椟于郊禖即高禖之宫。

〔一〇〕**周厉王**：名胡，宣王之父，幽王之祖，以暴虐好利，为国人所逐，死于国外。

〔一一〕**裸而譟之**：譟【噪】，群呼乱叫，音 zào；妇人裸体而群呼乱叫，有厌【厭】禳妖异之意，是古代采用的巫术行为的一种。

〔一二〕**玄蚖**：玄，黑；蚖，蜥蜴，似蛇而有足。

〔一三〕**未毁**：未尽毁齿。按郑语作未既龀。注云："既，尽也，毁齿曰龀，未既龀，毁未毕也。女七岁而毁齿。"**遭**：遇。**既笄**：笄，簪；音 jī。古者女年十五而笄，既笄，则十五六岁时也。

〔一四〕**产**：生子。**乳**：义同产。

〔一五〕**檿弧萁服**：檿，山桑；音 yǎn。弧，弓。箕，应从《汉书·五行志》引《史记》作萁，萁，萁草。服，箭袋。檿弧萁服，即山桑弓萁草箭袋。

〔一六〕**王使执而戮之**：戮，通缪，缭绕缠结的意思；言宣王叫人捉住怪人夫妇，把他们捆绑联系起来，役使他们在大路上做苦工。戮，大约就是古时的胥靡之刑，不能训杀。《国语·郑语》说"为弧服者，方戮在路"，即服此刑于路的意思，因而"方戮在路"的怪人夫妇才得以乘机"夜逃"，如训杀则义不可通了。

〔一七〕**闻童妾女遭弃而夜号**：原作闻童妾遭弃而夜号，义不可通，以意补女字，因遭弃者实童妾女而非童妾自身也。《史记·周本纪》云："请入童妾所弃女子者于王以赎罪。"正有女字。

〔一八〕**褒人姁**：褒国的国君名叫姁的；姁，音 xǔ。

〔一九〕**申侯**：申，古国名，传说周封伯夷之后于申，故城在今河南省南阳县北。申侯，申国的国君。

〔二〇〕**恤**：忧；音 xù。**弋猎**：以绳系矢而射叫弋，逐取禽兽叫猎；弋猎，就是田猎的意思。

〔二一〕**流湎**：沉溺于酒的意思。**倡优**：倡，乐人；优，谐戏者。

〔二二〕**万端**：万方，各种各样的方法。

〔二三〕**烽燧大鼓**：烽，烽火；燧，狼烟。以狼粪烧烟，烟虽遇风，犹直升如故。昼则举燧，夜则举烽。烽燧大鼓，都是当敌寇入侵时用以告警的。

〔二四〕**上下相谀**：在上位的和在下位的彼此说好话，互相蒙骗。

〔二五〕**缯、西夷、犬戎**：缯，亦作鄫，古国名，传说夏少康之后封于此，故城在今山东省峄县东。西夷、犬戎，均种族名。

〔二六〕**骊山**：山名，在陕西省临潼县东南。古时骊戎居于此山，因名。

〔二七〕**赂**：财货。

解说

《诗·正月》说："赫赫宗周，褒姒威（灭【灭】）之。"《瞻卬》也说："哲夫成城，哲妇倾城，懿厥哲妇，为枭为鸱，妇有长舌，维厉之阶。乱匪降自天，生自妇人，匪教匪诲，时维妇寺。"释之者均以为是指褒姒事，看来大概是的。《正月》的诗作者骂褒姒灭亡了煊赫的宗周（指周都鄗京），《瞻卬》的诗作者更细数褒姒的罪过。在我国长期奴隶制社会和封建社会的历程中，历史家和文人士大夫总容易用非历史的眼光和歧视妇女的偏见看问题，把改朝易姓时亡国一方的亡国责任轻轻推到妇女的头上，因而夏有妹喜，殷有妲己，周有褒姒，三个女人倾覆了三个王朝，灭亡了三个国家，传为千古奇谈。《诗·正月》和《瞻卬》的作者（都是士大夫）之诋毁褒姒，正无足怪。不但诗作者的诗作是如此，连史传里经过改造的神话传说也有这种现象。本章所录《列女传》记叙的褒姒故事就是如此。其实这一故事早已见于《国语·郑语》和《史记·周本纪》，不过《列女传》更有条贯些。

我们来看看褒姒的身世罢。褒姒，她本是"不夫而育"的王宫里童妾的弃子，被在鄗京市上贩卖山桑弓和萁草箭袋的乡下夫妇俩收养起来，因无辜被捕逃奔褒国，一家人做了褒君的奴隶，后来褒君因犯罪被幽王所囚，这才把长大成人而美好的她奉献给幽王用以赎罪。这样看来，褒姒的身世，自始至终就是一个奴隶的身世。母亲是奴隶，义父义母是奴隶，本人也是奴隶——奴隶又兼孤女。"不好笑"的原因，可能是她悲惨的奴隶身世，也可能是有关爱情或者别的，那就很难说了。总之，"不好笑"是表征着郁郁寡欢而不表征着欢乐多喜，却是可以肯定的。然而她这与众不同的神情，从一个淫昏君主的眼光中看来，却是更加富于魅力，因此才有周幽王烽火戏诸侯，把国家大事当作儿戏，以博美人一笑，终至于弄到亡国丧身。亡国丧身的悲剧的演出，不但非常愚蠢，也是咎由自取。人们不去着重责难身任编导而兼主角的周幽王，反轻易把亡国的责任推到一个作奴隶的可怜的孤女身上，目之为"妖"，这实在是不公道的。一切有关褒姒的神话传说，都带着这样的阶级偏见，打着阶级社会统治阶级思想的烙印，故既录了《列女传》的文章，又略加辨释如上，以供读者参考。

干将・莫邪・眉间尺

一

干将者，吴人也，与欧冶子〔一〕同师，俱能为剑。越前来献三枚〔二〕，阖闾〔三〕得而宝之。以故使剑匠〔四〕作为二枚，一曰干将，二曰莫邪——莫邪，干将之妻也。

干将作剑，采五山之铁精，六合之金英，候天伺地，阴阳同光，百神临观，天气下降，而金铁之精不销沦流，于是干将不知其由〔五〕。莫邪曰："子以善为剑闻于王，使子作剑，三月不成，其有意乎〔六〕？"干将曰："吾不知其理也。"莫邪曰："夫神物之化，须人而成〔七〕，今夫子〔八〕作剑，得无〔九〕得其人而后成乎？"干将曰："昔吾师作冶，金铁之类不销，夫妻俱入冶炉中，然后成物〔一〇〕。至今后世即山作冶，麻绖葌服〔一一〕，然后敢铸金于山。今吾作剑不变化者，其若斯耶〔一二〕？"莫邪曰："师知烁身以成物〔一三〕，吾何难哉！"妻乃断发、剪爪，投于炉中〔一四〕，使童女童男三百人鼓橐装炭，金铁刀濡，遂以成剑〔一五〕：阳曰干将，阴曰莫邪；阳作龟文，阴作漫理〔一六〕。干将匿其阳，出其阴而献之。阖闾甚重。（《吴越春秋・阖闾内传》）

注释

〔一〕**欧冶子**：古时越国有名的剑工，或说即干将之师；详后"解说"。

〔二〕**越**：国名，与吴为邻邦，有今浙江省杭县以南东至于海之地。**枚**：个，凡物一个叫一枚；古刀剑均称枚，今则称口、把。

〔三〕**阖闾**：亦作阖庐，春秋时吴王。

〔四〕**剑匠**：剑工；指干将。

〔五〕**六合**：天地四方叫六合。**不知其由**：由，从；不知怎么办。大意说，干将作剑，先去四方各大名山采取铁的精华，然后选择天时地利，待阴阳调和、百神都来观看的时候，才开炉铸剑。不料这时气温突然下降，炉膛凝结，铁汁流不出来，干将对此也不知怎么办才好。

〔六〕**其有意乎**：意，料；像这种情况的出现，也曾估计、预料到吗。

〔七〕**神物之化，须人而成**：神物，指宝剑，谓宝剑从顽铁变成精金，须要以人为牺牲而后成。

〔八〕**夫子**：古时学生对先生、妻子对丈夫的尊称。

〔九〕**得无**：推想其或然之辞，今言"是否将"。

〔一〇〕**冶炉**：熔铁炉。**戍物**：谓成剑。

〔一一〕**即山作冶**：冶，铸；就近采矿之山炼铁铸剑。**麻絰葌服**：古时丧服；穿了丧服从事冶铸，用以表示为工作不怕牺牲的决心。

〔一二〕**其若斯耶**：其，岂，也就是岂不的急言；岂不就像这样吗：意谓剑不变化，正因还没有做到像老师那样勇于牺牲。

〔一三〕**铄身以成物**：铄，通铄，销也；意谓自毁其身以成剑。

〔一四〕**断发、剪爪，投于炉中**：表示以爪发代替自身，"铄身以成物"的意思。

〔一五〕**橐**：囊；音 tuó，冶铸者用以吹火使炎炽的，犹今风箱之类。**濡**：润湿；音 rú。

〔一六〕**漫理**：散文；与璧形的龟文相异。

解说

这段神话故事叙写了干将和莫邪共同铸剑的经过。在生产水平低下的古代，像冶铸这类技术性强、危险性也大的工作从事起来就很艰困了。因而神话传说中常有用人作牺牲来祭炉神这样的情节，而且作牺牲的往往便是剑工本人或剑工的妻子。本节所录干将之师"夫妻俱入冶炉中，然后成物"的行为，就是一例。这是何等壮烈！莫邪闻风而起，也"断发、剪爪，投于炉中"，"遂以成剑"。断发、剪爪，是以自身的部分代替全体，也是以身为牺牲的意思，不过不是直接牺牲，而是成了宗教仪式的一种表现。虽是宗教仪式的表现，但发、爪在古代都被认为是人身的精华，损伤它们，对自身是大不利的，因而这种象征性质的"牺牲"，还是极其悲壮严肃的。

在唐陆广微的《吴地记》（《汉唐地理书钞》辑录）里，记同一干将铸剑的传说，莫邪却仍被写做是直接牺牲——

......干将曰:"先师欧冶铸剑之颖,不销,亲铄耳。以□□成物□□,可女人聘炉神,当得之。"莫邪闻语,□入炉中,铁汁遂出。成二剑,雄号干将,作龟文;雌号莫邪,鳗文;余铸得三千,并号□□文剑。干将进雄剑于吴王而藏其雌剑,时时悲鸣忆其雄也。

文字颇有阙脱,大意却还是看得明白的。《吴越春秋》所记和此书所记略有些差异。这里干将说"先师欧冶"云云,那么干将是欧冶子的学生,而《吴越春秋》却说干将"与欧冶子同师",即与欧冶子是同学。此其一。《吴越春秋》说铸成了号称干将和莫邪的两把宝剑,这里却说除此二剑而外,还将余铁铸成宝剑三千,这样更近情理,可见是大规模的铸造,是用作兵器而不仅仅是用作玩赏品的。此其二。宝剑进一藏一二书情节均同,唯《吴越春秋》是进雌藏雄,这里却是进雄藏雌,末后还写雌剑"时时悲鸣忆其雄也",既写了干将、莫邪的夫妻感情,也写了干将铸剑、进剑的英雄胆识。此其三。以上三点可说是二书小小的差异,从差异中可以见到这个故事的发展演变基本上是健康的。

二书差异最大的是莫邪的祭聘炉神。《吴越春秋》是"断发剪爪,投于炉中",这里则是"莫邪闻语,□入炉中"。匡郭内的阙文是很容易猜想到的,不外是跳、跃等字。假定是"跃入炉中",这是说她直接牺牲了。较之"断发剪爪",其精神的果毅壮烈当然是过之无不及。这是很合乎古代关于铸剑传说中"烁身成物"精神的。可惜陆《记》记叙过于简略,又多阙文,所以虽然有许多优长,还是采用了《吴越春秋》的文字。

一剑的铸造成功,往往是用生命和鲜血换来,所以在古代,对于宝剑的犀利和价值,常有热情洋溢的描写。例如《战国策·赵策三》说:"夫吴干(将)之剑,肉试则断牛马,金试则截盘匜,薄之柱而击之,则折为三,质之石上而击之,则碎为百。"这是说它的犀利。《越绝书·外传记宝剑》记薛烛论纯钩(宝剑名)的价值说:"今赤堇之山已合,若耶深而不测,群神不下,欧冶子即死,虽复倾城量金,珠玉竭河,犹不能得此一物,有市之乡二,骏马千疋,千户之都二,何足言哉!"它的价值就是如此之高。至于对宝剑的神采、奇迹等描写,那就更多,不可缕述了。

残暴的国君为了垄断宝剑的利益和抬高宝剑的价值,往往不惜杀害剑工,使之不致流亡他国,再去为他国(尤其是仇雠的邻国)的国君造剑;这就为献剑、藏剑和儿子持所藏剑为父报仇的神话传说提供了现实生活的依据。

二

楚干将、莫邪为楚王作剑，三年乃成，王怒，欲杀之。剑有雌雄，其妻重身，当产〔一〕。夫语〔二〕妻曰："吾为王作剑，三年乃成，王怒，往必杀我。汝若生子是男，大，告之曰：'出户望南山，松生石上，剑在其背〔三〕。'"于是即将雌剑往见楚王。王大怒，使相之〔四〕。剑有二：一雄一雌，雌来雄不来〔五〕。王怒，即杀之。

莫邪子名赤比〔六〕，后壮，乃问其母曰："吾父所在〔七〕？"母曰："汝父为楚王作剑，三年乃成，王怒杀之。去时嘱我：'语汝子，出户望南山，松生石上，剑在其背。'"于是子出户南望，但睹堂前松柱下，石砥〔八〕之上，即以斧破其背，得剑。日夜思欲报楚王。

王梦见一儿，眉间广尺，言欲报仇。王即购〔九〕之千金。儿闻之，亡去，入山行歌。客有逢者，谓："子年少，何哭之甚悲耶？"曰："吾干将、莫邪子也，楚王杀吾父，吾欲报之。"客曰："闻王购子头千金，将子头与剑来，为子报之。"儿曰："幸甚。"即自刎，两手捧头及剑奉之，立僵〔一〇〕。客曰："不负子也。"于是尸乃仆。

客持头往见楚王，王大喜。客曰："此乃勇士头也，当于汤镬〔一一〕煮之。"王如其言，煮头三日三夕不烂。头踔出汤中，踬目大怒〔一二〕。客曰："此儿头不烂，愿王自往临视之，是必烂也。"王即临之。客以剑拟王〔一三〕，王头随堕汤中；客亦自拟己头，头复堕汤中。三首俱烂，不可识别。乃分其汤肉葬之，故通名三王墓。今在汝南北宜春县界〔一四〕。

（《搜神记》卷十一）

注释

〔一〕**重身**：怀孕的意思；谓其身中有身。重，读为重复的重。

〔二〕**语**：音 yù，告诉。

〔三〕这三句是干将藏剑的隐语，意即指下文所说"堂前松柱下、石砥之上"的松柱。

〔四〕**使相之**：使人相之。相，视；音 xiàng。

〔五〕这三句当是隐括相者的话而作叙述语写的。

〔六〕**赤比**：一作赤鼻，见《古小说钩沉》辑《列异传》；《广博物志》卷三二引同书云："眉间赤名赤鼻，父干将，母莫邪。"照故事所说的情节看，"王梦见一儿，眉间广尺"，干将子的本名应该是尺比，尺比者，比于尺也，其外号则当是眉间尺（《太平御览》卷三六四引《吴越春秋》正作眉间尺）；其余赤比、赤鼻、眉间赤等，都是由于音谐而致讹。

〔七〕**所在**：所居之处叫所在，非问语口气；此乃以陈述语为疑问语，即何在之意。

〔八〕**石厎**：石础；厎，音 zhǐ，原作低，以意改：因"厂"旁写作"亻"，便成低字，义不可通。

〔九〕**购**：悬赏征求。

〔一〇〕**立僵**：站在那里身体就僵硬了。

〔一一〕**汤镬**：汤，热水叫汤；镬，鼎大而无足叫镬，音 huò：古酷刑有镬烹之法。

〔一二〕**踔**：跳；音 zhuō。**踬目**：或瞋目字之误；瞋目，张目，瞋，音 chēn。

〔一三〕**拟王**：拟王头；对准王头。

〔一四〕**汝南北宜春县界**：汝南，汉置郡名，清时河南省汝宁、陈州二府及安徽省颍州府等境皆其地；晋时治悬瓠城，即今河南省汝南县治。宜春汉置为侯国，后汉时叫北宜春，晋时也叫北宜春，故城在今河南省汝南县西南六十里。界，境。

解说

本节所录眉间尺故事始见于《太平御览》卷三六四引《吴越春秋》（今本无），后又见于传为魏曹丕所著的《列异传》（原书已佚，鲁迅《古小说钩沉》有辑录），内容大概相同而叙写均较简略，没有本文这样细致，大约《搜神记》的作者在搜集整理这段故事时又作了些艺术性的加工，故这里仍选录了较后一点的本文。

前节写干将夫妻为吴王阖闾铸剑的故事，干将是吴国的人；本节写眉间尺故事，干将又成了楚国人"为楚王作剑"了：可见传说的无定。干将可能只是众多技艺高强而遭遇悲惨的剑工的共名，或者先是宝剑的名字（"莫邪"更像是宝剑的名字），后来才变为人的名字，总之他是一个传说人物。至于干将、莫邪的儿子眉间尺，观其命名及行事，已灼然可见更是一个神话传说人物。

少年携带了父所藏剑，出门远行去替父报仇，这个担子在身上是很不轻的。所以当他听说他被楚王悬赏千金购求的时候，也不免有些惊惶，"亡去，入山，行歌"：满腔悲慨，却又无计可施。这时却突然出现了一个似乎是偶然相逢的"客"，在几句问答话语完了之后，就马上决定了"客"代报仇的大计。少年也毫不迟疑，勇毅果决，献头献剑。

客何来哉？客何人耶？文里没有交待明白，因而在故事后半段扮演主角的"客"也就更加富于神秘的色彩。鲁迅先生在《故事新编·铸剑》里，写黑色人（"客"）在取得眉间尺的头和剑以后，唱的古怪的歌中有这么两句："一夫爱青剑兮呜呼不孤，头换头兮两个仇人自屠。"两句歌词给了我们很大启示，使我们找到了解决问题的线索。言"一夫"，言"两个仇人"，明"两个仇人"是"一夫"的"两个仇人"。言"头换头"，不是说"两个仇人"的头彼此互换，而是说拿他们"自屠"的头去换"一夫"的头。这样我们就可以明白了：对"一夫"说来，他们是"两个仇人"，而对"两个仇人"自身说来，他们却是处于同等阶级地位的亲人啊！推想起来，文中故布疑阵所写的这个"道逢客"（《广博物志》引《列异传》语），很可能就是和干将处境、遭遇相同的某一不知名剑工，不过是在一种偶然的情况下，幸运地逃脱了魔掌罢了。所以他两人能一见如故，几句问答之后，一个沉毅从容，担当了代报仇的重任；另一个也竟然深信不疑，马上以头颅、宝剑相委：如果不是同仇共恨，心心相连，能做到这样吗？鲁迅先生谓之为"两个仇人"者，以此也。

汤镬中展开了"两仇"共"一夫"的战斗场面。《铸剑》中有精彩的描写，这描写是有古代传说的依据的。可惜本文和《列异传》文都没有叙写，一九五六年人民文学出版社出版的《鲁迅全集》第二卷中也没有注明。它依据的是《太平御览》卷三六四所引《吴越春秋》的逸文，今将此段移录如下——

> ……（楚）王大赏之，即以镬煮食其头，七日七夜不烂。客曰："此头不烂者，王亲临之。"王即看之。客于后以剑斩王头入镬中，二头相啮。客恐尺不胜，自以剑拟己入镬中，三头相咬。七日后，一时俱烂。乃分葬汝南宜春县，并三冢。

"两仇""一夫"，"三头相咬"，一场尖锐激烈的阶级斗争，通过神话传说的想象和夸张,形象地反映了出来。斗争的结果虽然是"三首俱烂,不可识别",但胜利终归还是在于被压迫阶级。"乃分其汤肉葬之,故通名三王墓。"——这就是对人民斗争胜利热情的颂歌,也是对暴君残酷专横深刻的讽刺;在鲁迅先生的不朽名篇《铸剑》中,把这种颂歌和讽刺都完美地再现出来了。

韩 凭

宋康王舍人韩凭〔一〕，娶妻何氏，美，康王夺之。凭怨，王囚之，论为城旦〔二〕。

妻密遗凭书，缪其辞〔三〕曰："其雨淫淫〔四〕，河大水深，日出当心。"既而王得其书，以示左右，左右莫解其意。臣苏贺对曰："其雨淫淫，言愁且思也；河大水深，言不得往来也；日出当心，心有死志也〔五〕。"俄而凭乃自杀。

其妻乃阴腐其衣，王与之登台，妻遂自投台，左右揽之，衣不中手而死〔六〕。遗书于带，曰："王利其生，妾利共死；愿以尸骨赐凭合葬。"王怒，弗听，使里人〔七〕埋之，冢相望也。

王曰："尔夫妇相爱不已，若能使冢合，则吾弗阻也。"宿昔〔八〕之间，便有大梓木，生于二冢之端，旬日而大盈抱，屈体相就，根交于下，枝错于上。又有鸳鸯，雌雄各一，恒栖树上，晨夕不去，交颈悲鸣，音声感人。宋人哀之，遂号其木曰相思树——"相思"之名，起于此也。南人谓：此禽即韩凭夫妇之精魂。今睢阳有韩凭城〔九〕，其歌谣至今犹存。

（《搜神记》卷十一）

韩凭，战国时为宋康王舍人，妻何氏美，王欲之，捕舍人筑青陵台。何氏作《乌鹊歌》以见志，遂自缢死。"南山有鸟，北山张罗；乌自高飞，罗当奈何！乌鹊双飞，不乐凤凰；妾是庶民，不乐宋王。"（《天中记》〔一〇〕卷十八引《九国志》〔一一〕）

注释

〔一〕**韩凭**：亦作韩朋，见唐刘恂《岭表录异》；《敦煌变文集》（王重民等编）有《韩朋赋》一卷。

〔二〕**城旦**：秦、汉时刑名；《史记·秦始皇本纪》集解云："城旦者，昼日伺寇虏，夜暮筑长城也。"此处或是借用，古有宋王令韩凭筑青陵台之说，当指此。

〔三〕**缪其辞**：缪，音 miù，迷惑的意思。不敢明说，故为迷惑之辞；就是古之所谓廋【廀】辞、隐语，今之所谓谜语。

〔四〕**淫淫**：霖雨不止貌。

〔五〕**日出当心，心有死志**：日出当心，大约是向对方表明"耿耿此心、有如皎日"的意思，故解谜的人说他"心有死志"。

〔六〕**衣不中手**：中，合；音 zhòng。言其衣腐，不合手揽。

〔七〕**里人**：邻里的人。

〔八〕**宿昔**：早晚。

〔九〕**睢阳**：春秋时宋地，故城在今河南省商邱县南。

〔一〇〕**《天中记》**：书名，凡六十卷，明陈耀文撰。

〔一一〕**《九国志》**：书名，凡十二卷，宋路振撰；所引今本无，或是其逸文。

解说

韩凭故事大约以《搜神记》的记述为最早，其格局望而可知是一个民间传说，所以有相思树、鸳鸯鸟之类的叙写。见于记载比这更早的，还有《玉台新咏》所收的《古诗为焦仲卿妻作》（又名《孔雀东南飞》）一首长篇叙事诗，写汉代末年庐江府一个小官吏焦仲卿和他的妻子刘兰芝在当时封建制度的压迫下，双双殉情自杀的事。诗的末尾有"两家求合葬，合葬华山傍。东西植松柏，左右种梧桐。中有双飞鸟，自名为鸳鸯。仰头相向鸣，夜夜达五更。"这样的话，仿佛就是韩凭故事结末的复写。后乎此者，又有梁山伯、祝英台化蝶之说。《情史》卷十"祝英台"条按语云："吴中有花蝴蝶，橘蠹所化。妇孺呼黄色者为梁山伯，黑色者为祝英台。俗传祝死后，其家就梁家焚衣，衣于火中化成蝴蝶。盖好事者为之。"按语所说"盖好事者为之"者，正说明了民间的同情和希望。韩凭夫妻和焦仲卿夫妻的化为鸳鸯的传说，自然也正是民间的希望和同情之所寄。

韩凭故事在这几个同类型的民间故事中又自有它独特的内容和风貌。故事主人公遭受的更是封建势力的直接迫害。给予他们以迫害的，是国家最高权力的代表——国王。然而他们是那样镇静从容，果敢坚毅，同心协力地用生命来捍卫了作为"人"的免受陵轹的尊严。故事中表现得尤其鲜明突出的，是韩凭的妻子何氏（《韩朋赋》说是名叫贞夫）所作的那首"以见志"的《乌鹊歌》。

这首歌不管是否也是属于后来"好事者为之"这一类，但却使人深切地感到：它和故事中何氏的性行是完全吻合的，它是发自这个人物内心深处的声音。"南山有鸟，北山张罗；鸟自高飞，罗当奈何！"好一个"自"字！更是好一个"高"字！有了这种精神的翅膀，就可以高高地飞翔，远离任何网罗从精神上的迫害，任何企图从精神上来迫害、摧残人的网罗对之，也只好是徒唤"奈何"。"乌鹊双飞，不乐凤凰；妾是庶民，不乐宋王！"这简直是以憎恶和轻蔑的口气来直斥压迫者了。压迫者可以在特定的某个时期有权力夺去被压迫者的生命，践踏甚至消灭他们的肉体，但却永远也无法屈服被压迫者反抗压迫的精神。韩凭夫妻就是以这种精神，用各自的牺牲来抗击了暴君的专横。他们的斗志是世世代代在封建专制淫威下生活的广大人民群众所向往的和得到鼓舞的。所以记录故事者还没有忘记最后写下这么一句："至今歌谣存焉。"

杜宇·开明·李冰

一

蜀王之先名蚕丛,后代名曰柏濩〔一〕,后者名曰鱼凫,此三代各数百岁,皆神化不死,其民亦颇随王化去〔二〕。

鱼凫田于湔山〔三〕,得仙,今庙祀之于湔。

时蜀民稀少,后有一男子名曰杜宇,从天堕止朱提〔四〕,有一女子名利,从江源〔五〕井中出,为杜宇妻,乃自立为蜀王,号曰望帝,治汶山〔六〕下邑曰郫〔七〕,化民〔八〕往往复出。

望帝积百余岁〔九〕,荆〔一〇〕有一人名鳖灵,其尸亡去,荆人求之不得,鳖灵尸随江水〔一一〕上至郫,遂活,与望帝相见。望帝以鳖灵为相。时玉山〔一二〕出水,若尧之洪水,望帝不能治,使鳖灵决〔一三〕玉山,民得安处。鳖灵治水去后,望帝与其妻通,惭愧,自以德薄,不如鳖灵,乃委国授之而去,如尧之禅〔一四〕舜。鳖灵即位,号曰开明帝;帝生卢保,亦号开明〔一五〕。

望帝去时,子鹃〔一六〕鸣,故蜀人悲子鹃鸣而思望帝:望帝,杜宇也。(《全上古三代秦汉三国六朝文》辑《蜀王本纪》〔一七〕)

注释

〔一〕柏濩:濩,音 hù。

〔二〕化去:谓神化而去。

〔三〕湔山:山名,《汉书·地理志》云:"玉垒山,湔水所出。"湔山当即玉垒山,在今四川省灌县西。

〔四〕朱提:山名,在四川省宜宾县西南。

〔五〕**江源**：古地名，在今四川省崇庆县东。

〔六〕**汶山**：即岷山，在四川省松潘县北。其脉一支南下，为灌县的青城山。此处所说的汶山，当即指青城山。

〔七〕**郫**：古地名。今四川省郫县北，有古郫城，相传即望帝杜宇所都之地。

〔八〕**化民**：指蚕丛、柏濩、鱼凫三代随王神化而去的不死之民。

〔九〕**望帝积百余岁**：谓望帝居位百有余岁。

〔一〇〕**荆**：古国名，楚的本号，大约有今湖北及湖南两省之地。

〔一一〕**江水**：水名，即长江。

〔一二〕**玉山**：即玉垒山。

〔一三〕**决**：疏导。

〔一四〕**禅**：音 shàn，禅让；天子让位于贤者，叫禅让。

〔一五〕从鳖灵即位称帝、号开明以后，鳖灵的后代子孙登帝位的都号开明。

〔一六〕**子鹃**：即子规，杜鹃也；鹃，音 guī。杜鹃又叫杜宇，据说就是望帝杜宇死后的魂灵所变化的。

〔一七〕**《蜀王本纪》**：书名，汉扬雄撰，已佚。

解说

在中国古代神话传说的总汇里，古蜀国或蜀郡的神话传说是汇入总汇的一股重要的泉源。它具有着独特的风貌，它所传述的人物如杜宇、开明、李冰等，都多少和治水有些关系。

杜宇是古蜀国第一个治水的英雄，至今四川民间还流传着关于他的一些神话传说。其中一个大概的情节是这样的——

许多许多年前，岷江上游住了一条恶龙，每到夏天，当平原上谷子快黄熟的时候，便要发下洪水来赶跑人民，吃掉他们的牛羊和庄稼，然后跑回深山去睡觉。

恶龙有个妹妹，秉性正直善良，看见人民无辜受害，非常同情。有一年趁哥哥睡觉未醒的时候，偷跑到岷江下游的嘉定去，运用神力，把那里本来是封锁的群山打开一道缺口。恶龙一觉醒来，又发洪水危害人民，可是洪水却顺着缺口溜跑了。恶龙无法兴波作浪，觅食充饥，眼见平原上的人民欢庆丰收，自己却饿火中烧，十分气恼。

后来终于查明原来是自己妹妹干的好事，恶龙在一怒之下，便把妹妹弄到五虎山去关进一座铁笼里，派遣五只大老虎看守着。然后去把妹妹打开的缺口堵塞起来，继续发下洪水伤人害人。

恶龙住所附近的某座山上，有一个青年猎人，名叫杜宇，看见受洪水灾害的人民，成群结队，逃上山来，他们一个个衣裳褴褛，形容憔悴，杜宇心里大为不忍，打定主意，要为人民平治洪水。

他收拾了简单的行李，背在身上，从家里出发，到远方去，寻师问道，探求治理洪水的方法。他穿林渡水，越岭翻山，经历了不知多少辛苦，问过了不知多少各色各样的人物，可是却并没有得到治水的良策。

一天，他在山上走得疲倦极了，走呀走的，不觉一头昏倒在地。……猛然醒来，却见一个须发皓白的老翁，手里拄了一条竹杖，笑迷迷地站在他的眼前。老翁于是告诉他：要治洪水须先除恶龙，除了恶龙还要到五虎山上去救下龙妹，才有办法。说完把手里的竹杖赠送给他，忽然不见。

杜宇得到仙人的指点和帮助，万分高兴，勇气百倍，便带着竹杖到恶龙滩去，准备和恶龙大战一场。

恶龙早已知道有人来算计他，于是张牙舞爪，前来对敌。杜宇也不惧怕，手拿竹杖，向着恶龙迎头便打。恶龙张开血盆大口，往里一吸，便把杜宇吸进肚内。杜宇在恶龙肚内施展武艺，拿仙人竹杖奋身一路打去，只打得恶龙告饶求命。杜宇等恶龙昏死过去，不动弹了，才小心谨慎地仍从恶龙口里爬出来。

杜宇扔下奄奄一息的恶龙，又去五虎山解救被囚禁的龙妹。靠了仙人竹杖的帮助和杜宇过人的勇敢，又将五虎山上的五只老虎一齐打死，然后打开铁笼，放出龙妹。

龙妹感谢杜宇使她获得自由，对杜宇平治洪水、拯救人民的志愿非常钦佩，愿意帮助他去做这件工作。于是两人一道来到嘉定，把被恶龙堵塞的山间缺口设法凿开，使洪水顺着缺口退去，解救了平原上人民的危难。

人民因为杜宇治水有功，便拥戴杜宇做了国君；龙妹和杜宇在治水的工作中也建立了感情，两人于是结婚成为夫妇。

杜宇做国君以后，亲自带领着人民开垦荒地，教导人民怎样做庄稼。恶龙吃了苦头，也暂时不敢再来为恶。因此平原上年年丰收，人民生活过得一天比一天好。

杜宇手下有个臣子，原是他先前打猎时的伴当，看见杜宇既当国君，又娶了个这么个美丽的夫人，妒羡得很，常想篡夺王位，把龙妹据为己有。一天这个坏家伙上山打猎，碰上了在山间养伤的恶龙，两人一见，谈起杜宇和龙妹的事，竟是情投意合，非常亲切。于是定下计谋，以请客为名，将杜宇骗上山去禁闭起来，以遂他俩的私欲。

坏家伙回来，便向杜宇说恶龙已经痛悔前非，愿意和杜宇夫妇和解，请他俩一道上山去玩，当面向他们认罪。龙妹机警，认为哥哥心眼最坏，万不能去上他的当；杜宇忠厚，认为既是如此，还是应该去一下，双方讲和，将来如果遇上天旱，还有用得着龙兄帮忙的地方。于是不顾龙妹的劝阻，竟单独一人去了。

不幸的事终于发生了：杜宇一到山上，便被恶龙关进铁笼，从此失去自由。杜宇痛愤恶龙的狡猾残暴，悔恨自己不听龙妹的忠言，怀想人民，思念爱妻，竟悒悒闷闷地死在铁笼里了。死后他的魂灵化作一只小鸟，从铁笼里飞出来，在空中悲凄地啼叫着，直向他的故国飞去。

杜宇飞回故国，坏家伙已趁他被囚在山上时篡夺了他的王位，并且企图霸占龙妹为妻。龙妹抵死不从，也把龙妹在深宫幽囚起来。龙妹正愁绪满怀、思念丈夫的时候，忽见有小鸟飞来，绕着她悲啼："归汶阳！归汶阳！"她想我们这里正是汶水的南面，小鸟啼叫"归汶阳！归汶阳"，莫非是丈夫已死，魂灵化做鸟飞回来了罢？想着就忍不住说："小鸟，你要是我的丈夫，就请飞到我的头上来。"小鸟果然顺从地飞到了龙妹的头上。龙妹断定决然是丈夫无疑，于是伤心地痛哭，哭得泪如泉涌；小鸟也飞绕啼叫，叫得口出鲜血……

最后，龙妹因为痛伤过度，也死去了，她的魂灵也化做一只小鸟，和原来的那只小鸟双双飞去。

从此以后，每年到了春天农忙季节，就见有这种小鸟飞来田间一声声地鸣叫，人们一见这种小鸟，就知道是他们的国君杜宇来催促他们赶快耕种了，于是互相勉励："是时候了，快撒种吧！"或者说："是时候了，快插秧吧！"由于这种小鸟是杜宇的魂灵变化的，便叫它做杜宇，或者叫杜鹃，或者又叫催耕鸟、催工鸟。

以上就是在民间口头流传的杜宇神话之一的大概。比起古书所记叙的，它似乎更要清新、刚健得多。然而犹有遗憾的，就是好人如杜宇、龙妹都身遭不幸，相继死去了，而恶龙和坏蛋的结果如何，却未有明确交代，使人担心他们会不会从此得意猖狂，一直为非作歹下去。这是不很合于民间传说的结构规律的，或者还是受了一些古书记叙的影响也未可知。

本节所录《蜀王本纪》的记叙，是杜宇神话见诸载籍最早的，它里面包含了一个离奇古怪而又情节暧昧的故事。说它离奇古怪，是当洪水为灾，望帝正愁着不能治的时候，却从长江下游逆流浮上来了一具名叫鳖灵的失足落水者的尸首，到郫邑地方居然复活了，起来和望帝相见，望帝马上任他做宰相，叫他去治理洪水。这里说是"玉山出水，……鳖灵决玉山，民得安处"，玉山即玉垒山，在今灌县城西，光景还是小规模的治水；但是根据别的文献所记，却是"巫山龙斗，壅江不流，鳖灵乃凿巫山，土人得陆居"（《禽经》引李膺《蜀志》），规模可就大了，其影响乃及于巴蜀二地，几乎是如今四川省全境。死而复活的怪人鳖灵而又具有如此治水的本领，可谓古怪离奇。说它情节暧昧，杜宇是天降贤王，本来和一个"从江源井中出"的名叫利的女子，结成了一对天造地设的好夫妻，如今却因"鳖灵治水去后"，"与其妻通"，然后又"惭愧，自以德薄，不如鳖灵，乃委国授之而去"。若果真是这样，杜宇既无治水的良谋，又且要乘人前去治水的机会，淫人之妻，那就确实是有些"德薄"，即使死后化鸟，也值不得寄与同情了。然而整个神话的中心内容却是教人寄予同情的。本节所录《蜀王本纪》亦云："望帝去时，子鹃鸣，故蜀人悲子鹃鸣而思望帝。"蜀人为什么要因为子鹃即杜鹃鸟的鸣叫而兴悲、而怀思望帝呢，这当中必然还有一段隐情未曾揭露出来，所以说它是情节暧昧。

唐代诗人咏杜鹃，多疑其有冤。李商隐的名句"望帝春心托杜鹃"，已透露出这一点意思。至于如杜牧诗"杜宇竟何冤，年年叫蜀门"，顾况诗"杜宇冤亡积有时，年年啼血动人悲"，罗隐诗"一种有冤犹可报，不如衔石叠沧溟"，吴融诗"年年春恨化冤魂，血染枝红压叠繁"等，则已明言其有冤而无可申，故为恨也深。那么所谓杜宇和鳖灵妻私通的说法，其中当包括一场严重的政治斗争，或者竟是他的政敌们造作出来，故意贬低他，以使继承他的鳖灵的开明氏王朝得到肯定的罢。《说郛合刊》卷六十辑阙名《寰宇记》说："望帝自逃之后，欲复位不得，死化为鹃。"这才是杜宇真正的冤恨。"逃"，当然是出于被逼；"欲复位不得"，是政治斗争彻底失败。既失败了，还被蒙上莫须有的诬辞，此其所以为"冤"，为值得令人同情。

如今郫县西南一里多路，还可见到望丛祠的遗迹。有望帝陵和丛帝陵，两陵相对，像两座小山丘。以前人们在这里祭祀望帝（杜宇）和丛帝（鳖灵），祀典极为隆崇。人们对二帝为什么这样尊重呢？推想起来，杜宇与鳖灵，或者都是古时蜀地的部落首领，以蜀地多水患，都擅长治水。后来鳖灵部落以治水发展其势力，从东到西，便取杜宇而代之。人民对二帝都崇敬，而杜宇所属的民众对杜宇的被逐，尤其不能不有故君之思。因而通过爱情的线索，产生了化鸟的离奇神话以寄其哀思。经旧时文人在记录时有意无意涂饰修改，就更增加其迷离惝怳了。近代民间所传虽甚明快，当亦非古神话本貌，则是可想而知的。

二

开明帝〔一〕时，蜀有五丁力士，能移山，举万钧〔二〕。每王薨，辄立大石，长三丈，重千钧，为墓志，今石笋是也，号曰笋里〔三〕。

周显王之世，蜀王有褒汉之地〔四〕。因猎谷中〔五〕，与秦惠王〔六〕遇，惠王以金一笥〔七〕遗蜀王。王报〔八〕珍玩之物，物化为土，惠王怒。群臣贺曰："天承〔九〕我矣，王将得蜀土地。"惠王喜。

乃作石牛五头，朝泻金其后，曰："牛便金〔一〇〕。"有养卒〔一一〕百人。蜀人〔一二〕悦之，使使〔一三〕请石牛，惠王许之。乃遣五丁迎石牛，既不便金，怒，遣还之。乃嘲秦人曰："东方牧犊儿〔一四〕！"秦人笑之，曰："吾虽牧犊，当得蜀也。"

武都〔一五〕有一丈夫，化为女子，美而艳，盖山精也。蜀王纳为妃，不习水土，欲去。王必留之，乃为《东平之歌》以乐之。无几，物故〔一六〕，蜀王哀之。乃遣五丁之武都，担土为妃作冢，盖地数亩，高七丈，上有石镜；今成都北角武担是也〔一七〕。

惠王知蜀王好色，许嫁五女于蜀，蜀遣五丁迎之。还到梓潼〔一八〕，见一大蛇，入穴中。一人揽其尾，掣之，不禁。至五人相助，大呼曳蛇〔一九〕。山崩时，压杀五人，及秦五女并将从〔二〇〕，而山分为五岭，直〔二一〕顶上有平石。蜀王痛伤，乃登之，因命曰五妇冢山。川平石上，为望妇堠〔二二〕，作思妻台。今其山或名五丁冢。

周慎王五年，秋，秦大夫张仪、司马错、都尉墨等，从石牛道伐蜀〔二三〕，蜀王自于葭萌拒之，败绩〔二四〕。王遁走至武阳〔二五〕，为秦军所害，开明氏遂亡。凡王〔二六〕蜀十二世。（《华阳国志〔二七〕·蜀志》）

注释

〔一〕**开明帝**：指开明帝九世。

〔二〕**五丁力士**：力士弟兄凡五人，总称五丁力士。**钧**：古以三十斤为一钧。

〔三〕**薨**：古天子死叫崩，诸侯死叫薨；薨，音 hōng。**辄**：每。**墓志**：坟墓的表志，即今墓碑。**笮里**：成都古地名，在内城西，有巨石二株，相对若门阙，俗名石笮，相传即五丁所立墓志，因号其地曰笮里。如今成都市西门外，还有一条街，叫石笋【笋】街，就是古时的笮里。

〔四〕**周显王**：周安王的儿子，名扁，在位四十八年。**蜀王**：此蜀王指开明帝十二世。**褒、汉**：褒，即褒斜谷，是陕西省终南山的谷，南口叫褒，在褒城县北，北口叫斜，在郿县西南，古昔为川陕交通要道；汉，即汉中郡，秦置，有今陕西省南部及湖北省西北部之地。

〔五〕**谷中**：指褒斜谷中。

〔六〕**秦惠王**：即秦惠文君，秦孝公的儿子，名驷，在位二十七年。

〔七〕**笥**：古时盛饭或盛衣的方形竹器；音 sì。

〔八〕**报**：答谢。

〔九〕**承**：送；音 zèng。

〔一〇〕**朝**：音 zhāo，每晨。**便**：大小便的便；此作动词用。

〔一一〕**养卒**：专门护养石牛的士卒。

〔一二〕**蜀人**：谓蜀王和蜀王左右的贵戚近臣。

〔一三〕**使使**：派遣使者；上一使字作使令、差遣解，下一使字作奉使命的人解，二使字均音 shǐ。

〔一四〕**东方牧犊儿**：犊，音 dú；小牛，牧犊儿，牧牛儿。秦本东夷游牧民族迁居西土者，故蜀人嘲之为东方牧犊儿。

〔一五〕**武都**：山名，在四川省绵竹县北。

〔一六〕**无几**：未几；没有多少时候。**物故**：死亡。物同殁，《说文》：殁，终也，故谓死亡为物故。

〔一七〕**武担**：小土山名，在成都西北角，相传是五丁力士去武都山担土为蜀王妃垒成的坟墓，故称武担；今已平夷。

〔一八〕**梓潼**：古地名，即今四川省梓潼县。

〔一九〕**揽【擥】**：本作擥，撮持的意思。**掣**：牵引；音 chè。**不禁**：禁，力所胜叫禁；不禁，力有所不胜。**曳【抴】**：牵引；音 yè。

〔二〇〕**将从**：随从；将，音 jiāng。意谓山崩之时，不但压杀了五丁力士，并且连秦五女及其随从人等都一齐压杀了。

〔二一〕**直**：疑是其的讹字。

〔二二〕**川平石上**：川，穿凿；谓凿平山石以建堠。**望妇堠**：堠，音 hòu，记里的土堡，古者五里只堠，一里双堠；蜀王所为的望妇堠，想来恐怕也不过是垒土为堡以志哀，其形似堠，因名为堠罢了。

〔二三〕**周慎王**：周显王的儿子，名定，在位六年。**张仪**：战国魏人，为秦惠王相，主连横事秦，游说六国，使背苏秦合纵之约。后去秦为魏相，卒于魏。**司马错**：战国秦将，秦惠王从错言伐蜀，灭之，因以错为蜀郡守。**都尉墨**：都尉，复姓，因官为氏，墨是其名，战国秦将，生平未详。**石牛道**：即五丁迎石牛所开辟的道路，亦称金牛道。

〔二四〕**葭萌**：旧县名，故城在今四川省昭化县南。**败绩**：大败叫败绩。

〔二五〕**遁【遯】走**：逃走；遁，音 dùn。**武阳**：旧县名，故城在今四川省彭山县东。

〔二六〕**王**：音 wàng，君临的意思。

〔二七〕**《华阳国志》**：书名，凡十二卷，附录一卷，晋常璩撰，其书记叙巴蜀史事，始于开辟，终于晋永和三年（公元347年），颇有一些古代蜀地的神话传说资料存于其中。

解说

如果说当初开明氏王朝的第一个帝王鳖灵真对治水还有些功绩，因而人民也就原谅了他很可能是用不正当的手段取得王位的话，那么人民对于开明氏王朝的末一个帝王——即本节所录《华阳国志》所称的蜀王——既贪婪而又好色、既庸愚而又妄自尊大、终于由他亲手把整个国家葬送的种种可鄙可哂的行为就决不能够原谅了。于是人民就在他们的传说里，通过想象和夸张，塑造了蜀王这么一个反面形象；与之对比衬映，又造了五丁力士这么一群来自民间的英雄群像，有了五丁和蜀王作比照，故事的思想内容就鲜明突出了：人民所鄙弃的正是荒淫自私的蜀王，而歌颂赞美的则是见义勇为、奋不顾身的五丁弟兄。

五丁力士无疑是民间五个石工的神话化。丁者钉也，正是石工用以凿石的工具。就其所操的业务而言，谓之为"丁"；就其孔武多力而言，又美之为"力士"。他们可能是弟兄五个，也可能是石工中特别选拔出来的五名能手：总之都是被征调去给穷奢极欲、大兴土木之工，或以养生、或以送死的帝王老爷们服役的。秉性朴质的他们，在头脑被统治阶级思想所牢笼的情况下，自然也会忠实地为国君服役，虽辛劳而无所怨尤。因此人们只看见他们扛木头修殿堂呀，搬石块造陵墓呀，净干些粗重的活儿。后来蜀王贪利，要派人到秦国去运"金牛"，他们又奉命到险巇的山间去给"金牛"开辟一条"金牛道"。金牛道开成了，"金牛"也运回来了，才发觉上了秦国人的当。可是蜀王并不因此而有所悔悟，又准备着再去上秦国赠送五名美女的当。五名美女虽然都是真正的美女，然而这阴谋却比"金牛"的阴谋更为毒辣。蜀王色迷心窍，不顾利害，又派他们去迎迓秦国的五名美女。这就为后来秦国灭蜀再次开辟了道路。而神话传说在这里也到了一个艺术的高潮。说是在回来的路上，出了一个意外的岔子：遇见大蛇钻洞。五丁力士之一便奋勇直前，上去双手揽住大蛇的尾巴，一个劲儿往外拖，企图拖了出来将它杀死。一个人的力量不足，其余四个人又全都投入进去。五个勇士一壁用力拖蛇，一壁大声呐喊，声震山谷。这真是一幅豪壮动人的图画，五个勇士为民除害，全然忘记了自身的安危。果然妖蛇作怪，地陷山崩，勇士们都牺牲了，同时也葬送了蜀王所望眼欲穿的秦国的五名美女。石牛是"五"，秦国的美女是"五"，五丁也是"五"，从这类偶然相合的数字，也可以见到这的确是一个带有神话意味的民间传说。有意思的是传说蜀王听到五名美女压死的消息，忽然感到"痛伤"了，在出事的地方作了什么"望妇堠"，建了什么"思妻台"，而且还要把那里的山都命名为"五妇冢山"，真是万分的丑态！"今其山或名五丁冢"，好在在文人的记叙中，还没有漏掉这重要的一笔。"或名"者，当然不是贵族老爷们的命名，而是人民名之也。从这简单的命名，也可以见到人民的爱憎。

五丁神话，后来又续有所传。《太平寰宇记》卷八四说："隐剑泉在（梓潼）县北十二里，五丁力士庙西十一步。古老相传云，五丁开剑，路迎秦女，拔蛇山摧，五丁与秦女俱毙于此。余剑隐在路旁，忽生一泉。又云，此剑庚申日见。"《蜀中名胜记》卷九说："武都山有玉妃溪。《成都耆旧传》载：妃与五丁同生，父母弃之溪，后闻呱呱声，就视，乃一女五男，女即蜀妃，男即五丁。《华阳国志》云，武都山精化为美女也。"虽都是较后起的传说，却见得民间敬爱和同情，都在五丁身上。

三

秦昭王遣李冰为蜀郡太守，开成都两江，溉田万顷〔一〕。江水有神，岁取童女二人为妇〔二〕，不然，为水灾。主者白，出钱百万以行聘〔三〕。冰曰："不湏【须】，吾自有女。"到时，装饰其女，当以沉江。冰〔四〕径至神祠，上神坐，举酒酹曰〔五〕："今得傅九族〔六〕，江君大神，当见尊颜，相敬酒。"冰先投杯，但澹淡不耗〔七〕。冰厉声〔八〕曰："江君相轻，当相伐耳〔九〕！"拔剑，忽然不见。良久，有两苍牛斗于岸旁〔一〇〕。有间，冰还，流汗谓官属曰："吾斗大极，当相助也；若欲知我，南向腰中正白者，我绶也〔一一〕。"主簿乃刺杀北面者，江神遂死。蜀人慕其气决，凡壮健者，因名冰儿〔一二〕。（《群书拾补》〔一三〕辑《风俗通逸文》）

李冰为蜀郡守，有蛟岁暴，漂垫相望〔一四〕。冰乃入水戮蛟，已为牛形，江神龙跃〔一五〕，冰不胜。及出，选卒之勇者数百，持彊〔一六〕弓大箭，约曰："吾前者为牛，今江神亦必为牛矣，我以大白练自束以辨，汝当杀其无记者。"遂吼呼而入。须臾，风雷大起，天地一色。稍定，有二牛斗于上。公练甚长白，武士乃齐射其神，遂毙。从此蜀人不复为水所病。（《太平广记》卷二九一引《成都记》〔一七〕）

江水又历都安县〔一八〕，县有桃关、汉武帝祠。李冰作大堰于此，壅江作堋〔一九〕，堋有左右口，谓之湔堋，江入郫江、捡江以行舟〔二〇〕。《益州记》〔二一〕曰："江至都安，堰其右，捡其左，其正流遂东，郫江之右也〔二二〕。因山颓水，坐致竹木以溉诸郡〔二三〕。"又穿羊摩江、灌江〔二四〕。西于玉女房下白沙邮〔二五〕作三石人，立水中，刻要江神〔二六〕：水竭不至足，盛不没肩。是以蜀人旱则藉以为溉，雨则不遏其流〔二七〕。故《记》〔二八〕曰"水旱从人，不知饥馑〔二九〕，沃野千里，世号陆海，谓之天府"也。（《水经注·江水》）

注释

〔一〕**秦昭王：**即秦昭襄王，秦武王弟，秦惠王子，名则，在位五十六年。**太守：**

官名，即秦时郡守，汉景帝中元二年，更名太守，此以后人记古事，故不免略有错乱。**成都两江**：指四川省境西部平原的郫江和捡江；参见注〔二〇〕。**溉**：灌溉。

〔二〕**江水**：指长江上游源出四川省松潘县南、流经灌县的岷江，亦称汶水、汶江。**取童女**：取，娶；童女，未婚的少女。

〔三〕**主者白，出钱百万以行聘**：此处疑有脱文，疑当作"主者白冰：当出钱百万以行聘"。主者，主为江神娶妇事者。

〔四〕**当以沉江。冰……**：原作"当以沉江水"，冰字作水，属上读，下无主词，义不可通，据《太平御览》卷八八二引"冰径上神坐"改。

〔五〕**径**：直。**酹**：以酒祭神叫酹；音 lèi。

〔六〕**傅九族**：傅同附；傅九族，李冰自谓其女既嫁江神，从此以后，就有了得以攀附江神九族的荣幸。九族，上自高祖，下至玄孙，凡九族。

〔七〕**冰先投杯，但澹淡不耗**：大意说李冰饮毕，先放下自己的酒杯，而江神神座前设置的酒杯里的酒，却仍旧微微动荡着，一点也没有消耗。澹淡同澹澹，水动荡貌。

〔八〕**厉声**：恶声。

〔九〕**江君相轻**：江神的酒"但澹淡不耗"，故李冰以为"相轻"。**伐**：攻伐。

〔一〇〕**有两苍牛斗于岸旁**：两苍牛即是李冰和江神所化。

〔一一〕**有间**：有顷；间，音 jiàn，字今作间。**大极**：极，因病疲困叫极；大极，即非常疲乏之意。**若**：若曹，你们。**绶**：绶带，系在腰间用来承受印环的。

〔一二〕**主簿**：官名；古时凡是官府都有主簿一官，职掌簿书公文，盖曹椽之流。**气决**：精神果敢。

〔一三〕**《群书拾补》**：书名，清卢文弨撰，凡辑补校正经、史、子、集各书三十七种，有裨考证。

〔一四〕**岁暴**：每年都为暴虐之行。**漂垫相望**：漂，漂流；垫，沉溺；漂垫相望，谓漂流的，沉溺的，可以彼此相望；极言受洪水灾害的人民之多。

〔一五〕**江神龙跃**：言江神化为龙形而腾跃。

〔一六〕**彊**：通强。

〔一七〕**《成都记》**：书名，撰人及时代不详，《汉唐地理书钞》有卢求《成都记》，有目无文，未审是否即此。

〔一八〕**江水**：谓长江上游的岷江，古以为即长江发源的正流。**都安县**：古县名，三国蜀置，故治在今四川省灌县东二十里。

〔一九〕**大堰**：筑土壅水叫堰；大堰，如今叫都江堰，或叫都江大堰。**壅江作堋**：堋，音 péng，就是分水堰；壅江作堋，就是拿泥土分开江流于其上作堰。

〔二〇〕**郫江、捡江**：四川省境西部平原的两条江。自灌县西湔堰（都江堰）分岷江东流，经郫县至成都，与锦江会合的，叫郫江，又叫内江；自灌县西湔堰，分沱江东流，经崇宁、彭县、新繁、新都，至广汉县东南会合于沱江的叫湔江，又叫青白江，古称捡江。

〔二一〕**《益州记》**：书名，任豫撰，已佚，《说郛》正续合刊有辑录。

〔二二〕**江**：岷江。**堰**：谓李冰所作大堰，即上文所说的湔堋，如今叫湔堰，又叫都江堰。**捡**：即上文所说的捡江，如今叫湔江。**郫江之右**：谓岷江正流居于郫江之右，郫江与捡江（湔江）同在岷江之左，而捡江又更左一些；郫江与岷江合流而入于长江，湔江则会合沱江然后入于长江。

〔二三〕**颓**：顺。大意说，岷江经李冰在此作堰疏导，于是因山顺水，坐得竹木之利，并且还灌溉了下游各郡县的田地。

〔二四〕**羊摩江、灌江**：二水名；灌江未详，羊摩江疑即今之羊马河，在四川省崇庆县东，亦名龙安河。

〔二五〕**玉女房**：古地名，在今四川省灌县城西。《寰宇记》云：其房凿山为穴，深数十丈，中有廊庑堂室，屈曲，今毁。**白沙邮**：古地名，在今四川省灌县城西。白沙，江名，在灌县城西十里。

〔二六〕**刻要江神**：要，音 yāo；约，谓刻文辞于石人之身而与江神相约。

〔二七〕**藉**：凭依。**遏**：阻塞。

〔二八〕**《记》**：《益州记》。

〔二九〕**水旱从人**：从人，从人之意；谓李冰治水所造成的灌溉系统，"蜀人旱则藉以为溉，雨则不遏其流"，故称水旱从人。**饥馑**：谷不熟叫饥，菜不熟叫馑；统言岁荒，则称饥馑。

解说

和杜宇、鳖灵等人一样，李冰也是介乎历史上的真人和传说人物之间的一个人物，根据一些材料推论，后者的可能性也是存在的。

李冰之名始见于《史记·河渠书》。《河渠书》说："蜀守冰凿离碓，辟沫水之害，穿二江成都之中。"仅仅有冰的名而无姓。《汉书·沟洫志》与此大略相同，惟首句作"蜀守李冰凿离崋"，才知道李冰原来姓李。其后应劭撰《风俗通义》，常璩撰《华阳国志》，更记叙了有关李冰治水的神话传说，而李冰之名始显；宋以后再加上李冰的儿子二郎与之共治洪水，于是李冰父子就成了四川古代极煊赫的治水英雄了。从以上所说李冰故事的发展情形，李冰之为传说人物实在是有可能的。

李冰治水、和江神战斗的神话，充分表现了人和大自然斗争、人定胜天的那种勇往直前的大无畏精神，而江神的"岁取童女二人为妇"的传说，则无疑又是河伯娶妇传说的演变。故事传到后代，它的内容就随着时间的进展而更丰富了。例如《风俗通义》所记叙的还只是二牛相斗，主簿刺杀北面无记识的牛，但到《成都记》的记叙，则于二牛相斗之前，增加了"己为牛形，江神龙跃"一段，足见江神本来是龙，因李冰在战斗的中途退出战斗，上岸求计，江神怕李冰暗算他，才变成和李冰同样的牛重新投入战斗的。而李冰于江神的这一手却早有预计，故"以大白练自束以辨"，终于教武士们用"彊弓大箭"射杀了江神。这不但增加了故事的曲折性，也使李冰的智勇更充分地得到了表现。

李冰斗蛟的神话发展到宋以后，又成了二郎锁孽龙的神话。《朱子语录》说："蜀中灌口二郎庙，当是因李冰开离堆有功立庙，今来现许多灵怪，乃是他第二儿子……"知二郎神早在宋时已为民间所崇奉，则有关他的神话，亦当兴起于这时，或者还要更早。《风俗通义》说"江神岁取童女二人为妇"，二郎的神话可能就从"童女二人"演化出来。起初是李冰"装饰其女"，假说"当以沉江"而从中取计。后来人们也许觉得这样做未免太冒险，于是设想是李冰的儿子二郎（"二郎"，初义或者就是"两位郎君"）假扮了美女，就婚于神，然后父子同心协力和江神相斗，终于制伏了江神。《都江堰功小传》的记叙就是如此。《小传》说："二郎为李冰仲子，……又假饰美女，就婚蜑【孽】鳞，以入祠劝酒。"又《灌志文徵·李公父子治水记》说："二郎喜驰猎之事，奉父命而斩蛟，其友七人实助之，世传梅山七圣。"则于二郎之外又增加了七个得力的助手，故事的情节，就更加热闹而有趣了。

但灌口二郎或又以为是赵昱。宋人王铚伪作的柳宗元《龙城录》说："赵昱，隋末拜为嘉州太守。时犍为潭中有老蛟为害，昱乃持刀没水，顷江水尽赤，昱左手持蛟首，右手持刀，奋波而出。州人顶戴，事为神明，庙食灌江口。"或又以为是杨戬。《西游记》第六回《小圣施威降大圣》，写孙悟空大闹天宫，玉帝遣灌口显圣二郎真君前去捉拿他，孙悟空笑问二郎说："我记得当年玉帝妹子思凡下界，配合杨君，生一男子，曾使斧劈桃山的，是你么？"出身及事迹已大略如后之民间传说，惟尚未揭载其名。《封神演义》写了杨戬助周灭殷并降梅山七怪等事，却未称其为灌口二郎。至清末唱本鼓词如《新出二郎劈山救母全段》等出，始以二郎与杨戬连称，于是劈山救母的二郎杨戬便成了灌口的水神。

二郎锁孽龙的神话，现在四川灌县还有流传，其中一个大略这么说——

若干年前，秦国灭了蜀国，秦王听说四川地方连年闹水灾，怕影响税收，便派李冰到四川治水。他的儿子二郎也和他一道前来。二郎长得又高又大，浑身是劲，老虎见了也害怕，却又很有心计。父子俩到了成都，二郎想知道水灾是怎样闹起来的，便征得父亲同意，背上简单行李，带了防身弓箭，出门寻找洪水的根源。

那时洪水刚退，遍地泥泞，道路阻塞，人烟稀少。二郎从秋到冬，从冬到春，走了一村又一村，过了一河又一河，竟没寻出个结果。

一天，二郎在山林里迷了路，正想找人问路。忽然看见一只斑斓大老虎从林里奔出，二郎拈弓搭箭，射死老虎。又见七个猎人，随后赶到，问："老虎哪里去了？"二郎猛地双手举起死虎，说："看，它在这里撒赖呢！"七个人见了，都大吃一惊，忙问二郎的来历。二郎说出情由，七个人都愿伴随二郎同去探寻洪水的根源。

他们一同来到灌县城附近一条小河边，听见河边茅屋里有哭泣的声音。进去一问，原来是一对年老夫妇在悲泣他们的幼孙，因为不久便要送他去祭祀江神。

这江神，原来是一条孽龙，住在灌县城西凤栖窝的深潭底，每年都要发下洪水来危害人民。人们惧怕他的威势，便在江岸替他修了一座江神庙，年年拿童男童女祭祀他，稍不遂意，仍要遭灾。——这就是洪水的根源，要彻底平治洪水，就得先除孽龙。

了解到这种情况，二郎马上和他的朋友们同回成都，把事情原委告诉父亲李冰。李冰当即和二郎等人定下计谋，大家一齐赶到灌县去。

到了祭江神的那天，江神庙里灯火辉煌，神座前早已准备好了童男童女，迎接江神。二郎手拿三尖两刃刀，躲在神座背后，七个朋友也都各执兵器，埋伏在神殿两旁。

随着一阵风雨，孽龙进了庙堂，张牙舞爪，直朝吓得发抖的童男童女扑去。二郎和七个朋友齐从躲藏的地方跳出，并力杀向孽龙。孽龙抵御不住，逃奔出庙。四山锣鼓喧天，人们喊声如潮。孽龙惊惶，跳进江中，二郎和七个朋友也都纷纷跳了下去。孽龙敌斗不过，又跳上岸，二郎和朋友们也都上岸。孽龙且战且逃，逃了几十里，最后力竭不支，终于被二郎擒获。

久战之后，二郎和七个朋友也都感到疲累了，便在王婆崖下暂时休息，把受伤的孽龙放在崖下河里。河里有个龙洞，直通崇庆州河，孽龙乘二郎不备，悄悄钻进龙洞逃跑了。二郎见河里久无动静，起了疑心，忙将三尖两刃刀搭在河上，耳朵挨近刀柄一听，惊叫道："不好了！孽龙逃跑了！"登时又和朋友们动身前去寻找孽龙。找来找去，最后才在新津县童子堰将孽龙找到擒回。走到孽龙逃跑的王婆崖，恰遇前回在茅屋里悲泣幼孙的老妇，正拿一条铁链迎面走来，她因听说二郎擒获了孽龙，特拿此链来谢赠二郎。二郎一见大喜，马上用铁链来锁住孽龙，将它拴在伏龙观石柱下面的深潭中。从此四川就再也不遭洪水的灾害了。

我们如果去灌县二王庙，现在还可以在进山门不远的一座小戏台（据说是未毁于火的明代建筑物保存下来的）的台檐，见到一幅狭长的木刻线雕涂金人物图像的横幅，雕刻的就是二郎和他七个猎友前去帮助李冰擒水怪的情景。横幅右角是一个有须中年汉子，大约就是李冰，正以武松打虎式的英姿，和一头弩目突鼻、身有鳞甲、其形似犀的水怪搏斗。横幅中部是武士八人，或挟弓矢，或持刀戟；居中一个戴冠着战袍的少年，腰悬宝剑，倒持三尖两刃刀，前后都有猎犬跟从，自属二郎无疑；其余七个武士，亦均各着战袍，前三后四，簇拥着居中少年，走向斗犀汉子，当就是所谓的"梅山七圣"。八个武士一个个神态昂扬，衣褶飞舞，争先恐后，前去助战。横幅左角则是三四个文官模样的人物，戴冠着袍，口讲手画，大概就是所谓的"主簿"之流，也像是前去助战的光景。雕刻图画将古代和近代李冰父子神话熔于一炉，结构谨严，气韵生动，可称佳作。站在庙后山头，纵观壮丽的都江堰江景，以及绿油油的丰饶的川西平原，自然会给我们以乡邦祖国可爱之感。前人业迹，播为神话，又让无名艺术家将它栩栩如生地再现出来，景物和艺术相溶，使人产生无穷的联想。它鼓舞着人们：去战斗！去建设！

引用书目（正文部分全录，注释、解说部分择要附后。）

盘古

《艺文类聚》（唐欧阳询等）
《三五历纪》（三国吴徐整·佚）
《绎史》（清马骕）
《五运历年记》（三国吴徐整·佚）
《述异记》（六朝梁任昉？）
《遁甲开山图》（汉·佚）
《岭表纪蛮》（刘锡蕃）
《沙坪坝出土之石棺画像研究》（常任侠）
《开辟衍绎》（明周游）
《尔雅》（战国—汉初）
《广博物志》（明董斯张）
《汉魏丛书》本《搜神记》（唐？）
《魏略》（三国魏鱼豢·佚）
《三才图会》（明王圻）
《录异记》（五代蜀杜光庭）

女娲

《说文》（汉许慎）
《楚辞》（战国楚屈原等）
《淮南子》（汉刘安）
《太平御览》（宋李昉等）
《风俗通义》（汉应劭）
《路史》（宋罗泌）
《补史记三皇本纪》（唐司马贞）
《列子》（晋张湛？）
《世本》（秦汉·佚）
《山海经》（战国—汉初）
《高唐神女传说之分析》（闻一多）
《神异经》（六朝）
《癸巳存稿》（清俞正燮）
《楚辞校补》（闻一多）
《鲁迅书信集》（鲁迅）
《文学论文选》（高尔基）
《列子集释》（杨伯峻）
《四部正讹》（明胡应麟）
《山海经广注》（清吴任臣）
《山海经校本》（清毕沅）
《山海经笺疏》（清郝懿行）
《中华古今注》（五代唐马缟）

女娲伏羲

《与马异结交》（唐卢仝）
《文选》（六朝梁萧统）
《武梁祠画像考释》（容庚）
《独异志》（唐李冗）
《全唐诗》（清）
《稗海》（明商濬）
《洪水淹天的传说》（《壮族民间故事资料》第二集）

伏羲

《诗含神雾》（汉·佚）

《吕氏春秋》（秦吕不韦）
《墨子》（战国宋墨翟）
《易》（周）
《古史考》（三国蜀谯周·佚）
《抱朴子》（晋葛洪）
《山海经地理今释》（吴承志）
《玉函山房辑佚书》（清马国翰）
《伏羲考》（闻一多）
《商君书》（战国秦商鞅）
《花的故事》（盛森）
《中国民间故事选》第一集（贾芝等）
《玉烛宝典》（隋杜台卿）
《蜀中名胜记》（明曹学佺）

廪君
《晋书》（唐房乔等）

创造发明者
《拾遗记》（六朝梁萧绮）
《汉学堂丛书》（清黄奭）
《春秋元命苞》（汉·佚）
《列仙传》（汉刘向？）
《河图挺辅佐》（汉·佚）
《管子》（周管仲？）

炎帝
《帝王世纪》（晋皇甫谧·佚）
《水经注》（北魏郦道元）
《周书》（周）
《搜神记》（晋干宝？）

《白虎通义》（汉班固）
《说郛》（明陶宗仪）
《方言》（汉扬雄）
《元和郡县志》（唐李吉甫）
《元丰九域志》（宋王存等）
《芸窗私志》（元陈芬）

炎帝诸女
《襄阳耆旧传》（晋习凿齿·佚）
《渚宫旧事》（唐余知古）
《读山海经》（晋陶潜）
《补笔谈》（宋沈括）
《莉汉闲话》（章炳麟）
《墉城集仙录》（五代蜀杜光庭）
《广异记》（唐戴孚·佚）

黄帝
《尸子》（战国楚尸佼·佚）
《蒋子万机论》（三国魏蒋济·佚）
《论衡》（汉王充）
《云笈七签》（宋张君房）
《轩辕本纪》（唐王瓘）
《庄子》（战国宋庄周）
《蜀梼杌》（宋张唐英）
《玄中记》（晋郭璞·佚）
《十洲记》（六朝）
《蜀典》（清张澍）
《上山海经表》（汉刘秀）
《雕玉集》（唐·残）
《四库未收书目提要》（清阮元）

黄帝与蚩尤之战

《韩非子》（战国韩韩非）

《广成子传》（佚）

《通典》（唐杜佑）

《志林》（晋虞喜·佚）

《龙鱼河图》（汉·佚）

《黄帝玄女战法》（佚）

《梦溪笔谈》（宋沈括）

《皇览》（三国魏王象等·佚）

《苏氏演义》（唐苏鹗）

刑天

《宋书》（六朝梁沈约）

夸父

《郡国志》（唐·佚）

《安定图经》（佚）

《荆州记》（六朝宋盛弘之·佚）

《朝野佥载》（唐张鷟）

愚公

《中国神话研究 ABC》（玄珠）

蚕马

《神话杂论》（沈雁冰）

《原化传拾遗》（佚）

牛郎织女

《月令广义》（明冯应京）

《小说》（六朝梁殷芸·佚）

《尔雅翼》（宋罗愿）

《续齐谐记》（六朝梁吴均）

《博物志》（晋张华？）

《古诗十九首》（汉—晋）

《岁华纪丽》（唐韩鄂）

《佩文韵府》（清）

《荆楚岁时记》（六朝梁宗懔）

《日纬书》（佚）

《岁时广记》（朱陈元靓）

少昊

《左传》（周左丘明）

《国语》（周左丘明）

颛顼

《书》（周）

《吕氏春秋集释》（许维遹）

《岁时记》（佚）

《独断》（汉蔡邕）

彭祖·老子

《神仙传》（晋葛洪）

《古小说钩沉》（鲁迅）

《列异传》（三国魏曹丕？佚）

《蜀本纪》（三国蜀谯周·佚）

《蜀中名胜记》（明曹学佺）

《古今集记》（佚？）

《真诰》（六朝梁陶弘景）

帝俊
《汉书人表考》（清梁玉绳）

帝喾
《史记》（汉司马迁）
《大戴礼》（汉戴德）

后稷
《山海经补注》（明杨慎）
《本草纲目》（明李时珍）

契
《诗》（周）

盘瓠
《畲民调查记》（沈作乾）
《畲民的图腾崇拜》（何联奎）
《蛮书》（唐樊绰）

尧
《田俅子》（战国齐田俅·佚）
《说苑》（汉刘向）
《荀子》（战国赵荀况）
《论语》（周）
《中国上古史导论》（杨宽）
《孝子传》（汉刘向？佚）
《高士传》（晋皇甫谧·佚）

丹朱
《金楼子》（六朝梁萧绎）

《竹书纪年》（战国魏·佚）
《六韬》（汉·佚）
《格致镜原》（清陈元龙）

舜
《越绝书》（汉袁康）
《琴操》（汉蔡邕）
《列女传》（汉刘向）
《括地志》（唐李泰·佚）
《尚书大传》（汉伏胜·佚）
《二十四孝图说》（清）
《通史》（晋皇甫谧·佚）
《列女传补注》（清王照圆）
《中国古代宗教与神话考》（丁山）
《屈原赋校注》（姜亮夫）
《卜辞所见殷之先公先王三续考》（吴其昌）

羿与嫦娥
《洞冥记》（六朝）
《随巢子》（战国·佚）
《全上古三代秦汉三国六朝文》（清严可均）
《灵宪》（汉张衡·佚）
《酉阳杂俎》（唐段成式）
《孟子》（战国邹孟轲）
《锦绣万花谷》（宋）
《墨子间诂》（清孙诒让）
《楚辞九歌古剧悬解》（闻一多）
《嫏嬛记》（元伊士珍）

《三余帖》（宋？）
《雄鸡集》（郭沫若）
《考工记》（周）

鲧禹治水
《初学记》（唐徐坚等）
《归藏》（战国·佚）
《太平广记》（宋李昉等）
《吴越春秋》（汉赵晔）
《汉书》（汉班固）
《三秦记》（汉·佚）
《屈原赋今译》（郭沫若）
《会稽郡故书杂集》（鲁迅）
《会稽记》（晋贺循·佚）
《少室山房笔丛》（明胡应麟）
《楚辞辨证》（宋朱熹）
《西游记杂剧》（元吴昌龄）
《西游记》（明吴承恩）
《幽冥录》（六朝宋刘义庆·佚）
《异苑》（六朝宋刘敬叔）

伯益
《后汉书》（六朝宋范晔）

殊方景物
《赤雅》（明邝露）
《原化记》（唐皇甫氏）
《情史》（明冯梦龙）
《异域志》（元周致中）
《镜花缘》（清李汝珍）

《外国图》（佚）
《法苑珠林》（唐释道世）
《三国志》（晋陈寿）
《汉唐地理书钞》（清王谟）
《中国小说史略》（鲁迅）
《河图玉版》（汉·佚）
《冠编》（佚）

孔甲
《汲冢琐语》（周·佚）

王亥
《殷王惨死及后君王恒、上甲微复仇之传说》（江绍原）

夏桀
《新序》（汉刘向）

伊尹
《晏子春秋》（周晏婴？）

成汤
《太公金匮》（汉？佚）
《隋书经籍志》（唐长孙无忌等）
《汤祷篇》（郑振铎）

傅说
《荀子柬释》（梁启雄）

纣

《北里志》（唐孙棨）

《水经注疏》（清杨守敬）

《周易义证类纂》（闻一多）

《纣恶七十事的发生次第》（顾颉刚）

周文王

《古今乐录》（六朝陈释智匠）

《封氏见闻记》（唐封演）

《意林》（唐马总）

《武王伐纣平话》（宋元）

《封神演义》（明许仲琳）

姜太公

《战国策》（汉刘向）

《周志》（战国·佚）

《苻子》（晋苻朗·佚）

武王伐纣

《北堂书钞》（唐虞世南）

《韩诗外传》（汉韩婴）

《新书》（汉贾谊？）

《尚书大传续补遗》（清卢文弨）

伯夷叔齐

《列士传》（汉刘向？）

周穆王

《穆天子传》（战国）

《孔丛子》（秦孔鲋？）

干将·莫邪·眉间尺

《吴地记》（唐陆广微）

《故事新编》（鲁迅）

韩凭

《天中记》（明陈耀文）

《九国志》（宋路振）

《岭表录异》（唐刘恂）

《敦煌变文集》（王重民等）

《玉台新咏》（六朝陈徐陵）

杜宇·开明·李冰

《蜀王本纪》（汉扬雄·佚）

《华阳国志》（晋常璩）

《群书拾补》（清卢文弨）

《成都记》（唐卢求？佚）

《禽经》（宋？）

《阙名寰宇记》（佚）

《太平寰宇记》（宋乐史）

《朱子语录》（宋朱熹）

《都江堰功小传》（钱茂）

《灌志文徵》（罗骏声）

《龙城录》（宋王铚）

图书在版编目（CIP）数据

古神话选释 / 袁珂著. —北京：北京联合出版公司，2017.3
ISBN 978-7-5502-9892-7

Ⅰ. ①古… Ⅱ. ①袁… Ⅲ. ①神话－文学研究－中国－古代 Ⅳ. ①I207.73

中国版本图书馆CIP数据核字(2017)第035358号

Simplified Chinese edition
Copyright © 2017 POST WAVE PUBLISHING CONSULTING (Beijing) Co., Ltd.
本书中文简体版权归属于后浪出版咨询(北京)有限责任公司。

古神话选释

著　　者：袁　珂
选题策划：后浪出版公司
出版统筹：吴兴元
特约编辑：王晓静
责任编辑：李　征
营销推广：ONEBOOK
装帧制造：墨白空间·陈威伸

北京联合出版公司出版
（北京市西城区德外大街83号楼9层　100088）
北京盛通印刷股份有限公司印刷　新华书店经销
字数363千字　690毫米×960毫米　1/16　21.5印张
2017年6月第1版　2017年6月第1次印刷
ISBN 978-7-5502-9892-7
定价：49.80元

后浪出版咨询(北京)有限责任公司 常年法律顾问：北京大成律师事务所　周天晖 copyright@hinabook.com
未经许可，不得以任何方式复制或抄袭本书部分或全部内容
版权所有，侵权必究
本书若有质量问题，请与本公司图书销售中心联系调换。电话：010-64010019

《山海经全译》

著　　者：袁珂
书　　号：978-7-5502-8491-3
出版时间：2016年10月第1版
定　　价：49.80元（平装）

读懂《山海经》的权威实用版本

★ 神话学大师袁珂先生在《山海经校注》的基础上，精炼了繁琐的学术性注释，增加了全文的白话翻译，将博大深奥的《山海经》变得浅显易读。

★ 作为《山海经》译注的权威版本，全译本重视学术性和资料性，更强调了通俗性，对于读者来说更为实用。

内容简介

《山海经》作为研究中国上古社会、领略古代神话传奇的珍贵史料，对于广大读者来说，一直存在阅读、理解上的难度。本书作为袁珂先生精心整理的一个"译注"本，没有改变经文本来面貌，并且有校、有注、有译，更加适合普通读者阅读。注释在《山海经校注》的基础上删繁就简，删去繁琐的学术性探讨文字；译文则逐字逐句全部翻译，力求能准确达意，以直译为主，小部分译文采用意译。精校的原文附以吸收了袁珂先生研究成果的注释和译文，除了重视学术性和资料性，更强调了通俗性。